SHARON KENDRICK

Un jeu dangereux

Traduction française de
DIANE LEJEUNE

HARLEQUIN

Titre original :
BOUGHT FOR THE SICILIAN BILLIONAIRE'S BED

Ce roman a déjà été publié en 2009

HARPERCOLLINS FRANCE
83-85, boulevard Vincent-Auriol, 75646 PARIS CEDEX 13
Service Lectrices — Tél. : 01 45 82 47 47

www.harlequin.fr

ISBN 978-2-2803-6821-6

Un jeu dangereux

*

Amoureuse d'un don Juan

*

Pour l'amour d'un patron

1

— *Madonna mia !*

L'exclamation teintée d'un fort accent sicilien ne parvint pas à distraire Jessica de son travail. Il lui restait tout un étage à nettoyer avant de pouvoir rentrer chez elle. D'autre part, elle ne tenait pas à lever les yeux sur Salvatore : sa présence non loin d'elle la perturbait déjà suffisamment comme ça.

— Quelle mouche a piqué toutes ces femmes ? reprit Salvatore avec humeur, visiblement irrité de n'obtenir aucune réponse. Jessica ?

A l'annonce de son prénom, celle-ci releva brusquement la tête, s'efforçant en vain d'éviter le regard magnétique de Salvatore. Même elle, en dépit de sa maigre expérience du sexe opposé, avait conscience que cet homme dégageait quelque chose d'unique. Salvatore Cardini, à la tête de la puissante famille du même nom. Un homme d'affaires brillant, fier et altier, qui, à en croire la rumeur circulant dans la salle du personnel, faisait battre le cœur d'une bonne partie de la gent féminine de Londres.

— Oui monsieur ? répondit-elle avec calme, s'efforçant de masquer son trouble face à l'intensité du regard fixé sur elle.

— N'avez-vous pas compris que je vous parlais ?

Jessica plongea son balai dans le seau d'eau savonneuse et déglutit lentement.

— Eh bien… non. Je pensais que vous parliez tout seul.

— Je n'ai pas pour habitude de parler seul, lui répondit-il aussitôt avec un regard chargé de reproches.

Depuis qu'il était arrivé de sa Sicile natale dans la capitale anglaise, Jessica avait appris à faire avec les sautes d'humeur de son patron. S'il souhaitait une oreille disponible pour épancher sa colère, mieux valait ne pas le contrarier. Et le nettoyage pouvait bien attendre.

— Je suis désolée, monsieur, dit-elle. Y a-t-il quelque chose que je puisse faire pour vous aider ?

— Pas vraiment, non, répondit Salvatore en haussant les épaules. On m'invite à un dîner demain soir.

Jessica lui adressa un regard interrogateur.

— Je ne vois pas où est le problème.

— Le problème, commença Salvatore, en train de relire le message sur son écran avec une moue abattue, c'est que l'homme qui m'invite a une épouse qui veut absolument me présenter à ses amies, je cite, « toutes follement impatientes de faire votre connaissance ». Elle n'a qu'une idée en tête : me voir fiancé à l'une d'entre elles avant la fin de l'année !

— Je ne vois toujours pas le problème, insista Jessica d'une petite voix, refoulant tant bien que mal l'éclair de jalousie qui la parcourut malgré elle.

Salvatore poussa un long soupir de frustration.

— Pourquoi faut-il que vous, les femmes, teniez toujours à vous mêler de tout ? maugréa-t-il. Et pourquoi diable aurais-je besoin de me marier ? *Dio mio !*

Jessica ne savait quoi dire. D'ailleurs, Salvatore ne semblait pas vraiment attendre une réponse de sa part. Heureusement, car que pouvait-elle arguer ? Qu'il n'y avait rien d'étonnant à ce que les femmes ne puissent imaginer un homme si riche, si puissant et si beau autrement que marié ?

Pourtant, si Salvatore jouissait d'une indéniable beauté, on ne pouvait s'empêcher de déceler dans ses traits une certaine dureté, un air froid et distant. Certes, sa bouche pleine était sensuelle mais il ne souriait que rarement, et la façon avec laquelle, d'un seul regard, il toisait ses interlocuteurs, avait le don de glacer le sang. Malgré tout cela, elle avait observé comment la plupart de ses secrétaires et de ses collègues féminines se pâmaient en sa présence. Même ses collaborateurs masculins s'inclinaient avec respect devant la moindre de ses suggestions.

Dès que son dur travail lui en laissait le temps, elle-même contemplait en cachette sa longue et svelte silhouette, la fermeté de sa musculature, la vigueur de son torse que le col ouvert de sa chemise blanche laissait parfois entrevoir. Ses cheveux noirs de jais contrastaient avec le hâle doré de sa peau, deux traits qui rappelaient ses origines méditerranéennes. Mais c'était avant tout son regard qui fascinait. Deux yeux bleu clair, d'un bleu aussi pur que l'azur d'un ciel d'été. L'intensité de leur couleur rendait tout autour de lui terne et insignifiant. Plus d'une fois, Jessica avait manqué défaillir lorsqu'il les avait posés sur elle. Comme à présent.

Et au vu du pli d'impatience qui barrait son front, il était évident qu'il attendait toujours une réponse de sa part. Elle s'efforça avec peine de se soustraire à son charme et à se rappeler ce qu'il lui avait demandé.

— Peut-être qu'à votre âge, on s'étonne de ne pas vous voir marié, monsieur.

— Vous croyez ?

Prise au piège, Jessica resta un instant silencieuse. Si cela n'avait tenu qu'à elle, elle aurait évidemment préféré qu'il reste célibataire jusqu'à la fin de ses jours plutôt que de le voir épouser une autre !

Elle secoua la tête.

— A vrai dire, je n'ai jamais réfléchi à votre avenir conjugal, répondit-elle. Mais vous connaissez les gens : dès qu'un homme dépasse la trentaine, on s'étonne de son célibat.

— Ce n'est pas faux, admit Salvatore en se frottant la joue, là où une ombre couvrait déjà sa peau pourtant rasée ce matin même. Vous avez raison. D'ailleurs, dans mon pays, c'est la même chose.

Salvatore secoua la tête avec impatience. Avait-il vraiment cru que les choses seraient différentes ici, en Angleterre ? songea-t-il. Oui, bien sûr. C'était en fait une des raisons qui l'avaient poussé à quitter l'Italie pour Londres. Une parenthèse de détente et d'amusement avant l'inévitable mariage en Sicile, comme la tradition familiale l'imposait ; une façon d'échapper aux attentes de ses proches restés au pays. La Sicile était une petite île où tout se savait, et les moindres faits et gestes de l'héritier Cardini étaient avidement suivis par tous. Mais même à l'étranger, comme il avait pu le découvrir bien vite, un homme richissime et célibataire avait tôt fait d'éveiller la convoitise. Il ne se rappelait même plus la dernière fois qu'il avait eu à demander à une femme son numéro de téléphone, tant toutes s'empressaient de le lui donner sans même qu'il n'en émette l'envie. Lui, il préférait faire la cour en bonne et due forme : l'homme se devait de conquérir la femme, et pas le contraire.

— La question est : que dois-je faire ? insista-t-il.

Ne sachant s'il pensait de nouveau à voix haute, Jessica hésita à reprendre son nettoyage. Mais à la façon dont il la scrutait, elle comprit qu'il attendait vraiment son avis, et elle reposa de nouveau son balai. Elle se montrait généralement de bon conseil avec ses amies, mais là, il s'agissait de son patron. Comment rester objective ?

— Eh bien…, commença-t-elle timidement. Vous pourriez toujours décliner l'invitation, avec une bonne excuse. Mais ce ne serait que partie remise.

— En effet, acquiesça-t-il. Ou bien, je pourrais faire en sorte de réorganiser le dîner à ma façon, avec mes propres invités.

— Ce serait un peu impoli, non, de vouloir à tout prix garder le contrôle de la situation ? se hasarda-t-elle.

Il l'observa attentivement. Parfois, cette jeune femme semblait oublier qui il était, songea-t-il, amusé. Elle exprimait le fond véritable de sa pensée plutôt que ce qu'on aurait attendu d'une simple employée. Etait-ce parce qu'il avait pris l'habitude de se confier à elle, et que les lois habituelles de la hiérarchie s'en trouvaient ainsi suspendues ? Il avait conscience qu'il lui parlait avec une sincérité dont il ne pouvait faire preuve avec ses secrétaires ou ses collaboratrices. Ces dernières auraient aussitôt interprété ses confidences comme une affection particulière à leur égard. Or, le gouffre qui séparait son propre statut de directeur et le poste de Jessica ne pouvait prêter à confusion. Et il s'en félicitait car celle-ci, pleine de bon sens, avait le don de parler vrai et de lui ouvrir les yeux. Comme elle venait tout juste de le faire.

Il se renversa dans son fauteuil et médita sur ses paroles.

Il ne tenait certainement pas à vexer Garth Somerville, et encore moins à s'attirer les foudres de sa femme ou de ses amies en mal de romance. Et puis, quel danger courait-il à se rendre à ce dîner ? Après tout, ce n'était pas le premier, ni le dernier. Cependant, il ne se sentait pas d'humeur à subir les assauts de ces terribles prédatrices. Il n'avait plus goût à ça, ces derniers temps. Les femmes qu'on lui présentait avaient beau s'avérer plus belles les unes que les autres, elles s'offraient à lui bien trop facilement. Il n'y avait plus de place pour le mystère, le jeu excitant de la séduction.

— Oui, approuva-t-il enfin d'une voix songeuse. Ce serait impoli.

— Il me semble donc que vous n'avez pas le choix, conclut Jessica en reprenant discrètement son nettoyage.

Salvatore, les yeux toujours fixés sur elle, fronça les sourcils. Ce n'était pas la première fois qu'il tentait de deviner son âge. Vingt-deux ans ? Vingt-trois ? Pourquoi diable gagnait-elle sa vie en nettoyant des bureaux ? N'en avait-elle pas assez de venir, soir après soir, laver les sols et frotter les vitres tandis qu'il bouclait ses derniers dossiers ?

Il l'observa travailler. Elle ne ressemblait pas à grand-chose, avec son foulard noué autour des cheveux et son sempiternel tablier rose. Il se rendit compte qu'il ne l'avait jamais examinée avec attention, et qu'il n'avait imaginé le corps que ces vêtements informes dissimulaient. Et à y regarder de plus près, il y avait bel et bien un corps sous ces vêtements. Un corps remarquable, comme l'attestait la vue de cette poitrine ferme, serrée sous le tissu de son tablier et qui déclencha aussitôt chez lui une montée d'excitation.

— Pourriez-vous me faire un café ? lui demanda-t-il à brûle-pourpoint.

Jessica reposa son plumeau et le regarda. N'était-il donc jamais arrivé au célèbre et magnanime patron de la société Cardini d'envisager que ces gigantesques bureaux ne se nettoyaient pas tout seuls ? s'indigna-t-elle intérieurement.

Elle soutint son regard saphir pendant quelques secondes. De toute évidence, les hommes dans son genre avaient l'habitude qu'on réponde à leur moindre désir, et que des armées de domestiques s'activent à les servir. Comment réagirait-il si elle lui rétorquait qu'elle n'était pas là pour servir le café ? se demanda-t-elle. Et même, que cela constituait une demande sexiste et que rien ne l'empêchait de se le préparer lui-même ?

Mais bien évidemment, personne n'osait dire cela au patron de la société. Elle ravala donc sa fierté et, sans mot dire, se dirigea vers la machine à café, lui en prépara une tasse et revint vers son bureau.

— Votre café, monsieur.

Lorsqu'elle se pencha vers lui, il perçut un effluve de gel nettoyant citronné mêlé à celui d'un parfum bon marché qui lui monta aussitôt à la tête et éveilla en lui une drôle de sensation. Une idée lui vint à l'esprit. Une idée si saugrenue qu'il ne put s'empêcher de sourire.

Et s'il arrivait à ce fameux dîner, une femme à son bras ? Ne serait-ce pas le meilleur moyen de faire croire à ces dames que son cœur n'était plus à prendre ? Jessica pourrait jouer ce rôle à merveille. Mieux encore, leur couple se révélerait si improbable que la nouvelle se répandrait dans les cercles qu'il fréquentait à la vitesse de l'éclair.

Derrière la fenêtre du vaste bureau, la pluie tombait à grosses gouttes en frappant contre les carreaux. Salvatore scruta Jessica qui passait un chiffon sur les étagères. Jusqu'à présent, elle n'avait été rien d'autre à ses yeux qu'une vague silhouette dans le paysage. Mais en termes de femmes, il avait l'œil, et pour la première fois, il se rendait compte que celle qui s'affairait en face de lui méritait une inspection plus approfondie.

Avec sa cambrure de reins, ses hanches rondes et sa taille fine et délicate, elle lui apparaissait soudain sous un nouveau jour. Pourtant, il ne pouvait se permettre de suivre son intuition seule. Qui lui disait qu'elle conviendrait pour la mission qu'il envisageait de lui confier ?

— Quel âge avez-vous ? lui demanda-t-il soudain, et il la vit se retourner et planter lentement dans son regard ses prunelles gris perle, aussi claires que l'eau fraîche d'une cascade.

Jessica s'efforça de ne pas montrer sa surprise. Cette question lui semblait bien indiscrète de la part d'un homme qui, jusque-là, l'avait considérée comme si elle faisait partie des meubles.

— Moi ? J'ai… j'ai vingt-trois ans, balbutia-t-elle.

Il examina ses doigts longs et fins. Elle ne portait pas d'alliance, mais de nos jours, on ne pouvait plus être sûr de rien.

— Et vous n'êtes pas mariée ?

— Mariée ? Grands dieux, non !

— Pas de petit ami jaloux qui vous attend à la maison, alors ? continua-t-il en souriant.

— Non, monsieur, confirma-t-elle tout en se demandant pourquoi il se montrait si insistant.

Il approuva d'un signe de tête. Il avait vu juste. Il désigna le seau d'eau.

— Et vous êtes vraiment satisfaite de ce genre de travail ?

Jessica le regarda en plissant les yeux.

— Satisfaite ? Je ne comprends pas le sens de votre question.

— Ah bon ? J'avais pourtant cru m'apercevoir que vous étiez plutôt intelligente. C'est juste que, d'après moi, une jeune femme comme vous devrait avoir d'autres ambitions que de nettoyer des bureaux.

Sa réflexion lui fit l'effet d'une gifle. Quelle condescendance ! Comment pouvait-il à ce point manquer de tact ? fulmina-t-elle en silence, s'efforçant de rester calme devant un tel affront. Elle se sentait à deux doigts de renverser le contenu de son seau sur la belle tête brune de ce grossier personnage. Mais bien évidemment, elle tenait à conserver son travail, malgré tout le mal que celui-ci semblait en penser. Répondre avec bon sens et sang-froid restait la seule façon de lui faire regretter sa pique, décida-t-elle.

— Je ne suis pas une femme de ménage à plein temps, dit-elle.

— Ah non ?

— Non. Même s'il n'y aurait aucun mal à cela, répliqua-t-elle en songeant à ses collègues de l'agence de nettoyage qui devaient jongler entre travail et vie de famille dans des conditions parfois très difficiles. Si vous tenez à le savoir, je travaille également pour une importante société de vente où je suis une formation de manager, mais…

Elle hésita à continuer. Fallait-il vraiment qu'elle lui raconte sa vie ? Elle n'avait nullement l'intention d'éveiller sa compassion.

— Mais ? insista-t-il d'une voix douce mais ferme.

Elle soutint son regard bleuté et reprit son explication.

— Mon poste ne paye pas très bien. Et la vie à Londres coûte cher. J'ai donc choisi de rallonger mon salaire avec quelques heures de ménage le soir. C'est courant ici, vous savez.

Salvatore réfléchit quelques instants. La condition précaire de cette jeune femme rendait l'idée qui avait germé dans son esprit un peu moins saugrenue. Ainsi, il pourrait l'aider.

Il tourna la tête vers la fenêtre, derrière laquelle s'abattaient toujours des trombes d'eau.

— Comment rentrez-vous chez vous ?

Que croyait-il ? se dit-elle. Qu'elle rentrait en hélicoptère ?

— En bus, se contenta-t-elle de répondre.

— Vous allez vous faire tremper.

Elle suivit son regard vers la vitre. On ne distinguait même plus les immeubles en face tant l'averse était dense. Un vrai temps de chien.

— Ça en a tout l'air. Mais ce n'est pas grave, j'ai l'habitude.

Salvatore ignora sa réponse.

— Je vais demander à mon chauffeur de vous déposer chez vous. Il m'attend dehors.

Jessica se sentit rougir.

— Oh, non, vraiment, monsieur. J'ai un parapluie et…

— Allons, pas d'histoires, interrompit-il. A quelle heure terminez-vous ?

— Vers 20 heures, en général.

— Eh bien, aujourd'hui, ça sera 19 h 30, répondit-il, catégorique.

— Mais…

— Pas de mais, coupa-t-il en jetant un coup d'œil à sa lourde montre en or.

Sur ces paroles, il décrocha son combiné, composa un numéro puis pivota sur son fauteuil de façon à lui tourner le dos et se mit à parler en italien à son interlocuteur, comme si elle n'existait plus à ses yeux.

2

Jessica mit les bouchées doubles pour terminer son travail à temps. Mais ses gestes étaient gauches, son pas moins assuré que d'habitude. Elle sentait son cœur battre plus fort à mesure qu'elle prenait conscience de ce qu'elle venait d'accepter. C'était comme si le rêve de Cendrillon se réalisait enfin pour elle. Son beau et puissant patron insistait pour la raccompagner chez elle !

Et après ? se dit-elle. Etait-elle donc assez naïve pour croire qu'il cherchait à la séduire ? Il ne s'agissait que d'une généreuse proposition et elle se devait de l'accepter de bonne grâce, se répéta-t-elle tout en essuyant les traces de gobelets autour de la machine à café. Et puis, ne méritait-elle pas un tour dans une voiture de luxe, après les remarques désobligeantes qu'il lui avait lancées plus tôt ?

A 19 h 30 précises, elle saisit son seau et son balai.

— Je vais me changer, monsieur, annonça-t-elle d'une voix mal assurée. Dois-je vous rejoindre dans le hall ?

Salvatore releva la tête, les yeux plissés comme s'il avait oublié qu'elle se trouvait là.

— Euh, oui. Ou plutôt, rejoignez-moi directement dehors. Ma limousine sera là, et je n'aime pas attendre. Donc, ne traînez pas.

— Entendu, acquiesça Jessica avant de disparaître.

Dans le vestiaire, tandis qu'elle se changeait en regrettant qu'elle n'ait rien d'autre sur le dos qu'un pull quelconque et une jupe terne, elle tenta de contenir la panique qui menaçait de l'envahir. Elle dénoua son foulard et attrapa sa brosse à cheveux. S'il y avait bien un seul attribut dont elle pouvait se sentir fière, c'était sa chevelure souple et brillante, même si sa couleur brune n'avait rien de bien original.

Jessica étudia son reflet dans le miroir. Son teint paraissait bien pâle sans maquillage. En cherchant bien, elle dénicha au fond de son sac un tube de rouge à lèvres et s'apprêtait à en appliquer un peu sur ses lèvres quand elle hésita un instant.

N'était-ce pas un peu exagéré ? se demanda-t-elle. Comme s'il allait réellement se passer quelque chose ! Mais elle haussa les épaules. Tout compte fait, si elle avait envie de se faire belle après avoir porté ses frusques pendant des heures, elle n'allait pas se gêner !

Heureusement, elle ne rencontra personne dans les couloirs pour gagner le hall d'entrée. Qu'auraient pensé les autres employés s'ils l'avaient vue monter dans la limousine du patron ? Cela n'aurait pas donné d'elle la meilleure image…

Mais elle n'avait pas le temps de se laisser aller à ces rêveries, se rappela-t-elle. Salvatore lui avait ordonné de ne pas être en retard, et elle ne comptait pas le contrarier. Comme il le lui avait indiqué, la longue limousine noire attendait devant la sortie, le moteur en marche. Aussitôt, le chauffeur descendit et s'empressa de lui ouvrir la portière. Jessica s'immobilisa un instant, éblouie par tant de luxe. D'habitude, on ne voyait ce genre de véhicules qu'aux mariages.

Mariages ? *Mariages ?* Pourquoi diable ce mot lui venait en tête ? Sûrement parce que Salvatore lui avait demandé si elle était mariée. Et en quoi cela l'intéressait-il, d'abord ? s'indigna-t-elle en silence avant de se glisser enfin sur la banquette arrière.

— Merci beaucoup, bredouilla-t-elle à l'attention du chauffeur en s'efforçant de s'installer avec autant d'élégance que possible.

Salvatore se tenait à l'autre bout de la banquette en cuir moelleux, bras croisés, ses longues jambes étendues devant lui. Dans la pénombre de l'habitacle, Jessica ne pouvait distinguer l'expression de son visage, mais elle crut apercevoir une étrange lueur derrière les fentes de ses yeux perçants fixés sur elle.

— Vous voilà, murmura Salvatore, pris d'une soudaine déception.

Oui, il était déçu. Déçu d'avoir pu imaginer que son plan

fonctionnerait. Car avec son imperméable bon marché et son teint pâle, Jessica avait de nouveau l'air bien ordinaire. Hors de question que cette jeune femme l'accompagne à un quelconque dîner. D'ailleurs, qui aurait la naïveté de croire qu'il puisse sortir avec quelqu'un comme elle ?

— Où vivez-vous ? lui demanda-t-il sans laisser paraître ses doutes.

Jessica se redressa bien droite contre son dossier.

— Dans le quartier de Sheperd's Bush.

Elle donna le nom et le numéro de la rue au chauffeur, qui releva ensuite la paroi de verre qui le séparait de ses passagers. Désormais, elle se retrouvait seule à l'arrière avec son patron. Jamais elle ne s'était sentie aussi mal à l'aise.

Salvatore esquissa un sourire en la voyant si crispée. Elle était nerveuse, s'aperçut-il. Pensait-elle donc qu'il allait lui sauter dessus ? Si c'était le cas, alors elle s'imaginait sûrement bien plus séduisante qu'elle ne l'était !

— Détendez-vous, lui conseilla-t-il doucement.

Jessica s'efforça de respirer plus calmement.

— C'est vraiment gentil de votre part de me ramener, dit-elle.

— C'est bien normal.

— Et vous… ? Où habitez-vous ?

C'était une question plutôt personnelle, mais après tout, lui aussi s'était montré quelque peu inquisiteur à son sujet, se rappela-t-elle.

— A Chelsea.

Evidemment, quel autre quartier pouvait-il habiter ? Chelsea, avec ses grandes maisons blanches et cossues et ses opulentes avenues bordées d'arbres centenaires.

— Je ne veux pas vous imposer un détour, monsieur.

— Ça ne me dérange pas, lui assura-t-il avec une expression impassible. Je ne connais pas encore bien la ville. Cela me permettra de découvrir de nouveaux quartiers.

Jessica acquiesça d'un petit signe de tête, hésitant à continuer la conversation. Mais elle se ravisa : de toute évidence, cet homme n'aimait pas le bavardage futile. Inutile donc de lui demander s'il appréciait son séjour en Angleterre ou s'il s'habituait au climat de la région.

Le silence qui tomba entre eux apaisa Salvatore. A son grand soulagement, Jessica n'essayait pas de poursuivre la discussion à tout prix, comme les autres femmes qu'il avait fréquentées et qui cherchaient par tous les moyens à le faire parler. D'après lui, rien ne pouvait remplacer la tranquillité et l'apaisement du silence.

Ils traversèrent la ville sous des torrents de pluie et, pour une fois, Salvatore se sentit agréablement bercé par le ronronnement du moteur. Quel luxe que de se faire conduire ainsi, songea-t-il, conscient de son statut privilégié, tandis que le véhicule ralentissait le long d'une rangée de petites maisons en brique.

— C'est celle-là, la dernière à l'angle, indiqua Jessica, soulagée que le trajet se soit déroulé sans incident majeur.

Pourtant, elle ne pouvait s'empêcher de ressentir également une certaine mélancolie à l'idée de quitter l'intérieur chaud et confortable de la limousine pour la dure réalité du dehors.

— Vous en êtes propriétaire, n'est-ce pas ? s'enquit Salvatore en désignant la petite maison devant laquelle la voiture stationnait.

Jessica lui fit face. Se moquait-il d'elle ? Non, il était simplement riche, et les riches n'avaient pas conscience de ce qu'était la vie des gens ordinaires, pensa-t-elle.

Elle secoua la tête.

— L'immobilier est hors de prix, à Londres. Je loue cet endroit. En fait, j'ai même deux colocataires. Willow travaille pour un magazine féminin et Freya est hôtesse de l'air.

Mais Salvatore n'écoutait plus vraiment. Peut-être était-ce parce que la pluie avait cessé de tomber. Ou peut-être était-ce parce que la lune, montée dans le ciel sombre et nuageux, diffusait sa lumière dorée sur la jeune femme. En tout cas, le simple changement d'éclairage avait produit un petit miracle, songea-t-il en contemplant le visage de Jessica, sa peau incroyablement pure et délicate. Ses yeux gris reflétaient cette même lumière tout comme ses lèvres scintillantes et, d'un coup, rien n'était plus ordinaire dans son apparence.

— Que faites-vous demain soir ? lui demanda-t-il soudain.

Jessica cligna des yeux.

— Rien de spécial. Pourquoi ?

— Que diriez-vous de m'accompagner à ce fameux dîner dont je vous parlais ?

— Vous voulez dire… en tant qu'invitée ? demanda-t-elle d'une voix étranglée.

Que pensait-elle donc qu'il suggérait ? Qu'elle vienne faire le ménage pendant le dîner ? se dit-il avec impatience. Non, au moins, avec elle, il pouvait se montrer franc et direct. Une fille comme elle n'allait certainement pas se faire des idées, mais autant mettre les points sur les i.

— Oui, bien sûr, répondit-il finalement. Mais ce que j'aimerais en fait, c'est que vous passiez pour ma petite amie.

— *Votre petite amie ?* répéta-t-elle, de plus en plus médusée par ses propos.

— Oui, un peu comme un jeu de rôle, murmura-t-il. Rien de très compliqué. Vous n'aurez qu'à me dévorer du regard de temps à autre et me faire de petits sourires de tendre complicité. Cela vous demandera-t-il vraiment beaucoup d'efforts ?

Une lueur amusée dansa un instant dans ses yeux, comme s'il savait parfaitement qu'aucune femme saine d'esprit ne considérerait cela comme un effort.

— Ça me permettrait d'éloigner toutes ces séductrices et leur faire comprendre que si je veux une femme, c'est à moi de le décider.

— Mais il y a sans doute des milliers de femmes à qui vous pourriez demander ça !

— Oh, des milliers, au moins, approuva-t-il avec un sourire moqueur. Mais pour différentes raisons, aucune d'entre elles ne convient pour le rôle.

Jessica se mordit la lèvre. La question qui lui brûlait les lèvres la fit rougir d'humiliation, mais elle se devait de la poser.

— Mais qui va croire que quelqu'un comme vous puisse sortir avec quelqu'un… comme moi ?

— Vous n'avez pas tort, concéda-t-il. Si vous arrivez accoutrée de la sorte, personne ne nous croira, en effet.

— Aussi bizarre que cela puisse vous paraître, je n'ai pas pensé à mettre mes plus beaux atours pour venir faire le ménage, répliqua-t-elle, piquée au vif.

— Et auriez-vous quelque chose de convenable à vous mettre ?

Décidément, cet homme ne manquait pas d'arrogance ! enragea-t-elle en elle-même. Ce n'était pas parce qu'elle nettoyait son bureau qu'elle ne possédait pas de vêtements autres que son tablier de travail ! Rien que pour ce genre de réflexion, elle eut envie de décliner son offre. Mais une petite voix lui souffla qu'accompagner Salvatore à son dîner pourrait constituer une expérience unique. Une occasion qu'elle ne pouvait se permettre de laisser passer.

— Bien sûr, j'ai plein d'autres tenues, affirma-t-elle finalement, tandis qu'un sentiment nouveau de puissance et d'audace s'emparait d'elle. Mais je n'ai pas encore accepté votre invitation, monsieur.

Cet accès d'effronterie fit sourire Salvatore, même s'il sentit dans le même temps le sang battre dans ses tempes. En s'amusant à le narguer, elle prenait des risques. C'était un homme de pouvoir, et s'il le souhaitait, il saurait la soumettre d'un claquement de doigts. Il se pencha lentement vers elle, rapprochant son visage du sien, et prit une voix plus douce.

— Moi, je pense que vous allez accepter, Jessica. Et pendant que nous y sommes, cessez de m'appeler « monsieur », voulez-vous ? Vous risqueriez de nous trahir.

Il se tenait si près d'elle, à présent, qu'elle pouvait voir la lumière de la lune se refléter dans le bleu de ses yeux. Son odeur chaude et masculine lui monta aussitôt à la tête et fit battre son cœur plus fort encore. Comment lui résister, en effet ?

— D'accord, je viendrai, répondit-elle enfin, avant de descendre de la voiture à la hâte et de disparaître à l'intérieur de la maison.

3

— Tu sors où, demain soir ? répéta Willow avec un air effaré.

— Je suis invitée à un dîner, répondit Jessica en ôtant son imperméable, quelques minutes après avoir pris congé de son patron, encore tremblante de la scène qu'elle venait de vivre. Par Salvatore Cardini.

Willow écarquilla les yeux.

— *Le* Salvatore Cardini ? Le Sicilien milliardaire qui dirige l'entreprise pour laquelle tu fais la soubrette ?

— C'est bien lui.

— Nous parlons bien du même homme, n'est-ce pas ? Grand, brun, regard de braise, beau à tomber mais l'air impitoyable ?

— Ça le résume plutôt bien, oui.

Willow resta bouche bée quelques instants puis secoua la tête d'un air désabusé.

— Te rends-tu compte que c'est un incorrigible play-boy à la réputation de bourreau des cœurs ?

— Difficile de l'ignorer.

— Et que tous les magazines féminins se battent pour obtenir des informations croustillantes à son sujet ?

Jessica secoua la tête.

— Je te vois venir, Willow. Inutile de tenter de me soutirer la moindre information. Salvatore est mon patron, et si j'ai réussi à travailler chez lui, c'est parce qu'on m'apprécie pour ma discrétion.

— Mais c'est un travail misérable !

— Un travail qui me permet de payer le loyer ! répliqua Jessica.

Car, contrairement à Willow et Freya, elle n'avait pas de famille aisée pour lui venir en aide en cas de coup dur.

— Peut-être qu'à un moment ou à un autre, tu pourrais quand même lui souffler qu'une bonne amie à toi aimerait faire une interview de lui. Je t'en serai éternellement reconnaissante. Dire qu'il t'invite à dîner ! Incroyable !

Jessica comprenait l'incrédulité de sa colocataire. Svelte, blonde et élégante, cette dernière ne manquait pas d'attirer des hordes de prétendants. Mais même Willow n'avait jamais réussi à séduire un homme de la trempe de Salvatore. Et voilà qu'elle, la petite Jessica, si terne et si effacée, parvenait à cet exploit !

— C'est en effet incroyable, admit-elle.

— Et à ton avis, pourquoi l'a-t-il fait ?

Jessica alla dans la cuisine, plongea un sachet de thé dans une tasse d'eau brûlante et fit mine d'ignorer la question de son amie. N'était-ce pas humiliant de devoir avouer qu'il l'avait invitée pour repousser les avances des autres femmes ?

— Je crois qu'il veut juste un peu de compagnie, répondit-elle d'une petite voix.

— Oui, mais…

Jessica releva la tête et lui adressa un regard lourd de reproche.

— Mais quoi ? Tu penses qu'un type aussi riche n'a rien à faire avec une fille insignifiante comme moi ?

— Non, ce n'est pas ça…

— Si ! interrompit-elle avec humeur en revenant dans le salon pour se laisser tomber dans le gros canapé hors d'âge. Et d'ailleurs, tu as raison. Les gens avec qui il dîne veulent absolument lui trouver une fiancée, à son grand désespoir. Il m'emmène donc avec lui dans l'espoir de leur faire croire qu'il est déjà pris.

Elle vit alors l'expression médusée de son amie et comprit qu'elle lui devait davantage d'explications.

— J'imagine qu'il m'a choisie moi parce qu'il sait que je ne vais pas me faire des idées. Je saurai rester à ma place.

— Te paye-t-il ? demanda Willow avec une moue sévère.

Jessica faillit s'étrangler avec sa gorgée de thé. Elle reposa sa tasse sur la table basse d'une main tremblante, les joues en feu.

— Tu me prends pour… pour une prostituée ?

Willow secoua vigoureusement la tête.

— Ce n'est pas du tout ce que je voulais dire ! Mais il me semble que tu lui rends un sacré service. Et toi, qu'est-ce que tu y gagnes ?

Jessica se mordit la lèvre.

— J'ai juste envie de me changer les idées, c'est tout. Je vais avoir un aperçu d'un monde qui m'est totalement étranger, et je trouve ça excitant. Le problème, c'est que je n'ai rien à me mettre..., dit-elle en regardant Willow d'un air suppliant. En fait, j'espérais que tu m'aiderais.

Willow lui fit un grand sourire.

— Oh, je crois que je peux t'aider, en effet. Ne t'inquiète pas, Jessica Martin. Nous allons tout faire pour que tu éblouisses ce ténébreux Sicilien !

Le lendemain, Jessica sauta son déjeuner afin de partir tôt du bureau et passer le plus de temps possible dans la salle de bains en vue de sa soirée. Mais une fois chez elle, tandis que l'eau du bain refroidissait et que, dehors, le ciel s'assombrissait, la nervosité l'envahit peu à peu.

Sous l'œil expert de Willow, elle avait dû essayer une vingtaine de tenues avant d'en trouver une dans laquelle elle se sentait assez à l'aise, rejetant systématiquement les vêtements trop moulants ou décolletés sous prétexte qu'elle avait l'air vulgaire.

Lorsque arriva l'heure du rendez-vous, ses mains tremblaient si fort qu'au moment où la sonnette de la porte retentit, elle ne put effectuer le moindre geste, saisie de panique. Ce fut donc Willow qui s'élança dans le couloir en criant :

— Je vais ouvrir !

Jessica parvint tout juste à rassembler ses esprits, se glissa une goutte de parfum derrière l'oreille, vérifia une dernière fois son reflet dans la glace et sortit accueillir Salvatore qui, assis dans leur fauteuil décrépi, discutait déjà avec Willow.

Dès qu'elle aperçut l'éclat saphir de ses yeux, elle sut que son appréhension était justifiée. Au bureau, il l'impressionnait déjà suffisamment, mais ce soir, il dégageait quelque chose de dangereusement magnétique. Son costume impeccablement taillé soulignait la longueur de ses jambes, la fermeté de son torse. Tout en lui exsudait l'élégance et le raffinement, la faisant paraître, selon elle, encore plus quelconque. Elle se sentit brusquement découragée. De quoi deux êtres si opposés allaient-ils bien pouvoir parler ?

— Bonsoir Jessica, dit-il doucement.

— Bon… bonsoir.

— Vous semblez très… différente, fit-il remarquer, une pointe d'étonnement dans la voix.

— Eh bien, me voilà soulagée ! dit-elle avec un petit rire nerveux, avant d'apercevoir le regard réprobateur de Willow et de se rappeler qu'elle devait éviter de se dévaloriser à tout bout de champ.

— Merci, ajouta-t-elle donc en vitesse.

Salvatore l'observa se diriger vers l'armoire pour prendre son manteau. Sa petite robe noire ajustée, certes un peu formelle à son goût, n'était pourtant pas pour lui déplaire, tant elle galbait à merveille sa silhouette. Et quelle silhouette ! Il plissa les yeux avec approbation.

Il n'en revenait pas. D'un seul coup, ce n'étaient plus seulement ses yeux gris et la pureté de sa peau qui arrêtaient son regard. Sa chevelure épaisse et satinée se lovait au creux de son cou et soulignait son teint ivoire, et la façon dont la soie noire de sa robe ondoyait sur la courbe voluptueuse de ses fesses la rendait tout simplement irrésistible. Le souffle légèrement coupé, il se leva et lui prit son manteau des mains pour l'aider à le passer.

Jessica, peu habituée à la galanterie, se trouva décontenancée par ce simple geste. Faisait-il donc exprès de laisser ses mains effleurer ainsi ses épaules ? se demanda-t-elle avec un frisson involontaire d'excitation.

— Allons-y, dit-il. Ma voiture attend dehors.

— Au revoir Salvatore, ravie d'avoir fait votre connaissance ! lança Willow avec un sourire enjôleur. A bientôt, j'espère.

Ils sortirent et se dirigèrent vers la limousine, mais alors que le chauffeur se précipitait pour leur ouvrir, Jessica leva les yeux vers Salvatore, dont l'expression était à peine visible dans la pénombre du jour finissant.

— Avez-vous… avez-vous prévenu vos amis que vous veniez accompagné ?

— Oui.

— Et qu'ont-ils dit ?

Il secoua la tête, posa la main au creux de ses reins et la poussa gentiment dans la voiture. Etait-ce vraiment une bonne idée ? Son petit stratagème n'allait-il pas se retourner contre lui ? s'inquiéta-t-il soudain alors que le chauffeur démarrait et s'engageait sur la chaussée.

— Aucune importance, répondit-il finalement.

Alors, Jessica croisa les jambes et la seule chose à laquelle il parvint à penser dès lors fut à la peau douce et satinée que dissimulait le voile noir de ses bas. *Peut-être auras-tu l'occasion de vérifier cela de plus près*, lui murmura une petite voix, et tandis que la voiture avançait dans les rues sombres, une brusque pointe de désir l'envahit. Il jura en silence et fut bien soulagé que son téléphone le tire juste à ce moment-là de ces pensées aussi inattendues qu'embarrassantes.

Jessica observa les rues défiler derrière la vitre tandis que Salvatore enchaînait les coups de fil en italien. Plus que jamais, elle ne se sentait pas à sa place à son côté. D'autant plus lorsque la limousine s'arrêta devant une imposante demeure dans un quartier huppé de l'ouest londonien. Un vrai décor de film, songea-t-elle, ébahie.

— Oh mon Dieu, c'est immense, murmura-t-elle.

Il lui jeta un regard en coin et haussa les épaules.

— Ce n'est qu'une maison…

Jessica resta perplexe devant l'air blasé de Salvatore. Aux yeux de ce dernier, ce n'était peut-être qu'une maison, mais pour elle, c'était le genre d'endroit où il fallait généralement payer pour obtenir le privilège d'entrer. A l'intérieur, des domestiques en livrée la débarrassèrent de son manteau tandis que d'autres les menaient vers le reste des convives. A leur arrivée, un murmure se fit, et tous les regards se tournèrent vers eux. Jessica fut envahie d'un terrible sentiment d'infériorité face à ces dames parées de leurs plus beaux bijoux. Quelle erreur d'avoir choisi une robe noire : seules les domestiques portaient cette couleur ! se désola-t-elle en elle-même.

Garth et Amy, leurs hôtes, les accueillirent et les présentèrent à leurs invités : Suzy et Claire, deux jeunes femmes, Steve, un homme au teint blême, et Jeremy, un grand échalas aux cheveux châtains. Aucun ne semblait former de couple. C'était donc bien un rendez-vous arrangé à l'intention de Salvatore, comprit Jessica.

Comme pour confirmer ses pensées, la jeune femme rousse prénommée Suzy se précipita vers ce dernier avec un sourire carnassier.

— Bonsoir Salvatore ! Vous souvenez-vous de moi ? Nous nous sommes rencontrés à Monte-Carlo. Je vous avais dit que *j'adorais* plus que tout la Sicile.

Prenant un air détaché, Jessica tendit l'oreille de toutes ses forces pour écouter la réponse de Salvatore, mais en vain.

— Champagne ? lui proposa Garth en lui présentant une coupe en cristal ciselé. C'est un très bon millésime.

— Avec plaisir, accepta-t-elle en souriant, comme si consommer ce genre de breuvage hors de prix lui était parfaitement habituel.

Elle but une gorgée du délicieux nectar puis se tourna vers Jeremy avec qui elle entreprit d'entamer la conversation. Celui-ci, malgré son apparence chétive, s'avérait quelqu'un de très influent à la City.

— Et vous ? lui demanda-t-il à son tour. Vous travaillez ?

Jessica se rappela que dans leur monde, les femmes n'étaient pas nécessairement obligées de travailler pour survivre.

— Oh, bien sûr. Je… je suis…

Oh non ! Pourquoi n'avait-elle pas envisagé qu'on lui poserait ce genre de questions ! gémit-elle en elle-même avant de lever les yeux pour s'apercevoir que Salvatore la dévisageait.

— Jessica suit une formation pour devenir manager, intervint-il à la grande surprise de cette dernière, qui n'en revenait pas qu'il se souvienne de cela.

— Ah ! Vous vous êtes donc rencontrés au bureau ? s'interposa Claire.

Jessica lança à Salvatore un regard suppliant, mais celui-ci se contenta de la considérer avec un petit sourire, comme s'il lui laissait le champ libre pour répondre.

— Eh bien… en quelque sorte, bredouilla-t-elle en rougissant aussitôt.

Salvatore sourit de plus belle. Décidément, elle était parfaite pour le rôle, se félicita-t-il. *Perfetta.* La façon dont ses joues rosissaient lui donnait un air charmant et timide, comme si elle se montrait embarrassée de cette prétendue romance au bureau. Ainsi, personne, pas même Claire, si intrusive, avec son maquillage outrancier et son décolleté pigeonnant, ne crut nécessaire de pousser plus loin l'interrogatoire.

— Passons à table, mes amis, proposa Amy.

Une magnifique table les attendait, dressée d'un service en cristal et en argent, et égayée de petits bouquets de roses blanches. Tout en dépliant sa belle serviette immaculée sur ses genoux, Jessica pria pour qu'on ne leur serve pas de mets trop compliqués à manger, même si, plus tôt, Willow lui avait rapidement exposé l'art du dîner en société pendant qu'elle choisissait une tenue. Huîtres et artichauts constituaient sa plus grande hantise, mais heureusement, rien de tout cela ne leur fut proposé. D'ailleurs, tous paraissaient davantage intéressés par ce qu'on leur servait à boire.

Elle s'efforça de se concentrer sur les conversations mais peinait à comprendre certains sujets abordés. Sans même s'en apercevoir, ses yeux dérivèrent alors vers Salvatore, dont le physique puissant, avec ses cheveux de jais et son regard azur, dominait toute l'assemblée. Personne, à dire vrai, ne semblait indifférent à son charme. Et surtout pas les femmes qui, loin de se montrer intimidées par le fait qu'il ne soit pas venu seul, flirtaient avec lui de façon outrancière.

Un tel comportement ne le lassait-il donc jamais ? s'étonna-t-elle avant de se tourner vers ses voisins pour tenter de participer à leur discussion. Pour orienter la conversation vers des sujets moins épineux que ceux de la finance internationale, elle interrogea Jeremy sur ses loisirs. Elle apprit ainsi qu'il se passionnait pour la pêche, dont il parlait avec un enthousiasme évident.

— Et les appâts ? Vous êtes plutôt vers américains ou mourons ? s'enquit-elle, provoquant aussitôt un silence de plomb autour de la table.

Jessica tourna la tête vers Salvatore, dont les yeux bleus la scrutaient avec un certain amusement.

— Ils parlent de vers ! Beurk ! s'exclama Claire avec un dégoût affecté.

— Vous aimez donc la pêche, Jessica ? lui murmura Salvatore.

Elle sentit ses joues s'empourprer davantage et baissa aussitôt les yeux.

— Oh, quand j'étais petite.

Oui, à l'époque où ses parents vivaient encore et où ses journées se déroulaient dans la joie et l'insouciance. Sa mère l'emmenait souvent sur les bords du fleuve, d'où elle lançait sa petite canne à pêche taillée dans un roseau et attendait patiemment qu'un poisson morde à l'hameçon.

— Un vrai petit garçon manqué, non ? fit observer Suzy.

Jessica eut soudain l'impression de vivre un de ces cauchemars où elle se retrouvait incapable d'articuler le moindre mot pour sa défense. Mais cette fois, il ne s'agissait pas d'un cauchemar. Et elle pouvait parler. Il fallait donc prendre son courage à deux mains et affronter les regards, la tête haute. Hors de question de laisser cette femme l'intimider dans le but de gagner les faveurs de Salvatore, décida-t-elle.

— Je ne vous le fais pas dire ! répliqua-t-elle enfin. J'adorais grimper aux arbres, pêcher et nager dans la rivière. D'ailleurs, je n'ai jamais compris pourquoi les petites filles devraient se priver de ces plaisirs.

— Bravo ! approuva Jeremy en riant.

Dès lors, elle se sentit bien plus à l'aise pendant le repas. Après leur conversation enjouée, Jeremy l'invita à venir pêcher dans sa propriété du Hampshire, traversée par une rivière. Au moment de partir, il lui glissa même sa carte dans la main.

Mais toute l'euphorie de Jessica retomba dès qu'elle monta dans la voiture de Salvatore et que les portières se refermèrent sur eux.

Lentement, il la parcourut des yeux comme s'il venait de déceler en elle quelque chose d'inattendu.

— Ainsi donc, j'ai vu la petite Anglaise à l'œuvre…

— Que… qu'entendez-vous par là ?

Dans l'obscurité du véhicule, elle vit ses yeux briller d'une étrange lueur.

— D'abord réservée. Modeste. Et puis, sans crier gare, vous vous transformez en redoutable séductrice qui…

— *En séductrice ?* répéta Jessica, abasourdie. Certainement pas !

— Pourtant, vous avez séduit Jeremy, faites-moi confiance, insista-t-il avec un sourire narquois. Et maintenant, c'est à mon tour d'être séduit.

Elle n'eut pas le temps de comprendre ce qui se passait. En un éclair, Salvatore l'attira contre lui et s'empara de ses lèvres dans un baiser ravageur qui la laissa sans souffle.

4

L'espace d'un instant, Jessica eut l'impression qu'elle se noyait dans un océan de sensations. Elle crut voir toute sa vie défiler devant elle. Alors que la bouche de Salvatore couvrait la sienne, l'ensemble de son passé, avec ses joies et ses peines, se déroula dans son esprit à toute vitesse. C'était comme si l'ardeur de son baiser réveillait ses sens endormis.

Elle sentit sur ses lèvres le goût du vin et du désir, et, craignant de défaillir, elle s'agrippa à ses larges épaules et ferma les paupières.

— Salvatore…, murmura-t-elle dans un souffle, consciente de prononcer son prénom pour la première fois.

— *Si ?* répondit-il alors que ses doigts s'immisçaient sous son manteau pour s'emparer de sa taille.

Il remonta alors les mains vers sa poitrine et dessina du bout des doigts la pointe de ses seins sous la soie tendue. Jessica laissa échappa un petit cri de surprise mêlé de plaisir.

Salvatore caressa ses hanches, ses fesses, la courbe de ses cuisses, avant qu'un éclair de lucidité ne le traverse brusquement. N'était-ce pas insensé ? se demanda-t-il. Il n'avait pas du tout prévu cela. Etait-ce donc la raison pour laquelle il se sentait pris d'une irrésistible excitation ? Parce que pour une fois, la situation lui échappait ?

— Dites-moi de quoi vous avez envie, *cara*, lui chuchota-t-il à l'oreille. Montrez-moi qui vous êtes.

Elle laissa reposer ses lèvres contre son cou, submergée par un flot de pensées défendues.

— Salvatore…, murmura-t-elle encore, effleurant de sa main le muscle tendu de sa cuisse.

— Nous ne sommes pas loin de chez moi, dit-il. Allons-y. *Adesso !*

Ses paroles enflammées résonnèrent dans son esprit, et elle enfouit ses doigts dans l'épaisse masse de ses cheveux de jais. C'était comme si elle se retrouvait prisonnière d'un ascenseur qui l'emmenait vers des sommets de plaisir insoupçonné. Mais alors que son corps s'abandonnait à cette vague de sensations enivrantes, une pointe de révolte perça dans sa conscience.

— Salvatore…

— Mmm ?

Sourd à ses objections, il embrassa son cou, descendit vers la naissance de ses seins, et elle retint son souffle, tâchant d'ignorer les signaux d'alerte que lui envoyait son esprit.

— Nous ne devrions pas…

— Si, nous devrions, répondit aussitôt Salvatore, qui fit glisser la pointe de sa langue sur sa peau avec une exquise lenteur. Vous en avez envie. Ne dites pas le contraire.

Impuissante devant l'onde de plaisir qui noyait ses sens, Jessica s'abandonna un instant à sa caresse, avant de se rappeler où ils se trouvaient. Dans une voiture ! Il tentait de la séduire sur la banquette arrière d'une voiture !

— Vous… vous… oh !

D'un coup, la sensation de sa main remontant le long de sa cuisse lui fit l'effet d'une douche glacée. D'un geste brusque, elle se dégagea de son étreinte et recula dans l'angle opposé, lui jetant un regard affolé comme si elle se trouvait en présence d'un redoutable prédateur.

— Que… qu'est-ce qui vous prend ? balbutia-t-elle, hors d'haleine.

— Allons, ne me dites pas que vous n'en avez pas envie.

Jessica reprit son souffle avec difficulté.

— Pas le moins du monde !

— Cessez de vous mentir.

L'aplomb et l'arrogance avec laquelle il la regardait ! Pire encore, il savait lire dans ses pensées. Car elle brûlait de désir pour lui. Jamais elle n'avait ressenti une telle attirance pour un homme. Mais pouvait-elle prendre le risque de mettre en jeu sa dignité ? Son travail ?

Elle rabattit sa robe noire sur ses cuisses dénudées.

— Peut-être qu'en effet, pendant quelques instants, j'en ai eu envie. Mais ça ne faisait certainement pas partie de ma mission ce soir !

Irrité par la brusque interruption de leurs ébats, Salvatore la foudroya du regard. Comment osait-elle repousser ses avances ? Jamais aucune femme ne lui avait résisté, et vu la position de celle-ci, il n'en revenait pas qu'elle puisse se montrer si insolente.

— Ah non ? répliqua-t-il. J'ignorais que nous avions établi un programme précis pour la soirée.

Jessica enragea de plus belle devant la désinvolture avec laquelle il la considérait, mais aussi devant sa propre faiblesse face à cet impitoyable séducteur.

— Pensiez-vous donc que j'allais coucher avec vous d'un simple claquement de doigts ?

— Oui, je crois que vous n'en étiez pas loin.

— Selon vous, un luxueux dîner et un tour en limousine allaient suffire à me faire capituler, tant je vous serais reconnaissante ?

Salvatore soupira en haussant les épaules.

— Pour être honnête, je n'avais pas du tout réfléchi au déroulement de cette soirée.

Cette réponse ne fit qu'irriter davantage Jessica. En d'autres termes, il était en train de lui avouer qu'elle n'était pas vraiment à son goût ! Voilà donc pourquoi il l'avait choisie : parce qu'elle était trop insignifiante pour le tenter. Heureusement qu'elle avait recouvré ses esprits, songea-t-elle. Sans cela, il lui aurait fait l'amour avant de la renvoyer chez elle au beau milieu de la nuit, comme un jouet dont il se serait lassé.

— Après tout, nous sommes humains, reprit-il en brisant le lourd silence qui était tombé entre eux. Parfois, la passion survient de nulle part. Que peut-on y faire ? C'est la vie.

Sur ces mots, il tendit la main et ôta doucement une mèche de cheveux de la joue de Jessica. Et ce geste innocent et tendre faillit la faire de nouveau succomber. Mais elle dut se forcer à écouter sa conscience, qui lui soufflait que si elle le laissait lui faire l'amour, cela revenait à l'autoriser à la traiter comme un objet dont il se débarrasserait après usage ! Car une fois la flamme consumée, nul doute qu'il ne manifesterait plus aucune attirance à son égard.

— C'est peut-être *votre* vie, mais pas la mienne, riposta-t-elle enfin, en se dérobant à son contact.

Salvatore chercha dans son expression un signe de facétie, preuve qu'elle minaudait pour mieux le séduire, mais à sa grande déception, il n'en trouva pas. Non, elle était donc sérieuse, avec ce visage sévère et ce regard dur qui l'agaçaient tant. Pensait-elle donc qu'il avait le temps pour ce genre de flirt, de surcroît avec une femme qui l'ennuyait déjà ? Une femme qui aurait plutôt dû remercier le ciel de se trouver en sa présence. Il esquissa un sourire narquois. Quelle idiote ! Dire qu'elle venait de mettre un terme à la meilleure expérience de sa vie !

— Si vous pensez que votre refus vous grandira à mes yeux, vous vous fourvoyez complètement, *cara*. Vous savez, les manigances des femmes pour parvenir à leurs fins n'ont plus de secret pour moi. Je les connais toutes, et j'y suis insensible.

Jessica se redressa d'un coup. Elle ne se souvenait pas avoir été aussi furieuse de toute sa vie.

— Vous avez tout faux, *Signor* Cardini, répliqua-t-elle en s'efforçant d'adopter le même ton méprisant que lui, désormais indifférente face à la perspective de perdre son emploi. Je n'avais rien manigancé du tout. C'est plutôt vous qui m'avez utilisée comme un leurre, avant d'essayer de me séduire à l'arrière de votre voiture ! A présent, si vous le permettez, j'aimerais que vous me rameniez chez moi.

Il y eut un court moment de silence, le temps que sa réponse cinglante fasse son chemin dans l'esprit de Salvatore. Celui-ci esquissa alors un sourire moqueur et secoua la tête.

— Ne vous emballez pas, *cara mia*, murmura-t-il avec froideur. Mon chauffeur vous déposera, certes, mais pas avant de m'avoir déposé.

Sur ces mots, il appuya sur un bouton, donna ses instructions au chauffeur, puis tira une pile de documents de son attaché-case. Ensuite, il alluma une petite lampe murale et se plongea dans la lecture de ses dossiers, comme s'il avait complètement oublié que Jessica se trouvait à son côté.

5

Malgré ses efforts, Salvatore ne parvenait pas à se sortir Jessica de la tête. Et le fait que leur soirée se fût terminée de manière aussi piteuse l'énervait encore davantage. Enfin et surtout, il ne parvenait pas à comprendre pourquoi il pensait sans cesse à elle, à ses yeux gris, à sa peau d'ivoire et à la courbe voluptueuse de ses seins.

La lame de son rasoir renvoya un éclat de lumière dans le miroir de la salle de bains, où il considérait son expression dépitée. Evidemment, il avait conscience que son attirance pour Jessica avait décuplé lorsqu'elle s'était refusée à lui. Car d'habitude, les femmes cherchaient plutôt à s'attirer ses faveurs par tous les moyens. Parfois même, certaines l'avaient supplié de lui faire l'amour !

Lui qui avait parfaitement conscience de l'effet qu'il produisait sur les femmes, il se trouvait cette fois intrigué, voire excité par l'attitude de Jessica. Jouait-elle la carte de la pudeur pour mieux le charmer ? se demanda-t-il. Savait-elle qu'en le laissant sur sa faim, elle ne ferait qu'attiser sa curiosité ?

Il partit nager une heure dans la piscine de son club, assista ensuite à un petit déjeuner professionnel avec des banquiers dans une salle de conférences surplombant Hyde Park, discuta un long moment au téléphone avec un financier australien, tout cela avant même que la capitale anglaise ne se réveille.

Mais rien à faire, son esprit tournait en rond.

Comment se pouvait-il qu'une insipide petite femme de ménage puisse lui faire tourner la tête, à *lui* ? La question le tarauda toute la journée, tout comme le hantait encore le parfum doux et printanier que la jeune femme avait laissé sur sa peau la veille, et qu'il n'avait réussi à éliminer qu'au terme d'une longue douche froide.

— *Maledizione!* Qu'elle aille au diable ! jura-t-il à mi-voix.

Giovanni Amato, un vieil ami de Sicile, devait arriver de New York et dîner avec lui le soir même. Mais lorsque sa secrétaire l'appela pour le prévenir que le vol avait du retard, il éprouva un étrange soulagement.

— Dites-lui de m'appeler, lui demanda-t-il. Nous dînerons ensemble un autre soir.

En reposant le combiné, Salvatore sentit les battements de son cœur s'accélérer et il se maudit en silence. « Tu n'es tout de même pas en train d'attendre qu'elle daigne faire son apparition dans ton bureau ce soir ? », se moqua-t-il intérieurement.

Mais alors qu'il rangeait ses derniers documents dans son tiroir, il dut reconnaître que c'était bel et bien le cas. Et comme il replaçait son stylo en or dans son étui, il entendit le bruit de la porte qui s'ouvrait derrière lui. Il sentit ses muscles se tendre, mais ne fit pas le moindre geste. Il n'avait pas ressenti cette bouffée d'excitation depuis bien longtemps et il voulait à tout prix prolonger ce moment, sachant qu'à la minute où il se retournerait pour lui faire face, cette sensation s'évanouirait aussitôt. Car la femme qui se tiendrait alors devant lui ne serait plus celle qui l'avait tenu éveillé toute la nuit, mais la terne et banale employée de ménage qu'elle était vraiment. Pourtant, il lui fallait bien se résoudre à la saluer. Il pivota sur son fauteuil et lui fit face.

— Bonjour Jessica, dit-il doucement.

Seau d'eau et serpillière à la main, Jessica se figea, une expression affolée sur le visage.

Il était encore là!

En dépit de tous ses efforts pour retarder son arrivée dans son bureau et s'assurer qu'il avait bien quitté les lieux, elle tombait quand même sur lui ! Il l'observait à présent, le bleu de ses yeux braqué sur elle.

Elle se mordit la lèvre si fort qu'elle manqua de se faire saigner. De toutes les situations cauchemardesques, celle-ci se révélait, de loin, la pire. Dire qu'elle avait tant hésité avant de revenir, et avait même songé à rester chez elle en prétextant un gros rhume ! L'espace d'un instant, elle avait même envisagé de démissionner de ce poste pour aller travailler ailleurs. Quelque part où Salvatore Cardini ne serait pas, quelque part où elle pourrait travailler en paix et où personne ne viendrait lui mettre des idées saugrenues en tête…

Mais son intégrité lui interdisait de se comporter ainsi et de mentir à ses employeurs. Et d'ailleurs, elle n'avait rien fait de mal, se rappela-t-elle. Rien de quoi avoir honte. Pourtant, sous l'œil brillant de moquerie de Salvatore, elle sentit sa belle assurance la déserter. La bouche sèche, elle le dévora du regard à la dérobée. Ses cheveux noirs d'encre, ses larges épaules, la ligne ferme de son corps puissant… L'image de ce même corps pressé contre le sien à l'arrière de la limousine dansa quelques secondes dans son esprit, et elle eut toutes les peines du monde à la faire disparaître.

Qu'allait-elle donc bien pouvoir lui dire après leur rendez-vous désastreux de la veille ? Il fallait se comporter normalement, décida-t-elle. Comme si de rien n'était. Effacer tout cela de sa mémoire, tout comme il l'avait sûrement fait lui-même.

Elle s'éclaircit la gorge.

— Bonsoir… monsieur.

Salvatore fronça les sourcils. Ainsi, elle lui donnait de nouveau du « Monsieur » ? Il l'étudia plus attentivement. Elle portait de nouveau son sempiternel tablier rose et ce terrible foulard qui lui cachait presque toute la chevelure. Pas une trace de maquillage et, dans son regard, une pointe de méfiance et d'inquiétude. Elle avait exactement la même tenue que d'habitude… Et pourtant, quelque chose avait changé en elle, constata-t-il.

Ou quelque chose avait-il changé en lui ?

Etait-ce parce qu'il avait embrassé ces lèvres douces et caressé ces cheveux satinés, à présent dissimulés à son regard, que sa présence le troublait autant ? Etait-ce parce qu'il connaissait désormais les formes sensuelles que cachaient ces vêtements disgracieux ?

— Bien dormi ? s'enquit-il.

Jessica rougit aussitôt de manière incontrôlable. Bien sûr que non, elle n'avait pas bien dormi ! Et s'il avait eu un tant soit peu le sens de l'observation, ses cernes auraient dû le lui dire pour elle ! Elle avait passé la nuit entière à se retourner dans son lit sans trouver le sommeil, à se lever pour se préparer des infusions et tenter, une bonne fois pour toutes, d'effacer Salvatore de ses pensées. Mais le souvenir de ses lèvres sur les siennes n'avait cessé de la hanter. N'était-ce pas déplorable : en vingt-trois années d'existence, le seul baiser qui l'avait transportée d'ivresse venait d'un homme qui s'était servi d'elle ?

— Non, pas vraiment, non, répondit-elle finalement d'une voix blanche.

— Moi non plus. Je me suis retourné dans mon lit toute la nuit, prononça-t-il lentement, les yeux fixés sur elle. Mais rien d'étonnant à cela, n'est-ce pas, *cara* ?

Pourquoi lui parlait-il ainsi ? se lamenta-t-elle *in petto*. Avec cette voix chaude et veloutée. Et pourquoi la dévisageait-il de la sorte ? Comme s'il avait le droit de la jauger, avec ce regard désarmant sous lequel elle se sentait nue. Non, elle devait ignorer ses allusions érotiques et se comporter normalement. Tôt ou tard, il finirait par se lasser de son petit jeu et la laisserait tranquille.

— Non, rien d'étonnant, finit-elle par répondre d'un air indifférent tout en ramassant une bouteille de détergent. Le repas était vraiment très lourd.

— Mais vous n'avez presque pas touché à votre assiette, lui rappela-t-il.

— J'ai du mal à croire que vous l'ayez remarqué.

— Détrompez-vous, j'ai remarqué, répliqua-t-il sur un ton plein de sarcasme. Tout comme j'ai remarqué comment Jeremy Kingston vous mangeait littéralement du regard.

— Je lui ai simplement parlé de pêche. Il m'a avoué qu'il en avait plus qu'assez qu'on ne lui parle que d'exonérations fiscales.

— Savez-vous qu'il est l'un des financiers les plus influents d'Europe ? lui demanda-t-il avec condescendance.

— Bien sûr que non, répliqua-t-elle aussitôt. La finance ne m'intéresse pas, et d'ailleurs, je n'y comprends rien. Et maintenant, permettez-vous que je fasse mon travail ?

Elle attrapa son seau, passa devant lui et disparut dans l'autre pièce, consciente qu'il observait ses moindres gestes, tel un chat prêt à bondir sur une souris.

Salvatore l'entendit ouvrir un robinet. Sourcils froncés, il s'interrogea. A quoi s'était-il attendu ? Qu'elle se fasse belle pour lui ce soir ? Qu'elle flirte gentiment avec lui ? Qu'elle ait déboutonné un peu son corsage pour dévoiler son décolleté ? Ou qu'elle feigne la timidité, comme certaines savaient si bien le faire pour séduire les hommes ?

Et pourtant, voilà qu'elle se conduisait comme si rien ne s'était passé ! D'ailleurs, il ne s'était pas passé grand-chose, comme le lui rappelait la sensation de frustration qui persistait douloureusement en lui. Il serra les poings, peu habitué à ce qu'on lui résiste de la sorte. Sans bruit, il se leva de son fauteuil et rejoignit Jessica dans l'autre pièce.

— Tenteriez-vous de m'éviter ?

Jessica se retourna, les joues empourprées, choquée de le voir si près d'elle. Brusquement, tout son aplomb la déserta.

— C'est vrai, admit-elle d'une voix mal assurée.

— Allons, ne me regardez pas avec ces grands yeux affolés, comme si j'étais le grand méchant loup.

Jessica s'efforça d'adopter une expression décontractée. Mais comment faire, quand l'homme qui se tenait en face de vous se montrait si irrésistible ? N'avait-il donc aucune idée du trouble dans lequel il la plongeait ? Avant cette soirée fatale, ils entretenaient pourtant de bons rapports, de ceux que seuls deux êtres à l'opposé de l'échelle sociale peuvent parfois avoir. Comme, par exemple, un millionnaire conseillé par son chauffeur, ou une héritière qui fait de sa coiffeuse sa confidente. Mais il ne fallait pas se faire d'illusions : ce genre de relations ne fonctionnait que si les deux parties restaient à leur place. Il y avait des limites bien définies à ne surtout pas franchir. Et hier soir, ils avaient bafoué ce principe. Le fait qu'il l'invite à dîner pouvait encore passer pour une entorse sans gravité au règlement, mais ce qui était arrivé ensuite…

Elle leva les yeux vers lui et sentit aussitôt son corps réagir à la vision de ses cheveux noirs légèrement ébouriffés, de ses yeux cobalt et de la ligne ferme de ses mâchoires assombries d'une barbe naissante. Il paraissait si puissant, si sûr de lui, si différent d'elle ! Difficile de croire qu'ils avaient été si intimes pendant quelques instants.

Jessica se répéta qu'elle avait le choix, et que l'option la plus sage consistait à ne pas relever les insinuations provocantes qui faisaient briller ses yeux clairs d'une lueur taquine. Il jouait avec elle, et elle savait pertinemment qu'elle ne pouvait s'autoriser à le suivre, d'un point de vue financier comme émotionnel. Si elle voulait conserver son poste, elle devait oublier ce qu'ils avaient partagé et se concentrer sur ce pourquoi on la payait : nettoyer son bureau.

— Je dois finir de laver cet étage, déclara-t-elle avant d'ouvrir le robinet.

Mais l'eau brûlante qui en sortit lui éclaboussa la main et elle recula avec un petit cri de douleur.

— *Sollecita!* s'écria Salvatore en accourant vers elle. Tenez.

Et calmement, il ouvrit le robinet d'eau froide et tint ses doigts rougis sous le jet glacé. L'eau la soulagea presque aussitôt, mais le contact de sa main sur la sienne lui fit l'effet d'une brûlure plus profonde encore. Elle voulut se dégager, mais Salvatore l'en empêcha.

— Laissez votre main sous le jet, lui ordonna-t-il.

Elle n'eut pas la force ni l'envie de lui désobéir. Et malgré tout le mal qu'elle pensait de lui, elle ne pouvait s'empêcher de se délecter du contact de sa peau sur la sienne. Après quelques minutes, il lui examina la main, passant le doigt sur sa peau encore douloureuse.

— Vous survivrez, annonça-t-il avec un sourire.

La douceur inattendue avec laquelle il manipulait sa main finit de la décontenancer, tout comme l'intonation profonde et chaude de sa voix.

— C'est bon, dit-elle en tentant de nouveau de se dégager. Je vais bien.

— Vous oui, objecta-t-il en se rapprochant davantage. Mais pas moi.

Elle écarquilla les yeux, stupéfaite de la soudaine tournure des choses.

— Que… que faites-vous ?

— Ça, répondit-il d'une voix rauque, les yeux plongés dans les siens.

A cet instant, elle sut qu'il allait l'embrasser. Alors, toutes les belles résolutions prises cette nuit partirent en fumée. Il allait l'embrasser et, bien qu'elle sût qu'il fallait l'en empêcher, elle ne put effectuer le moindre geste.

— Salvatore…

Plus de « Monsieur », à présent, constata celui-ci, non sans une certaine satisfaction.

— *Sí*, acquiesça-t-il tout contre ses lèvres chaudes.

Avec un gémissement sauvage, il pressa sa bouche contre la sienne et goûta la saveur de sa langue.

Il la serra plus fort et laissa ses mains descendre sur ses fesses. Pour la première fois, il se rendit compte combien elle était petite. Assis dans la voiture, leurs corps avaient été au même niveau, mais à présent, Jessica semblait presque disparaître dans ses bras et se fondre dans son étreinte telle une Vénus miniature.

Jessica s'agrippa à sa chemise tandis qu'il prolongeait son baiser ensorcelant et que ses mains glissaient sur l'étoffe soyeuse de sa robe. Grisée par la force de son étreinte, elle sentit bientôt ses genoux se dérober sous elle, et peut-être s'en aperçut-il aussi, car il éloigna un instant son visage du sien.

— Nous ne pouvons pas rester ici, dit-il d'un air décidé. Allons chez moi.

Jessica retint sa respiration. Non, elle ne pouvait se laisser traiter ainsi. Elle devait se montrer fière.

— Non, répondit-elle, déterminée. Je ne peux pas.

Il secoua la tête avec impatience.

— Oubliez votre ménage pour ce soir.

Jessica faillit éclater de rire. Croyait-il vraiment qu'elle refusait de le suivre par loyauté envers son travail ingrat ? La considérait-il donc incapable d'autres aspirations que celle de faire le ménage ?

— Ce n'est pas ce que je voulais dire.

Salvatore se crispa en entendant la fermeté de son ton. Qu'elle se soit montrée réticente, la veille, passait encore, mais cette fois, elle commençait à exagérer !

— Et que vouliez-vous dire, alors ? lui demanda-t-il avec humeur.

Jessica releva le menton et le défia du regard.

— Pensez-vous donc que je vais simplement vous suivre chez vous pour que vous me fassiez l'amour ?

— Allons, ne jouez pas la prude quand nous savons tous deux que vous en brûlez d'envie, *cara mia*.

— Dans la vie, on ne peut pas toujours suivre ses envies, Salvatore. Il faut aussi se montrer raisonnable.

Il lui jeta un regard incrédule.

— Vous n'allez tout de même pas me faire une leçon de morale !

Agacée, Jessica secoua la tête.

— Est-ce parce que je nettoie votre bureau que vous pensez pouvoir abuser de moi ? Traitez-vous toutes les femmes de la sorte ? Evidemment que non ! Si j'avais un autre statut, je parie que vous agiriez différemment pour me séduire. Vous m'inviteriez au théâtre ou m'emmèneriez dîner et feriez au moins semblant de vous intéresser à moi en tant que personne plutôt que de chercher à me mettre dans votre lit par tous les moyens !

Puis, elle le toisa avec un dédain que peu de femmes avaient jusqu'ici osé lui montrer.

— Terminé ? lui demanda-t-il.

— Oui.

Il esquissa un sourire énigmatique.

— Je crois que j'ai saisi d'où vient votre colère. Vous m'en voulez non pas parce que je veux vous faire l'amour, mais parce que je ne vous ai pas fait la cour en bonne et due forme.

— Vous plaisantez ?

— Pas du tout. Comment pourrais-je plaisanter face à une revendication si juste ? argua-t-il en admirant son visage empourpré par la colère. Eh bien, puisque vous y tenez, je vais me plier à vos exigences.

Il lui adressa un regard plein de malice avant de continuer.

— Alors, Jessica. Accepteriez-vous de dîner avec moi ?

Elle leva les yeux au ciel.

— Devrais-je encore endosser mon rôle de fausse petite amie ?

Il secoua la tête, et cette fois, son ton se fit bien plus sincère.

— Non. Cette fois, c'est pour de vrai.

Elle fut si surprise que pendant un long moment, les mots lui manquèrent.

— Quand ?

— Que dites-vous de mardi ?

Jessica le dévisagea, incrédule.

— *Si*, impossible de me libérer avant. Je vais à Rome pour le week-end.

— A Rome ?

— Mmm. Vous y êtes déjà allée ?

— Non, jamais.

Elle voulut lui demander avec qui il allait là-bas, mais après tout, cela ne la concernait en rien.

Salvatore se rapprocha d'elle et il aperçut la brusque dilatation de ses pupilles, la façon instinctive avec laquelle elle entrouvrit aussitôt les lèvres. Qu'attendait-il pour l'embrasser ? se dit-il. Après tout, elle ne semblait pas loin de succomber. Pourtant, jamais il n'avait eu à patienter. Et ce nouveau défi ne manquait pas de l'exciter. Pourquoi ne pas la laisser croire qu'elle exerçait un certain contrôle sur lui ? De toute façon, il ne tarderait pas à obtenir d'elle tout ce qu'il voulait, se rappela-t-il.

— Alors ? Dînerez-vous avec moi mardi ? murmura-t-il.

— Entendu, dit-elle dans un souffle.

Il la fixa du regard un long moment, traçant du bout du doigt le contour de ses lèvres tremblantes. Il pouvait lire dans ses yeux combien elle aurait voulu qu'il l'embrasse encore, mais avec un petit sourire, il recula d'un pas. Qu'elle mijote un peu, décida-t-il. Elle l'avait forcé à attendre ? Eh bien, à son tour, maintenant !

— A mardi, donc, *cara*, dit-il doucement.

Et, il quitta la pièce sans un mot de plus.

6

Bien évidemment, Jessica avait entendu parler du restaurant, mais jamais elle n'aurait imaginé y dîner un jour. Situé en plein cœur du quartier des théâtres, il était si bien caché dans un dédale de ruelles qu'il fallait être initié pour connaître son emplacement exact. On y accédait par une petite porte sans enseigne, et dès qu'on en franchissait le seuil, les rues bruyantes et animées de Londres, bien que toutes proches, paraissaient à des années de lumière.

Malgré sa vaste taille, la salle donnait une impression d'intimité douillette, avec ses fenêtres ornées de vitraux d'où filtrait une lumière dorée et qui protégeaient la clientèle exclusive de l'œil curieux des passants. L'endroit était connu pour prendre des réservations plusieurs mois à l'avance, et les simples mortels ne pouvaient espérer y obtenir une table. Salvatore, pourtant, y était parvenu sans peine.

Manifestement, le personnel le connaissait, nota Jessica tandis qu'on les menait vers leur table. Les serveurs lui adressaient de grands sourires, et le sommelier lui fit un signe de tête entendu. Etait-ce l'apanage des habitués du lieu ou simplement l'allure majestueuse et la présence magnétique de Salvatore qui leur inspiraient tant de prévenances ? s'interrogea-t-elle.

Jamais elle ne s'était sentie aussi intimidée qu'à l'instant où, passant parmi les tables dressées de lin blanc, elle avisa deux ou trois personnalités du petit écran et un auteur à succès dont le livre, récompensé par le dernier prix littéraire, trônait chez elle, dans sa propre bibliothèque.

Toutes les femmes paraissaient minces et belles. Elle crut en voir quelques-unes lui jeter un regard suspicieux, comme si elles tentaient de deviner qui elle était. Comment une fille aussi quelconque pouvait sortir avec un homme si extraordinaire ? semblaient-elles se demander. Ou était-ce simplement sa propre gêne qui parlait pour elle ? songea Jessica. Quelle tête feraient ces dames si elles savaient la vérité !

— Quelque chose vous amuse ? lui demanda Salvatore, une fois qu'ils furent assis à leur table.

— J'espère juste que je ne vais pas me tromper de fourchette.

Salvatore éclata de rire.

— La première fois que j'ai quitté la Sicile, j'ai séjourné à Paris où un de mes oncles m'a emmené dîner dans le restaurant le plus chic de la ville. Il y avait une dizaine de couverts posés devant moi, et la crème de la haute société était présente.

— Avez-vous paniqué ?

Salvatore haussa les épaules. Il hésita à lui répondre qu'il ne perdait jamais son sang-froid, et qu'à ses yeux, seules les femmes se laissaient aller à ce genre d'effusions. En tout cas, il n'allait pas prétendre avoir eu peur dans le seul but de la rassurer.

— Non. Je m'en suis sorti en imitant les gestes de mon oncle. Je me souviens encore de ce dîner dans tous les détails.

Jessica acquiesça, avide d'en entendre davantage. Cette petite incursion dans son passé le rendait d'un coup bien moins intimidant, songea-t-elle. Cela l'aidait à oublier quel était le but de ce dîner. Mieux, on aurait presque pu croire qu'ils se trouvaient là, dans ce luxueux restaurant, pour savourer simplement un bon moment ensemble.

— J'imagine que la nourriture y était divine ? lui demanda-t-elle d'une voix plus détendue.

— Pas vraiment. La sophistication des plats m'a rebuté. Vous savez, je préfère de loin manger un poisson qu'on vient juste de sortir de l'eau, ou une orange que j'ai cueillie moi-même sur l'arbre, plutôt que tous ces mets compliqués et surfaits.

Mais il passa sous silence le dessert très spécial qui avait conclu cette soirée. Il se souvint de la jolie serveuse qui lui avait glissé son numéro de téléphone pendant que son oncle réglait l'addition, et comment il avait grimpé jusqu'à sa minuscule chambre de bonne à Montmartre. S'en était suivie une longue nuit de volupté, rythmée par le carillon régulier du Sacré-Cœur et les gémissements de plaisir de la jeune femme.

Il regarda Jessica, la façon dont ses cheveux soyeux encadraient son visage au teint de porcelaine, et sentit monter en lui une brusque bouffée de désir. Durant tout le week-end, le souvenir de son parfum au bouquet entêtant l'avait hanté. Il avait envie d'elle, comprit-il. Envie d'elle avec une force qu'il avait rarement éprouvée.

Le serveur arriva avec deux coupes de champagne et s'apprêtait à les laisser étudier le menu, quand Salvatore le rappela d'un geste de la main, impatient d'en finir avec le repas pour passer le plus vite possible à la suite des festivités.

— Pouvons-nous commander ?

Le serveur inclina aussitôt la tête, sortit son carnet et nota la commande que Salvatore lui dicta. Des tournedos, de la salade et une bouteille de vin rouge.

Mais Jessica n'était pas dupe. Elle devinait la raison de l'empressement de Salvatore. Elle le lisait dans son regard, dans son expression, dans la soudaine tension qui semblait l'avoir envahi. Ce dîner ne représentait rien d'autre qu'une formalité, se rappela-t-elle avec désolation. Un simulacre de rendez-vous amoureux. Un mensonge. Pourtant, n'était-ce pas elle qui avait insisté pour qu'il lui fasse la cour dans les règles de l'art ?

Elle posa les yeux sur son assiette, dépitée.

— Je n'aurais jamais dû venir ce soir, murmura-t-elle d'une voix maussade.

Salvatore suivit du regard la ligne délicate de ses épaules, penchées en avant dans une posture de défaite.

— Pourquoi dites-vous cela ? lui demanda-t-il, surpris.

— Parce que… Enfin, Salvatore, vous savez très bien pourquoi.

— Je croyais que vous vouliez dîner avec moi.

— Eh bien j'avais tort. Maintenant, je regrette de vous l'avoir demandé.

— Jessica, regardez-moi, lui ordonna-t-il d'une voix douce comme une caresse.

Comme dans un songe, elle entendait dans le lointain les

voix étouffées et le cliquetis des couverts des autres dîneurs. A contrecœur, elle releva la tête et plongea son regard dans le sien. Aussitôt, elle fut envoûtée. Son cœur se mit à battre plus fort, son sang à courir plus vite dans ses veines tandis qu'elle se laissait happer par la présence magnétique de Salvatore.

Avait-il conscience de l'effet qu'il produisait sur elle ? se demanda-t-elle. Oui, bien sûr. Ne produisait-il pas cet effet sur toutes les femmes ? Et selon toute évidence, il en usait et en abusait pour obtenir ce qu'il voulait de ses proies.

Salvatore lui saisit la main par-dessus la table et entreprit d'en étudier la paume. Elle avait les ongles coupés court et la peau étonnamment sèche. Les femmes qu'il fréquentait d'habitude avaient généralement une peau douce et veloutée soigneusement entretenue par des heures et des heures de soins dans les salons de beauté. Jessica, elle, avait des mains de travailleuse, songea-t-il avec un serrement de cœur. D'un seul coup, il se surprit à vouloir la protéger, la traiter comme elle le méritait. Il avait cru que cet endroit lui ferait plaisir, mais à présent, il devinait qu'elle s'y sentait mal à l'aise.

— Nous ne sommes pas obligés de rester, vous savez, dit-il.

— Mais nous venons de passer notre commande.

— Il suffit de l'annuler. On pourrait rentrer chez moi et manger là-bas, si vous avez faim.

— Je n'ai pas vraiment faim, non.

— Non ? lui demanda-t-il, le regard dans le sien. Moi non plus.

Jessica retint son souffle. Salvatore lui caressa lentement la paume avec le pouce, ce geste réduisant ainsi à néant les derniers remparts de résistance qu'elle avait érigés autour d'elle. Elle observa la courbe sensuelle de ses lèvres, peinant à croire que ces mêmes lèvres l'avaient sauvagement embrassée quelques jours plus tôt.

— Mais que vont penser ces gens si nous partons comme ça ?

Salvatore sourit.

— Je m'en moque. Je ne passe pas mon temps à craindre l'opinion des autres.

Il haussa des épaules et accentua sa caresse. Il sourit de plus belle en voyant ses yeux s'obscurcir d'un voile de désir.

— Allons, partons, ordonna-t-il d'une voix rauque.

Et malgré sa gêne à quitter les lieux aussi vite devant tous ces gens attablés, Jessica ne put s'empêcher d'éprouver un immense soulagement. Car il n'y avait rien de pire à ses yeux que faire semblant d'être venus dîner ici comme un couple normal. D'ailleurs, dès qu'ils seraient dehors, elle lui annoncerait qu'il valait mieux en rester là, se promit-elle.

Lorsqu'ils furent enfin à l'air libre, le froid glacial du mois de janvier les saisit au visage, et Jessica regretta de ne pas avoir pensé à prendre des gants.

— Je crois qu'il est préférable d'oublier cette soirée, déclara-t-elle d'un air décidé en serrant plus fort son manteau. Je vais rentrer chez moi en métro.

Salvatore fronça les sourcils d'un air contrarié.

— Avez-vous perdu la tête ? Croyez-vous vraiment que je vais vous laisser partir comme ça ?

La limousine fit halte devant eux et, conscient que des paparazzi rôdaient non loin, à l'affût d'un cliché intéressant, il l'entraîna bien vite à l'intérieur du véhicule.

— Vous n'avez pas le droit de me forcer à vous suivre, lui fit-elle observer avec un frisson d'appréhension.

— Jouer la carte de la pruderie et de l'innocence vous donne donc bonne conscience ? lui répliqua-t-il. Ou peut-être cela vous excite-t-il ?

— Vous n'avez rien compris. C'est tellement faux !

— Vraiment ?

Elle confirma d'un vigoureux hochement de tête.

— Oui.

Salvatore lui prit le menton entre le pouce et l'index et la força à lever le visage vers lui. Ses yeux gris recelaient une teinte plus sombre, ce soir, remarqua-t-il, et ses lèvres tremblantes scintillaient dans l'obscurité comme une invitation au baiser. Très lentement, il inclina la tête vers elle et effleura sa bouche de la sienne, lui soutirant le plus léger des soupirs. Elle n'avait qu'un mot à dire pour qu'il arrête, mais elle n'en fit rien.

Salvatore sentit son propre désir l'envahir. Jessica semblait tout aussi impatiente que lui, malgré ses efforts visibles pour rester de marbre quand ses gestes gauches et sa respiration saccadée trahissaient son trouble. Alors, il continua à la tourmenter du bout des lèvres, frôlant sa bouche avec délices jusqu'à ce qu'elle capitule dans un soupir et qu'elle lui saisisse le visage entre ses mains.

— Oh, Salvatore ! chuchota-t-elle d'une voix tremblante. Salvatore…

Il la contempla et hocha la tête.

— Je sais, *cara*. Vous avez envie de moi, et j'ai envie de vous. Quoi de plus naturel ? Allons chez moi.

Et tandis que la voiture filait vers Chelsea, Jessica se noya dans le regard azur de Salvatore et entrouvrit les lèvres pour, cette fois, recevoir le baiser espéré depuis si longtemps.

7

Lorsque la porte d'entrée se referma sur eux, Jessica n'osa pas bouger, incertaine de ce qui allait suivre. Elle était prise d'une sourde angoisse qui la fit frissonner de tous ses membres. Etait-elle en train de rêver ? se demanda-t-elle. Mais non : son patron se tenait devant elle, une indéniable lueur de désir au fond des yeux. Que diable était-elle censée faire ?

Salvatore se rapprocha et prit son visage au creux de ses mains.

— Vous avez peur ?

Cela tenait davantage de l'observation que de la question, mais il avait prononcé ces mots avec une infinie douceur.

Jessica acquiesça.

— Un peu, oui.

— Dois-je en conclure que vous n'avez pas l'habitude de ce genre de situations ?

— Non, dit-elle en secouant la tête, quelque peu vexée qu'il en doute un seul instant. Ecoutez, Salvatore, tout ça est insensé, je…

Mais elle ne put continuer, car il effleura de nouveau sa bouche du plus léger des baisers, et le contact de ses lèvres chaudes sur les siennes la laissa transie d'extase.

— Non, murmura-t-il. Ça n'a rien d'insensé. C'est parfait. *Perfetto*. Faites-moi confiance, Jessica. Et maintenant, quittons ce vestibule inhospitalier pour un lieu plus propice à la détente.

Il passa les doigts dans les siens et l'entraîna le long d'un couloir interminable. Le cœur de Jessica s'emballa. *Détente ?* Elle ne s'était jamais sentie aussi nerveuse qu'en cet instant. Lui, il paraissait si confiant, si sûr de lui ! Mais se rendait-il compte qu'il avait en face de lui quelqu'un de très peu expérimenté en la matière ? Devait-elle le prévenir ? s'inquiéta-t-elle. Seulement, que lui dire ? Qu'elle avait peur de ne pas se montrer à la hauteur et qu'elle allait sans doute le décevoir ?

Mais aucun son ne put sortir de sa gorge tandis qu'il la faisait entrer dans la plus vaste chambre qu'elle eut jamais vue. Du coin de l'œil, elle aperçut la nuance riche et profonde du parquet orné de magnifiques tapis anciens aux couleurs passées. Le lit, immense, dominait la pièce, assez grande pour accueillir également un canapé et deux fauteuils. Enfin, sous une arche, elle entrevit un cabinet de travail égayé de plantes dont les fleurs écarlates déployaient leur feuillage luxuriant.

— Ah, Jessica…, murmura Salvatore en la prenant dans ses bras et en repoussant du bout des doigts une mèche de cheveux de son visage. A vous observer, on dirait qu'on vous a jetée dans la gueule du loup !

— Vrai… vraiment ?

— Mmm. Est-ce moi, le lion ? Le loup féroce et affamé ? lui chuchota-t-il au creux du cou. Voudriez-vous que je vous dévore de la tête aux pieds, *cara mia* ? En avez-vous envie ?

— Salvatore ! s'exclama-t-elle, plus tremblante que jamais.

Il sourit en entendant la note de stupeur dans sa voix. Sa relative réticence et son apparent manque d'expérience le changeaient de ses flirts passés, songea-t-il. A moins qu'elle ne joue la comédie ? Une mise en scène pour gagner son respect ?

Il l'attira plus près encore et frôla ses seins, geste qui la fit aussitôt tressaillir. Et même si elle jouait la comédie, qu'importe ! décida-t-il. Au fond, pourquoi ne pas profiter de cet instant de détente ? Du moment qu'elle connaissait les règles, alors tout irait bien.

Il baissa les yeux vers elle. Ce soir, elle portait une robe de soie mauve fermée sur le devant par de minuscules boutons de nacre, qu'il entreprit de défaire un par un.

— Tant de boutons ! L'avez-vous choisie exprès, dans le but de me titiller ? dit-il d'une voix moqueuse.

Jessica, incapable de répondre tant elle avait la gorge nouée, le laissa écarter lentement les pans de sa robe pour découvrir sa peau enflammée. Non, aurait-elle voulu répondre. Elle portait cette robe parce qu'elle n'avait rien trouvé de plus convenable dans l'armoire de Willow.

Il passa les doigts à la lisière de son soutien-gorge, bien trop quelconque à son goût, nota-t-il. Mais peut-être qu'un peu de dentelle l'attendait plus bas ?

— Salvatore…, chuchota Jessica quand il découvrit complètement son ventre et qu'il s'agenouilla pour l'embrasser là, glissant sa langue au creux de son nombril en lui arrachant un gémissement de plaisir.

Salvatore rit doucement.

— Qu'y a-t-il, *cara* ? lui demanda-t-il.

Elle voulut lui dire qu'elle craignait tant de le décevoir, mais de nouveau, elle ne put articuler le moindre mot.

— Je… je…

— Détendez-vous, lui dit-il doucement. Laissez-vous faire.

Alors, elle lui obéit et s'efforça d'oublier tous ses doutes pour ne plus se concentrer que sur le plaisir qu'il lui procurait avec sa langue. Le désir l'envahissait avec une force inconnue jusqu'alors. Elle le sentait grandir en elle, comme une boule de feu dévalant une pente à toute allure. Elle voulait qu'il… qu'il…

Mais non. Une fois le dernier bouton défait, il se redressa et fit glisser la robe de part et d'autre de ses épaules, la laissant tremblante de désir inassouvi, avide de caresses.

Il lut la déception dans son regard mais décida de prendre tout son temps. La première fois, il mettait toujours un point d'honneur à faire attendre une femme.

Il la parcourut des yeux. Malgré sa robe inexplicablement coûteuse, elle portait sous celle-ci de la lingerie bien ordinaire, avec une horrible paire de collants.

— Enlevez ma chemise, lui ordonna-t-il doucement.

Et Jessica, d'habitude si habile de ses mains, se retrouva incapable d'exécuter cette simple tâche. Salvatore ne semblait pas avoir la moindre intention de l'aider, au contraire : la voir peiner pour défaire ses boutons avait l'air de le satisfaire au plus haut point.

Enfin, elle parvint à lui ôter sa chemise et dénuda son torse hâlé. Elle aspira une longue bouffée d'air en découvrant sa carrure impressionnante, la toison sombre de son thorax. Tout en muscles fermes et effilés, il était simplement magnifique. S'il lui ordonnait de lui ôter son pantalon, elle allait s'évanouir, se dit-elle avec un spasme d'excitation.

Mais il n'en fit rien. Il la serra tout contre lui et plongea les doigts dans sa chevelure. Puis, il recommença à l'embrasser, jusqu'à la rendre alanguie et malléable à merci. Il l'embrassa jusqu'à ce que ses genoux se mettent à trembler de manière incontrôlable et que son bassin vienne se presser irrépressiblement contre le sien. Encore et encore, il l'embrassa, ignorant ses appels étouffés qui l'imploraient d'abréger son délicieux supplice. Cette fois, elle n'attendit pas son signal pour lui défaire, de ses mains tremblantes, la boucle de sa ceinture.

Alors, avec un sourire de triomphe, il immisça les doigts sous l'élastique de sa culotte et la toucha avec une telle précision qu'elle laissa échapper un cri de surprise.

— Ah, *si* ! murmura-t-il en explorant la chaude moiteur entre ses cuisses. Tu es prête pour l'amour.

Confuse et brûlante de désir, elle acquiesça, mais les paroles de Salvatore résonnèrent dans son esprit. *L'amour ?* Que venait faire l'amour dans tout cela ? se demanda-t-elle tandis qu'il la soulevait et l'emmenait vers le lit. Rien, évidemment. L'amour était chez lui un mot qui ne désignait rien d'autre que l'acte sexuel.

Elle se laissa étendre sur le couvre-lit moelleux et l'observa se déshabiller. Enfin, il se débarrassa de son caleçon de soie noire avec une sensuelle nonchalance, parfaitement à l'aise dans sa splendide nudité. Alors, elle put constater l'ampleur de son excitation.

Leurs regards se croisèrent un long moment, et ce fut à cet instant que Jessica décida que sa nervosité n'allait pas venir tout gâcher. Autant savourer chaque seconde de cette aventure et se montrer plus entreprenante, se résonna-t-elle.

— V… viens dans le lit, lui intima-t-elle d'une voix tremblante, les mains tendues vers lui.

Il rit avant de la rejoindre.

— Tu as donc faim de moi, *cara* ?

— Je suis affamée, même !

— Alors, viens.

Et d'un geste expert, il lui dégrafa son soutien-gorge avant de porter toute son attention sur ses seins dénudés, d'abord avec ses yeux, puis frôlant du bout des lèvres leurs pointes rosées. Il sentit sa peau frissonner au passage de sa langue.

— Mmm. Tu as le goût du miel. Du miel et du désir. C'est délicieux.

Ses paroles eurent le don de la détendre instantanément. Au diable son inhibition ! décida-t-elle. Lentement, elle referma la main sur son sexe durci et le sentit tressaillir sous sa caresse.

L'espace d'un instant, Salvatore se raidit, le geste hésitant de Jessica réveillant un sourd pressentiment au fond de son esprit. Comment avait-il pu être si naïf ? se maudit-t-il, avant de lui saisir le poignet. Un de ses cousins ne s'était-il pas justement fait piéger de la sorte par une femme ?

— Je t'en supplie, dis-moi que tu n'es pas vierge ? lui dit-il sur un ton soudain sérieux.

Jessica ne sut s'il fallait rire ou pleurer. Voyait-il donc dans son effleurement gauche le signe de son inexpérience ?

— Non. Bien sûr que non, je ne suis pas vierge. Mais cela changerait-il quelque chose ?

Soulagé, il ôta la main de son poignet et se rapprocha d'elle en lui caressant les cheveux.

— Bien sûr que oui ! Cela changerait tout. Mais oublions cela, et concentrons-nous sur l'essentiel.

Alors, il étouffa ses protestations d'un long baiser voluptueux qui plongea Jessica dans la plus délicieuse des extases, même si, au fond d'elle, une pointe de doute subsistait. Quelque chose dans l'attitude de Salvatore la préoccupait. Mais quoi ?

Pourtant, ses craintes laissèrent bientôt la place au plaisir, tant Salvatore se montrait le plus merveilleux des amants et flattait chaque parcelle de son corps avide de ses caresses.

— Tu aimes ça ? lui demanda-t-il d'une voix provocante, quand sa langue trouva une zone particulièrement sensible.

— Je…, balbutia Jessica, les paupières closes. Je…

— Dis-le-moi ! la pressa-t-il.

— Personne ne m'a jamais fait ça, souffla-t-elle.

— Et ça ?

— Oh, Salvatore, murmura-t-elle. Oui !

Salvatore sourit. La vision de la jeune femme transie de plaisir calma aussitôt ses doutes. Elle ne jouait donc pas la comédie. Et à sa grande surprise, elle s'avérait même parfaite. Elle n'était pas vierge, mais pas non plus très expérimentée. *Perfetto*. De plus, elle se montrait douce. Presque trop, à bien y réfléchir, pensa-t-il alors qu'elle posait sur ses lèvres et son visage une pluie de petits baisers qui éveillaient en lui de délicieux picotements.

Enfin, il entra en elle.

C'était incroyable. *Elle* était incroyable, mais de quelle façon ? Il ne pouvait le dire. Etait-ce son empressement à lui faire plaisir ? Son évidente délectation à découvrir ce qui le faisait gémir d'extase ? Ou bien sa joie pure et simple lorsqu'un premier orgasme secoua son corps voluptueux et qu'elle s'agrippa de toutes ses forces à ses épaules, laissant échapper un long gémissement entrecoupé des syllabes saccadées de son prénom ?

A cet instant, Salvatore se laissa retomber à son tour contre la pile d'oreillers, le cœur emballé comme un cheval au galop, et, les yeux au plafond, tenta de recouvrer son souffle tel un homme qui a frôlé la noyade.

Jessica blottit doucement la tête au creux de son bras.

— Mmm, soupira-t-elle. C'était… merveilleux.

La lassitude qu'il éprouvait d'ordinaire après les ébats se mit à poindre en lui. Il allait très vite devoir faire comprendre à cette jeune femme que toute liaison prolongée entre eux était exclue. D'ailleurs, pleine de bon sens comme elle l'était, Jessica n'allait sûrement pas le contredire.

Il bâilla longuement et s'éloigna d'elle légèrement.

— Mmm. Je meurs de faim. Pas toi ?

Elle hésita à lui répondre que si elle avait faim, c'était de lui, comme elle l'avait fait quelques minutes plus tôt lorsqu'ils avaient fait l'amour et qu'elle avait osé formuler ses fantasmes les plus intimes. Mais à présent, elle le sentait, quelque chose avait changé. Salvatore ne s'était pas seulement éloigné d'elle physiquement. Il semblait plus froid, plus distant. S'attendait-il désormais à ce qu'elle se rhabille et qu'elle rentre chez elle ? s'inquiéta-t-elle.

— Aimerais-tu que j'aille nous chercher à manger ? lui demanda-t-il avec indolence.

A cette question, Jessica se sentit partagée entre un immense soulagement qu'il ne la congédie pas aussitôt après l'amour et l'agacement d'être si soumise à son bon vouloir. Mais comment agir autrement, quand elle ressentait tant de plaisir dans ses bras ? C'était comme si le sens de la vie venait enfin de se révéler à elle.

— Oui, s'il te plaît, accepta-t-elle enfin.

Elle n'avait pratiquement pas mangé du week-end. En visite chez sa grand-mère, elle avait même refusé une part de son fameux gâteau au citron, ce qui n'avait pas manqué d'inquiéter sa chère aïeule. Mais que pouvait-elle répondre à celle qui l'avait élevée après la mort de ses parents ? Qu'elle avait perdu l'appétit parce qu'elle s'apprêtait à coucher avec son patron deux jours plus tard ? Comment pouvait-elle bafouer à ce point tous les principes d'éducation qu'elle avait reçus ?

Salvatore lui jeta un regard amusé avant de sortir du lit.

— Ouf ! soupira-t-il. Que tu n'aies pas eu faim au restaurant passait encore, mais je ne supporte pas les femmes qui se privent de nourriture dans l'espoir de plaire davantage.

— Moi non plus, acquiesça-t-elle en pensant à Willow, que cette remarque aurait sûrement laissée perplexe. Veux-tu que je vienne avec toi ?

Il la parcourut du regard. Elle était délicieuse, avec ses cheveux ébouriffés, ses joues empourprées et ses yeux gris brillants.

— Non, reste là. Tu es divine. Nous allons pique-niquer au lit.

Une fois qu'il fut parti, Jessica se précipita dans la salle de bains et s'efforça de dompter la masse de ses cheveux désordonnés. Puis, elle se glissa de nouveau sous les draps pour l'attendre. Il ne tarda pas à revenir avec un plateau chargé de bonnes choses. Du champagne. Des grappes de raisin. Du pain à l'aspect croustillant. Enfin, un plateau de fromages et une boîte de chocolats noirs.

— Ça m'a l'air délicieux, déclara-t-elle, les yeux brillant de gourmandise.

Il posa le plateau sur le bord du lit et s'avança pour la prendre dans ses bras.

— Tu t'es brossé les cheveux, constata-t-il.

— Oui, je t'ai emprunté un peigne. J'espère que ça ne te dérange pas ?

Derrière son ton qui feignait l'insouciance, il perçut l'anxiété qui, d'après sa grande expérience, s'emparait des femmes après l'amour.

— Tu peux m'emprunter ce que bon te semble, lui assura-t-il avec douceur.

Ces paroles auraient dû la rassurer, mais ce fut exactement le contraire. Elle devait éclaircir la situation, songea-t-elle. Au travail, elle nettoyait son bureau, certes. Mais elle venait de partager son lit. Cela ne lui donnait-il pas le droit de savoir ce qu'il désirait vraiment d'elle ?

— Tu m'as posé une question, tout à l'heure, commença-t-elle.

Salvatore haussa les sourcils, l'air interrogateur.

— Quelle question ?

— Tu m'as demandé si j'étais vierge. Pourquoi ?

Salvatore fronça les sourcils. Elle voulait la vérité, et il allait la lui donner. Ainsi, elle ne pourrait lui reprocher de ne pas avoir été clair et éviterait de se faire de fausses idées sur ses intentions.

— Parce que cela modifierait la suite des choses, répondit-il.

Il ouvrit la bouteille et resta un instant sans rien dire, le temps de leur verser deux coupes. Puis il revint vers le lit et lui tendit un verre, sans toucher au sien qu'il déposa sur la table de chevet avant de se rasseoir près d'elle.

— La virginité est le plus beau cadeau qu'une femme puisse offrir à un homme, excepté l'enfant qu'elle lui donnera un jour.

— Donc… quel problème y aurait-il eu à ce que je sois vierge ?

Il aurait voulu qu'elle comprenne par elle-même où résidait le problème plutôt que de devoir la forcer à ouvrir les yeux. Mais il n'avait pas le choix : il ne supportait pas la duperie et n'avait pas l'intention de la laisser dans l'erreur.

— Je ne t'aurais pas laissée sacrifier ta chasteté, lui expliqua-t-il doucement. Si tu avais été vierge, je t'aurais conseillé de réserver ce cadeau pour l'homme que tu épouseras un jour.

— Mais…

— Vois-tu…, l'interrompit-il, déterminé à ce qu'elle ne se méprenne pas sur son compte. Tu dois comprendre que je suis sicilien, Jessica. Je suis très attaché à la tradition, surtout concernant le mariage. J'ai bien l'intention de retourner un jour en Sicile pour épouser une Sicilienne qui sera vierge. C'est une certitude.

Jessica le dévisagea sans mot dire. N'avait-il donc aucun égard pour ce qu'elle pouvait ressentir face à ce discours ? Ne voyait-il pas qu'il la faisait passer pour une fille facile qui venait de se donner à lui avec légèreté ? Non, évidemment, il ne voyait rien.

— C'est tellement vieux jeu ! se contenta-t-elle de lui faire observer.

Il haussa les épaules.

— Je sais, mais ça m'est égal. A bien des égards, je suis vieux jeu. Pour moi, il est crucial que la mère de mes enfants n'ait pas…, comment dites-vous ça… « papillonné » à droite à gauche ?

Jessica se redressa d'un bond, renversant un peu de champagne sur les draps froissés sans y prêter garde, et sortit du lit, frissonnant de la tête aux pieds.

— Comment oses-tu ? s'exclama-t-elle d'une voix tremblante. Comment peux-tu m'accuser de coucher avec n'importe qui quand ce n'est absolument pas le cas ? D'ailleurs, tu es bien culotté, toi qui es célèbre pour le nombre de tes conquêtes !

Mais sans qu'elle s'en rende compte, il s'était rapproché d'elle. Il étouffa ses récriminations d'un baiser, et plaqua son corps contre le sien.

— Ne m'approche pas ! s'écria-t-elle en martelant son torse de ses poings.

Il lui obéit à contrecœur, et reprenant son souffle, elle lui jeta le regard d'un animal blessé.

— Jessica, je ne t'ai pas fait de fausses promesses, lui rappela-t-il avec douceur. Si tu es là, c'est que tu me plais. J'aime te faire l'amour, et j'espère que ce n'est pas la dernière fois. J'aimerais te faire plaisir. T'emmener à Paris, te faire manger dans de grands restaurants… Te faire découvrir des endroits que tu ne connais pas. Je suis sûr que tu aimerais ça, toi aussi.

Devant le tableau idyllique qu'il lui peignait, Jessica se prit à rêver. Mais elle se devait de comprendre.

— Explique-moi, lui dit-elle en secouant la tête. Que veux-tu de moi ?

Salvatore esquissa l'ombre d'un sourire, comprenant que l'inexpérience de la jeune femme représentait une arme à double tranchant. D'un côté, cela la rendait charmante, mais d'un autre, il fallait tout lui expliquer.

Il la scruta attentivement, admirant ses yeux gris en amande et ses lèvres couleur de rose.

— Je voudrais que tu sois ma maîtresse, lui répondit-il lentement.

8

Jessica leva les yeux vers Salvatore, persuadée qu'elle avait mal entendu sa réponse.

— Ta maîtresse ? répéta-t-elle, incrédule. Mais tu n'es même pas marié !

Soudain, elle plissa les yeux. Un terrible doute l'assaillit et elle pesta en silence de ne pas y avoir songé plus tôt.

— Tu n'es pas marié, si ?

Il secoua la tête, un sourire plein d'ironie sur les lèvres.

— Non, je ne le suis pas, *cara*. Mais un homme n'a pas besoin d'être marié pour avoir une maîtresse. C'est juste le statut d'une femme qui tient une place particulière dans la vie d'un homme. Cela nous permet de savoir exactement à quoi nous en tenir. Nous pouvons donc entretenir une merveilleuse liaison tout en acceptant qu'il n'y ait pas d'avenir pour nous. C'est aussi simple que ça.

Devant la stupeur de la jeune femme, il poursuivit son explication.

— C'est une définition un peu sommaire, je l'admets. Mais cela résume assez bien notre situation. Plus ça va, plus je pense que tu es parfaite pour le rôle, *cara*.

Il avait prononcé ces derniers mots avec tant de douceur qu'un instant, Jessica frissonna d'aise. Elle se sentait si protégée, blottie ainsi dans ses bras. Quelle femme ne l'aurait pas été ? Pourtant, sa proposition constituait le plus terrible des affronts, songea-t-elle soudain avec désolation.

Il leva la tête et dessina le contour de ses lèvres d'un doigt léger.

— Tu ne dis rien, lui fit-il observer.

La pointe de surprise dans la voix de Salvatore l'agaça. Pensait-il vraiment qu'elle allait sauter de joie face à une suggestion que la plupart des femmes rejetteraient avec véhémence ? s'étonna-t-elle. S'attendait-il même à ce qu'elle lui soit *reconnaissante* de sa bonté ? Pourquoi ne s'était-il pas contenté de lui faire l'amour, peut-être de l'emmener dîner de nouveau, sans se sentir obligé de lui fournir des explications ? regretta-t-elle.

Parce qu'alors, tu te serais prise à rêver. Tu te serais imaginé un avenir avec lui, alors qu'il t'a dès le début fait savoir que rien de tel ne pouvait être envisagé.

Soudain, Salvatore baissa la tête, et lui donna un langoureux baiser. Jessica tenta un instant de le repousser, mais seulement un instant.

— *Che voglia*, murmura-t-il.

Elle retint un gémissement lorsqu'il la pénétra, les yeux plongés dans les siens. Puis, Salvatore enfouit la tête au creux de son cou, le corps parcouru d'une onde de désir.

— C'est bon ? lui demanda-t-il d'une voix rauque.

— Oh… oui, confirma-t-elle, secouée de frissons.

— Tu en veux encore ?

— Tu sais bien que oui, chuchota-t-elle.

Il la pénétra plus profondément, observant comment le plaisir détendait ses traits et balayait les derniers signes de défiance sur son visage. Et lorsqu'il perçut ses premiers gémissements d'extase, il se permit à son tour de goûter la volupté de la jouissance.

Ensuite, ils restèrent étendus l'un contre l'autre un long moment. Salvatore caressait lentement sa peau soyeuse, encore moite de leurs ébats, humant avec délices les effluves printaniers de son parfum mêlés aux notes plus musquées de sa propre odeur. Pourtant, son esprit était ailleurs, troublé par la réaction de Jessica.

Elle avait écouté son offre avec une froide retenue, comme si elle l'étudiait avec toute la considération que lui-même accordait à une proposition d'affaires. Il connaissait pourtant des héritières et de célèbres beautés qui se seraient battues pour avoir le privilège d'occuper ce poste. Mais Jessica, elle, n'avait même pas encore daigné lui répondre, s'aperçut-il.

— Tu as sommeil ? s'enquit-il.

Jessica rouvrit les yeux. Oui, son corps réclamait du repos, mais son esprit était bien trop agité, et feindre le sommeil restait encore la meilleure solution pour éviter d'avoir à affronter la dure réalité de la situation.

— Un peu, oui.

— Nous n'avons toujours pas dîné, fit-il remarquer.

Jessica s'assit dans le lit et vit comment Salvatore dévorait aussitôt du regard sa poitrine dénudée. Cela acheva de la convaincre : à ses yeux, elle n'était qu'un corps. Un corps qu'il désirait et qu'il utilisait pour assouvir son appétit sexuel tout comme leur dîner allait bientôt satisfaire sa faim. Du moment qu'elle gardait ça en mémoire, elle ne risquait pas d'avoir le cœur brisé.

— Eh bien, mangeons, proposa-t-elle enfin. Ensuite, je m'en irai.

Salvatore s'immobilisa.

— Tu t'en iras ? répéta Salvatore avec une expression de surprise. Tu t'en iras où ?

— Chez moi, bien sûr, dit-elle en haussant les épaules.

Maintenant, c'était à son tour de se retrouver pris de court, un sentiment qui lui était totalement étranger. D'habitude, il parvenait à lire dans les pensées des femmes comme dans un livre ouvert. Mais pour la première fois de sa vie, il se retrouvait plongé dans la perplexité. L'impossible était-il en train de se produire ? Jessica Martin avait-elle réellement l'intention de l'éconduire ? Le sang se mit à battre furieusement dans ses tempes. Si elle tentait de le mettre à l'épreuve, alors elle n'allait pas tarder à comprendre qu'on ne le manipulait pas de la sorte !

— Pourquoi veux-tu rentrer chez toi ? lui demanda-t-il d'une voix de velours.

— Parce que nous sommes mardi soir et que je dois travailler demain matin.

Salvatore se laissa retomber contre la pile d'oreillers.

— Et où est le problème ? Reste dormir ici, et je demanderai à mon chauffeur de t'amener à ton bureau demain.

Jessica le dévisagea un instant sans rien dire, et malgré la confusion des sentiments qui faisait rage en elle, elle ne put s'empêcher de sourire devant une telle suggestion. Mais bien sûr, quelle excellente idée ! Elle voyait d'ici la tête de ses collègues si elle arrivait en limousine au bureau !

— C'est très gentil à toi, Salvatore, le remercia-t-elle. Mais je ne crois pas que ce soit très raisonnable.

— Pourquoi ça ? lui demanda-t-il, visiblement contrarié.

— Eh bien, d'abord, je n'ai pas emporté de vêtements de rechange.

— Comment ça se fait ? Tu ne comptais donc pas coucher avec moi ce soir ? lui lança-t-il avec humeur. Nous savons tous deux que c'était au programme.

Jessica aperçut l'éclat de colère dans son regard mais ne se laissa pas intimider, malgré l'âpreté de ses paroles.

— C'est vrai, admit-elle.

— Alors pourquoi diable n'as-tu rien emporté avec toi ? Ni vêtements, ni affaires de toilette ?

Ne connaissait-il donc rien aux femmes ? s'étonna Jessica.

— Parce que ça aurait semblé tellement... tellement incongru ! Tu m'imagines, arrivant au restaurant avec ma petite valise ? Ecoute..., reprit-elle en se baissant vers lui pour lui déposer un rapide baiser sur les lèvres. Dînons ensemble, si tu veux. Ensuite, je rentrerai chez moi. Comme ça, nous aurons tous les deux une bonne nuit de sommeil.

Il la toisa.

— Tu te prends pour mon infirmière ?

Elle réprima un éclat de rire.

— Si j'étais ton infirmière, j'aurais enfreint le code déontologique de ma profession, répliqua-t-elle d'un ton moqueur.

Salvatore fronça les sourcils. Non seulement il se trouvait incapable de la contredire, mais en plus, il n'avait jamais été pris au dépourvu de la sorte. C'était le monde à l'envers : elle venait chambouler son plan savamment orchestré au lieu de se montrer docile et craintive.

— Tu joues la prude, à présent ? lui lança-t-il, maussade.

— C'est un peu tard, tu ne crois pas ? riposta-t-elle avant

d'avaler un grain de raisin et de lui en tendre un autre. Tiens, goûte.

— Non, je n'ai pas envie.

— Très bien, dans ce cas, je vais y aller.

Il la regarda sortir du lit. Ainsi, elle comptait vraiment le quitter, songea-t-il. Un instant, il envisagea de la rattraper, de la plaquer contre le mur et de lui faire crier son prénom de plaisir. Mais il aurait beau la retenir un moment, elle finirait quand même par partir, tant elle semblait déterminée.

Jessica se leva et fit mine de paraître insouciante alors qu'elle entreprenait, entièrement nue, de rassembler ses vêtements éparpillés dans la chambre, tout cela sous le regard impassible de Salvatore. Elle ramassa sa culotte et l'enfila d'un geste gauche puis agrafa son soutien-gorge, se demandant par quel miracle les stripteaseuses parvenaient à transformer ce genre de choses en numéro érotique. Elle saisit ensuite son collant, s'efforçant en vain d'ignorer le regard perçant posé sur elle, et le passa en se tortillant.

— Jessica ?

— Qu'y a-t-il ?

— Il est hors de question que tu continues à porter cette… chose en ma présence, déclara-t-il avec une moue dégoûtée.

— Mon collant ?

— Oui, ton collant, confirma-t-il. L'inventeur de cette horreur mériterait le pire des châtiments. Les femmes ne devraient porter rien d'autre que des bas et des porte-jarretelles.

— Très bien. Je prends note, acquiesça-t-elle d'un air exagérément grave, avant de passer sa robe mauve par-dessus sa tête.

— N'oublie pas pour la prochaine fois, insista-t-il sans détacher son regard de la jeune femme.

Cette robe galbait à merveille ses formes voluptueuses, nota-t-il avec satisfaction. Mais elle était trop longue. Son regard se promena le long de ses jambes et s'y attarda un moment.

— Pourquoi caches-tu tes jambes, Jessica ? Elles constituent un de tes atouts les plus remarquables.

Elle hésita un instant, incertaine de la façon dont il allait réagir en apprenant la vérité. Mais après tout, il n'y avait aucune honte à lui avouer que cette robe ne lui appartenait pas, n'est-ce pas ?

— C'est la robe de Willow.

Salvatore la dévisagea avec une expression confuse. De toute évidence, il n'avait aucune idée de qui elle parlait. Jessica n'en revint pas : il ne se souvenait même pas de sa superbe colocataire blonde !

— Tu l'as rencontrée quand tu es venu me chercher. Willow est plus grande que moi, voilà pourquoi sa robe est trop longue.

Salvatore posa sa coupe de champagne et se leva du lit pour se diriger vers Jessica, dont le regard s'alluma aussitôt d'un éclair d'appréhension mêlé de désir. Lorsqu'il l'atteignit, il lui prit les mains et les porta à ses lèvres pour embrasser chacun de ses doigts avec une tendresse inattendue.

— Dorénavant, tu n'emprunteras plus de vêtements, lui dit-il doucement.

Jessica ouvrit la bouche pour lui répondre que ce n'était pas aussi simple que ça et que pas une pièce de sa garde-robe ne convenait au genre d'endroits que Salvatore fréquentait, mais celui-ci la fit taire d'un mouvement de tête.

— Je sais ce que tu vas dire, commença-t-il. Que tu n'as pas les moyens d'acheter de beaux vêtements.

— Eh bien, en effet, admit Jessica, la tête haute.

— Dans ce cas, sache que l'un des nombreux avantages d'être la maîtresse d'un homme riche, c'est que celui-ci peut te les offrir.

Jessica secoua vigoureusement la tête.

— Pas question !

— Oh, si ! Inutile de protester, dit-il d'une voix plus profonde, un sourire lascif aux lèvres. Sache que je prendrai beaucoup de plaisir à t'habiller de la tête aux pieds. Pas question de te voir porter un jour de plus ces horribles sous-vêtements.

Jessica, piquée au vif, fut submergée par l'humiliation.

— Si l'apparence compte autant pour toi, pourquoi ne cherches-tu pas quelqu'un qui t'attire davantage ?

— Détrompe-toi, tu m'attires, lui assura-t-il doucement. Mais tu es comme les arbres de mon verger, en Sicile. Il faut t'élaguer pour que tu fleurisses encore mieux. Et maintenant, viens par ici.

— Salvatore…

Mais de nouveau, il la fit taire d'un baiser et l'attira contre lui. Visiblement, il était prêt pour de nouveaux ébats.

— Es-tu sûre de vouloir partir ? lui demanda-t-il sur un ton taquin.

Elle ferma les paupières. Comme il aurait été facile de se laisser convaincre et de rester ! songea-t-elle. Elle l'aurait laissé la déshabiller, lui faire l'amour encore et encore. Mais il fallait se montrer forte, se rappela-t-elle, et lui faire comprendre qu'elle ne saurait se faire manipuler de la sorte. Et puis, impossible d'arriver au bureau le lendemain vêtue d'une robe de soirée !

— Absolument, répondit-elle avec fermeté.

Elle vit ses traits se durcir.

— Très bien. Dans ce cas, je préviens mon chauffeur.

Il décrocha le téléphone et donna ses instructions à ce dernier, puis raccrocha et se retourna vers elle avec un drôle de sourire et une lueur dans ses yeux bleus qu'elle ne sut interpréter.

— Je t'appellerai, dit-il simplement.

Jessica ramassa son sac à main d'un geste mal assuré.

— Bonne nuit, Salvatore, dit-elle enfin, en s'efforçant de prendre une voix détachée.

Alors, elle se dirigea à pas rapides vers la porte et disparut avant qu'il ne décèle les doutes qui la rongeaient.

9

— Comment ça, sa maîtresse ? s'écria Willow.

Jessica fixait d'un regard vague son bol de céréales et en remuait distraitement le contenu du bout de sa cuiller. Elle n'aurait jamais dû parler de ça à sa colocataire, regretta-t-elle. Pourquoi avait-il fallu qu'elle lui expose la proposition aussi insensée qu'excitante de Salvatore ?

— Oh, tu sais, ça n'a rien de très original, déclara-t-elle d'un air détaché, comme si ce genre de choses lui arrivait tous les jours.

— Comment as-tu pu accepter de te laisser manipuler par ce type ? s'exclama Willow. Car j'imagine que tu as accepté ?

— En quelque sorte, oui, avoua-t-elle, les yeux toujours baissés.

— Tu as donc perdu la tête ?

— C'est juste que… que…

Jessica se mordit la lèvre. Comment pouvait-elle lui avouer qu'elle adulait cet homme et que malgré sa réputation de don juan, elle voulait croire qu'il y avait quelque chose de spécial entre eux ?

— Que quoi ? insista Willow.

Jessica repoussa son bol et posa le regard sur son amie, dont les cheveux dorés retombaient en cascade autour de son visage à la peau nette et lisse, même sans maquillage.

— Toi aussi, tu aurais succombé à son charme ! protesta-t-elle.

— Peut-être, mais je l'aurais fait attendre. Et puis…, je me demande pourquoi il t'a choisie, *toi*, continua Willow d'un air songeur, avant d'apercevoir l'expression choquée de Jessica et de se reprendre. Je veux dire, n'est-ce pas un peu risqué, sachant que vous travaillez au même endroit ?

— Si tu veux vraiment savoir pourquoi il m'a choisie, *moi*, dit Jessica, les joues en feu, c'est justement parce que je nettoie son bureau. Je connais ma place, et lui la sienne. Nous pouvons nous… *amuser*, sans qu'il ait pour autant à envisager de s'engager avec moi. Car ça n'arrivera jamais.

Elle se remémora alors avec amertume les paroles de Salvatore qui lui déclarait qu'il comptait bien retourner un jour en Sicile pour trouver une épouse vierge.

— Et à tout hasard… m'aurait-il mentionnée ? s'enquit Willow avec une indifférence feinte.

Jessica se comptait beaucoup de défauts, mais pas celui d'être cruelle. Elle n'eut donc pas le courage d'avouer à son amie que le beau Sicilien ne s'était même pas souvenu de son prénom. De toute façon, pleine d'assurance comme elle était, Willow ne l'aurait probablement pas crue.

— Non, répondit-elle simplement. Aurait-il dû le faire ?

Willow masqua sa déception en continuant son petit interrogatoire.

— Et quand vas-tu le revoir ?

— Il est parti pour affaires. Il voyage tellement ! Cette semaine, il est à New York.

— Il en a de la chance ! Et l'as-tu vu avant son départ ?

— En coup de vent.

En effet, après leur fougueuse soirée, l'angoisse l'avait envahie à l'idée de retourner dans son bureau et de se retrouver en sa présence. Que lui dire ? Comment se comporter ? Mais à son grand soulagement, elle avait trouvé le bureau désert. Elle s'était donc employée à le nettoyer de fond en comble. Elle sortait tout juste de la pièce adjacente, un chiffon humide à la main, quand Salvatore était entré.

Ce jour-là, il portait un costume sombre qui contrastait magnifiquement avec le bleu de ses yeux et soulignait le hâle doré de son teint méditerranéen. Il avait posé son attaché-case puis l'avait observée un très long moment.

— Jessica…

Elle n'avait su comment réagir. Elle ne rêvait que d'une

chose : courir dans ses bras, caresser sa peau mate, le toucher, comme pour s'assurer qu'il était bien réel. Mais elle n'avait rien osé faire et était restée interdite, l'air sûrement stupide dans son horrible tablier rose.

— Viens ici, lui avait-il ordonné d'une voix douce.

Elle s'était exécutée, et il lui avait pris les mains dans les siennes, l'air perplexe en apercevant ses gants de ménage jaunes.

— Je n'ai jamais compris le pouvoir érotique du latex, lui avait-il dit sur un ton anodin en les lui ôtant lentement.

Il avait jeté les gants par terre pour la serrer dans ses bras, une étincelle sensuelle au fond de ses yeux saphir.

— Nerveuse ? lui avait-il demandé en la sentant frissonner.

— Un peu, oui.

— Pourtant, nous avons été si intimes, tous les deux. Es-tu fâchée parce que je ne t'ai pas appelée ?

— Tu n'as pas mon numéro, avait-elle fait observer en veillant à ne pas mettre de reproche dans sa voix.

Dans le regard de Salvatore s'était allumée une lueur amusée.

— Penses-tu que ça m'aurait arrêté, *cara* ?

Qu'il obtînt tout ce qu'il désirait d'un claquement de doigts, Jessica n'en doutait pas une seconde.

— Maintenant, embrasse-moi, avait-il murmuré.

L'espace d'un instant, un frisson de peur mêlée d'excitation l'avait envahie : comptait-il lui faire l'amour là, tout de suite, avant de filer vers l'aéroport où l'attendait son jet ?

Mais à sa grande surprise, il n'en avait rien fait. Peut-être n'avait-il pas eu le temps de prendre une douche dans la salle de bains privée qui jouxtait son bureau, ou peut-être n'avait-il pas voulu froisser son costume ? Ou plus simplement, peut-être ne s'était-il pas laissé dominer par son désir, contrairement à elle ? Alors qu'elle n'avait pu réfléchir à autre chose qu'à lui depuis leur dernière rencontre, lui ne semblait pas lui avoir accordé la moindre pensée.

Cependant, son baiser s'était révélé tendre. Incroyablement tendre. Pourquoi fallait-il qu'il fût Salvatore Cardini, patron d'une des plus puissantes sociétés du monde ? Si seulement il n'avait été qu'un homme ordinaire ! Un comptable, disons, qu'elle aurait rencontré dans un café de la City. Cela se serait avéré tellement plus facile ! Elle l'aurait invité chez lui pour lui cuisiner des spaghettis à la bolonaise. Elle n'aurait pas fait de plans sur la comète, ne se serait pas arraché les cheveux pour savoir quoi porter ou quoi dire s'il l'invitait au restaurant. Enfin, elle n'aurait pas tremblé de peur à l'idée que tout cela se termine un jour.

— Quand reviens-tu ? lui avait-elle demandé.

— Je serai de retour ce week-end. Nous verrons-nous ?

— Je l'espère, avait-elle murmuré timidement.

— D'accord, Jessica. Je te fais signe.

Et sur ces mots, il s'était de nouveau emparé de ses lèvres pour un court baiser, avant de disparaître en la laissant seule et désemparée, avec le terrible sentiment qu'elle ne serait jamais qu'une simple figurante dans la vie de cet homme…

— Alors ? Quand le vois-tu ?

Le ton insistant de Willow tira Jessica de ses sombres pensées. Elle secoua la tête et vérifia l'heure sur la grosse horloge jaune de la cuisine.

— Il ne va pas tarder à passer me chercher.

— Et tu n'es toujours pas prête ?

— Mais si. Je suis prête.

Willow écarquilla les yeux.

— Ah…

Salvatore ayant critiqué les habits de Willow, Jessica était bien décidée à ne plus lui en emprunter. Elle portait donc son jean préféré, certes un peu terne et fatigué, mais toujours très seyant, surtout avec son petit pull en cachemire gris acheté en solde la saison passée. Un ruban de velours noir retenait ses cheveux en queue-de-cheval et, en guise de maquillage, une légère touche de blush et de rouge à lèvres rosé.

Malgré son calme apparent, elle frissonnait d'angoisse et d'excitation à l'idée de le revoir.

On frappa à la porte, et Jessica alla ouvrir. Le chauffeur la salua d'un signe de tête respectueux et elle avisa Salvatore, en train de parler au téléphone derrière les vitres fumées de la limousine. Elle attrapa sa veste et se dirigea vers la voiture. Le chauffeur lui ouvrit la portière et elle se glissa à l'intérieur où

Salvatore, l'apercevant, dit quelques phrases rapides en italien dans le combiné avant de raccrocher.

— *Ciao, bella*, murmura-t-il d'une voix de velours. Viens me dire bonjour.

Quand elle s'approcha, elle perçut une lueur de satisfaction dans le regard qui lui rappela qu'à ses yeux, elle représentait avant tout un trophée. Mais tout d'un coup, cela lui fut égal. N'avait-elle pas rêvé de cet instant depuis leur dernière rencontre ? Elle vint se blottir dans ses bras tandis que le chauffeur refermait la portière derrière eux.

Salvatore posa les lèvres sur les siennes et goûta avec délices la saveur mentholée de sa bouche. Ce parfum, mêlé à cette étrange innocence qui caractérisait la jeune femme, le fit gémir de plaisir tandis qu'il l'embrassait plus profondément encore, une main posée fermement sur sa hanche. Lorsqu'il détacha enfin ses lèvres des siennes, il la dévora de son regard bleu embrumé de désir.

— Je t'emmène directement chez moi, lui déclara-t-il d'une voix essoufflée. Cela fait cinq jours que je brûle de te faire l'amour.

— Allons-y, acquiesça-t-elle dans un souffle, les bras jetés autour de son cou.

— Quelle impatience ! se moqua-t-il doucement.

Mais elle se contenta de lui donner un autre baiser.

Il avait bien choisi sa maîtresse, se félicita-t-il. Dans ses bras, elle oubliait sa pudeur et sa timidité, telle une jeune panthère impatiente d'être domptée. Il brûlait de la toucher, peut-être même de l'emmener vers les sommets du plaisir là, tout de suite, à l'arrière de la limousine... Malheureusement, elle portait un jean.

— Tu as vraiment besoin que je t'emmène faire les magasins, *cara*.

— Pour que je ressemble davantage à la maîtresse d'un homme riche, c'est ça ? répliqua Jessica d'un ton amer.

— C'est tout à fait ça, confirma-t-il.

— Et si je refuse que tu m'achètes le moindre vêtement ?

— Alors je serai obligé de te passer sur le corps, murmura-t-il lentement, cette suggestion la faisant aussitôt rougir.

Elle voulut lui rappeler qu'elle se trouvait là, dans ses bras, parce qu'elle en avait envie, pas parce qu'elle comptait tirer profit de cette liaison, mais la voiture se mit à ralentir, et elle s'aperçut qu'ils s'engageaient dans la rue de Chelsea où il habitait.

De jour, l'endroit paraissait différent. La rue était charmante, bordée d'arbres en bourgeons, prêts à fleurir dès l'arrivée du printemps. D'ici là, allait-il retourner en Sicile pour épouser sa promise ? se demanda-t-elle, le cœur serré. Allait-il la laisser seule avec ses souvenirs ?

Son appartement lui apparut plus grand en plein jour, et bien plus luxueux que lorsqu'elle l'avait entraperçu la dernière fois. Tout semblait impeccablement net et propre. Qui nettoyait cet endroit avec tant de soin ? se demanda-t-elle, non sans éprouver un certain malaise.

— As-tu choisi ces meubles tout seul ? lui demanda-t-elle en passant le doigt sur le dossier d'un petit canapé bien trop beau pour qu'on ose s'y asseoir.

Salvatore fronça les sourcils. Commençait-elle déjà à faire l'inventaire de ses richesses ?

— J'ai chargé quelqu'un de les choisir pour moi, lui expliqua-t-il avec détachement. Une spécialiste des antiquités et de la décoration d'intérieur. Je lui ai confié mes envies, puis je l'ai envoyée dans mon appartement de Milan pour se faire une idée plus précise de mes goûts.

— Et tu aimes ce qu'elle a fait ici ?

— J'adore. Pas toi ?

— Oh, si, répondit Jessica d'une voix quelque peu hésitante.

Quelle étrange mode de vie, songea-t-elle. Si différent du sien. Il pouvait tout s'offrir. Absolument tout.

D'un pas rapide, elle passa devant un tableau qu'en temps normal, elle aurait longuement admiré, et se dirigea vers la fenêtre derrière laquelle s'étirait un pâle ciel d'hiver au-dessus du fleuve.

Salvatore se plaça derrière elle et, les mains posées sur ses épaules, se pressa contre son dos. Il chuchota au creux de son oreille.

— Que se passe-t-il ? Tes épaules sont tendues et tu sembles bien loin d'ici.

Oui, elle était nerveuse. Parce qu'il y avait un monde entre eux deux. Mais pourquoi gâcher ce moment avec ces sombres préoccupations ? C'était comme refuser d'admirer un arc-en-ciel, sous prétexte qu'il était éphémère !

Elle se retourna et leva le visage vers le sien.

— Je suis là, à présent, lui chuchota-t-elle.

Pourtant, malgré les bouffées de désir qui les envahissaient, Salvatore perçut en elle une sorte d'hésitation, même lorsqu'il glissa les mains sous son pull et referma les doigts sur la courbe soyeuse de ses seins. Etait-ce une lueur de reproche qu'il voyait briller au fond de ses yeux gris, ou bien sa conscience coupable lui faisait-elle imaginer cela ?

Mais après tout, il n'avait aucune raison de culpabiliser ! Ils agissaient tous deux en adultes consentants, et si Jessica n'appartenait pas à son cercle habituel de fréquentations, il devait justement tirer parti de ce changement bienvenu. Toutefois, tandis qu'il lui guidait la main vers la boucle de sa ceinture, il regretta qu'elle ne fût pas l'une de ces femmes expérimentées. Une femme qui ne l'aurait pas regardé avec ce mélange de tendresse et d'émerveillement. Ne comprenait-elle donc pas que ce genre de sentiments n'avait rien à faire ici, et qu'elle perdait son temps si elle pensait l'amadouer ?

Ses traits se durcirent. Il devait sans plus tarder lui montrer comment il souhaitait que sa maîtresse se comporte.

10

— Il faudrait songer à se lever.

Lentement, Salvatore ouvrit les yeux.

— Pourquoi ?

— Parce que…

Jessica lutta pour rassembler ses pensées, troublée par le physique renversant de son amant sicilien, étendu à son côté dans le plus simple appareil.

— Parce que, comme d'habitude, nous avons passé presque toute la journée au lit, répondit-elle enfin.

Salvatore sourit et effleura du bout du doigt la courbe de son sein, geste qui provoqua aussitôt chez elle un petit frisson de délice.

— Et qu'y a-t-il de mal à cela, *cara mia* ? Au lit, nous pouvons discuter, dormir, manger, et bien sûr, faire l'amour. Quel meilleur endroit pour faire tout ça ?

Jessica, le regard perdu dans le bleu de ses yeux, se sentit fondre de plaisir sous sa caresse experte.

— Eh bien, dit comme ça…

— Alors, où est le problème ?

Le problème, c'était qu'elle commençait à ne plus pouvoir se passer de lui ! Elle se sentait comme quelqu'un qui n'avait jamais goûté de chocolat et à qui on en avait offert une pleine boîte : elle ne pouvait plus s'arrêter. Les journées voluptueuses passées ces deux derniers mois dans les bras de Salvatore ne faisaient qu'aggraver sa dépendance.

— Je n'arrive pas à réfléchir quand tu me touches comme ça, protesta-t-elle faiblement.

— Alors ne réfléchis pas. Laisse-toi aller et suis ton plaisir.

Il lui fit l'amour lentement, lascivement, se délectant de la manière dont elle réagissait à chacune de ses caresses. Chaque fois qu'il la menait vers l'orgasme, elle donnait l'impression de recevoir le plus précieux des cadeaux. Elle était l'amante la plus douce qu'il eût jamais connue.

Il contempla son visage. Joues empourprées, cheveux soyeux étalés sur l'oreiller, elle entrouvrait les lèvres dans l'attente d'un nouveau baiser. A sa grande surprise, l'enthousiasme de la jeune femme avait fini par le gagner. Pourtant, il se devait de rester sur ses gardes, se rappela-t-il.

— Tu n'as pas connu beaucoup d'hommes, n'est-ce pas ? s'enquit-il, l'air songeur.

Jessica se raidit. Etait-ce un reproche déguisé ? se demanda-t-elle. L'avait-elle déçu ?

— Tu sous-entends que je ne suis pas très douée ?

Il secoua la tête.

— Je n'ai absolument pas dit ça, *cara*.

— Alors, comment l'as-tu deviné ?

— Difficile à expliquer, commença-t-il en faisant glisser la main vers son ventre. Tu apprends vite et tu aimes faire plaisir et pourtant, tu ne ressembles pas à toutes ces femmes qui font l'amour comme s'il s'agissait d'un exercice. Elles procèdent toujours de la même façon, avec les mêmes gestes… Tu saisis ?

— Je crois, oui, acquiesça-t-elle avant de se mordre la lèvre, soucieuse. Tu m'as l'air d'avoir connu beaucoup de femmes.

Il esquissa un sourire indulgent tandis que ses doigts continuaient leur lente descente vers le creux de ses cuisses.

— Probablement pas autant que tu te l'imagines. Mais, *certo*, il y en a eu un certain nombre. Et quoi de plus normal ? Après tout, j'ai trente-six ans.

Dans le silence qui s'ensuivit, il cessa de la caresser un instant. Une question lui brûlait les lèvres.

— Et toi, combien d'hommes as-tu connus ?

Pendant quelques secondes, Jessica resta interdite, choquée qu'il ose se montrer aussi direct.

— Un seul, avoua-t-elle enfin.

Il plissa les yeux comme pour déceler chez elle un éventuel mensonge.

— Tu étais amoureuse ?

Elle haussa les épaules. Ce qu'elle avait éprouvé pour William n'était qu'une pâle imitation de son sentiment à l'égard de Salvatore.

— Je croyais l'être, à l'époque.

— Dommage…, murmura-t-il lentement. Dommage d'avoir gâché ton innocence pour un homme qui fait désormais partie de ton passé.

Jessica en eut le souffle coupé.

— *Gâché ?*

— Tout juste. Tu aurais pu garder ce merveilleux présent pour ta nuit de noces, expliqua-t-il avec un sourire bienveillant. Mais dans ce cas, bien sûr, tu ne serais pas ici ce soir, *cara mia.*

Jessica tenta de conserver son sang-froid, se rappelant que Salvatore était sicilien, corps et âme. Inflexible, dur et intransigeant, il ne changerait jamais, quoi qu'elle fasse. Inutile donc de prolonger cette conversation humiliante, décida-t-elle. Mais elle dut retenir ses larmes face à la cruelle vérité que ses paroles avaient de nouveau laissé entrevoir. A savoir, que leur histoire restait temporaire, et qu'en laissant ses sentiments prendre le dessus, elle risquait d'avoir très mal.

Malheureusement pour elle, il était déjà trop tard, elle le savait. Ses émotions avaient pour de bon pris le pas sur sa raison et ne tarderaient pas à la mener vers les affres du désespoir. Car selon toute évidence, elle seule accordait de l'importance à leur histoire. D'ailleurs, Salvatore aurait sans doute été horrifié de découvrir la nature de ses sentiments.

Par conséquent, il fallait de toute urgence qu'elle se comporte comme une maîtresse, se répéta-t-elle en elle-même. Cesser d'agir comme une pauvre victime à l'affût de la moindre manifestation de tendresse que Salvatore, inutile de rêver, ne lui donnerait jamais.

— N'avais-tu pas parlé de shopping ? lui demanda-t-elle avec un air mutin.

Salvatore plissa les yeux. Certes, il avait bien mentionné une virée dans les magasins. Mais la remarque de Jessica le prenait totalement par surprise. Quelques semaines plus tôt, elle avait catégoriquement refusé qu'il lui achète des vêtements, et puisqu'ils avaient de toute façon passé la plupart de leurs journées au lit, il n'y avait pas eu d'urgence à cela. Jessica avait-elle rusé en prétendant que son argent ne l'intéressait pas ? C'était un stratagème féminin que tous les hommes redoutaient. Et lui, Salvatore Cardini, était-il assez stupide pour s'être laissé mener en bateau ?

— Si, *cara*. J'ai hâte de renouveler ta garde-robe, lui assura-t-il d'une voix de velours.

Jessica crut percevoir une note de réserve dans sa voix, mais n'y prêta pas garde. Après tout, n'avait-il pas insisté depuis le début pour modifier son style vestimentaire de façon à la rendre présentable dans les soirées raffinées où on l'invitait ?

— Tu avais parlé d'un dîner important où tu comptais m'emmener la semaine prochaine, dit-elle.

— En effet, confirma-t-il en se relevant sur un coude, le regard posé sur les courbes aux pointes rosées de ses seins. Allez, habille-toi, je t'emmène faire les boutiques.

Encore une fois, Jessica discerna dans sa remarque une intonation sèche, dénuée d'enthousiasme. Elle glissa les jambes hors du lit, consciente qu'il surveillait ses moindres gestes avec un regard perçant. Prise d'une soudaine nervosité, elle humecta ses lèvres sèches du bout de la langue avant de remettre ses sous-vêtements ordinaires, s'efforçant de paraître aussi sensuelle que possible. Mais comment pouvait-elle rivaliser avec toutes ces femmes qu'il avait connues dans le passé ? Des femmes de son rang, des femmes riches qui pouvaient s'offrir la soie et la dentelle la plus fine pour couvrir leurs corps, le genre de sous-vêtements qu'il avait évoqués la première fois qu'ils avaient couché ensemble.

Salvatore sentit son corps réagir de nouveau devant elle, mais cette fois, il avait l'impression d'y voir clair dans son jeu. Oh, sa façon de se passer la langue sur les lèvres, l'air de rien ! Cet innocent battement de cils, sa pudeur feinte qui lui faisait tourner le dos pour mieux lui dévoiler la courbe rebondie de ses fesses…

— Viens ici, lui ordonna-t-il.

— Mais… Tu viens de dire que…

— J'ai dit, viens.

Malgré la soudaine dureté de son ton, elle ne put lui résister, même si elle devinait exactement ce qu'il avait en tête à la façon dont ses yeux bleus se consumaient de désir. *Tu n'es qu'un objet pour lui*, se rappela-t-elle. Pourtant, elle ne fit rien pour le retenir lorsqu'il la prit par la taille et la hissa sur lui, lui faisant aussitôt sentir l'ampleur de son excitation tandis qu'il glissait les mains dans sa culotte avec une impatience dénuée de douceur.

— Salvatore, protesta-t-elle, le souffle coupé. Je viens à peine de m'habiller !

— Eh bien, débarrassons-nous en une bonne fois pour toutes, puisque tu en voulais des neufs.

Sa voix lui parut aussi brutale que ses gestes alors que, d'un mouvement rapide, il déchirait sa culotte.

— Sa… Salvatore !

Cela aurait pu être des préliminaires, mais Jessica sut qu'il s'agissait de tout autre chose, à la façon dont il la scrutait avec un regard méfiant et plein de doutes. Il la saisit alors par les hanches et l'instant d'après, la pénétra avec une force telle qu'elle ne put que crier son plaisir, saisie par la vitesse et l'ardeur de son étreinte. Salvatore ne tarda pas à la rejoindre dans la jouissance avec un gémissement presque douloureux.

Dans les minutes qui suivirent, elle se tint à côté de lui, luttant pour retrouver une respiration normale, peu à peu consciente que quelque chose avait changé : il ne la tenait pas serrée contre son torse, pas plus qu'il ne lui caressait les cheveux comme il avait pourtant l'habitude de le faire. Comme l'acte sexuel pouvait être étrange ! songea-t-elle. Parfois, cela vous faisait sentir tellement proche de l'autre et parfois, si distant…

Comme à présent.

Elle tourna la tête en le sentant remuer à côté d'elle. Salvatore se levait, déroulant son corps svelte et élancé tel un félin. Sans lui adresser la parole, il disparut dans la pièce d'à côté, et elle resta étendue dans le lit, stupéfaite de ce brusque changement d'humeur. Elle finit par se lever à son tour et alla prendre une douche, après quoi elle se rhabilla et retourna dans la chambre, où Salvatore l'attendait, bras croisés, le visage fermé. Mais elle s'efforça d'ignorer son air étrange et noua les bras autour de son cou. Après tout, n'était-ce pas l'attitude qu'il attendait d'elle ?

— Cette douche était délicieuse, chuchota-t-elle doucement à son oreille.

Elle embaumait le jasmin et la violette, et ses cheveux brillants étaient encore légèrement humides. Salvatore eut toutes les peines du monde à rester de marbre face à son accès touchant de tendresse. Et pourquoi ne pas lui accorder le bénéfice du doute ? songea-t-il. Après tout, c'était *lui* qui avait mis sur la table le sujet de sa garde-robe. D'ailleurs, elle ne lui avait pas demandé de l'emmener dans des boutiques hors de prix. En fait, elle ne semblait pas forcément attirée par le mode de vie clinquant qu'il pouvait lui offrir, et quand il lui avait proposé la semaine dernière de l'accompagner pour rencontrer un membre du gouvernement italien, elle avait refusé en prétextant qu'elle allait le gêner. A bien y réfléchir, elle n'avait pas l'air de tenir plus que cela à se faire voir en sa compagnie ou à montrer au reste du monde qu'elle couchait avec lui.

Une heure plus tard, après que la limousine les eut arrêtés devant le plus luxueux grand magasin de la ville, il la mena à travers les fabuleux rayons de lingerie fine en direction du rayon des vêtements féminins, où une horde de vendeuses les entourèrent bientôt.

— Puis-je vous aider, Monsieur ? lui demanda une élégante Française, visiblement en charge du rayon.

Salvatore passa la main autour de la taille de Jessica et l'attira à lui avec possessivité.

— Je voudrais acheter des vêtements pour ma petite amie.

Une petite amie bien chanceuse, semblait dire le regard de la vendeuse.

— Quel genre de vêtements, Monsieur ?

— Je veux tout voir, répondit-il.

On les mena vers un petit salon d'essayage privé. Un café fut apporté à Salvatore, assis dans un fauteuil, tandis que Jessica entrait dans une gigantesque cabine remplie d'immenses miroirs peu flatteurs, où la vendeuse lui présenta des myriades de tenues.

Jessica, étourdie par tant d'attentions et de luxe, ne savait où donner de la tête. Tout semblait si parfaitement chorégraphié qu'elle se serait crue dans un ballet plutôt que dans un grand magasin. Mais l'instant où l'on ajouta à ses achats un porte-jarretelles en dentelle et plusieurs paires de fins bas de soie, elle se souvint du rôle qu'elle jouait dans cet opéra savamment orchestré : celui de maîtresse.

Des heures plus tard, on dépêcha plusieurs assistants pour charger les dizaines de sacs dans le coffre de la limousine. Parmi eux, se trouvaient enfouis les anciens vêtements de Jessica, qui arborait à présent une robe portefeuille en jersey de soie parfaitement ajustée. Et sous cet ensemble, se cachaient les dessous les plus sexy qu'elle eût jamais osé porter. Troublée par cette soudaine métamorphose, elle hésitait entre la joie de dévoiler enfin une nouvelle facette d'elle-même, et la peur de renier celle qu'elle avait été jusqu'à présent.

— Je vais demander au chauffeur de te déposer chez toi, annonça Salvatore avec un bâillement. On se verra mercredi.

— Pas… pas ce soir ? hésita-t-elle, perplexe de se voir congédier de la sorte quand il venait de dépenser une petite fortune pour elle.

Il y eut un court silence durant lequel elle posa sur lui un regard surpris et déçu.

Mais Salvatore avait tranché. Il devait lui montrer qui menait le jeu.

— Non, pas ce soir, *cara*. Je dois partir quelques jours à Santa Barbara. Ne t'en ai-je pas parlé ?

Non, il ne lui avait rien dit. Et après ? Les maîtresses n'avaient pas droit aux civilités en usage dans un couple normal, se rappela-t-elle, non sans amertume. Mais elle ne pouvait se permettre de se laisser abattre. Elle devait garder la tête haute.

— Je ne crois pas, non, répondit-elle en relevant le menton.

Et lorsque la voiture la déposa devant chez elle, elle parvint quand même à lui adresser un sourire.

— Merci pour tous ces fabuleux vêtements, lui dit-elle, même si la rebuffade de Salvatore lui donnait envie de les laisser tous derrière elle dans la voiture. Et bon voyage.

Elle se pencha vers lui pour déposer sur ses lèvres le plus léger des baisers.

Son attitude était froide, nota Salvatore. Il ne l'avait jamais vue ainsi, et cela l'intriguait, l'excitait, même. Il l'attira plus près de lui, sentant sous ses doigts la douceur soyeuse de l'étoffe qui enserrait à présent sa taille.

— Me ferais-tu changer d'avis, *cara* ? murmura-t-il. Et si nous allions chez moi, finalement ?

Mais Jessica ne flancha pas.

— Allons, tu dois te préparer pour ton voyage, lui rappela-t-elle en s'éloignant de lui.

L'avait-il trop gâtée ? se demanda Salvatore. Se montrait-elle distante maintenant qu'elle avait obtenu tous ces somptueux cadeaux ? La joie innocente qui l'avait tant touché avait-elle donc laissé la place au désabusement blasé des femmes entretenues ?

Il l'observa saisir son sac, une petite pochette de cuir brillant assortie à ses escarpins. L'argent conférait du pouvoir aux gens, nota-t-il. Il suffisait de vêtir une femme de ménage de coûteux habits pour la voir se transformer en véritable diva. Devait-il insister pour qu'elle se plie à sa volonté ? L'embrasser jusqu'à ce qu'elle cède ?

Mais il soupira en voyant la lueur de fierté qui illuminait ses yeux gris perle. Autant lui laisser croire à sa petite victoire, décida-t-il. Un jour, il la quitterait, et elle regretterait alors amèrement de lui avoir refusé une nuit.

— Dans ce cas, à la semaine prochaine, conclut-il avant de refermer la portière derrière lui.

11

Une heure plus tôt que prévu, la sonnette retentit dans l'appartement de Jessica qui, encore à moitié nue, se mit à paniquer. Salvatore était en avance, et ça ne lui ressemblait pas. Depuis son départ, elle n'avait cessé de compter les minutes qui la séparaient de son retour, et elle était impatiente de s'apprêter de son mieux pour l'accueillir. Mais le long fourreau de satin blanc tout juste sorti de son armoire était si beau, si délicat qu'à présent, elle avait presque peur de le porter.

Elle avait passé toute la semaine pétrie de remords à l'idée d'avoir refusé de passer la dernière nuit avec lui. Elle commençait à s'ennuyer au travail, et l'absence de son amant ne faisait que souligner la vacuité de son existence.

Avec un soupir de lassitude, elle enfila le vêtement par-dessus la tête et se dirigea vers la porte de sa chambre, l'oreille tendue pour entendre la voix grave de Salvatore. Mais lorsqu'elle ouvrit enfin, Freya se tenait devant elle.

— Tu dois venir signer la livraison d'un colis pour toi, lui dit-elle avant d'émettre un hoquet de surprise. Mon Dieu ! C'est la plus jolie robe que j'ai jamais vue, Jessica.

— Un colis ? répondit-elle, l'air distrait.

Elle alla vers la porte d'entrée, mal à l'aise à cause de sa tenue, et signa le reçu. Quand elle referma la porte, Willow et Freya l'entourèrent avec empressement tandis que, les mains tremblantes, elle déchirait l'emballage du paquet pour trouver un coffret.

— C'est une boîte, dit-elle.

— On voit bien que c'est une boîte, bécasse. Allez, ouvre-la !

Elle dénoua le gros ruban de satin vert et ouvrit lentement le coffret. Les trois amies poussèrent à l'unisson un cri d'émerveillement.

— Oh, mon Dieu !

— Jessica !

Celle-ci cligna des yeux.

— Ce doit sûrement être une erreur.

— Lis la carte !

Le cœur palpitant, elle sortit la petite carte de son enveloppe et lut.

« Je n'ai pas trouvé de pierres de la couleur de tes yeux, mais celles-ci devraient s'accorder à la plupart de tes tenues. »

Elle contempla le bracelet de diamants étincelants et déglutit très lentement.

— Ce ne sont quand même pas des vrais… ?

Willow s'empara du bijou et le tint à la lumière avec un geste d'experte.

— Oh que si ! Bon sang, Jessica. Que diable lui as-tu fait pour qu'il t'offre ça ?

Sans un mot, Jessica reprit le bracelet, comme si les mots de Willow pouvaient souiller les pierres. Pourtant, elle-même se posait cette question. Elle passa le bijou à son poignet et l'examina à la lumière du jour. Il était splendide. Mais pourquoi lui faisait-il un tel présent ? se demanda-t-elle. Son cœur se serra douloureusement. Se pouvait-il que cela fût un cadeau d'adieu ?

D'un geste brusque, elle le retira de son poignet et le rangea dans son écrin, au moment où la sonnette retentissait.

— Il envoie généralement son chauffeur, expliqua Willow à Freya avec un air entendu, tandis que Jessica attrapait son sac à main et un autre sac où elle avait fourré une tenue de rechange pour le lendemain.

Mais ce soir, pas de chauffeur. Quand elle ouvrit la porte, Salvatore se tenait devant elle, encore plus beau que dans ses souvenirs. Smoking noir, nœud papillon, son costume mettait en valeur sa haute silhouette, ses jambes élancées, ses épaules larges et musclées. Freya ne l'avait jamais rencontré, et lorsque Jessica le lui présenta, elle vit dans les yeux de sa colocataire la même expression éblouie qu'elle-même avait sûrement eue la première fois qu'elle l'avait vu. D'ailleurs, ne continuait-elle pas à s'émerveiller devant cet homme qui semblait tout droit sorti d'un rêve ?

Salvatore la détailla avec attention. L'étoffe ivoire et satinée de sa robe couvrait ses épaules comme une écume soyeuse et lui donnait une allure presque méconnaissable. Une onde de satisfaction le parcourut. Une nouvelle Jessica était née. Et c'était lui, grâce à son petit investissement, qui l'avait créée.

— Tu es magnifique, *cara*, lui chuchota-t-il doucement une fois qu'ils furent dans la voiture. Mais tu ne portes pas mon bracelet ?

Jessica savait très bien qu'il exagérait, même si elle devait avouer que ce fourreau blanc embellissait remarquablement sa silhouette. Elle sortit l'écrin de son sac et l'ouvrit.

— Ce bijou est splendide. L'as-tu emprunté ?

Il parut surpris.

— Bien sûr que non. C'est un cadeau que je te fais.

— Mais ce n'est pas mon anniversaire, Salvatore, et même si c'était le cas, je ne pourrais jamais accepter quelque chose d'aussi coûteux. Merci, mais non merci.

Il la regarda sans comprendre. Poursuivait-elle son petit jeu ? Voulait-elle lui faire croire que l'argent ne l'intéressait pas ? Pire, cherchait-elle ainsi à se voir offrir un bijou encore plus cher ? Pourtant, l'expression de la jeune femme semblait déterminée, et on décelait dans son regard gris une lueur de défi et de fierté.

— Ne refuse pas, Jessica. Je veux que tu portes ce bracelet ce soir, insista-t-il en sortant le bijou de son écrin de velours.

— Mais ce n'est pas…

— Pas de mais. Ecoute-moi. Je suis riche, et j'ai envie de t'offrir des diamants. Tu ne vas tout de même pas me priver de ce petit plaisir ?

— Eh bien… si tu y tiens vraiment, répondit-elle finalement d'une petite voix.

Sa capitulation le fit sourire. Ne disait-on pas que toute femme avait un prix ? Il passa le bracelet autour de son poignet délicat et se pencha lentement pour effleurer ses lèvres des siennes.

— Porte-le pour moi. Maintenant, embrasse-moi et dis-moi combien je t'ai manqué.

Elle lui rendit son baiser.

— Je suis contente de te voir, confessa-t-elle avec sincérité.

Mais la tête lui tournait. Elle avait l'impression de se retrouver prise au piège : incapable de refuser son cadeau, elle savait pourtant qu'en l'acceptant, elle se laissait entraîner dans une spirale dont elle ne saurait comment sortir.

Et soudain, un éclair de lucidité lui fit comprendre ce qu'elle était devenue : elle servait à réchauffer le lit de Salvatore quand celui-ci le désirait, et s'il la couvrait de bijoux et de robes coûteuses, ce n'était que pour faire croire aux autres qu'elle appartenait à son monde quand ce n'était pas du tout le cas. Rien d'autre qu'une affreuse imposture. Elle, une simple femme de ménage, transformée du jour au lendemain en compagne de milliardaire. Quelle farce !

Une simple femme de ménage qui, malgré toute sa bonne volonté, était tombée amoureuse de lui…

Soudain, le bracelet lui parut aussi lourd et glacé que son cœur. « Je suis tombée amoureuse de lui », se répéta-t-elle tandis qu'un douloureux pincement lui comprimait la poitrine.

— Tu as froid ? s'enquit Salvatore en la sentant trembler contre lui.

— Un peu, mentit-elle en resserrant son châle autour de ses épaules. Il faut dire que cette tenue ne couvre pas grand-chose.

— C'est justement son intérêt, répliqua-t-il avec un sourire, alors que la voiture s'immobilisait devant le Musée d'Histoire Naturelle.

Stupéfaite, Jessica leva le visage vers le bâtiment gigantesque où petite, sa grand-mère l'emmenait parfois pendant les vacances.

— Ne me dis pas que le dîner a lieu ici, murmura-t-elle sur un ton incrédule.

— Si. Ce lieu est très prisé pour les galas caritatifs et autres cérémonies.

A l'intérieur, Jessica découvrit un décor somptueusement aménagé pour l'occasion. Partout, de gigantesques bouquets de roses écarlates trônaient dans de grands vases de cristal, et au-dessus de leurs têtes, de minuscules lumières scintillaient telles des étoiles au milieu d'un dais indigo. Enfin, sous la silhouette massive d'un dinosaure, on avait dressé de magnifiques tables pour les convives. La leur se trouvait tout en haut de la mezzanine qui dominait la salle.

Entourée de tant de faste, Jessica ne parvenait pas à se défaire de la désagréable sensation qu'elle n'avait rien à faire là. Dans le tourbillon des présentations, elle crut reconnaître un homme aux cheveux châtains qui serrait la main de Salvatore.

— Je ne pensais pas te revoir si vite, s'exclama l'homme avant de se tourner vers Jessica pour lui tendre la main.

— Je suis tombé sur Salvatore à Santa Barbara il y a quelques jours, lui expliqua-t-il. Au fait, je suis Jeremy, enchanté.

Jessica se souvint alors de qui il s'agissait. Le passionné de pêche qui s'était montré si attentionné lors de sa première sortie avec Salvatore, où elle avait cru mourir d'angoisse. Aussitôt, elle ressentit un grand soulagement. Elle connaissait quelqu'un ici ! Peut-être qu'en fin de compte, elle allait pouvoir s'amuser un peu ?

— Nous nous sommes déjà rencontrés, lui rappela-t-elle avec un sourire. Je suis Jessica, vous vous souvenez ?

Jeremy fronça les sourcils, perplexe.

— Je ne crois pas…

— Lors de ce dîner à Kensington, dans cette charmante maison. Chez Garth et Amy…

Le regard de Jeremy s'éclaira, mais une certaine confusion demeurait sur son visage.

— Mais bien sûr ! Nous avions parlé de pêche. Mais… que vous est-il donc arrivé ?

Devant l'expression hésitante de Jessica, il poursuivit, l'air embarrassé.

— C'est juste que vous paraissez si… changée.

Soudain nerveux, il tendit la main vers la bouteille de vin et tenta de changer de sujet.

— Quel magnifique bracelet vous portez là.

Le dîner se déroula sans incident, mais Jessica ne put pratiquement rien avaler, tant elle avait le ventre noué. Malgré ses efforts pour se rattraper, Jeremy n'avait pu cacher sa surprise devant sa métamorphose. La femme qu'il avait rencontrée ce soir-là, celle avec qui il avait tant aimé parler, avait bel et bien disparu. A sa place, se tenait une femme entièrement façonnée par Salvatore. Vêtue de satin blanc et couverte de diamants, elle correspondait désormais à l'idée que ce dernier se faisait d'une maîtresse.

Elle parvint à conserver un semblant de dignité jusqu'à la fin du repas, qui s'acheva par une mise aux enchères où elle entendit d'une oreille distraite Salvatore proposer la plus forte mise pour un séjour de luxe dans une villa sicilienne. Des images de l'île apparurent sur un écran géant : un endroit d'une beauté féerique, avec des plages paradisiaques bordées de citronniers, de petits villages pittoresques et des montagnes aux flancs verdoyants.

Alors que la projection touchait à sa fin, Jessica épia discrètement le profil de son amant, où se dessinait un léger sourire. Etait-il en train de rêver à son retour prochain dans son île natale ? se demanda-t-elle. Au jour où il épouserait la femme qu'il estimerait digne de lui ?

La soirée se termina enfin, et le cœur lourd, elle suivit sans mot dire Salvatore vers la sortie, où l'on remettait des sacs pleins de cadeaux aux convives qui quittaient les lieux. Se souviendrait-il même de son prénom parmi l'interminable liste de ses maîtresses, toutes interchangeables ? se demanda-t-elle encore tandis qu'ils montaient dans la limousine.

La voiture démarra, et Salvatore se tourna vers elle.

— Tu étais bien calme, ce soir, Jessica.

— Tu trouves ?

— Y a-t-il une raison à cela ?

Elle tourna le visage vers la fenêtre et regarda défiler les rues illuminées.

— Pas vraiment, non.

— Tu étais peut-être déçue que Jeremy soit moins sensible à tes charmes que la dernière fois ?

Son intuition semblait ce soir bien plus aiguisée que d'habitude, observa-t-elle en silence. Mais bien sûr, il se méprenait complètement sur l'origine de son trouble.

— Il ne m'a même pas reconnue, répondit-elle enfin.

L'air songeur, Salvatore caressa lentement l'étoffe satinée de son fourreau.

— C'est plutôt bon signe, non ? Une personne qui change radicalement de garde-robe devient souvent totalement différente.

— Vraiment ?

Elle eut soudain le sentiment de n'être qu'une petite fleur en bourgeon qu'une main experte avait cueillie et placée en serre pour la faire éclore de force, privée de sa fraîcheur originelle.

— Oui, bien sûr, répondit-il d'une voix douce. Il serait naïf de croire que ton expérience avec moi ne laisse pas de trace sur toi, Jessica.

Elle savait bien que Jeremy avait sûrement imaginé qu'elle s'était laissé attirer par la fortune de Salvatore, et qu'il la désapprouvait. Mais comment expliquer cela à Salvatore ? Il revenait d'un voyage fatigant, et il n'avait certainement pas envie de l'entendre exposer ses doutes et ses angoisses. De toute façon, cela n'aurait rien changé. Les maîtresses n'étaient pas censées s'attacher à leurs amants, n'est-ce pas ? C'était la règle numéro un.

Et elle venait de l'enfreindre, songea-t-elle en se tournant de nouveau vers le beau visage de Salvatore.

— Et comment as-tu trouvé Santa Barbara ? lui dit-elle pour changer de sujet ?

— Oh, trop surfait, trop de monde, comme d'habitude.

« Et trop de jolies filles », faillit-il ajouter. Des jolies filles, dont la plupart n'avaient pas perdu de temps à lui faire savoir qu'un milliardaire sicilien était très désirable. Cependant, sans parvenir à se l'expliquer, Jessica lui avait manqué. Et ce n'était pas seulement son corps qui lui avait manqué, mais également la sensation de quiétude qu'il éprouvait en sa présence. Elle savait l'écouter et le surprenait souvent par ses remarques fines et sensées. Il avait ressenti son absence bien plus qu'il ne l'aurait souhaité, ce genre de sentiment impliquant une certaine dépendance vis-à-vis de l'autre. Or, il n'était dépendant de personne.

Il effleura la chevelure lisse et satinée de Jessica.

— T'ai-je manqué ? lui demanda-t-il avec nonchalance.

— Oui.

— Beaucoup ?

A cet instant, elle aurait voulu se blottir dans ses bras, couvrir son visage fier et impassible d'une pluie de baisers, le serrer contre elle à s'en couper le souffle et lui avouer qu'elle ne pouvait plus vivre sans lui. Mais les maîtresses n'agissaient pas ainsi, se rappela-t-elle. Elle se contenta donc de frôler sa cuisse du bout des doigts, et elle l'entendit gémir.

— Comme ci, comme ça, répondit-elle avec une espièglerie forcée.

— Recommence, exigea-t-il doucement. Ah, *si*.

Ce fut tout juste s'ils purent attendre d'être rentrés. Une fois chez lui, avec des gestes fébriles, Salvatore ôta la robe de satin blanc de Jessica qui frissonnait sous ses doigts. Il la prit contre le mur avec une ardeur sauvage, encouragé par ses exclamations étouffées.

Lorsqu'ils eurent fini, Jessica éprouva un étrange vertige. Et la violence de leur jouissance n'était pas la seule explication. Elle se rendait compte à présent à quel point Salvatore allait lui manquer, lorsqu'il se serait lassé d'elle. Tomber amoureuse de lui était à peu près aussi sensé que de plonger dans l'océan du haut d'une falaise sans savoir nager, se dit-elle. Ne l'avait-il pas prévenue que cette relation ne les conduirait nulle part ? Elle ne pouvait donc s'en prendre qu'à elle-même…

Ils ne dormirent presque pas. Le lendemain, elle se glissa le plus discrètement possible hors du lit et alla prendre une douche. Mais lorsqu'elle revint dans la chambre, Salvatore s'était réveillé et la regardait fixement.

— Quelle nuit ! fit-il remarquer avec douceur.

Jessica déglutit avec difficulté.

— En effet.

Le regard bleu de Salvatore resta braqué sur elle.

— Voyons-nous ce soir. J'ai une réunion en fin d'après-midi, en amont du fleuve. Viens avec moi, on ira dîner ensemble et nous y passerons la nuit, si tu veux. Je connais un hôtel magnifique, ajouta-t-il avec un sourire. On se réveillera à la campagne, pour changer.

— Salvatore, je ne peux pas…

— Tu ne peux pas ?

— Non, je suis désolée. Tu me préviens au dernier moment et…

Brusquement, le refus de la jeune femme l'irrita. Il ne pouvait se l'expliquer, mais il se sentait en colère, contre elle et contre lui-même. Il s'adossa à la pile d'oreillers et prit une expression blasée.

— Jessica, nous avons dépassé ce stade, *cara*. Si tu crois qu'en te refusant à moi comme une jeune vierge effarouchée, tu te rends plus désirable, j'ai bien peur que tu te trompes.

Jessica se figea. Non seulement il oubliait qu'elle avait une autre existence que celle de maîtresse, et qu'elle gagnait sa vie grâce à un véritable travail, mais à présent, c'était lui qui l'accusait de jouer avec ses émotions ! N'avait-il donc rien appris d'elle depuis tout ce temps ? Non, évidemment, rien du tout. Il n'avait d'autre curiosité à son sujet que sexuelle. La passion qui l'embrasait durant leurs ébats ne signifiait rien, et la tendresse avec laquelle il l'avait touchée n'avait rien à voir avec des sentiments plus profonds. Non, Salvatore n'avait pas changé. Rien, d'ailleurs, n'avait changé, sauf ce qu'elle ressentait, *elle*.

— Je dois travailler, ce soir, l'informa-t-elle avec calme. Tu sais : nettoyer ton bureau. C'est comme ça que nous nous sommes rencontrés, souviens-toi.

Il y eut un silence.

— Eh bien, je te décharge de tes obligations. N'y va pas. Tu peux te libérer, pour une fois.

— Pas vraiment, non.

— Bon sang, Jessica ! Je suis le directeur de cette société, et quand je dis quelque chose, on m'écoute !

Elle secoua la tête.

— Mais je ne travaille pas pour toi, Salvatore. Je travaille pour l'agence de nettoyage Top Kleen, qui ne serait pas très contente d'apprendre que je prends des jours de congé quand bon me semble. Et puis…

Elle fit une pause, puis exhala un long soupir de lassitude.

— Et puis, j'ai besoin de cet argent, ajouta-t-elle avec embarras. Ce travail me fait vivre, Salvatore. Voilà pourquoi je le fais.

Salvatore sourit. Enfin une situation qu'il pouvait parfaitement maîtriser. Il prit son portefeuille et en sortit une liasse de billets, en compta quelques-uns et les lui tendit.

— De combien as-tu besoin ?

Jessica sentit son visage s'empourprer sous le coup de la honte et de la colère.

— Ce n'est pas du tout ce que je voulais dire ! Je ne veux pas de ton argent.

— Oh, bon sang, n'en fais pas toute une histoire ! s'écria-t-il. J'ai envie que tu me tiennes compagnie. Prends cet argent, Jessica. J'en ai plus que nécessaire, et tu en as besoin. Il n'y a rien de plus logique.

Obstinée, elle secoua de nouveau la tête.

— Je t'en prie, Jessica.

Peu à peu, elle se sentit céder. Qui aurait pu résister à Salvatore ? Et puis, elle devait admettre qu'il était convaincant. Mais si elle voyait elle aussi la logique de la situation, cela ne l'empêchait pas d'éprouver un terrible sentiment de honte à l'idée de s'être fait piéger. Car elle n'avait d'autre solution que d'accepter son offre insultante.

— D'accord, dit-elle enfin.

Et d'une main tremblante, elle prit deux billets, secouant la tête lorsqu'il lui en tendit d'autres. Hors de question de prendre davantage que ce qu'elle aurait gagné en faisant le ménage.

— A plus tard, ajouta-t-elle avant de se pencher vers lui pour poser un bref baiser sur ses lèvres.

Sur ces mots, elle tourna les talons et sortit.

Dehors, il pleuvait à grosses gouttes, mais Jessica fit à peine attention aux bus qui lui éclaboussaient les chevilles en la frôlant. Une fois arrivée à son bureau, elle s'assit devant son ordinateur et ouvrit sa messagerie électronique où l'attendaient des dizaines de courriels. Elle travaillait depuis seulement quelques minutes lorsque le téléphone sonna.

C'était l'hôpital, et la nouvelle qu'ils lui apportaient reléguа d'un seul coup tous ses autres soucis à l'arrière-plan.

12

— Votre grand-mère va s'en sortir, mademoiselle Martin. Elle a juste subi un léger choc.

Jessica hocha la tête, et ses yeux se remplirent de larmes tandis qu'elle prenait la main de sa grand-mère dans la sienne. Comme elle paraissait pâle et fragile, dans ce lit d'hôpital ! songea-t-elle. Pour la première fois, elle se rendit compte combien cette dernière avait vieilli.

Elle adressa un sourire reconnaissant au médecin.

— Merci mille fois, docteur.

— C'est une patiente très… intéressante, observa-t-il avec une expression amusée, avant de les laisser seules.

Jessica se tourna vers la vieille dame avec un air aussi soulagé qu'exaspéré.

— Enfin, tu ne devrais pas danser la salsa ! s'exclama-t-elle. Pas à ton âge !

Sa grand-mère haussa les épaules.

— Oh, sottises ! Dès qu'on atteint un certain âge, on nous interdit tout. J'ai toujours aimé danser, mais c'est cet empoté de cavalier qui m'a fait tomber.

Elle leva son poignet plâtré et fit une grimace.

— Le problème, c'est que je suis droitière. Donc, je ne peux plus rien porter ou soulever. Je vais devoir trouver quelqu'un pour faire mes courses.

— Et pour faire ton ménage, ajouta Jessica avec une expression soucieuse.

Elle n'avait pas d'autre choix que de rester avec elle ce soir, réfléchit-elle. De toute façon, elle avait déjà prévenu Salvatore qu'elle devait annuler leur petite soirée, et bizarrement, il n'avait pas eu l'air particulièrement contrarié.

— Que s'est-il passé ? lui avait-il demandé.

— Oh, ma grand-mère a fait une chute et s'est cassé le poignet.

— C'est bien, avait-il répondu d'une voix distraite.

Jessica avait perçu derrière lui des murmures de conversation et une sonnerie de téléphone, et en avait conclu qu'elle le dérangeait. Ses histoires de famille ne l'intéressaient pas outre mesure, voilà tout.

— Il faut trouver quelqu'un pour t'aider, dit-elle à sa grand-mère, consciente qu'à son bureau, on ne lui accorderait pas de jours de congé pour ce genre de situation. Je connais cette agence d'aide à la personne qui…

— Mais ils sont bien trop chers, Jessica ! s'exclama son aïeule. C'est bien connu, et nous n'avons pas les moyens de…

— Si, nous les avons, l'interrompit-elle avec fermeté. Tu n'as pas à t'en faire. J'ai la solution.

Oui, Jessica savait exactement comment procéder, même si elle frémissait à cette idée. Elle gardait toujours le bracelet de diamants dans son sac, de peur de se le faire voler chez elle. Mais s'en débarrasser de cette manière la soulageait. Ce bijou représentait tout et rien à la fois. Salvatore le lui avait offert non comme un gage d'amour, mais comme une récompense pour service rendu. Ainsi, pourquoi le conserver quand cela lui rappelait ce qu'elle n'obtiendrait jamais de lui ?

La somme que lui proposa le bijoutier lui parut mirobolante.

— C'est une pièce absolument fabuleuse, s'extasia ce dernier, plongé dans l'inspection minutieuse des pierres.

Il parut surpris lorsqu'elle accepta tout de suite le prix proposé sans négocier. Mais après tout, que connaissait-elle au marché des pierres précieuses ? Elle avait besoin d'argent, et vite.

— J'ai convenu avec l'agence qu'ils envoient quelqu'un pour t'aider deux fois par jour, annonça-t-elle à sa grand-mère, une fois qu'elles furent revenues dans la minuscule maison de village qui l'avait vue grandir. Tu n'auras qu'à leur dire ce dont tu as besoin : ménage, courses, cuisine, tout ce que tu veux.

— Mince alors, je devrais me casser le poignet plus souvent !

— Essaye un peu pour voir !

Jessica fut bientôt rattrapée par la fatigue. C'était étrange de se retrouver dans son petit lit d'enfant, dans la chambre qui donnait sur les pommiers. Dehors, le silence régnait après la fermeture de l'unique pub du village. Cet endroit qui l'avait tant ennuyée par son manque d'animation, autrefois, agissait à présent comme un baume apaisant sur son esprit troublé.

Elle se réveilla le lendemain avec le chant des oiseaux et paressa un petit moment au lit, à méditer sur sa vie à Londres. Avait-elle eu raison de partir y vivre ou s'était-elle montrée trop ambitieuse ? Certes, elle habitait un joli appartement et elle ne tarderait pas à obtenir une promotion à son bureau. Et elle sortait avec un homme extraordinaire. Mais cela restait temporaire, elle le savait.

Enfin levée et prête, elle prit congé de sa grand-mère et retourna à Londres, où elle fut de retour à sa table de travail à l'heure du déjeuner. De temps à autre, elle jetait un coup d'œil à son sac posé à ses pieds, consciente qu'elle devait rapidement encaisser l'épaisse liasse de billets que le bijoutier lui avait donnée. Et puis, elle devait prévenir Salvatore, n'est-ce pas ? Après tout, il semblait indifférent au fait qu'elle porte ses bijoux. Tout ce qui lui importait, c'était de les lui offrir. Et de toute évidence, offrir des diamants à sa maîtresse était de rigueur.

Lorsqu'elle le retrouva enfin le soir, elle se jeta dans ses bras comme si elle ne l'avait pas vu depuis des mois, et il rit en l'embrassant.

— Je t'ai manqué ?

— Oui.

— Comment va ta grand-mère ?

— Elle va mieux.

— J'en suis ravi. Fêtons ça.

*
* *

Il l'emmena deux jours à Paris, où ils descendirent dans un luxueux palace sur la place de la Concorde. Il lui acheta de la lingerie fine dans une petite boutique de l'avenue Montaigne, puis Jessica insista pour qu'ils montent sur un bateau-mouche. Salvatore éclata de rire et l'accusa de vouloir le transformer en touriste.

— Mais nous sommes des touristes ! rétorqua-t-elle. D'ailleurs, je ne t'ai jamais vu aussi détendu.

Et c'était vrai, se dit-il tandis qu'ils patientaient dans la file d'attente du Musée d'Orsay. Il se rendit compte qu'il n'avait pas fait la queue depuis des années, et pour une fois dans sa vie, il se sentait complètement libre.

Il se surprit à observer Jessica alors qu'ils se promenaient au marché aux puces. Le nez au vent, elle paraissait prendre grand plaisir à fouiller dans les piles de vieilleries. Sur un stand, elle désigna du doigt une jolie pierre de lune au bout d'une chaîne argentée.

— Regarde, elle a exactement la même couleur que la Seine !

Salvatore fronça les sourcils. Suggérait-elle qu'il lui offre un nouveau bijou ? se demanda-t-il. Mais tout de même pas quelque chose d'aussi quelconque que ce collier de pacotille ?

— Où est ton bracelet ? lui demanda-t-il plus tard, au restaurant, alors qu'il lui faisait goûter une huître assaisonnée de vinaigre de framboise.

Jessica resta un instant silencieuse, déchirée entre le devoir de lui dire la vérité et l'envie de mentir pour prolonger ce moment parfait.

— Je… je l'ai laissé à la maison, finit-elle par répondre.

Le lundi, de retour à Londres, elle céda de nouveau à la pression de Salvatore et annula ses heures de ménage pour qu'il l'emmène écouter une violoniste dont le talent la bouleversa.

Le mardi, après le travail, elle fila rendre visite à sa grand-mère qui, semblait-il, ne détestait pas sa nouvelle vie et les attentions que les employées de l'agence lui portaient.

Le mercredi, elle prit soin d'arriver tard dans les bureaux de la société Cardini car Salvatore l'avait prévenue qu'il risquait d'avoir une réunion tardive avec ses collègues. Elle n'avait donc pas du tout l'intention de se montrer avec son tablier rose et son fichu devant tous ces gens.

Mais lorsqu'elle entra dans le bureau, elle ne le trouva pas désert, comme elle l'avait prévu. Pas de signe de son amant sicilien. A sa place, la directrice de l'agence Top Kleen l'attendait de pied ferme.

— Peut-être daignerez-vous justifier vos retards ? lui dit celle-ci avec humeur.

Jessica ouvrit à peine la bouche que, déjà, sa chef déversait sa colère sur elle, énumérant tous les écarts de conduite qu'elle semblait avoir commis. Et apparemment, sa relation avec Salvatore était bien moins secrète que ce qu'elle croyait.

— Tout le monde est au courant ! cria la femme, hors d'elle. Imaginez ça. Une employée de Top Kleen entretenant une liaison avec le directeur de la compagnie. Je n'ai jamais rien entendu de pareil !

Sur ce point, Jessica ne trouva aucun argument pour la contredire, et trente minutes plus tard, démise de ses fonctions, elle quittait l'immeuble devant lequel l'attendait la limousine de Salvatore. Un instant, elle faillit rire de cette situation paradoxale où une femme de ménage fraîchement licenciée se voyait emmenée dans la limousine du patron. Mais en son for intérieur, elle avait l'impression que sa vie venait d'être réduite à néant.

Salvatore parlait au téléphone lorsqu'il lui ouvrit la porte de chez lui, et il lui fit signe d'aller se servir un verre derrière le comptoir de la cuisine. Mais ce qu'elle aurait vraiment voulu, c'était se jeter dans ses bras, le serrer fort contre elle et lui raconter ses mésaventures. Malheureusement, la consoler ne faisait pas partie du rôle de Salvatore, tout comme ouvrir son cœur et chercher du réconfort ne faisait pas partie du sien, se rappela-t-elle.

Elle accrocha donc son manteau dans l'entrée et alla se servir à boire en attendant qu'il raccroche.

Quand il eut fini, il se tourna vers elle.

— *Ciao, bella*, la salua-t-il en la détaillant d'un regard satisfait. Je me demandais pourquoi tu voulais que ma voiture vienne plus tôt que prévu. Et tu es si pâle ! Tu es malade, *cara* ?

Jessica retint son souffle. Ce petit nom, prononcé avec une infinie tendresse, ne fit qu'accroître sa nervosité.

— Non, je ne suis pas malade. Je viens juste d'être renvoyée. Renvoyée de l'agence de nettoyage, précisa-t-elle.

Le visage de Salvatore s'assombrit.

— Pour quel motif ?

— Ils appellent ça « Manquement aux devoirs de la profession ». Il semblerait que mon agence ait eu vent de ma… de notre… Ils sont au courant pour *nous*, Salvatore, balbutia-t-elle. Ils estiment que j'ai bénéficié d'un traitement de faveur, et à vrai dire, ils n'ont pas tort. J'ai bien peur que ta réputation ne souffre de cette histoire, et j'en suis sincèrement navrée.

Salvatore la considéra un long moment, puis secoua la tête.

— Crois-tu vraiment que l'opinion des autres m'importe à ce point ? lui demanda-t-il avec douceur en avançant vers elle, les yeux brillants comme deux saphirs. Si tu tiens à le savoir, je suis content que tu aies perdu ce stupide job, Jessica. Ça te prenait trop de temps. Du temps que tu aurais dû passer avec moi.

— Mais j'avais *besoin* de ce travail ! s'écria-t-elle, choquée qu'il minimise ses soucis avec tant de désinvolture. Je ne le faisais pas pour m'amuser, tu sais !

— Oui, je le sais. Tu le faisais pour l'argent. Mais l'argent n'est plus un problème, n'est-ce pas, *cara* ? lui murmura-t-il en la prenant dans ses bras. Je croyais te l'avoir dit, l'autre jour. Alors, cesse de t'inquiéter, d'accord ?

Jessica se mordit la lèvre.

— Hors de question de te prendre davantage d'argent, lui dit-elle. Tu m'en as déjà trop donné.

— Mais j'insiste.

— Insiste tant que tu veux, Salvatore, mais je n'accepterai pas.

Il l'étudia longuement et comprit qu'elle ne changerait pas d'avis. Une vraie tête de mule, songea-t-il, le sourire aux lèvres. Mais il aimait sa détermination à défendre bec et ongles son indépendance. Pourtant, cette fois, il trouvait qu'elle allait trop loin. Elle lui avait exposé ses conditions, maintenant, c'était son tour, décida-t-il.

Il planta un regard résolu dans le sien.

— Très bien, dit-il en haussant les épaules. Mais tant que

tu seras avec moi, je refuse que tu prennes un autre travail à mi-temps. C'est compris ?

Jessica sentit souffler en elle un vent de révolte. Comment osait-il lui imposer son mode de vie ? Pourtant, lorsqu'elle lui rendit son regard, elle y décela un éclair d'intransigeance qui la fit réfléchir. N'était-il pas en droit d'exiger de sa maîtresse qu'elle se rende disponible pour lui ?

Elle posa la tête sur son épaule et ferma les yeux, soudain lassée par ce duel sans issue. Car voilà ce qu'elle désirait le plus au monde : être dans ses bras. Ces précieux moments n'étaient que trop rares pour les gâcher aussi futilement. Et puis, il n'avait pas tort : n'était-ce pas ridicule d'annuler des rendez-vous avec son amant pour aller frotter des sols et nettoyer des vitres ? D'ailleurs, elle pouvait se débrouiller sans ce travail, au moins jusqu'à la fin de leur aventure, pensa-t-elle.

Elle se blottit plus fort contre son torse et leva le visage vers lui.

— C'est d'accord, dit-elle.

Soudain, Salvatore sentit un étrange émoi s'emparer de lui. Quelque chose dans le gris nacré des yeux de Jessica, dans l'ovale de son visage, dans le rose de ses lèvres entrouvertes, troublait ses sens et lui faisait perdre ses moyens.

Il secoua la tête pour chasser ce brusque accès de faiblesse. Non, il ne souhaitait certainement pas *éprouver* quoi que ce fût. Et surtout pas avec elle.

Ses traits se durcirent.

— Content d'avoir réglé ça, dit-il. A partir de maintenant, tu seras disponible quand j'aurai besoin de toi. Entendu ?

Jessica acquiesça d'un hochement de tête, même si le terme « disponible » la froissait terriblement.

— Je veux juste te satisfaire, lui dit-elle d'une petite voix.

Salvatore sourit, et son étrange et déroutant émoi fit bientôt place à une sensation bien plus familière et plaisante.

— Oh, mais tu me satisfais, assura-t-il en posant les mains sous ses fesses pour remonter sa jupe.

— Salvatore ! s'exclama-t-elle.

Malgré la flamme de désir qui montait en elle, Jessica ne put ignorer la petite voix qui lui soufflait de cesser de prendre cette histoire pour autre chose que ce qu'elle était. A savoir, une liaison purement sexuelle. Mais, enivrée par la fougue de son baiser, elle s'efforça d'oublier ses doutes et s'abandonna à son étreinte.

Cette nuit-là, Salvatore rêva de la Sicile. Un rêve prémonitoire ? se demanda-t-il. Cela signifiait-il que le moment approchait pour lui de revenir dans son île natale pour trouver une épouse digne de lui donner des héritiers, comme il l'avait toujours voulu ?

Près de lui, Jessica remua légèrement.

— Tu n'arrives pas à dormir ? murmura-t-elle, les mains déjà posées sur ses épaules.

Salvatore sentit ses muscles se détendre aussitôt au contact de ses doigts.

— Non.

— Laisse-moi t'aider.

— Volontiers, dit-il dans un souffle, avant d'émettre un gémissement quand elle fit glisser sa main plus bas sur son ventre, puis plus bas encore, et qu'elle lui prodigua un plaisir d'une intensité qui le déstabilisa.

Comment diable une jeune femme si inexpérimentée pouvait se révéler si douée ? Parce qu'elle était passionnée, voilà pourquoi.

Les pensées affluaient dans son esprit, même lorsque ses paupières commencèrent à se fermer. Demain, il parlerait de son retour en Sicile avec son cousin Vincenzo, décida-t-il. Dans l'intervalle, il achèterait un autre bijou pour Jessica. Peut-être cela viendrait-il compenser l'humiliation qu'elle avait subie en étant licenciée à cause de sa liaison avec lui ? Un bijou grâce auquel elle se souviendrait de lui.

Le lendemain soir, une fois que ses assistants furent tous partis, assis devant son écran, Salvatore consulta le site internet du plus luxueux des diamantaires. Il aimait les diamants, leur pureté, leur beauté scintillante… Et ils représentaient aussi un bon investissement.

Distraitement, il fit défiler sous ses yeux les pages et les pages de bijoux plus éblouissants les uns que les autres, quand son œil fut plus particulièrement attiré par une pièce. Les yeux plissés, il revint sur l'image et l'étudia attentivement, sans pouvoir y croire.

Pourtant, il n'y avait aucun doute possible.

Il sentit son cœur battre plus fort et sa bouche s'emplir du goût âcre de la désillusion. Les doutes qu'il avait réussi à étouffer en lui refirent aussitôt surface. Il sourit, mais cette fois, d'un sourire cruel et dur. Car la vérité éclatait enfin au grand jour : en fin de compte, Jessica n'était rien d'autre qu'une croqueuse de diamants.

Il décrocha le téléphone et composa son numéro.

— Jessica ? Peux-tu venir tout de suite chez moi ?

13

Jessica arriva aussi vite qu'elle le put. Il pleuvait dehors, et ses cheveux satinés ruisselaient de gouttelettes scintillantes. Comme des diamants, songea Salvatore avec amertume. Elle portait un joli manteau, un trench en cuir qui soulignait sa taille et ses hanches et lui donnait un air raffiné. Avec quelle rapidité sa maîtresse s'était faite au luxe !

Le visage fermé, il l'aida à ôter son manteau sous lequel elle avait enfilé une jupe en jersey de soie, des bas clairs et des talons aiguilles. Il sentit le sang affluer dans ses tempes. C'était la panoplie parfaite de ce qu'elle était devenue : le jouet d'un milliardaire.

— Tu es magnifique, la complimenta-t-il d'une voix calme en la guidant dans le salon.

— Tu trouves ?

Jessica s'efforçait désormais d'accepter les compliments de Salvatore sans protester. Et pour dire vrai, celui-ci paraissait si sincère qu'elle commençait effectivement à se sentir belle. Parfois, au lit, lorsqu'il laissait courir ses doigts sur son corps, elle avait l'impression d'être à la hauteur de n'importe quelle autre amante.

— Eh bien, merci, reprit-elle, puis elle le regarda avec inquiétude. Tout va bien ? Tu paraissais… je ne sais pas… pressé, au téléphone.

— Vraiment ? Assied-toi. Tu bois quelque chose ?

Elle secoua la tête.

— Non merci.

— Ta tenue est splendide, *cara*. Mais il lui manque quelque chose.

— Ah oui ? Et quoi ?

— Un petit ornement, par exemple. Pourquoi ne portes-tu jamais le bracelet que je t'ai offert ? Tu ne l'aimes pas ?

Jessica laissa échappa un petit rire nerveux.

— Oh, si, je l'adore, mentit-elle, les joues en feu. En fait, je l'aime tellement que je l'ai mis en sécurité. Et tu sais ce qui arrive souvent dans ce cas-là ? Impossible de me souvenir où je l'ai caché.

Mais elle croisa son regard et y vit avec stupeur une étincelle de fureur. Jessica se sentit brusquement pâlir.

— Tu mens ! l'accusa Salvatore, incapable de contenir davantage sa colère. Et tu es bien naïve d'avoir cru qu'un homme comme moi ne le découvrirait pas ! Ne sais-tu donc pas qu'un joyau de cette beauté se retrouvera toujours chez le meilleur diamantaire ? Combien en as-tu tiré ?

Une vague de nausée submergea Jessica.

— Salvatore, je t'en prie…

— Oh, s'il te plaît, ne fais pas comme si parler d'argent te dégoûtait, alors que tu avais prévu depuis le début cette transaction ! Allez, dis-moi combien. Neuf mille ? Dix ?

Elle secoua la tête d'un air malheureux.

— Plus ?

— Non. La moitié de cette somme, en fait.

Salvatore plissa les yeux, puis éclata d'un rire grave.

— Non seulement tu l'as vendu, mais en plus, tu t'es fait escroquer ? N'as-tu donc aucune idée de la valeur d'une telle pièce ?

— Bien sûr que non ! s'écria Jessica, au comble du désespoir.

Mais son cri du cœur ne parvint pas à convaincre Salvatore. Non, il avait eu tort de croire que Jessica était différente de toutes ces femmes alléchées par l'argent et le pouvoir, même s'il devait reconnaître qu'elle avait usé d'un rare savoir-faire pour l'attirer dans ses filets. Dire qu'il la croyait naïve et désintéressée !

— Alors pourquoi l'as-tu vendu ? lui demanda-t-il, cette fois avec une réelle curiosité.

Son expression soudain résignée blessa Jessica encore plus que son injuste accusation. Elle sentit les larmes affluer dans ses yeux et les ravala avec toutes les peines du monde. Une partie d'elle brûlait de l'envoyer au diable, puisque, de toute façon, il semblait décidé à la croire coupable. D'ailleurs, elle savait bien qu'il possédait une vision manichéenne des femmes : soit des vierges pures et dignes d'être épousées, soit des séductrices cupides et intéressées !

— Je l'ai vendu pour que ma grand-mère puisse bénéficier d'une aide à domicile !

Il partit d'un grand rire plein de scepticisme.

— Un vrai petit chaperon rouge ! s'exclama-t-il avec un cynisme à peine voilé. A glaner des diamants dans ton petit panier pour voler au secours de ta pauvre grand-mère ! Mais Jessica, je suis trop âgé pour croire encore aux contes de fées.

Jessica secoua la tête et le toisa avec défiance. Comment s'était-elle laissé aveugler à ce point par cet homme dont la vision du monde s'avérait si étroite ?

— Si tu voulais aider ta grand-mère, poursuivit Salvatore, pourquoi ne me l'as-tu pas demandé ? Pourquoi n'es-tu pas venue m'expliquer la situation ?

— Parce que tu es persuadé que je n'en veux qu'à ton argent ! Alors que c'est toi qui as insisté pour m'offrir un bracelet dont je ne voulais pas.

— Mais enfin, le fait que nous soyons ensemble te donne l'avantage de pouvoir me demander de l'aide, argua Salvatore.

— *Avantage ?* répéta Jessica qui aurait ri si elle n'avait été si furieuse. Tu penses donc que les gens se mettent ensemble pour les avantages qu'ils peuvent en tirer ? Non, dans un couple, on partage, on prend soin de l'autre, on s'écoute. En fait, malgré ta fortune et ton succès, tu sembles bien novice en termes de relations humaines, n'est-ce pas, Salvatore ? Tu tiens davantage du robot que de l'homme !

Salvatore la contempla un instant sans rien dire, puis l'attira brusquement à lui et plaqua ses hanches contre les siennes, une lueur de défi au fond des yeux.

— Est-ce donc vraiment ce que tu penses ? lui demanda-t-il dans un souffle. Veux-tu que je te prouve que je suis un homme ?

Loin de la rebuter, cette provocation éveilla plutôt en elle une étincelle de désir qui embrasa tous ses sens en un éclair, faisant fi de sa détermination à rester imperturbable. Malgré elle, son corps répondait à celui de Salvatore, tandis que sa raison lui soufflait de lutter contre cette grisante attraction. Mais contre toute attente, il desserra soudain son étreinte.

Aussitôt, Salvatore vit un voile de déception obscurcir son regard et il éclata de rire.

— Mais cela ne ferait que prouver ta théorie, n'est-ce pas, Jessica *mia* ? Le grand méchant loup qui obtient tout ce qu'il veut, quand il le veut.

Il lui releva le menton du bout du doigt.

— Dis-moi que tu en as envie.

Paupières baissées, elle resta silencieuse.

— Oui, tu as envie de moi, conclut Salvatore.

Et pour dire vrai, lui aussi avait envie d'elle. Pourtant, s'il devait la quitter, il avait là l'occasion rêvée de le faire : le petit mensonge de Jessica constituait l'excuse parfaite pour qu'il se tire de cette histoire la tête haute, sans drame et sans heurts.

Seulement, il ne le voulait pas.

Pas encore. Pas tant que la fièvre inexplicable qu'elle faisait naître dans son sang ne se serait pas évanouie pour de bon.

— Jessica…, prononça-t-il avec douceur, frôlant ses lèvres des siennes.

Ce baiser d'une tendresse inespérée et le brusque changement d'humeur de Salvatore prirent Jessica au dépourvu. Et il le savait probablement. Oui, de toute évidence, il connaissait ses faiblesses. Sa longue expérience auprès du sexe opposé lui avait sûrement appris les souhaits les plus secrets des femmes. Il jouait avec elle, se dit-elle. Comme un chat joue avec une souris avant de lui faire subir le plus atroce des sorts. Alors, elle devait l'arrêter.

Elle tenta de le repousser, mais en vain.

— Tu n'es pas obligée de te rebeller, tu sais, murmura-t-il contre sa bouche. Pas quand tu as autant envie de moi.

Que pouvait-elle répondre à cela ? Allait-elle de nouveau tenter de lui mentir, quand il semblait lire dans ses pensées si clairement ? Non, elle lui avait assez menti comme cela. D'ailleurs, il n'avait probablement plus aucune considération pour elle, et rien ne pourrait la racheter à ses yeux. Elle n'avait plus rien à perdre, même plus son honneur.

— Qui parle de se rebeller ? dit-elle alors sur un ton soudain espiègle, avant de lui déboutonner la chemise.

Que lui arrivait-il, à présent ? s'étonna Salvatore, pris de court. Avec un entrain insoupçonné, elle le débarrassa de sa chemise. Ensuite, elle s'attaqua à la boucle de sa ceinture et…

Il manqua de s'étrangler tandis qu'elle glissait la main sous son caleçon et resserrait les doigts sur lui avec une sensualité inouïe, pour le caresser doucement.

— Jessica !

Il cria son prénom comme une supplication, mais elle l'ignora et continua de le déshabiller avec calme, puis d'un geste autoritaire, le força à s'étendre par terre. Le souffle coupé par une incontrôlable montée d'excitation, Salvatore obtempéra et la vit alors ôter sa robe d'un mouvement fluide avant de la jeter plus loin.

A présent, elle ne portait plus que des dessous sulfureux en dentelle noire, avec porte-jarretelles et bas. Elle fit glisser sa culotte, qui rejoignit bientôt sa robe. A cet instant, il comprit ce qu'elle allait faire. Elle allait s'agenouiller au-dessus de lui et le…

— *Dio*, Jessica ! s'écria-t-il quand elle le chevaucha, provoquant chez lui une vague de plaisir qui le submergea tout entier. Qu'est-ce qui te prend ?

— Tu ne vois pas ? répliqua-t-elle, une note de moquerie dans la voix.

Pourtant, elle-même se surprenait à se montrer si sûre d'elle. Mais elle était désormais bien résolue à aller jusqu'au bout de son rôle de maîtresse, et lui donner ce que manifestement, il désirait plus que tout. Autant lui laisser le souvenir brûlant de cet instant…

Elle oscilla des hanches.

— *Donna seducente !* gémit-il.

— Tu dis ?

— Ensorceleuse !

— En suis-je une ?

— *Si*. Ah, *si* !

Au moins, ce qualificatif lui prouvait que sa technique de séduction portait ses fruits, se dit-elle. Même si le personnage qu'elle incarnait se révélait bien loin de la Jessica qu'elle était vraiment, et dont le cœur battait pour ce cruel Sicilien. Elle lui donnait l'image d'une véritable séductrice, parfaitement à l'aise dans son corps. Or, en cet instant précis, elle avait presque l'impression d'être devenue cette personne. Pourtant, tout cela restait une illusion, car Salvatore n'avait que faire de l'amour qu'elle ressentait pour lui.

Elle gardait les yeux fermés de peur d'apercevoir son expression et de lui montrer la sienne. Elle accéléra la cadence et l'entendit gémir. Voilà ce qu'elle voulait, se répéta-t-elle.

— Jessica !

Son prénom s'échappa de sa gorge tel un cri, et Jessica ouvrit les yeux au moment où les premiers soubresauts d'extase commençaient à la parcourir aussi. Alors, leurs regards se croisèrent tandis qu'ils atteignaient l'orgasme à l'unisson.

— Jessica…, murmura-t-il en frémissant en elle, perdu au plus profond de son corps.

Elle se laissa alors retomber sur son torse et il passa les bras autour d'elle. Dans la torpeur qui suivit, il était facile d'oublier ce qui avait provoqué cette tempête de passion. Les accusations et les paroles amères, mais aussi la frustration qu'elle ressentait à savoir leur relation temporaire et vaine. Jessica referma les yeux pour refouler les larmes qui menaçaient de rouler sur ses joues. Elle aurait voulu que ce moment dure à jamais.

— Jessica ?

Sa voix paraissait endormie, mais elle savait désormais qu'il fallait se méfier. Il pouvait très bien lui annoncer la fin de leur histoire quand elle s'y attendait le moins. Quand elle vibrait encore de la passion de leur étreinte et qu'il la serrait fort contre lui. Oserait-il le lui dire maintenant ? se demanda-t-elle avec un pincement au cœur, même si elle se forçait d'avance à rester digne et calme. Car comment pouvait-elle pleurer sur son sort quand elle avait dès le début accepté les règles du jeu ?

— Oui, Salvatore ?

Il l'attrapa par les hanches et d'un geste leste, la retourna sur le dos pour se hisser au-dessus d'elle, plongeant son regard bleu d'azur dans le sien.

— Ne me mens plus jamais, lui dit-il doucement.

Jessica cligna des yeux. Elle s'était préparée mentalement à l'inévitable, et à présent, elle se sentait désemparée et totalement perdue face à la douceur inattendue de son amant.

— Que croyais-tu, *cara mia* ? ajouta-t-il. Que je serai incapable de te pardonner ?

Elle avait encore le goût amer de la peur dans la bouche.

— Eh bien… oui.

Il paraissait enchanté de la voir si confuse.

— Pourtant, je te pardonne. Tout le monde mérite une seconde chance.

Caressant du bout des doigts la dentelle du soutien-gorge qu'elle n'avait pas pris la peine d'ôter, il la sentit frémir et lui adressa un sourire satisfait.

— Et ton petit numéro m'a beaucoup plu. J'espère que j'y aurai de nouveau droit.

Son numéro ?

— Suis-je censée bien le prendre ? demanda-t-elle, la voix encore tremblante.

— C'est la vérité, lui assura-t-il. Et maintenant, allons au lit et tu pourras tout recommencer.

14

Malheureusement, Jessica comprit bien vite que la notion de pardon n'était pas tout à fait la même chez elle que chez Salvatore. Car s'il avait décidé de fermer les yeux sur le fait qu'elle ait vendu son bracelet et qu'elle lui ait menti, il avait très clairement changé d'attitude à son égard.

Avant, il lui laissait parfois entrevoir une facette plus douce, plus humaine de sa personnalité, un aperçu de son vrai visage derrière le masque rigide et autoritaire qu'il arborait en permanence. Chaque fois, elle en avait ressenti une joie immense. Mais à présent, cela n'arrivait plus jamais. Etait-ce parce qu'il ne lui faisait plus confiance ?

Ainsi, le bien-être qui l'emplissait en sa compagnie avait disparu au profit d'un insaisissable malaise. Et même si leurs nuits restaient toujours aussi torrides, elle avait souvent l'impression qu'il procédait à une démonstration de ses talents érotiques. Comme s'il voulait la narguer.

Cherchait-il à lui faire du mal ? se demanda-t-elle. Avait-il compris à quel point elle souffrirait lorsqu'il la quitterait ? Leur week-end d'insouciance à Paris semblait bien loin, à présent, comme si le couple qu'ils avaient formé n'avait jamais existé. Elle se surprit même à regretter les jours anciens où elle se contentait simplement de nettoyer son bureau, où il se confiait à elle, lui demandait conseil et parfois même, écoutait son avis. Ils partageaient alors une véritable intimité, bien plus que quand elle ôtait devant lui les dessous affriolants qu'il lui avait achetés.

Le téléphone sonna, et Jessica sursauta bien qu'elle attendît ce coup de fil depuis une heure déjà. Ces jours-ci, elle avait l'impression de passer sa vie à attendre. Le programme de ses soirées dépendait de l'humeur de Salvatore et du temps que prenaient ses longues réunions.

— Allô ? prononça-t-elle d'une voix lasse.

— Jessica ?

— Bonsoir, Salvatore, dit-elle en se forçant à paraître plus enjouée et à oublier ses tristes pensées. Comment s'est passée ta réunion ?

— C'était fatigant, je ne tiens pas à en parler, répondit-il en réprimant un bâillement. Peux-tu être prête dans une heure ? Je t'emmène dîner.

Jessica se regarda dans le miroir et plissa le front. Il fallait un petit miracle pour réussir à être présentable dans ce laps de temps, songea-t-elle.

— Mais je croyais que tu préférais passer une soirée tranquille chez toi ? s'étonna-t-elle.

— J'ai dit ça ? Désolé, changement de programme. Un de mes amis est en ville, et j'ai pensé que tu pourrais tenir compagnie à sa petite amie.

Que pouvait-elle répondre ? Qu'elle était enchantée de rencontrer enfin ses amis ? Pourtant, cela ressemblait davantage à un ordre qu'à une invitation. Mais elle s'exécuterait, puisque tel était son rôle : se rendre disponible et se plier au moindre désir de son amant.

— Bien sûr, répondit-elle donc, furieuse contre elle-même de sa propre faiblesse.

— Parfait, je t'envoie une voiture.

Lorsque Jessica entra dans le restaurant, Salvatore était déjà assis avec ses invités et se leva pour l'accueillir. Comme d'habitude, elle sentit son cœur s'affoler à la vue de sa superbe silhouette.

— *Ciao*, lui dit doucement Salvatore avant de l'embrasser sur les deux joues, avant de se tourner vers ses amis. Giovanni et Maria, je vous présente Jessica.

— Bonsoir, dit-elle, curieuse de ce qu'il avait pu leur dire à son sujet.

Giovanni Amato était un Sicilien à l'allure assez intimidante, et Maria avait l'air très gentil, mais les trois amis ne cessaient de ponctuer leurs conversations d'italien, si bien que Jessica eut plus que jamais l'impression de n'être pas à sa place. Les yeux rivés sur son assiette, elle se demandait ce qu'elle faisait là. Au moins, Giovanni et Maria avaient l'air d'un vrai couple, tandis qu'elle remplissait simplement le rôle que Salvatore lui avait attribué.

Elle ne représentait rien à ses yeux, se rappela-t-elle avec un douloureux pincement au cœur, le regard posé sur l'impeccable profil de Salvatore, qui riait en écoutant ce que lui racontait Giovanni. S'il l'avait invitée ce soir, c'était d'abord pour que Maria se sente moins seule, puis pour assouvir son insatiable désir, une fois le dîner terminé.

Elle ne dit presque rien sur le chemin du retour, tandis que la limousine les ramenait chez lui.

Salvatore l'observa du coin de l'œil et nota combien elle était pâle et absente. Que lui arrivait-il ?

— Tu sembles bien songeuse, ce soir, lui dit-il doucement.

Elle tourna la tête vers lui.

— Tu trouves ?

Il lui prit la main. Peut-être qu'un nouveau bijou la réconforterait ? réfléchit-il, avant de prendre une expression plus sombre. Ou peut-être valait-il mieux directement lui donner de l'argent. Au moins, cela lui éviterait d'avoir à le revendre.

— Tu es fatiguée, sans doute, suggéra-t-il en embrassant chacun de ses doigts du bout des lèvres.

— Pas le moins du monde ! prétendit-elle avec un sourire forcé.

Car une maîtresse n'était jamais censée être fatiguée, n'est-ce pas ? Une maîtresse devait s'habiller, se farder, se faire belle, se tenir prête à l'action et se plier au bon vouloir de son amant.

Mais alors que la voiture faisait halte devant l'appartement de Salvatore, Jessica décida qu'elle ne pouvait continuer ainsi. Chaque minute où elle restait sa maîtresse la voyait perdre un peu plus de son amour-propre. L'incident du bracelet n'avait fait que révéler au grand jour ce qu'elle pensait tout bas : leur relation était condamnée depuis le début. Il fallait absolument qu'elle le quitte, sous peine de connaître une insupportable souffrance.

Elle devait lui en parler.

Mais pas avant demain matin. Car elle ne pouvait se résoudre à refuser une dernière nuit d'extase dans ses bras.

— Salvatore ? murmura-t-elle une fois qu'ils furent à l'intérieur, tout en effleurant des lèvres la ligne ferme de sa mâchoire, et qu'elle lui défaisait sa cravate de soie.

— Qu'y a-t-il, *cara* ?

Savoir qu'il s'agissait de leur dernière soirée ensemble lui donnait envie de s'ouvrir à lui avec une sincérité nouvelle, mais elle savait qu'il y resterait insensible.

Elle leva les yeux vers lui.

— Je… je veux aller au lit.

— Oh, vraiment ? répondit-il avec un sourire sensuel. Eh bien, moi aussi.

Dans un sens, cela constituait les adieux les plus agréables, songea-t-elle. Ainsi, elle garderait à la mémoire la fougue et la passion des derniers instants passés avec lui.

Elle se réveilla tôt après une nuit de plaisir. Douchée et habillée, elle entreprit de rassembler les quelques accessoires de toilette qu'elle avait laissés dans la salle de bains. Mis à part deux ou trois culottes de dentelle dans un des tiroirs de la commode, rien ne laissait plus deviner sa présence ici.

Lorsqu'elle entra dans la cuisine, elle y trouva Salvatore déjà habillé, qui buvait son café en lisant les pages financières. D'un geste automatique, il lui servit une tasse et la poussa vers elle. Mais elle ne put la prendre tant ses doigts tremblaient à l'idée de ce qu'elle était sur le point de lui annoncer.

— Salvatore, il faut qu'on parle.

— Ça ne peut pas attendre ? dit-il sans lever les yeux de son journal. J'ai des réunions toute la journée et j'aimerais vraiment finir de lire ça.

Elle pinça les lèvres et secoua la tête.

— Non, j'ai bien peur que ça ne puisse pas attendre.

Elle vit une ombre d'impatience passer sur son visage, puis disparaître aussitôt. Il soupira.

— Qu'y a-t-il, Jessica ?

— Je voulais juste que tu saches que je ne…

Elle hésita une seconde, puis reprit.

— J'ai décidé de ne plus te voir.

L'espace d'un instant, Salvatore crut avoir mal entendu, mais la détermination qui marquait les traits de la jeune femme lui confirma le contraire. Il resta pourtant impassible.

— Continue, dit-il avec douceur.

— Et je voulais simplement t'assurer que j'ai aimé, sinon tous, *presque* tous les moments passés en ta compagnie.

Salvatore reposa son journal sur le comptoir de la cuisine.

— Veux-tu bien m'exposer tes raisons ?

Que pouvait-elle lui répondre ? Qu'elle avait l'impression de n'être qu'un objet entre ses mains ? Qu'elle l'aimait et qu'elle craignait de mourir de chagrin s'il la quittait avant qu'elle ne le fasse ? Non, jamais il ne comprendrait les doutes qui la hantaient.

— Je pense simplement que notre histoire touche à sa fin, lui expliqua-t-elle.

Il y eut un long et lourd silence avant qu'il ne le brise d'une voix marquée de lassitude.

— Ça ne marchera pas, tu sais.

Salvatore la toisa. Ne comprenait-elle pas que lui seul décidait de la fin d'une relation ? Que lui seul menait le jeu ?

— Qu'est-ce qui ne marchera pas ? lui demanda-t-elle, perplexe.

— Si c'est encore une tentative ridicule pour me pousser à m'engager et à te passer la bague au doigt, je peux t'assurer que tu perds ton temps, Jessica ! D'autres ont déjà essayé, ça n'a jamais marché et ça ne marchera pas non plus cette fois. Je ne cède pas au chantage, ni au bureau, ni au lit. Ce n'est vraiment pas mon genre.

Elle le regarda d'un air horrifié.

— Ça n'a rien d'un chantage, Salvatore ! Je te quitte pour de vrai ! Cela fait un moment que j'y songe, et vu ta réaction, je me demande pourquoi je ne l'ai pas fait plus tôt.

Il se leva de son siège et s'avança vers elle avec une expression qu'elle ne lui connaissait pas. Ses yeux brûlaient d'une rage incandescente. Une rage qu'il parvenait tout de même à contenir derrière un masque de froide indifférence.

— Sache que je ne changerai pas d'avis, lui dit-il.

— Mais ce n'est pas ce que je cherche ! protesta-t-elle.

Il s'immobilisa, et l'esquisse d'un étrange sourire passa sur ses lèvres. Un sourire cruel teinté de moquerie.

— En es-tu sûre ?

— Oui !

Elle aurait dû s'y attendre, mais elle ne comprit ce qu'il allait faire que lorsqu'elle sentit le contact tiède et dur de son corps contre le sien. Alors, elle sut qu'il allait l'embrasser. Et elle savait parfaitement pourquoi il le faisait : pour la marquer à jamais de son sceau.

Il la laissa hors d'haleine, incapable de prononcer le moindre mot, même après qu'il eut relâché son étreinte et tourné les talons pour sortir de la pièce. Arrivé, à la porte, il se retourna et la regarda. Et soudain, ce n'était plus le Salvatore qu'elle connaissait, mais un inconnu au regard glacial.

— Veille à ne rien laisser ici, lui ordonna-t-il avec sévérité. Et laisse ta clé quand tu t'en iras.

Par chance, elle parvint à rester de marbre pendant qu'il prenait ses affaires et partait de l'appartement en claquant la porte derrière lui. Juste après, les larmes affluèrent.

15

Les mots dansaient sur l'écran allumé devant lui, et Salvatore fit une grimace de mécontentement.

Il aurait dû se sentir heureux. Débarrassé d'une relation qui commençait à devenir problématique. Libéré de cette croqueuse de diamants qui avait surestimé son influence sur lui. D'autre part, sous sa direction, la branche londonienne de sa société avait connu un essor sans précédent et enfin, son agenda croulait sous les invitations de toutes sortes. Oui, il aurait dû se sentir heureux. Plus qu'heureux, triomphant.

Alors, pourquoi n'était-ce pas le cas ? Pourquoi se trouvait-il agité, incapable de rester tranquille ? Pourquoi songeait-il sans cesse aux grands yeux gris de Jessica, à ses lèvres nacrées, à ses cheveux soyeux étalés sur son oreiller ? La douceur de sa peau sous ses lèvres lorsqu'il l'embrassait dans le cou…

Bon sang !

Avec rage, il tapa le bout de son stylo sur la pile de contrats qu'il venait de signer et poussa le tout vers sa secrétaire qui le regarda d'un air interrogateur. Il savait que l'humeur noire qu'il affichait ces derniers jours affectait sa concentration au bureau, mais il ne parvenait pas à s'en défaire, tout comme il ne parvenait pas à mettre le doigt sur la cause exacte de sa contrariété. Pour un homme habitué à résoudre tous les problèmes qui lui barraient la route, il n'y avait rien de plus frustrant.

Etait-ce parce que Jessica avait mis fin à leur histoire avant lui ? Il regarda par la fenêtre. Sans doute, puisqu'il n'avait pas l'habitude qu'on lui impose quoi que ce soit. La décision de la jeune femme l'avait blessé dans sa fierté, et pour un Sicilien, la fierté représentait tout.

Son visage s'assombrit.

Ou peut-être était-ce surtout qu'il avait encore envie d'elle…

Alors, qu'allait-il faire ?

Il se renversa dans son fauteuil et l'air songeur, passa le pouce sur le début de barbe qui ombrait ses joues. A bien y réfléchir, la réponse était évidente : il fallait la persuader de redevenir sa maîtresse, ne serait-ce qu'une nuit, pour lui rappeler ce qu'elle perdait. Aussitôt, il sentit la chaleur du désir l'envahir. Oui, il la ferait de nouveau crier de plaisir dans ses bras… avant de la quitter une bonne fois pour toutes.

Il décrocha le combiné du téléphone et composa son numéro. Mais lorsqu'il s'annonça, il fut surpris de la lassitude qu'il perçut dans la voix de la jeune femme. D'ordinaire, ses ex-maîtresses ne cachaient pas leur joie lorsqu'il daignait reprendre contact avec elles. Mais le ton de Jessica n'avait rien d'enthousiaste, et après avoir échangé les banalités habituelles, elle alla droit au but.

— Que puis-je pour toi, Salvatore ?

Il fronça les sourcils. Diable ! Elle lui donnait presque l'impression qu'il la dérangeait, songea-t-il, médusé.

— Tu te souviens de cette soirée à l'opéra que nous avions prévue ? lui demanda-t-il, plein d'entrain. Eh bien, tu avais l'air si emballée que j'ai décidé de t'y emmener malgré tout.

Dans sa maison de Sheperd's Bush, Jessica observa son propre visage se vider de ses couleurs dans le miroir et se mit à trembler de rage devant l'arrogance de son interlocuteur. Car mieux valait lui en vouloir que se rappeler combien il lui manquait, et combien son cœur se serrait au simple son de sa voix.

— Je ne peux pas, répondit-elle.

— Pourquoi ?

Elle hésita à lui demander s'il avait perdu la tête. Ne comprenait-il pas à quel point elle souffrait de cette séparation ? Elle avait beau se répéter qu'il n'était qu'un tyran égoïste, elle ne pouvait s'empêcher de le vouloir auprès d'elle. Mais lui, de toute évidence, ne se rendait pas compte de ce qu'il éveillait en elle. Non, cela lui aurait demandé de la tendresse, de la compassion, de la délicatesse : des qualités qu'il ne connaissait pas.

— Parce que ce ne serait pas convenable, argua-t-elle en soupirant. Je te rappelle que nous ne sommes plus ensemble.

Un moment, il crut qu'elle le faisait marcher et souhaitait le faire attendre un peu avant d'accepter son invitation. Pourtant, à sa grande surprise, elle n'ajouta rien d'autre.

— Tu plaisantes, n'est-ce pas ?

— Non, Salvatore. Pas du tout.

Voilà qu'il se retrouvait dans la situation inédite de *convaincre* une femme de sortir avec lui !

— Mais c'est pourtant un opéra extraordinaire ! Les billlets s'arrachent à prix d'or. Tu aurais tout fait pour le voir !

Non, pas tout, faillit-elle objecter.

— Je suis sûre que tu trouveras quelqu'un d'autre pour t'accompagner, dit-elle.

— Et ça ne te ferait rien ? s'étonna-t-il. Que j'emmène une autre femme ?

— Ce que je pense n'a aucune importance.

— Eh bien, je te conseille quand même d'y réfléchir, dit-il avec un détachement feint. J'attends ta réponse.

Mais au grand dam de Salvatore, elle ne lui fit parvenir aucune réponse. Pas de coup de fil, pas de texto. Pas de courriel ou de visite impromptue pour lui annoncer qu'elle avait parlé trop vite et que, bien sûr, elle rêvait de l'accompagner à l'opéra.

Loin de se décourager, et même échauffé par cet affront inattendu, il fit envoyer une robe de soirée au domicile de Jessica, accompagnée d'une rivière de diamants qui ne pouvait la laissait indifférente. Ensuite, il n'eut plus qu'à attendre qu'elle l'appelle.

Mais lorsqu'elle lui téléphona enfin, ce ne fut pas ce qu'il avait prévu. Inexplicablement, elle semblait en colère.

— Salvatore, pourquoi m'as-tu envoyé ces cadeaux ?

— Tu ne les aimes pas ?

A l'autre bout du fil, Jessica posa les yeux sur la robe rouge, de la même teinte que celle des coquelicots, et taillée dans la soie la plus douce. Elle était si délicate qu'elle n'avait osé l'essayer. La rivière de diamants l'intimidait encore plus, avec ses pierres aux reflets arc-en-ciel qui scintillaient de mille feux entre ses doigts.

Elle déglutit péniblement. Croyait-il vraiment pouvoir l'acheter avec ces cadeaux somptueux ?

— Pourquoi ? répéta-t-elle.

— Pour que tu les portes à l'opéra, *cara*. Tu seras si belle.

Bien sûr qu'elle voulait les porter. Mais pas parce qu'ils valaient une fortune, mais parce qu'ils venaient de *lui*. Tout comme elle brûlait de le voir *lui*, et pas ce misérable opéra ! Mais elle n'osait le lui dire, consciente qu'elle ne pouvait risquer son équilibre émotionnel en se retrouvant de nouveau dans une situation de vulnérabilité face à un homme qui ne l'aimait pas.

Elle inspira une longue bouffée d'air pour se donner du courage et referma le poing sur le collier de diamants.

— Je te le répète une dernière fois, Salvatore. Je ne viendrai pas à l'opéra.

— Que faut-il pour te convaincre ? Tu préfères des émeraudes ? Ou une pierre de la taille de Gibraltar ?

Il ne comprenait donc rien !

— Tu ne peux pas m'acheter ! s'emporta-t-elle. Je ne suis pas à vendre !

C'était la première fois qu'une femme lui raccrochait au nez, et Salvatore resta un instant stupéfait en entendant le signal de déconnexion dans le combiné. Comment osait-elle ?

Il alla nager une heure avant de retrouver un cheikh riche et influent pour le dîner. Mais pas une minute ne passa sans que son esprit ne dérive vers Jessica et la froide détermination qui avait teinté sa voix. Il se surprit à se rappeler leur week-end à Paris, avant qu'il ne découvre qu'elle avait vendu son bracelet. Il n'avait jamais passé de moments plus agréables en compagnie d'une femme. Mais il se souvint également avec quelle satisfaction il avait mis au jour son petit mensonge. Oui, à bien y réfléchir, il avait toujours tenu à penser du mal de la jeune femme.

Pourtant, elle avait vendu son cadeau dans le but de venir en aide à sa grand-mère. Et sur ce point, il la croyait. En fin de compte, était-elle calculatrice, ou simplement attentionnée ?

Il fronça les sourcils. Et puis, il y avait autre chose dont il se souvenait. Quelque chose qui était resté tout au fond de sa mémoire…

Sur les conseils de sa secrétaire, il passa l'après-midi au marché aux puces de Camden Town. Un lieu insolite et bohème qui ne ressemblait en rien aux endroits qu'il fréquentait d'habitude. A bien y réfléchir, il ignorait ce qu'il cherchait, jusqu'à ce qu'il le trouve.

Plus tard ce soir-là, il frappa à la porte de Jessica, et la grande fille blonde qu'il avait rencontrée le premier soir vint lui ouvrir. Elle écarquilla les yeux de surprise en l'apercevant et passa une main tremblante dans la masse de ses cheveux blonds pour les lisser.

— Oh, bonsoir !

— Je cherche Jessica, dit-il.

Willow cessa aussitôt de sourire.

— Je vais la prévenir.

Il entendit des murmures étouffés. Si Jessica croyait qu'elle allait s'en tirer en refusant de le voir, elle faisait une grave erreur. Il était prêt à rentrer de force, d'un coup de pied dans la porte s'il le fallait. Soudain, elle apparut devant lui, l'air presque fragile dans son vieux jean usé et son pull défraîchi.

— Bonsoir Salvatore, dit-elle calmement. Que me veux-tu ?

Elle avait les traits tirés et le dévisageait avec une expression grave. Devant le manque d'enthousiasme de son accueil, Salvatore plissa les yeux.

— Puis-je entrer ?

Jessica faillit refuser, lui claquer la porte à la figure. Pourtant, elle n'avait qu'une envie : se jeter dans ses bras et se serrer contre lui. Mais elle n'en laissa rien voir.

— Bien sûr, répondit-elle poliment.

Il la suivit dans le salon.

— Que puis-je pour toi, cette fois, Salvatore ? dit-elle en se retournant, bras croisés.

Il comprit non sans un certain dépit qu'il pouvait faire une croix définitive sur l'accueil chaleureux qu'il s'était plu à imaginer. Et formuler des excuses ne faisait pas partie des choses qu'il avait l'habitude de faire.

— Je sais que je t'ai vexée, commença-t-il.

Elle se demanda quel incident précis il avait en tête, mais ne dit rien.

— T'envoyer la robe et le collier de diamants manquait de tact, je l'avoue, continua-t-il. Même si tu es sans aucun doute la seule femme du monde à penser ça.

D'un geste gauche, il tira une petite boîte de sa poche et la lui tendit.

— J'ai donc pensé que tu préférerais cela.

Elle se tint immobile, le regard rivé sur la boîte. Ainsi, il ne comprenait *toujours* rien ?

— Je n'en veux pas.

— Prends-le. Je t'en prie.

Quelque chose dans sa voix la poussa à accepter. Avec un soupir blasé, elle lui prit la boîte et l'ouvrit d'un mouvement sec. Mais à l'intérieur, au lieu du chatoiement de gemmes hors de prix auquel elle s'attendait, elle découvrit une pierre de lune ovale passée sur une simple chaîne d'argent. Sa couleur grise et nacrée renfermait un éclat particulier, comme le reflet d'un fleuve. Cela réveilla un souvenir en elle, et son cœur se mit à battre plus fort. Elle sentit une boule se former dans sa gorge et des larmes lui piquer les yeux. Mais elle les chassa de toutes ses forces, car cela, se répéta-t-elle, ne voulait *rien* dire. Juste une énième tentative de Salvatore, certes plus touchante, pour l'acheter.

— Je me suis souvenu que tu aimais les pierres de lune, lui dit-il, avec l'impression d'être l'adolescent timide qu'il n'avait jamais été. Tu avais dit qu'elles te rappelaient la couleur de la Seine.

Pendant quelques secondes, Jessica resta sans voix.

— Oui… c'est… c'est vrai, répondit-elle enfin en levant les yeux vers lui. Mais pourquoi me l'offrir ?

Les traits de Salvatore se durcirent. Ne devinait-elle donc pas ?

— Parce que j'en ai assez de cette séparation, dit-il dans un murmure. Je veux que tu reviennes.

Jessica étudia le visage qu'elle aimait tant. Elle perçut l'esquisse d'un sourire sur ses lèvres et comprit que Salvatore n'envisageait pas un moment qu'elle puisse lui répondre autre chose que ce qu'il voulait entendre.

Et comme il aurait été facile d'accepter ! songea-t-elle. De se jeter dans ses bras et de laisser tous les espoirs qu'elle avait abandonnés refaire surface. Mais à quoi bon ? La chute n'en serait que plus rude. Non, mieux valait mettre un point final à leur histoire, pour n'en garder qu'un souvenir doux et amer à la fois.

Elle secoua la tête.

— Je ne peux pas, répondit-elle dans un souffle. Vraiment pas. Je ne veux plus être ta maîtresse, Salvatore. Je n'en ai plus la force.

— Pourquoi ?

Tenait-il donc à ce qu'elle lui expose la nature de ses sentiments ? Elle ne ferait que l'encourager à l'amadouer avec des mots doux et des baisers faussement tendres. Ou peut-être ne comprenait-il vraiment pas ? Après tout, il n'avait connu que des femmes soumises à sa volonté, prêtes à tout pour satisfaire ses moindres désirs. Il n'imaginait sans doute pas qu'une femme puisse elle aussi avoir les siens.

Elle haussa les épaules et feignit le détachement.

— Parce que notre histoire est finie, voilà tout. Etre ta maîtresse ne m'amuse plus. A présent, tu dois me trouver une remplaçante.

Et soudain, alors qu'il observait ses yeux clairs et ses lèvres tremblantes, quelque chose s'éveilla en Salvatore. Un étrange sentiment le parcourut, et lui révéla ce qu'il savait déjà depuis longtemps sans se l'avouer : il ne voulait pas de remplaçante. Celle qui se tenait en face de lui faisait chanter son cœur. Il allait se battre pour elle. Et elle en valait la peine.

— Mais personne ne peut te remplacer, Jessica, déclara-t-il avec fougue. Aucune autre femme ne me fait cet effet-là. Tu as pris une place trop importante dans ma vie, et je ne pourrais plus me passer de toi.

Il vit ses lèvres rosées s'entrouvrir et devina qu'elle allait de nouveau émettre une objection. Il secoua la tête.

— Je sais que tu ne veux plus être ma maîtresse, mais je ne le veux pas non plus. J'ai compris que mon argent ne t'intéressait pas, et je me suis ridiculisé avec mes cadeaux hors de prix.

Il haussa les épaules et leva doucement la main en un geste d'impuissance.

— Voilà ce que je suis : un novice, continua-t-il, le souffle court. Vois-tu, je n'ai jamais été amoureux, Jessica. Et aujourd'hui, mon cœur déborde d'amour, *cara mia*. Et je veux t'épouser. A condition que…

Et un instant, une étincelle d'arrogance familière passa dans ses yeux.

— … que tu m'aimes aussi.

Il y eut un court silence, où tous deux retinrent leur respiration.

— Tu sais que je t'aime, répondit-elle enfin d'une voix étranglée par l'émotion.

Leurs regards se croisèrent un long moment, puis il ouvrit grands les bras.

— Jessica, dit-il avec une infinie tendresse. Viens.

Jessica ne sut si elle allait pleurer ou rire. Tout autour d'elle devint flou et irréel tandis qu'elle se blottissait contre lui.

Et il la serra fort en caressant ses cheveux.

— Je t'aime, lui chuchota-t-il juste avant de l'embrasser. Et maintenant, laisse-moi te le prouver.

Épilogue

— Ta grand-mère est contente, n'est-ce pas ?

Sous le chaud soleil sicilien, Jessica sourit à son époux tandis qu'ils assistaient à la grande fête de famille donnée pour les trois ans de Gino, le neveu de Salvatore. Le niveau sonore n'avait fait qu'augmenter au fil de la journée, mais d'un instant à l'autre, on allait couper le gâteau, et avec un peu de chance, les enfants se calmeraient bientôt !

Toutes les générations de la famille Cardini jouaient à une version sicilienne du « chat », et la grand-mère de Jessica semblait posséder un talent inné pour le jeu, ce qui ne manquait pas d'époustoufler ses jeunes adversaires.

Jessica noua les bras autour de la taille de Salvatore, le cœur débordant d'amour.

— Oh, elle est ravie ! Je n'aurais pourtant jamais cru qu'elle accepterait de quitter l'Angleterre !

Salvatore sourit de plus belle.

— Pour la Sicile ? Mais qui serait assez fou pour refuser de vivre dans un tel endroit ?

Et en effet, il aurait fallu être fou. La vie semblait si parfaite que Jessica avait parfois l'impression qu'elle rêvait. Pourtant, ce n'était pas un rêve, mais bien la réalité.

Salvatore l'avait épousée lors d'une modeste cérémonie, dans une magnifique petite église de Trapani. Les voix du chœur s'étaient élevées dans l'air frais et sacré du lieu saint, empli de la fragrance enivrante des fleurs blanches qui ornaient également son voile.

Lorsqu'il lui avait demandé de l'épouser et de venir s'installer en Sicile, Jessica lui avait expliqué qu'elle avait des remords à laisser sa grand-mère derrière elle.

— Oui, je sais que la Sicile n'est qu'à quelques heures d'avion, mais elle est la seule famille qu'il me reste, et…

— Mais ta grand-mère vient avec nous ! avait-il coupé comme s'il ne pouvait envisager une autre possibilité. En Sicile, la famille représente tout, et chaque membre y a sa place.

Et surtout les épouses, songea Jessica en se rappelant avec quelle douceur et quelle passion il l'avait réveillée ce matin. Pour un homme qui n'avait jamais exprimé ses sentiments auparavant, il se rattrapait bien !

Le domaine Cardini était gigantesque, et la famille possédait des propriétés partout sur l'île. Il y avait assez de place pour que tous y vivent sans se sentir à l'étroit. Sa grand-mère avait déjà noué un lien particulier avec le petit Gino, et Jessica avait même trouvé une grande amie en la personne d'Emma, la maman anglaise du petit garçon. Salvatore avait mis un de ses cousins à la tête de sa société à Londres avant de faire ses bagages pour la Sicile avec sa femme.

Enfin, Jessica s'était mise à l'italien. Ou plutôt, elle apprenait à parler sicilien puisque, comme tout le monde le lui avait gravement expliqué, les deux langues n'avaient *rien* à voir. Et dans ce paradis terrestre, avec Salvatore à ses côtés, elle apprenait très vite.

Surtout l'amour.

KATHRYN ROSS

Amoureuse d'un don Juan

HARLEQUIN

Titre original :
MEDITERRANEAN BOSS, CONVENIENT MISTRESS

Ce roman a déjà été publié en 2008

1

A peine Charlotte avait-elle ouvert les yeux que les souvenirs de la soirée précédente affluèrent à son esprit avec une épouvantable clarté. Son rendez-vous avait tourné à l'horreur.

Que cet homme ait mesuré un mètre soixante et non un mètre quatre-vingt-cinq, comme il le prétendait, et qu'il ait été plus près de cinquante ans que de trente, elle n'avait pas l'esprit assez étroit pour y accorder une importance démesurée. Mais cette horrible queue de rat grisonnante… Et ils n'avaient guère en commun que d'être tous les deux divorcés. Au bout d'un quart d'heure, ils n'avaient vraiment plus rien à se dire. Peut-être ces rencontres par internet n'étaient-elles pas une si bonne idée, après tout. Elle aurait certainement mieux fait d'interdire à ses amis de l'y inscrire.

Elle se précipita pour éteindre la sonnerie du réveil au moment même où Jack déboulait dans la pièce.

— Debout, maman, c'est l'heure ! chantonna-t-il avec son entrain habituel, avant de bondir sur le lit pour l'embrasser.

— Bonjour, mon chéri, répondit-elle en caressant ses boucles brunes.

— Hier soir, pendant que tu étais sortie, Nana m'a laissé regarder la télé avec elle en buvant du chocolat.

— Vraiment ? Elle te gâte beaucoup trop…

Si on avait été dimanche, Charlotte n'aurait pas demandé mieux que de faire un câlin en bavardant un peu, car pour un garçon de quatre ans, Jack était très loquace, davantage en tout cas que son compagnon de la veille. Mais c'était vendredi, et l'heure ne se prêtait guère au badinage.

— Viens, on va se préparer pour l'école.

« Qu'est-ce qu'il fait froid ! », remarqua-t-elle en tâtant le radiateur tandis qu'ils se dirigeaient vers la salle de bains. Visiblement, le chauffage ne s'était pas déclenché, ce qui lui faisait redouter qu'il n'y ait guère d'eau chaude.

Une fois Jack habillé, elle tenta en vain de résoudre elle-même le problème, avant de se résigner à appeler le plombier, sans oser imaginer combien la réparation allait coûter. Puis, après avoir attaché ses longs cheveux blonds et grignoté un morceau de toast, elle jeta un coup d'œil au courrier. Des factures, encore et toujours… Cette maison avait beau être petite, elle coûtait une fortune à entretenir.

Charlotte travaillait comme assistante dans une agence d'intérim dirigée par son amie Karen. Son employeur actuel était un docteur en psychologie qui avait également publié de nombreux livres à succès. Même si elle gagnait plus d'argent qu'elle n'en avait jamais gagné, elle avait encore bien du mal à joindre les deux bouts. Entretenir une maison quand on est mère célibataire relevait de la gageure, et en fin de mois, la réparation d'une chaudière était une fantaisie qu'elle ne songeait guère à s'offrir. Mais elle saurait faire face, se dit-elle tandis qu'ils quittaient la maison. Comme elle l'avait toujours fait.

Avant de consentir à démarrer par ce bruineux matin de septembre, sa voiture émit une longue série de toussotements et de crachotements. Puis Jack introduisit un CD dans le lecteur et, en chantant une chanson d'amour, ils plongèrent dans les embouteillages de l'heure de pointe.

Vingt minutes plus tard, tandis qu'elle filait vers Oxford après avoir déposé le petit garçon à l'école, elle se sentit déjà un peu plus positive. Certes, sa soirée de la veille avait été un vrai cauchemar, et le facteur ne lui avait apporté que des factures, mais son fils était adorable, et son patron beau comme un dieu. Rien qu'à penser à Marco Delmari, elle se sentait sur un nuage.

Dès le début, elle l'avait trouvé terriblement attirant, tout en se répétant que mieux valait ne pas trop penser à lui, et qu'il fallait s'employer à garder cet emploi si bien rémunéré : sa priorité, c'était Jack. D'ailleurs, elle n'était absolument pas le type de Marco, qui préférait les femmes très minces, du genre mannequin, et très sexy. Ce qui n'était absolument pas son cas, même si elle avait de beaux cheveux, une peau impeccable et de grands yeux verts, hélas dissimulés la plupart du temps par des lunettes, durant ses heures de travail.

Elle ne lui avait donc jamais laissé deviner, même par un battement de cils, à quel point il lui plaisait, tout en se rendant indispensable par son efficacité. Désormais, il ne cessait de chanter ses louanges, et se réjouissait qu'elle ait si bien rationalisé ses classements et son agenda. Durant ces derniers mois, leurs relations étaient devenues très détendues, tout comme leurs conversations à bâtons rompus.

Elle jeta un coup d'œil à l'horloge du tableau de bord. Ce matin, Marco devait se rendre à Londres pour une interview à la radio. En prenant quelques raccourcis, elle réussit à arriver devant sa demeure de brique rouge avec dix minutes d'avance. Son coupé était encore sur le parking et, tandis qu'elle gravissait les marches du perron, son porte-documents à la main, elle ressentit un petit frémissement de satisfaction.

L'intérieur de la maison, dont le mobilier d'époque s'accordait merveilleusement à l'architecture, était un rêve de décorateur, tout en nuances de crème et de jaune bouton d'or. Sans prendre le temps d'admirer ce décor, elle monta l'escalier à la hâte.

— Bonjour, Marco, dit-elle en pénétrant dans le bureau où il se tenait face à la fenêtre. Encore une belle journée qui s'annonce !

— Une très belle journée, répondit-il en se tournant vers elle.

Elle ne put s'empêcher de se sentir troublée, comme chaque fois qu'elle croisait ce regard si sexy et ces yeux sombres. Même si leur relation était dépourvue d'ambiguïté, Marco n'en demeurait pas moins un Italien au charme ensorcelant, avec ses épais cheveux noirs et ses traits d'une régularité tout aristocratique. La première fois qu'elle l'avait vu, à la télévision, elle avait été impressionnée par le charisme et l'élégance naturelle de ce docteur en psychologie, qu'elle s'imaginait beaucoup plus vieux et compassé. Et voilà qu'elle avait découvert un homme de trente-sept ans, grand et puissamment bâti, vêtu d'un pantalon kaki et d'une chemise à col ouvert. Un physique de star, même s'il ne donnait pas l'impression d'être conscient de sa séduction.

En fait, dès le départ, elle avait compris que pour lui, le travail passait avant tout le reste. Naturellement, il attirait une foule de femmes, plus belles les unes que les autres, et toutes folles de lui. Depuis qu'elle travaillait pour lui, elle avait pu les voir arriver et repartir sans qu'il semble avoir conscience des regards d'adoration dont il était l'objet. Un vrai bourreau des cœurs, qui semblait témoigner d'une insouciance proche de la désinvolture.

— Alors, ce rendez-vous d'hier soir ? s'enquit-il avec un sourire.

Sa question la prit au dépourvu, car elle avait complètement oublié l'avoir mis au courant. La veille, tandis qu'elle enfilait son manteau, il lui avait demandé, par politesse, si elle avait des projets pour la soirée. Elle aurait très bien pu lui répondre, comme d'habitude : « Rien de particulier », ou inventer une quelconque réunion de parents d'élèves. Pourtant, à peine avait-elle ouvert la bouche que la vérité était déjà sortie.

— Ça a été, répondit-elle sur un ton insouciant, en évitant de croiser son regard. Mais vous ne devriez pas être déjà en route vers la station de radio ? Avec les embouteillages pour entrer dans Londres, vous risquez d'être en retard. N'oubliez pas qu'on est vendredi matin.

— J'y ai pensé, mais j'attends Sarah, qui tenait à passer en revue avec moi les sujets qui risquent d'être abordés.

— Bien sûr, acquiesça Charlotte en allumant son ordinateur.

Sarah Heart, une arriviste qui ne péchait pas par manque d'assurance, était à la fois l'agent et l'attachée de presse de Marco. De nouveau, celui-ci se tourna vers la fenêtre pour scruter la cour.

— Voulez-vous que je l'appelle sur son portable ?

— J'ai déjà essayé, mais je n'obtiens que sa messagerie.

— Elle doit être bloquée dans un embouteillage.

— Sûrement.

Sans doute était-ce un effet de son imagination, mais ce matin, elle le trouvait particulièrement anxieux. Peut-être avait-il peur d'être en retard, même s'il était en général à l'aise devant les journalistes, avec qui il faisait preuve de beaucoup d'humour et d'une grande décontraction. Ces derniers temps, à force de passer à la radio et à la télévision, il était en passe de devenir une véritable célébrité. Il avait beau être considéré comme un brillant universitaire, Charlotte soupçonnait que ses récents succès devaient beaucoup à son art de rendre attrayant n'importe quel problème de psychologie.

— Alors ce prince charmant ? questionna-t-il, tandis que Charlotte s'installait à son bureau et tirait ses lunettes de son sac.

Dans ce décor de bibliothèque surchargée de livres où chaque émotion était minutieusement analysée et disséquée, la question pouvait sembler trop personnelle et même un peu déplacée.

— Eh bien…, commença Charlotte.

Comme il se retournait vers elle, elle sentit ses joues s'empourprer. Non seulement elle avait fait l'erreur de révéler à Marco qu'elle avait rendez-vous, mais encore qu'elle avait rencontré cet homme sur internet. Il lui avait alors jeté un regard empreint d'une telle commisération qu'elle s'était sentie obligée de se justifier : cette pratique était devenue courante, et l'homme qu'elle allait rencontrer semblait sympathique. « Plus que sympathique, même : un véritable prince charmant », avait-elle ajouté, non sans ironie. Pour employer cette expression, elle ne devait plus avoir toute sa tête.

— Eh bien ? répéta Marco.

— Ça a été…

— Parfait. J'étais un peu inquiet. En donnant rendez-vous à un étranger, vous preniez un risque.

Cela faisait si longtemps que personne ne s'était fait de souci pour Charlotte que ces mots lui firent chaud au cœur.

— Peut-être, mais j'avais pris la précaution de choisir un restaurant bondé. Et je ne lui ai rien révélé de personnel.

— Je suis ravi que tout se soit bien passé.

— Pour tout avouer, l'expérience a tourné au désastre, reconnut-elle, gênée. Nous n'avions vraiment rien en commun.

— Ah bon… Il n'y aura pas de second rendez-vous ?

— Sûrement pas. J'ai déjà eu du mal à patienter jusqu'à la fin du repas.

— Vous êtes bien certaine de lui avoir laissé sa chance ?

— Peut-être pas, mais dans certains cas, il vaut mieux en

finir au plus vite. Dix minutes ne s'étaient pas écoulées que l'incompatibilité était devenue criante.

— Il ne faut pas confondre désir et compatibilité. Ce sont deux réalités bien différentes.

— Pas pour moi, objecta-t-elle, mais je sais ce que vous en pensez du point de vue professionnel, et dans une certaine mesure, je suis d'accord avec vous. Sans doute l'amour peut-il grandir à mesure qu'une relation s'approfondit. Toutefois, le désir doit être présent dès le départ, comme une sorte de réaction chimique.

— Le désir est une arme à double tranchant qui peut tantôt vous ouvrir les yeux, tantôt vous aveugler en vous dissimulant une incompatibilité.

— Au départ, il est pourtant indispensable, protesta-t-elle.

— Pas obligatoirement.

— Bien sûr que si... Quand vous rencontrez quelqu'un, vous savez immédiatement si ça peut marcher.

Marco lui adressa son sourire charmeur, qui semblait transformer ses prunelles en miel liquide.

— Non. Vous savez seulement si vous pourriez coucher avec cette personne ou pas. Cela n'a rien à voir.

Charlotte sentit le rouge lui monter aux joues. Comment avaient-ils pu en arriver là ? D'habitude, elle veillait toujours à ce que leurs conversations ne s'égarent pas hors de la zone de sécurité professionnelle, et qu'elles restent chaleureuses, mais sans rien de personnel.

— Remarquez, vous avez raison de soutenir que le désir occupe une place très importante dans une relation, concéda-t-il. Il est essentiel que les deux partenaires soient contents de se retrouver au lit.

Charlotte eut la curieuse impression que la chaleur de ses joues gagnait son corps tout entier. La voix profonde de Marco, sans doute, teintée d'un accent italien particulièrement sensuel, sans parler de ce regard pailleté qui la faisait fondre... Brusquement, elle se surprit à se demander ce qu'elle éprouverait si elle se retrouvait au lit avec lui. Question plutôt gênante, mais également excitante, car il avait l'étoffe d'un merveilleux amant.

— Dans ce domaine, bien entendu, rien de tel que le coup de foudre, conclut-il laconiquement.

— Je suis tout à fait de votre avis, acquiesça Charlotte avec enthousiasme. C'est arrivé à mes parents : dès le premier regard, ils sont tombés amoureux l'un de l'autre et sont restés mariés trente-trois ans.

— Désolé de vous contredire : sans doute se sont-ils désirés dès le premier regard, mais pour rester mariés trente-trois ans, ils ont dû fournir des efforts et vaincre bien des obstacles.

— Pas du tout : dès qu'ils se sont vus, ils se sont aimés.

— Je vous trouve bien romantique.

— Absolument pas, protesta-t-elle, contre toute évidence.

Même si elle se savait désespérément romantique, cette pointe de dérision dans la voix de Marco l'incitait à le nier farouchement. En la voyant rouge comme une pivoine, il ne put s'empêcher de sourire.

— Mais si… En fait, je crois que vous êtes à la recherche du type de relation qu'ont connue vos parents, le grand amour dès le premier regard.

— Vous voulez dire que je cherche quelque chose qui n'existe pas. Et dans peu de temps, vous allez me demander de m'allonger sur votre divan. Merci bien, mais je n'ai nul besoin de psychanalyse. J'ai beau avoir passé une soirée pénible, je m'en remettrai et je me sens parfaitement équilibrée.

Il partit d'un grand rire qui ne fit qu'accroître la colère de Charlotte.

— Vous allez sûrement être en retard, lança-t-elle en se passant nerveusement la main dans les cheveux.

Décidément, se dit Marco, depuis qu'elle avait mis les pieds dans son bureau, Charlotte n'avait cessé de l'intriguer. Elle se comportait avec une sorte de dignité un peu distante qui lui conférait une aura mystérieuse. Durant les quelques mois qu'avait duré leur collaboration, jamais elle n'avait vraiment baissé sa garde. Pourtant, avec le temps, un courant de sympathie s'était créé entre eux, et elle avait abandonné un peu de sa réserve. Quand elle parlait de son fils, en particulier, elle était animée d'une chaleur qui la rendait particulièrement attirante.

En revanche, quand il avait évoqué sa soirée de la veille, il l'avait sentie plutôt mal à l'aise, comme le prouvait le rouge qui lui était monté aux joues. Et lorsqu'il lui avait reproché son romantisme, il avait perçu dans ses yeux verts une fragilité mal dissimulée. Inutile de la faire étendre sur un divan pour savoir qu'un homme l'avait fait cruellement souffrir. Son ex-mari, sans doute. Mais il n'avait pas l'intention de s'immiscer dans sa vie privée.

Justement, ce qu'il appréciait, chez elle, c'était cette forme de retenue, ce côté pragmatique qui la rendait si efficace dans le travail. Il trouvait reposant d'avoir à son côté quelqu'un de calme, sur qui on pouvait compter. Sa précédente assistante ayant subi une succession de déboires sentimentaux, il avait eu le malheur de lui adresser quelques mots de sympathie. Immédiatement, elle avait fait sur lui une fixation qui rendait tout travail impossible. C'est à la suite de cette expérience qu'il avait préféré avoir recours à une intérimaire. Charlotte s'était révélée équilibrée et fiable, une vraie bénédiction. Jamais elle n'était arrivée le matin avec la gueule de bois ou portant les stigmates d'une nuit agitée. Bizarrement — si l'on songeait qu'elle avait moins de trente ans et qu'elle était fort séduisante —, on aurait dit qu'elle n'avait pas de vie sentimentale. C'est d'ailleurs pour cette raison qu'il avait été stupéfait, la veille, qu'elle le mette au courant de ce rendez-vous.

Comme elle se levait pour aller prendre un dossier dans un classeur, il la suivit des yeux. Oui, il s'était senti inquiet. Elle avait beau se contrôler parfaitement, il percevait en elle une vulnérabilité sous-jacente qu'elle s'appliquait à dissimuler de son mieux. Comme elle levait les bras pour atteindre un classeur haut placé, ses yeux s'attardèrent sur ses courbes généreuses, et il se demanda une fois de plus pourquoi elle s'obstinait à porter des vêtements qui dissimulaient ses formes. Sous son austère ensemble noir, elle avait pourtant une silhouette parfaite, extrêmement désirable.

Furieux contre lui, il jeta un coup d'œil à sa montre : il ferait mieux de se concentrer sur son emploi du temps.

— On dirait que Sarah me fait faux bond. Je ne vais pas l'attendre plus longtemps.

— Quand elle arrivera, dois-je lui demander de vous

rejoindre au studio ? s'enquit Charlotte en se rasseyant devant son ordinateur.

Marco la regarda remettre ses lunettes avant de se concentrer sur l'écran, comme si elle n'avait plus conscience de sa présence.

— Non. Il va falloir que vous m'accompagniez à sa place.

— Mais je devais effectuer une recherche…

— Remettez-la à plus tard, coupa fermement Marco. Vous conduirez pendant que je relirai mes notes. Compte tenu du retard que j'ai pris, vous me laisserez devant la porte et vous irez garer la voiture.

Charlotte ôta ses lunettes avant d'éteindre à regret son ordinateur. Puis elle ramassa son sac et le suivit dans l'escalier. Cette discussion concernant sa vie sentimentale lui avait mis les nerfs à vif. Comme si une brèche s'était ouverte dans les barrières qu'elle avait pris tant de soin à dresser autour d'elle.

2

Elle dut pratiquement courir pour rester à hauteur de Marco tandis qu'ils traversaient la cour. Debout devant sa vieille voiture, elle fouilla dans son sac pour prendre ses clés, mais en levant les yeux, elle vit que Marco s'apprêtait à monter dans la sienne.

— Vous m'avez demandé de vous conduire.

— Oui, mais dans ma voiture.

Jetant un coup d'œil au coupé rouge flambant neuf, elle renonça à se lancer dans les embouteillages au volant de cette merveille.

— Cela vous gêne que nous prenions la mienne ?

— Vous croyez qu'elle peut nous emmener jusque-là ?

— Elle me permet d'arriver à l'heure tous les matins.

— Bon, dit-il avec un haussement d'épaules résigné.

Il était tellement grand qu'il dut reculer son siège pour caser ses jambes pendant qu'elle tentait de démarrer. Une fois de plus, la voiture se montrait récalcitrante.

— Ne vous en faites pas, c'est toujours comme ça, déclara-t-elle, craignant qu'il ne cherche à descendre.

Le véhicule consentit enfin à s'ébranler aux accents de *Love and Marriage* chanté par Frank Sinatra. Charlotte s'empressa de tendre le bras pour éteindre le lecteur de CD, mais dans sa précipitation, poussa le volume à fond.

— Désolée, s'écria-t-elle pour tenter de couvrir la voix du chanteur qui faisait l'éloge des mariages d'amour.

Elle tenta de nouveau d'arrêter l'appareil, avant de comprendre que c'était la radio.

— En dépit de tout le bien que Frank Sinatra pensait du mariage, enchaîna le présentateur, dans quelques instants, le

Dr Marco Delmari va venir vous parler de son nouveau livre et vous expliquer pourquoi, si vous fondez votre union sur l'amour, vous courez tout droit au désastre.

— Excusez-moi, je croyais que c'était un disque, dit Charlotte en baissant le volume.

Du coin de l'œil, elle observa Marco qui semblait étudier avec attention la pochette du fameux CD, une compilation de chansons d'amour.

— Quand je pense que vous avez osé me soutenir que vous n'étiez pas romantique ! lança-t-il avec un sourire moqueur. Remarquez qu'il n'y a rien de mal à ça.

— Vous prétendez exactement le contraire dans votre livre.

— Dans mon livre, je me contente de mettre en garde mes lecteurs contre un excès de romantisme. A peine ressentent-ils le moindre désir qu'ils s'imaginent déjà amoureux. Un engagement à long terme nécessite davantage de réflexion.

— « L'amour ne peut être la condition suffisante d'un mariage réussi ».

— Vous avez lu mon livre ?

— Evidemment. J'en ai acheté un exemplaire avant de commencer à travailler pour vous.

— En prélude à vos rencontres sur internet ?

— Non. Pour me documenter sur mon futur employeur. Je vous ferai par ailleurs remarquer que ma seule et unique rencontre sur internet a eu lieu hier.

— Vous pensez persévérer ?

— Si vous m'aviez posé cette question quand je suis rentrée chez moi, ma réponse aurait été négative, mais après tout, on peut faire également ce genre d'expérience dans des circonstances plus traditionnelles.

— Donc, cela ne vous a pas découragée ?

— Eh bien…

— Comment ces rencontres fonctionnent-elles exactement ? On peut voir des photos de la personne qu'on va rencontrer ?

— Oui, mais ça n'apporte pas grand-chose. Je suis convaincue que les clichés qu'il m'a envoyés dataient de dix ans. Pourquoi ? Vous avez l'intention d'essayer ?

— Pas dans l'immédiat, répliqua-t-il sur un ton si sarcastique qu'elle s'en voulut immédiatement d'avoir risqué cette question. Je plaisantais.

Naturellement, Marco n'avait que faire d'internet. Mais pour Charlotte, qui devait faire garder Jack quand elle sortait et qui n'appréciait pas particulièrement l'ambiance des boîtes, c'était une solution pratique.

— Donc, vous n'êtes pas réellement à la recherche d'une relation sérieuse ?

Cette question ne manqua pas d'éveiller en elle un certain écho : depuis quelque temps, il lui fallait le reconnaître, elle se sentait d'autant plus seule qu'autour d'elle, le monde semblait peuplé de couples radieux. Plus que le sexe, ce qui lui manquait, c'était l'intimité d'une relation, la tendresse, et le sentiment de compter pour un autre être.

Non qu'elle ait jamais pu compter sur son mari, d'ailleurs… Ils étaient mariés depuis un an quand elle s'était retrouvée enceinte, et même si Greg avait paru satisfait, elle s'était vite rendu compte qu'il ne l'était pas. Ils s'étaient pourtant mis à chercher une résidence adaptée à un enfant, et avaient fini par dénicher un charmant cottage ancien à la campagne. Mais à peine avaient-ils vendu leur appartement que Greg l'avait abandonnée, emportant avec lui la moitié du produit de la vente.

Le choc avait été terrible, car elle avait toujours cru qu'il l'aimait autant qu'elle l'aimait, et ne s'était jamais doutée qu'il envisageait de la quitter. Lorsqu'elle s'était retrouvée seule et enceinte, elle avait vite compris qu'il lui fallait renoncer à cette maison. Inutile de se leurrer : jamais elle n'avait réellement compté pour Greg. Jack non plus, d'ailleurs, et c'est ce qui lui faisait le plus mal.

Pour chasser ces pensées négatives, elle s'empressa de répondre à Marco :

— Je ne tiens pas à m'engager sérieusement pour le moment, mais si jamais je rencontrais un compagnon avec qui ce soit possible, j'en serais ravie. Je sens bien que Jack aurait besoin d'un père.

Les mots semblaient lui échapper sans qu'elle ait vraiment conscience de les prononcer.

— Il voit le sien ?

— Pas vraiment : un coup de fil de temps en temps et une carte pour son anniversaire. De toute façon, ce n'est pas une grande perte, et je tiens à mon indépendance.

En remarquant l'expression très sérieuse de Marco, elle se sentit soudain gênée. Pourquoi lui raconter des histoires qui ne le concernaient nullement ?

— Vous avez bien raison.

— Mais je vous empêche de travailler : vous vouliez relire vos notes.

— Effectivement.

Il se plongea dans ses documents tandis qu'elle regrettait de s'être laissé entraîner sur ce terrain. Si elle voulait continuer à travailler avec lui, mieux valait éviter les confidences. Même si, ces derniers temps, cela lui avait semblé de plus en plus difficile. Evidemment, il devait savoir s'y prendre pour que les gens lui ouvrent leur cœur et lui révèlent leurs secrets intimes. Mais au bout d'un moment, elle sentit de nouveau son regard peser sur elle, plus pénétrant encore que d'habitude, et elle lui jeta un coup d'œil interrogateur.

— Excusez-moi, dit-il, mais je viens de me rendre compte que vous ne portiez pas vos lunettes. Vous n'en avez pas besoin pour conduire ?

— N'ayez pas peur. Je ne les mets que pour lire et pour travailler sur l'ordinateur.

— Sans lunettes, vous êtes très différente.

— Elles ne m'avantagent pas, je le sais.

— Eh bien…

La sonnerie du téléphone de Marco vint interrompre cette conversation, au grand soulagement de Charlotte.

— Allô, Sarah, dit-il après avoir ouvert son téléphone. Où diable es-tu ? Pas possible ! Non, Charlotte a bien voulu m'emmener, et nous y serons dans vingt minutes. Non, je ne crois pas que cela pose problème. D'après les recherches que j'ai effectuées, les faits parlent d'eux-mêmes. On en rediscutera plus tard, d'accord ?

— Des problèmes ? s'enquit Charlotte, tenaillée par la curiosité.

— Le problème, c'est Sarah. Parfois, elle est vraiment agaçante.

C'était exactement l'avis de Charlotte, mais elle se demanda quand même ce que Sarah avait pu dire pour l'énerver à ce point. Entre ces deux-là, tout se passait le plus souvent très bien, avec de temps en temps quelques accrocs. En général, Sarah était toujours d'accord sur tout et couvrait Marco de compliments, sans lui ménager ses œillades. Visiblement, elle lui faisait du charme et il n'avait pas l'air d'y être opposé.

Charlotte quitta l'autoroute pour prendre la direction du centre de Londres.

— Où est Sarah ? s'enquit-elle.

— Elle a l'air en pleine crise. Il semble qu'une de ses célèbres clientes s'en soit prise à la maîtresse de son mari au rayon lingerie de Harrods, et qu'elle ait été interpellée pour trouble de l'ordre public. Sarah a dû foncer au commissariat pour la sortir de là avant l'arrivée des journalistes.

— Dans ce métier, elle ne doit pas avoir le temps de s'ennuyer.

— Effectivement. Hier, elle a tenté de me convaincre de me marier, ou du moins de me lancer dans une relation au long cours.

Charlotte fut si surprise qu'elle faillit griller un feu rouge.

— Comme vous le savez, je dois partir prochainement aux Etats-Unis pour assurer la promotion de mon dernier essai. Comme on en a parlé dans les magazines et dans les talk-shows, il figure déjà au hit-parade.

— J'en suis ravie. Mais je ne vois pas en quoi l'idée de Sarah…

— D'après elle, le fait que je sois célibataire risque de nuire aux ventes et de m'empêcher d'être numéro un.

— Pourtant, il s'agit d'un essai scientifique qui repose sur des statistiques, des analyses de cas et des recherches théoriques. Tout cela n'a rien de personnel.

— C'est ce que j'ai expliqué à Sarah hier, mais elle persiste à croire que si je vivais en couple, cela donnerait davantage de crédibilité à cet ouvrage.

— Elle est incroyable. C'est absurde ! déclara Charlotte

en se demandant si l'attachée de presse ne cherchait pas tout simplement à attirer dans ses filets son cher docteur.

— Si je vivais moi-même en couple, peut-être me serait-il plus facile de défendre l'hypothèse que l'amour n'est pas la condition la plus importante d'une relation réussie. Néanmoins, comme je l'ai dit à Sarah, je n'approuve pas entièrement cette suggestion.

Charlotte acquiesça de grand cœur, tout à la joie d'imaginer la déception de Sarah, qui lui avait toujours battu froid, devant la résistance de Marco. Cela lui ferait du bien de constater qu'elle n'obtenait pas toujours tout ce qu'elle voulait.

Après s'être laissé guider par son passager à travers un dédale de rues, elle franchit les grilles de la station de radio que lui avait ouvertes un vigile.

— Pouvez-vous garer la voiture ? demanda Marco en regardant sa montre. Il faut que je me dépêche.

— Bien sûr. Voulez-vous que je vous attende à l'extérieur ?

— Mais non. Entrez donc prendre un café. Je vais vous annoncer à la réception.

Tandis qu'il se dirigeait vers l'entrée de l'édifice, une jeune femme lui jeta un regard admiratif qui n'échappa nullement à Charlotte. Il lui tint la porte, tout en lui adressant quelques mots tandis qu'elle le précédait à l'intérieur. Rien d'étonnant, superbe comme il était… Chez lui, tout était sexy, depuis ses vêtements jusqu'à la façon dont il vous regardait comme s'il pénétrait les secrets de votre âme. On comprenait que Sarah ait des vues sur lui.

Charlotte s'arracha à sa contemplation pour se garer. Au moment où elle allait pénétrer dans l'édifice, surgit un taxi dont la portière s'ouvrit à la volée : elle aperçut une paire de low-boots à talons aiguilles, puis deux jambes interminables moulées dans une jupe rouge. Enfin, une femme sortit du véhicule en s'enroulant dans un long manteau de cashmere noir : Sarah Heart, toujours aussi séduisante, avec sa chevelure brune méchée d'auburn, ses yeux sombres et ses lèvres pulpeuses d'un rouge rubis.

— Bonjour, Sarah, dit Charlotte en s'immobilisant sur le seuil.

— Bonjour, répondit l'attachée de presse en lui jetant un regard décourageant, avant de se retourner pour payer le taxi.

Malgré toute l'envie qu'elle avait de la laisser en plan, Charlotte se força à attendre.

— Vous avez réussi à tirer de prison votre illustre cliente ? s'enquit-elle tandis qu'elles cheminaient vers l'entrée.

— Oui, merci, mais j'aurais autant aimé que Marco garde ça pour lui. Il est déjà là ?

Décidément, cette femme faisait tout pour se rendre odieuse.

— Oui. Il vient d'entrer.

— Bon… Eh bien, puisque me voilà arrivée, vous n'avez plus grand-chose à faire ici.

— Marco m'a demandé de rester.

— Vous devez pourtant bien avoir des textes à taper ou des dossiers à classer, suggéra Sarah sur un ton condescendant.

Ignorant cette remarque, Charlotte lui emboîta le pas d'un air décidé.

— J'accompagne Marco Delmari, lança Sarah en direction de la réceptionniste.

— Pouvez-vous me donner votre nom ?

— Sarah Heart, répondit-elle d'un air excédé en tambourinant sur le comptoir.

— Je regrette, madame Heart, mais votre nom ne figure pas sur ma liste.

— Pardon ?

Avant qu'elle ait pu poursuivre, Charlotte se pencha vers la réceptionniste.

— Excusez-moi, mais mon nom y figure-t-il ? Charlotte Hopkirk.

— Mais oui, vous y êtes, madame Hopkirk.

— Parfait. Cette personne est l'attachée de presse de M. Delmari. Elle devrait donc s'y trouver également.

— Je comprends, acquiesça l'employée en souriant. Dans ce cas, elle peut vous accompagner. Vous trouverez M. Delmari dans la loge située à côté du studio numéro cinq. La porte doit être ouverte.

— Merci.

— Je ne vois vraiment pas de quoi vous la remerciez,

susurra Sarah tandis qu'elles s'éloignaient. Elle est d'une incompétence évidente.

— Ce n'est pas de sa faute si votre nom n'était pas sur sa liste. D'ailleurs, quelle importance, puisque j'étais là ? ne put s'empêcher de répliquer Charlotte.

Sarah lui lança un regard noir, mais s'abstint de répondre.

Elles trouvèrent Marco en grande conversation avec le directeur de la station. Dès que Charlotte entra, il lui sourit avant de se tourner vers son attachée de presse.

— Sarah ! Quelle surprise ! Tu n'avais vraiment pas besoin de te précipiter ici.

— Mais j'y tenais vraiment, Marco… Je suis désolée d'avoir été retardée, répondit-elle d'une voix soudain toute radoucie, avant de tendre la main au directeur de la station. Sarah Heart, attachée de presse de Marco.

— Très heureux de vous connaître, madame Heart.

— Appelez-moi Sarah, je vous en prie, roucoula-t-elle.

— Eh bien, Sarah, dès que notre DJ Sam Richmond aura pu échanger quelques mots avec Marco, nous entrerons dans le studio.

— Comment va Sam ? Cela fait un moment que je ne l'ai pas vu.

— Vous le connaissez ?

— Mais oui. Lui et moi, c'est une vieille histoire.

Sans doute son ex-mari numéro trois, songea Charlotte. A en croire les ragots, à trente-huit ans, Sarah avait été mariée et avait divorcé quatre fois. Comme son richissime dernier mari travaillait à la télévision, ses relations avaient permis à la jeune ambitieuse de se lancer dans le métier qu'elle exerçait à présent.

A peine le DJ était-il entré dans la pièce qu'elle se jeta sur lui pour le présenter à Marco, sans tenir compte de la jeune assistante, à qui, néanmoins, Sam Richmond vint serrer la main.

— Ah oui, voici Charlotte, ajouta Sarah sans aucun empressement. Elle est…

— Mon bras droit, intervint Marco avec un sourire qui réchauffa le cœur de la jeune femme.

Quelques instants plus tard, les hommes accompagnés de Sarah se dirigèrent vers la pièce voisine. Restée seule, Charlotte se servit un café à une machine et s'installa confortablement dans un fauteuil pour les attendre. Par une vitre, elle pouvait observer ce qui se passait dans le studio, mais sans entendre rien d'autre qu'une musique d'ambiance.

Elle étudia Marco tandis qu'il parlait. Elle aimait la sincérité de son enthousiasme et remarqua que lorsqu'il souriait, une fossette se creusait sur sa joue. En jetant un coup d'œil de côté, elle s'aperçut que Sarah l'observait et s'empressa de détourner le regard d'un air coupable. Au moment où elle se levait pour aller de nouveau remplir sa tasse, l'attachée de presse surgit dans la pièce.

— J'en prendrais bien un, moi aussi, dit-elle en s'asseyant. Un nuage de lait, sans sucre.

Après le lui avoir versé, Charlotte lui tendit la tasse, sans avoir droit au moindre remerciement. *Quel sans-gêne !* songea-t-elle, écœurée.

L'attachée de presse s'assit en face d'elle.

— Charlotte, murmura-t-elle en croisant ses longues jambes avant de lisser le tissu soyeux de sa jupe, depuis combien de temps êtes-vous amoureuse de Marco ?

La jeune assistante eut du mal à en croire ses oreilles.

— Je ne vois absolument pas à quoi vous faites allusion, lança-t-elle, stupéfaite.

— Allons donc ! Je vous ai bien observée. Cela crève les yeux. Pourtant, vous savez très bien que vous n'êtes pas son type, n'est-ce pas ? D'abord, il n'aime que les top models, et puis, il est bien trop pragmatique pour vous. A moins que vous ne teniez à vous bercer d'illusions, je crains fort que vous ne rencontriez un problème, susurra-t-elle sur un ton doucereux qui exaspéra Charlotte.

— C'est plutôt vous qui en avez un. Et dorénavant, je vous saurais gré de garder vos élucubrations pour vous, répliqua-t-elle.

Sarah se contenta d'un rire condescendant.

A ce moment, la musique s'interrompit pour laisser commencer l'interview, et Charlotte s'efforça de chasser l'incident de son esprit pour se concentrer sur ce qui se disait dans le studio. Malheureusement, la question troublante de Sarah ne cessait de retentir à ses oreilles : « Depuis combien de temps êtes-vous amoureuse de Marco ? »

3

— Tout va bien ? demanda Marco, rompant le silence qui régnait dans la voiture.

— Très bien, répondit Charlotte d'une voix hésitante.

— Depuis que nous avons quitté le studio, vous n'avez pas dit grand-chose.

Elle ne s'était toujours pas remise de la question totalement déplacée que lui avait posée l'attachée de presse. Pourtant, si quelqu'un était amoureux de Marco, c'était certainement Sarah qui, à peine sortie du studio, s'était répandue en flatteries éhontées. Elle l'avait invité à dîner chez elle le dimanche suivant, sous prétexte de discuter de son voyage aux Etats-Unis, mais elle avait clairement autre chose en tête… Marco s'était empressé d'accepter son invitation. Sarah avait alors jeté à Charlotte un regard empreint de triomphe et de dédain, où celle-ci avait lu : « Tu es incapable de susciter chez cet homme le moindre intérêt ».

— Vous me connaissez, je suis une anxieuse. En tout cas, l'interview s'est très bien passée, répondit-elle pour tenter de changer de sujet.

Quoi qu'en pensât Sarah Heart, elle n'était pas amoureuse de Marco.

— Oui, sauf lorsqu'on m'a interrogé sur ma vie sentimentale. Cela n'avait rien à voir.

— Naturellement, mais il fallait qu'il pose la question. Les gens s'intéressent à votre vie privée.

— J'ai l'impression d'entendre Sarah, répliqua-t-il sèchement.

— Désolée…

Rien ne pouvait agacer davantage Charlotte que d'être comparée à Sarah Heart.

— Ce n'est pas grave. D'ailleurs, à la réflexion, elle a peut-être raison. Pas d'un point de vue scientifique, bien sûr, mais mon livre est fait pour le grand public et c'est une vraie professionnelle, il faut lui rendre justice. Elle connaît les médias et sait ce qui fait vendre.

Charlotte aurait voulu lui faire remarquer que Sarah se serait très bien vue prendre, comme cinquième mari, un psychologue au physique avenant, mais elle s'abstint.

— Vous n'envisagez quand même pas de vous lancer dans une liaison uniquement pour vous faire de la pub ?

— Sans être totalement convaincu, si j'avais en ce moment une relation, je ne m'en cacherais pas. A condition que l'heureuse élue soit sur la même longueur d'onde…

— Vous voulez dire pourvu qu'elle garde la tête froide et n'aille pas s'imaginer qu'elle est amoureuse ?

— Non, pourvu qu'elle croie en mes idées, corrigea Marco. D'ailleurs, vu que je pars pour l'Amérique dans quelques semaines à peine, je ferais mieux de me mettre immédiatement en quête de la partenaire idéale.

— Vous n'aurez aucun mal à la trouver.

Sarah Heart ne ferait pas de difficulté pour se laisser convaincre.

— L'idée d'une liaison sans amour heurte votre penchant pour le romantisme ? s'enquit Marco, qui avait perçu une faille dans la voix de la jeune femme.

— Je doute qu'elle puisse durer bien longtemps.

— Pourquoi ? Mon hypothèse est fondée sur une analyse scientifique approfondie. Si deux personnes veulent vraiment se donner toutes les chances de voir durer leur union, elles n'ont qu'à suivre les indications que je fournis dans mon livre et elles réussiront, qu'elles s'aiment ou non.

— Et moi qui croyais que tous les Italiens étaient passionnés et terriblement impulsifs… Vous ne correspondez guère à ces critères.

— Qu'est-ce que vous en savez ? Etre impulsif et passionné est une chose ; conclure un engagement à long terme en est une autre.

— Evidemment, mais dans toute liaison, il y a forcément une pointe de romantisme.

— Sans doute, reconnut-il, mais bien souvent, l'amour n'est qu'illusion, mirage trompeur, et même quand ce n'est pas le cas, peut-on vraiment fonder sur ce sentiment une relation au long cours ? Il faut une base plus solide.

— Vous ne croyez pas en l'amour ?

— Si on cherche à construire une union durable, il est préférable de s'en méfier, rétorqua-t-il sèchement. D'ailleurs, beaucoup de gens confondent le désir et l'amour, deux réalités bien différentes. Même si rien n'est plus agréable qu'une folle nuit de passion et d'ivresse, mieux vaut ne pas faire de promesses et garder la tête froide.

— Parfois, vous êtes si raisonnable que vous en devenez cynique.

— Vous voulez dire réaliste. Croyez-moi, Charlotte, si vous voulez vous engager à long terme, évitez de vous laisser éblouir. Selon mes recherches, quand on n'est pas amoureux, on envisage toujours une relation de façon beaucoup plus objective. Mais peut-être constituez-vous l'exception à laquelle ma théorie ne s'applique pas. Vous m'avez l'air si incurablement romantique…

— Je commence à me lasser de vous l'entendre répéter.

— Désolé, madame Hopkirk, mais après mûre réflexion, le pronostic ne me semble guère encourageant. En ce qui vous concerne, il n'y a plus guère d'espoir.

— Eh bien, justement, c'est là que vous vous trompez, répliqua-t-elle sur un ton tout aussi sentencieux. J'ai déjà suivi le traitement destiné à me faire perdre définitivement mes illusions : j'ai divorcé et j'élève mon fils toute seule. Croyez-moi, cela vous remet tout de suite les idées en place.

— Excusez-moi, je m'efforçais seulement d'être drôle, dit-il en la fixant avec cette étincelle, dans le regard, qu'elle commençait à bien connaître.

— Personnellement, je vous ai plutôt trouvé condescendant. Même si je reconnais que j'adore les roses, les mots tendres et le clair de lune, je ne suis pas idiote au point de croire qu'ils suffisent à garantir la réussite de n'importe quel mariage. La prochaine fois, je me montrerai beaucoup plus réaliste.

— Vraiment ?

Percevant dans la voix de Marco une nuance d'intérêt plus marquée, elle se rendit compte qu'elle avait perdu son sang-froid et se demanda pourquoi. Sans doute les remarques de Sarah… et puis, elle n'appréciait pas d'être considérée comme une malheureuse en proie à des chimères et qui ne méritait pas d'être prise au sérieux.

— Même si, au départ, je n'ai pas fait le bon choix, je vois la réalité telle qu'elle est. Désolée de vous décevoir, mais je ne suis pas près de refaire la même erreur.

— Vous n'auriez donc rien contre une relation fondée sur la raison plutôt que sur l'amour ? Le mariage ou la cohabitation peuvent très bien se concevoir comme un partenariat, du moment qu'on définit avec précision ce qu'on attend. Mais peut-être cette approche trop pragmatique vous rebute-t-elle ? Sans doute avez-vous le cœur trop tendre pour vous satisfaire de ce type d'engagement ?

— Sur quoi vous fondez-vous pour l'affirmer ? Sur le fait que j'écoute parfois des chansons romantiques ?

— Plutôt sur ce que vous m'avez dit de vous… du mariage de vos parents… de votre rendez-vous d'hier.

— Vous ne savez rien de moi. D'ailleurs, lança-t-elle en haussant les épaules, croyez ce qui vous plaira. Et maintenant, si nous nous remettions au travail, au lieu de perdre notre temps à de pareilles bêtises ?

Elle allait ouvrir la portière quand Marco posa la main sur son bras pour l'empêcher de sortir.

— Qu'attendez-vous exactement de votre prochaine rencontre ?

Surprise par cette interrogation abrupte, elle se tourna vers lui et lut dans son regard qu'il était tout à fait sérieux. Décidément, cette conversation était allée trop loin.

— Je n'y ai pas réfléchi sérieusement… je veux dire… je parlais de façon purement théorique.

Sous ce regard sombre qui tentait de la percer à jour, elle

sentit son visage s'empourprer. Marco n'avait vraiment pas le droit de lui poser une question si personnelle.

— Si j'ai un conseil à vous donner, remarqua-t-il en riant, ne vous risquez pas à jouer au poker. Vous n'avez aucune chance.

Ce rire plein de cynisme lui mit les nerfs à vif.

— Bon. Puisque vous tenez tant à le savoir, ce que je cherche, c'est d'abord une compagnie.

— Une compagnie ? répéta-t-il en lui jetant un regard incrédule.

— Parfaitement. Vous ne me trouvez pas suffisamment raisonnable ?

Pour tout dire, elle aurait apprécié de ne plus être seule, mais au fond de son cœur, elle espérait tout autre chose : un amour sincère et passionné, rien de moins. Elle regretta d'avoir menti.

— Naturellement, il faut quelqu'un qui accepte Jack et soit capable de s'attacher à lui, reprit-elle, heureuse de dire la vérité.

— Naturellement.

— Comme vous l'écrivez dans votre livre, nous ne devons pas nous laisser aveugler par nos émotions, renchérit-elle pour faire bonne mesure.

— Je vois que vous m'avez lu avec attention.

— Dites plutôt que mon divorce m'a donné le sens des réalités. D'ailleurs, si j'ai choisi de rencontrer quelqu'un sur internet, c'est dans un souci d'efficacité. Grâce aux renseignements fournis, on voit si on a des goûts communs. Même si ça n'a rien de romantique.

Elle s'abstint de lui révéler que c'était son amie Karen qui l'avait initiée à cette pratique.

— Je comprends. Peut-être êtes-vous, en définitive, plus terre à terre que je ne l'imaginais.

— *Très* terre à terre, corrigea-t-elle.

— Je vous ai mal jugée, c'est clair, reconnut-il, avec une note de respect, dans la voix, qui la remplit de joie.

Il lui jeta un coup d'œil pensif, étonné qu'elle puisse envisager une relation de façon purement pratique.

— Maintenant qu'il est clair que nous sommes sur la même longueur d'onde, que diriez-vous de remettre à plus tard votre prochaine rencontre sur le net et de dîner avec moi ? reprit-il sur un ton si nonchalant qu'elle craignit d'avoir mal entendu.

Même si elle ne savait pas trop comment interpréter ces propos, Charlotte sentit son cœur qui battait à se rompre.

— C'est une invitation ?

— C'est une invitation, répondit-il d'une voix soudain plus sérieuse.

En croisant son regard, elle fut envahie par une bouffée de désir si aigu qu'elle en eut presque le souffle coupé.

— En quel honneur ? s'enquit-elle en relevant le menton. Vous êtes mon patron. Mieux vaut ne pas mélanger le travail et le plaisir.

— Je ne vous croyais pas si conventionnelle.

— Disons plutôt que je suis raisonnable.

— Comme vous le savez, je le suis tout autant, répondit-il en la fixant d'un œil provocateur. Mais l'aspect « terre à terre » de votre personnalité m'intrigue beaucoup. J'aimerais en savoir un peu plus et comprendre quelle sorte de relation vous recherchez.

— En fait, je ne recherche aucune sorte de relation.

— Vous avez pourtant dit le contraire.

— Je parlais sur un plan purement théorique…

— Permettez ! Quand vous avez prétendu chercher une compagnie, j'ai eu l'impression que vous vouliez me tester, et voir comment j'allais réagir à cette idée.

— Pas du tout ! répondit Charlotte, furieuse. Comment avez-vous pu vous imaginer une chose pareille ?

— Vous m'avez exposé vos desiderata avec tant de franchise et d'honnêteté…

— Pour l'amour du ciel…, commença-t-elle avant de remarquer la lueur ironique qui s'était allumée dans le regard de Marco. Vous me faites marcher ?

— Oh, à peine, reconnut-il en la fixant d'un air pensif.

Il y avait dans ce regard un je-ne-sais-quoi de terriblement gênant.

— Eh bien, je crois que cette plaisanterie n'a que trop duré, et que nous ferions mieux de retourner travailler.

— Pas si vite, protesta-t-il en la prenant par le bras pour

l'obliger à se tourner vers lui. Vous ne m'avez toujours pas répondu. Acceptez-vous mon invitation ?

— Je vous ai dit que cette plaisanterie avait assez duré, Marco ! lança-t-elle en fronçant les sourcils.

— Je suis on ne peut plus sérieux : comme je vous l'ai déjà dit, vous m'intriguez.

Il ponctua ces mots d'un regard dont l'acuité ébranla un instant ses défenses.

— Pourquoi donc ? ne put-elle s'empêcher de répondre.

— Il est fort rare que je croise une femme capable d'évoquer ses relations avec les hommes avec autant de détachement.

— Si je comprends bien, ce qui vous intéresse, c'est de pénétrer dans mon cerveau pour comprendre comment une femme acquiert un certain pragmatisme ? s'enquit-elle avec une désinvolture qui masquait son désarroi.

Même s'il ne la trouvait pas très attirante, il aurait pu se montrer un peu plus courtois.

— Je ne l'aurais pas formulé ainsi, protesta-t-il, sans pouvoir s'empêcher de jeter un coup d'œil sur les courbes doucement épanouies de Charlotte.

En fait, qui cherchait-il à tromper ? Les raisons pour lesquelles il s'était senti si inquiet, la veille, quand elle lui avait parlé de son rendez-vous, étaient sans doute plus complexes qu'il ne l'avait cru. Sexuellement, il était doué d'un solide appétit, et ces deux derniers jours, quand elle le regardait, il s'était surpris à penser… Elle avait une façon de remuer… qui lui faisait de l'effet. Mais comme elle le lui avait si bien fait remarquer quelques instants plus tôt, mieux valait ne pas mélanger travail et plaisir.

Il avait eu beau l'accuser d'être conventionnelle, c'était précisément la raison pour laquelle il s'était senti si à l'aise avec Charlotte, ces derniers mois. Après le climat très inconfortable qu'avait entretenu sa précédente assistante, il s'était senti soulagé de travailler avec quelqu'un qui désirait tout autant que lui éviter ce genre de complications. En fait, il s'était progressivement trouvé si bien en sa compagnie qu'il n'avait eu de cesse de faire tomber les barrières qu'elle avait élevées entre eux. Et voilà, maintenant, qu'il s'intéressait à sa vie privée, ce qui n'était ni prudent ni raisonnable. Mais au fond, peut-être pourrait-il réviser aussi cette opinion ?

Lorsqu'elle avait souhaité faire preuve de plus de réalisme dans sa prochaine relation, il lui avait accordé une approbation toute scientifique. N'était-ce pas là l'occasion de faire coexister sans risque travail et plaisir ? En termes plus clairs, n'était-elle pas tout simplement la femme qu'il lui fallait en ce moment ?

— Peut-être pourrions-nous tenter un petit essai ? proposa-t-il en la regardant droit dans les yeux.

Ce brutal changement de tactique la désarçonna, bien qu'elle eût du mal à résister à la séduction de son accent italien.

— A ce stade, je dois dire que je vous trouve tout simplement…, commença-t-elle, sans réussir à trouver le mot qu'elle cherchait.

Quand il la regardait de cette façon, c'est tout juste si elle réussissait à penser encore.

— Inconvenant, acheva-t-elle.

— Vraiment ? Ce matin, vous avez employé l'expression : « réaction chimique »… Vous ne pensez pas que c'est précisément ce qui se produit entre nous ?

— Non, coupa-t-elle.

Mieux valait ne pas s'aventurer en territoire si dangereux, se dit-elle, tout en remarquant son sourire où se lisait une invite pleine d'ironie. Etait-ce un effet de son imagination ? Il lui semblait soudain si près d'elle qu'elle pouvait sentir l'odeur de son eau de toilette, fraîche et sensuelle. Quand le regard de Marco se posa sur ses lèvres, inconsciemment, elle les humecta du bout de la langue. Un désir presque palpable avait envahi l'atmosphère, si puissant que Charlotte sentit s'accélérer les battements de son cœur, et que son corps s'embrasa en un éclair. En cet instant, elle n'avait plus qu'une envie : sentir la bouche de Marco se poser enfin sur la sienne. Non : elle aurait voulu qu'il la prenne dans ses bras et lui fasse l'amour avec passion…

Négligeant les signaux d'alarme que lui envoyait son cerveau, elle s'abandonna aux émotions irrésistibles qui la submergeaient. Elle ne se rappelait pas qu'un homme lui ait fait un tel effet sans même l'avoir touchée.

— Je passe vous prendre à 19 heures ?

Elle aurait mieux fait de lui dire tout de suite qu'elle avait d'autres projets, mais elle en était incapable. Lorsqu'il allongea le bras et posa la main sur sa joue, elle ne put que déglutir avec difficulté et fermer les yeux, bouleversée par le contact de ses doigts, redoutant de voir ce moment prendre fin. Jamais elle ne s'était sentie glisser ainsi dans la spirale d'un désir sans fin, ni perdre à ce point le contrôle de ses sens. Merveilleux et angoissant à la fois…

Il s'écarta soudain, la laissant tremblante, le souffle court.

— Eh bien, à ce soir, n'est-ce pas ?

Sa voix froide et calme ramena la jeune femme à la réalité aussi brutalement que s'il l'avait giflée. Révoltée de se sentir si frustrée qu'il ne l'ait pas embrassée, elle tenta de reprendre ses esprits.

— Cela ne me semble guère compatible avec notre travail, protesta-t-elle.

— Jamais je ne vous ai dit à quel point j'appréciais votre attitude réservée. C'est tellement rafraîchissant…

— Dites plutôt « raisonnable ».

— Une fois de plus, vous m'ôtez le mot de la bouche, dit-il en consultant sa montre. Je reconnais que nous avons à discuter… raisonnablement. Hélas, pour le moment, c'est impossible. Cela attendra jusqu'à ce soir.

— Je crains de ne trouver personne pour garder Jack, protesta-t-elle, indignée qu'il considère si vite l'affaire comme réglée.

— Très bien. Dans ce cas, déjeunons ensemble demain. Je passerai vous chercher à midi et demi.

— Marco…

Avant qu'elle ait pu ajouter quoi que ce soit, il avait déjà bondi hors de la voiture. Elle émergea à son tour dans la lumière aveuglante de l'après-midi.

— Je ne veux pas sortir avec vous, Marco.

— Pourquoi ?

Oui, au fond, pourquoi ? se demanda Charlotte en contemplant la silhouette si séduisante de son patron. Elle se sentait brusquement faiblir. Avec une implacable détermination, elle se força à lever la tête. Elle ne pouvait accepter ce rendez-vous.

D'ailleurs, il ne s'intéressait à elle qu'à cause des mensonges qu'elle lui avait racontés : si sa petite amie soutenait ses théories, cela leur apporterait de la crédibilité ainsi qu'à son livre, il l'avait reconnu.

— Il ne peut rien en sortir de bon, déclara-t-elle avec fermeté.

— Comme je vous l'ai déjà dit, pour savoir si un projet peut fonctionner, il faut au moins lui donner une chance. D'autre part, j'ai besoin de discuter avec vous de certains aspects de notre travail. Nous pourrons aborder ces sujets demain.

— Quel genre de sujets, au juste ?

— Vous le verrez bien demain, dit-il en regardant sa montre. Et maintenant, j'ai rendez-vous à l'hôpital Sainte-Agnès avec deux patients.

Contrairement à elle, il paraissait parfaitement calme et plein d'assurance. Désarçonnée, elle se demanda s'il lui fallait considérer le déjeuner du lendemain comme une réunion de travail.

— Si j'ai bien compris, quand tu as dit à ton patron que tu accepterais d'avoir une relation intime avec lui, à condition qu'elle soit fondée sur une convenance mutuelle, il t'a tout de suite invitée à dîner.

— Je n'ai jamais employé le mot « intime », corrigea Charlotte avec une feinte légèreté. Pas plus que je n'ai envisagé d'avoir une relation *avec lui*. Je parlais de façon théorique, uniquement pour le convaincre que je n'étais pas une incurable romantique.

A peine rentrée chez elle, elle avait ressenti le besoin de discuter de ce qui lui arrivait et avait appelé son amie Karen. Elle n'avait pas plus tôt raconté son histoire qu'elle le regrettait déjà, tant sa position lui semblait inconfortable.

— Parce que Sarah Heart t'avait accusée d'être amoureuse de lui ?

— Pas seulement : Marco se montre toujours si condescendant vis-à-vis des gens qui sont plus… passionnés que cérébraux, dit-elle en posant la théière sur la table, avant de s'asseoir en face de Karen. Et maintenant, si nous parlions d'autre chose ? Je n'ai absolument pas l'intention de sortir avec Marco.

— Pourquoi pas ? A ce que j'ai vu à la télé, il est superbe.

— Effectivement, mais c'est mon patron. Et puis, nous n'avons pas du tout les mêmes idées : contrairement à moi, il ne croit pas que l'amour joue le rôle essentiel dans une relation.

— Si je comprends bien, tu lui as menti. Mais quelle importance ?

— Il envisage toute relation de manière radicalement pragmatique.

— Si j'étais à ta place, j'abonderais dans son sens. Inutile de lui révéler que *Nuits blanches à Seattle* est ton film préféré. D'ailleurs, tu n'as pas grand-chose à perdre, dans cette histoire : ton contrat avec lui se termine dans un mois.

— Je ne tiens pas à ce qu'il s'imagine qu'en lui disant que j'envisageais une relation de pure convenance, je lui faisais un appel du pied. D'autant qu'il est assez prétentieux pour l'avoir cru. De toute façon, c'est trop tard, puisque j'ai déjà dit non. Si nous déjeunons ensemble demain, nous parlerons travail, il adore ça. Son intérêt pour moi est purement professionnel.

— Avoue qu'en réalité, depuis ton divorce, tu as peur de souffrir. Inutile de te mettre la tête dans le sable, Charlotte. Essaie plutôt d'affronter le problème.

— Tu as raison, mais je crains que Marco ne me convienne pas. Et maintenant, pour changer un peu de sujet, comment va l'agence ?

A son grand soulagement, Karen laissa tomber l'affaire.

— Toujours des hauts et des bas.

Charlotte, qui figurait sur les listes de son amie, savait d'expérience à quel point ce secteur était irrégulier. De temps en temps, entre deux contrats, elle venait l'aider — un arrangement qui leur convenait à toutes deux. De cette façon, Karen pouvait compter sur l'assistance d'une personne en qui elle avait pleinement confiance, pendant qu'elle emmenait ses enfants en vacances, et Charlotte, entre deux intérims, profitait d'un travail d'appoint.

— La semaine prochaine, ça devrait être plus calme.

— Peut-être, acquiesça Karen en reposant sa tasse. Mais je pense sérieusement à vendre. Tu te rappelles, je t'avais dit qu'un concurrent m'avait fait une offre.

Charlotte n'ignorait pas que depuis quelque temps, son

amie avait de plus en plus de mal à concilier son travail et sa vie privée. Malheureusement, la somme qu'on lui proposait n'était pas suffisante.

— Ils sont prêts à payer davantage.

— Voilà une excellente nouvelle.

— Sauf qu'en fait, ce qui les intéresse surtout, c'est de fermer mon agence. Ils veulent éliminer la concurrence pour avoir l'exclusivité du marché.

— Je comprends, dit Charlotte, en songeant aux difficultés supplémentaires que cela entraînerait certainement pour elle.

— Quand je pense aux problèmes que ça risque de poser aux gens que j'emploie… Et à toi qui as toujours été là pour me tirer d'affaires.

— Karen, dans la vie, tout évolue. J'ai déjà beaucoup de chance d'avoir pu travailler en intérim pendant si longtemps, répondit Charlotte en remplissant de nouveau leurs tasses. Quelle que soit ta décision, je l'approuve. Et surtout, ne te fais pas de souci pour moi : je suis une battante.

4

Cette nuit-là, Charlotte rêva qu'elle faisait l'amour. Les mains de Mario Delmari parcouraient fiévreusement son corps… ses lèvres se posaient sur les siennes… exigeantes, mais si passionnées qu'elle se réveilla le souffle court et le cœur battant.

Voilà ce qui arrive quand on fait une croix sur sa sexualité : on perd complètement la tête, songea-t-elle en contemplant le plafond.

Karen était dans le vrai, il fallait absolument qu'elle reprenne une vie normale. Mais depuis son divorce, pas un des rares hommes avec qui elle était sortie ne lui avait semblé le moins du monde attirant. D'ailleurs, jamais elle n'avait pu faire l'amour sans éprouver un minimum de sentiments. La dernière fois qu'un tel événement s'était produit, c'était quatre ans plus tôt, avec son mari.

Même Karen n'était pas au courant, et Charlotte commençait à croire que cela ne se produirait plus jamais. Et voilà que tout d'un coup…

Enfin, elle ferait mieux de réfléchir à ce qui allait se passer si son amie vendait son agence, se dit-elle en se levant avant d'enfiler sa robe de chambre. Il lui fallait dès maintenant se mettre en quête d'un emploi stable, puisque son contrat avec Marco se terminait dans quelques semaines.

La sonnerie du téléphone vint interrompre ses réflexions et elle eut la surprise de reconnaître la voix sensuelle de son patron.

— Excusez-moi de vous déranger de si bonne heure. Je voulais vous proposer de passer vous prendre avant de partir pour l'hôpital, où j'ai rendez-vous avec quelques patients.

— Vous ne me dérangez pas. J'ai cru que c'était le plombier qui doit venir régler ma chaudière.

— Je vois, répondit Marco avec un petit rire tout aussi sexy que sa voix. Il doit faire très froid, chez vous. Voulez-vous que je vienne un peu plus tôt, au cas où je pourrais intervenir moi-même ?

Charlotte sentit s'accélérer son pouls et ne put s'empêcher de repenser à son rêve.

— Non, merci, articula-t-elle en resserrant machinalement le cordon de sa robe de chambre. Ça va aller.

— Vous avez tort, je suis un excellent bricoleur : j'ai été élevé en Toscane dans une vieille ferme. Enfin, pour en revenir à notre emploi du temps…

— J'ai cru comprendre qu'il y avait un problème dont vous vouliez que nous discutions ?

— Il existe un grand nombre de problèmes sur lesquels j'aimerais avoir votre avis, mais cela peut attendre. Peut-être pourrais-je réserver au Summer House ? Leur carte a l'air intéressante.

— C'est ce qu'on m'a dit.

Charlotte n'avait jamais mis les pieds dans ce restaurant, qui passait pour l'un des plus chic du secteur, avec vue directe sur la Tamise. A l'idée de se retrouver dans cette ambiance feutrée et élégante, elle se demanda immédiatement ce qu'elle pourrait bien mettre. Après avoir mentalement fait le tour de sa garde-robe, elle dut reconnaître qu'elle ne possédait aucune tenue suffisamment élégante.

— Je passerai vous prendre à 12 h 30…

— Marco ! coupa-t-elle abruptement. Nous ne pourrions pas aller ailleurs ?

— Mais si, répondit-il sans marquer le moindre étonnement. Où vous désirez. Avez-vous une idée en tête ?

— Dans le village, il y a un pub, le Waterhouse.

— Parfait, nous déjeunerons là-bas. Maintenant, il faut que je vous quitte. A plus tard, Charlotte.

Ce n'est qu'après avoir raccroché qu'elle dut se rendre à l'évidence : au lieu d'opposer à Marco un refus définitif, comme elle en avait eu l'intention, elle avait capitulé sans conditions.

Enfin, se dit-elle pour se rassurer, il n'y aurait plus d'autre sortie de ce genre. D'ailleurs, inutile d'en faire une montagne : sans doute allaient-ils parler travail.

Elle comptait bien être prête quand il passerait la chercher, mais malheureusement, le plombier arriva en retard et la retint pratiquement jusqu'à la dernière minute. Lorsque la sonnette de l'Interphone retentit, elle avait tout juste eu le temps d'enfiler un jean noir et une chemise blanche.

Elle jeta un coup d'œil dans le miroir. Avec ses cheveux strictement tirés en arrière, comme d'habitude, elle se trouva l'air un peu sévère. Prise d'une impulsion soudaine, elle retira le lien qui les attachait et ils se répandirent en mèches dorées sur ses épaules. Elle le regretta aussitôt : à quoi bon laisser penser qu'elle cherchait à le séduire, alors qu'il ne s'agissait même pas d'un véritable rendez-vous ? De toute façon, impossible de rivaliser avec les femmes qu'on voyait en général au bras de Marco. Mais il était trop tard pour revenir en arrière, car on sonnait déjà à la porte. Elle descendit ouvrir et se retrouva nez à nez avec lui.

— Bonjour, lança-t-il en souriant.

Ses vêtements décontractés, un pantalon kaki et un gros pull sous une veste en daim qui accentuait la largeur de ses épaules, lui conféraient une élégance tout italienne. En croisant son regard sombre, Charlotte se sentit fondre.

— Je suis prête, mais entrez pendant que je vais chercher mon sac, dit-elle en s'effaçant pour le laisser passer.

— Vous êtes ravissante, répondit-il sans la quitter des yeux tandis qu'elle traversait le hall.

— Merci.

— Avec les cheveux détachés, vous avez beaucoup d'allure. Vous devriez vous coiffer ainsi plus souvent, déclara-t-il en allongeant le bras pour effleurer les mèches dorées de Charlotte d'un geste nonchalant.

Le cœur de la jeune femme se mit à battre la chamade tandis que tout son corps était parcouru d'un frémissement sensuel. Désemparée, elle recula d'un pas sans rien trouver à répondre. Durant des mois, elle avait eu beau nier l'attirance qu'elle ressentait pour Marco, à présent, même si elle se sentait incapable de gérer la situation, il ne lui était plus possible de feindre.

Elle fut soulagée de voir Jack descendre en courant l'escalier, sa grand-mère sur les talons.

— Marco, je vous présente ma mère, Helen, et mon fils Jack.

— Je suis très heureux de faire votre connaissance, dit Marco en souriant à la vieille dame, avant de s'accroupir pour se mettre au niveau de l'enfant. Bonjour, Jack, j'ai beaucoup entendu parler de toi.

— La voiture rouge dehors, elle est à toi ? s'enquit l'enfant en souriant timidement.

— Oui.

— Waouh !

Une étincelle s'était allumée dans les yeux du petit garçon.

— Je vois que tu adores les voitures, exactement comme nous, les Italiens, constata Marco en passant la main dans les boucles brunes de Jack.

— Je ne serai pas absente longtemps, maman, promit Charlotte en prenant son sac. Merci de t'occuper de lui.

Comme il faisait beau, Marco avait décapoté la voiture. Tandis qu'ils filaient sur les petites routes de campagne, Charlotte ne réussit pas à maîtriser ses cheveux que le vent lui rabattait sur le visage. Une fois garé sur le parking du pub, Marco l'observa tandis qu'elle tentait de remettre un semblant d'ordre dans sa coiffure.

— J'aurais mieux fait de les attacher, murmura-t-elle en surprenant son regard.

— Je ne suis pas de cet avis, protesta-t-il en l'observant d'un air très concentré, avant de se rapprocher pour remettre en place une mèche rebelle. Vous êtes parfaite.

Au contact de ses doigts, Charlotte sentit son cœur battre plus vite.

— Je suis heureux que vous ayez changé d'avis à propos de notre déjeuner, reprit-il.

— Vous avez dit que nous devions parler travail.

— C'est vrai. Entre autres choses, répliqua-t-il sur un ton taquin.

— Comme je vous le disais hier, je crois essentiel de bien protéger ma vie privée.

Elle avait beau s'efforcer de se montrer raisonnable, il était si près d'elle qu'elle pouvait sentir son eau de toilette, chaude et évocatrice. Elle se souvint de la façon dont ses doigts l'avaient effleurée, la veille, et fut soudain envahie par une bouffée de désir. Que ressentirait-elle s'il la prenait dans ses bras et la caressait lentement, intimement ? Elle eut beau tenter de chasser cette image inopportune, tout son corps s'embrasa sous un souffle brûlant.

— Tous les deux, nous n'aurions aucune difficulté à concilier travail et plaisir, murmura-t-il d'une voix rauque, les yeux fixés sur ses lèvres.

— Je ne vois pas comment.

— Des gens aussi pragmatiques que nous savent respecter les limites qu'ils se sont fixées, chuchota-t-il en lui effleurant la joue. Ce qui résout le problème.

Tout en se rapprochant encore, il lui prit le menton pour la forcer à se tourner vers lui. A ce contact, le cœur de Charlotte bondit dans sa poitrine et son corps frémit dans l'attente d'un baiser. Elle aurait voulu trouver la force de s'enfuir, convaincue qu'elle était de commettre une irrémédiable sottise. Pourtant, elle se sentait trop heureuse de courir ce risque.

— De toute façon, nous aurons toujours le temps de parler travail, alors qu'il y a des choses qui ne sauraient attendre, dit-il en lui effleurant la lèvre du doigt avant de se pencher sur elle.

La bouche de Marco se posa sur la sienne avec une sensualité toute possessive. Un baiser non pas tendre, mais impérieux et dominateur. Les sens embrasés, elle y répondit avec une incontrôlable ferveur. Les doigts de Marco s'enfoncèrent dans sa chevelure tandis que leurs lèvres se joignaient fiévreusement. Quand il la lâcha, elle se sentit partagée entre le désir de se blottir de nouveau entre ses bras et la honte d'avoir capitulé si vite et de lui avoir rendu son baiser avec tant d'ardeur. C'était son patron, et tout cela ne pouvait la mener qu'à une catastrophe.

— Que sommes-nous en train de faire ? balbutia-t-elle en reprenant son souffle.

— Nous passons un agréable moment, lui chuchota-t-il à l'oreille.

— Il n'y a que le flirt qui vous intéresse, Marco, répondit-elle, regrettant qu'il semble y attacher si peu d'importance.

— Pas du tout : nous avons à parler travail, déclara-t-il en s'écartant pour sortir de la voiture. Mais allons voir ce que vaut la nourriture dans votre pub.

Elle le suivit tout en tentant de rassembler ses idées. S'il ne comptait pas donner de suite à ce baiser, il lui fallait se montrer aussi blasée que lui. En silence, ils se dirigèrent vers le Waterhouse, un ancien relais de poste niché au creux d'une boucle de la Tamise. Par beau temps, une terrasse permettait de profiter de la vue, mais aujourd'hui, le pâle soleil d'automne ne faisait pas recette et ils pénétrèrent avec plaisir dans la salle tiède et traditionnelle, plongée dans une agréable pénombre.

En s'effaçant pour laisser passer Charlotte, Marco observa sa chevelure soyeuse qui dansait sur ses épaules, ses longues jambes et la courbe de ses hanches moulées dans son jean.

Dès qu'elle lui avait ouvert la porte, quelques instants plus tôt, il l'avait trouvée particulièrement séduisante. Au bureau, il lui était souvent arrivé de la regarder et de se demander pourquoi elle n'était pas plus détendue. Il soupçonnait même que sous son apparence guindée, elle cherchait à masquer une exigeante sensualité. Et il avait eu raison, comme le prouvait la façon dont elle lui avait rendu son baiser. Maintenant, il lui fallait détruire ses dernières défenses pour l'amener jusqu'à son lit.

Après avoir trouvé une table tout près de la cheminée où ronronnait un feu de bois, Marco l'aida à s'installer.

— Que désirez-vous boire ?

— Un verre de vin blanc.

Il se dirigea vers le comptoir et, en attendant que la serveuse prépare leur commande, contempla pensivement Charlotte tandis qu'elle ôtait sa veste et la suspendait au dos de sa chaise. Même s'il avait l'habitude de sortir avec des femmes beaucoup plus sophistiquées, il y avait quelque chose de particulièrement attirant dans la manière dont elle portait cette simple chemise blanche, qui moulait élégamment sa taille fine et mettait en valeur sa poitrine aux courbes épanouies.

Comme elle avait surpris son regard, il lui sourit avant de se tourner vers le bar. Elle était si adorable qu'il se serait presque senti sur la défensive, ce qui ne lui était pas arrivé depuis longtemps. Sans doute cette étincelle de désarroi qu'il avait perçue dans son regard, la veille, quand il l'avait taquinée à propos de ce CD de chansons d'amour et du coup de foudre de ses parents. Quand elle avait prétendu croire davantage à une relation pragmatique qu'au coup de foudre, il avait eu du mal à ne pas douter. Il s'était déjà fait son opinion et, du point de vue émotionnel, il la classait parmi les hauts potentiels.

D'ailleurs, personnellement, il n'avait rien contre l'amour… sauf qu'il se refusait à lui reconnaître le pouvoir absolu que certains lui accordent, et ne tenait nullement à s'embarquer dans une relation avec une femme convaincue du contraire. L'exemple de ses parents lui avait très tôt montré comment on peut se détruire mutuellement quand on refuse de voir la réalité, et il en avait trop souffert pour se laisser entraîner à son tour dans ce genre d'union. En fait, il n'avait aucune envie de s'engager sérieusement, et préférait s'en tenir à des flirts sans lendemains. Malheureusement, les filles avec qui il sortait n'avaient pas l'air d'apprécier ses théories. Cependant, une liaison avec quelqu'un qui ait les mêmes idées que lui… quelqu'un qui sache garder la tête froide… oui, au fond, il était capable de l'envisager.

Avant leur discussion, jamais il n'aurait classé Charlotte dans cette catégorie. Mais une femme qui prétendait rechercher essentiellement une compagnie avait sûrement relégué l'amour à l'arrière-plan. Sans doute avait-elle été suffisamment meurtrie par son premier mariage pour redouter la passion dévorante et se montrer plus réaliste.

Il avait donc été aussi surpris que ravi de découvrir cet aspect de sa personnalité : non seulement il avait envie d'elle, mais encore, du point de vue professionnel, elle pouvait constituer un réel atout, car il commençait à se lasser de donner des interviews qui tournaient fatalement à l'interrogatoire concernant sa vie privée. Il avait beau démontrer la pertinence de ses théories, les gens auraient voulu en savoir davantage. Comme le lui avait fait remarquer Sarah, mieux vaudrait que le problème soit résolu au moment où il commencerait sa tournée de promotion en Amérique.

Ce serait donc un grand soulagement d'avoir à ses côtés quelqu'un comme Charlotte, qui ait les mêmes idées que lui sur la question et lui permettrait d'éviter toutes ces questions stupides tendant à opposer ses théories à sa vie intime. Coucher avec elle serait un agréable bonus. Même s'il n'avait pas prévu de l'embrasser dans la voiture, la tentation avait été trop forte et il s'était trouvé pris par surprise. Tout comme elle, d'ailleurs, qui lui avait répondu avec tant de fougue.

Il revint vers la table sur laquelle il déposa leurs verres.

— Merci, dit-elle, évitant de regarder vers le fond de la salle, d'où un groupe de femmes observait Marco avec un intérêt plus qu'évident.

— Cet endroit est très agréable, déclara-t-il en s'asseyant face à Charlotte, de façon à tourner le dos à ses admiratrices.

— Le charme de la tradition.

— Que faites-vous de vos samedis, d'habitude ?

— La plupart du temps, je les passe avec Jack et je remets la maison en ordre. Je suis sûre que vous avez une tout autre façon d'envisager le week-end.

— Il ne doit pas être facile de s'occuper d'un enfant et d'une maison tout en travaillant à plein temps.

— Je le confie à une nourrice, et j'ai aussi l'aide de ma mère. Comme mon père est mort depuis quelques années, cela lui fait une compagnie et la distrait de son chagrin.

— Vous avez de la chance d'avoir quelqu'un de votre famille qui vous soutienne.

— J'essaie de ne pas trop la mettre à contribution car elle est très occupée. C'est d'ailleurs pour cette raison que j'ai choisi l'intérim qui m'offre plus de flexibilité.

Naturellement, si Karen vendait l'agence, il allait falloir faire face à de nouvelles difficultés, songea-t-elle.

— Vous n'avez pas l'air de compter du tout sur le père de Jack ?

— Greg est pilote. Maintenant, il est basé aux Etats-Unis et vit à Los Angeles.

— Il ne voit pas du tout son fils ?

— Il est très occupé, et même quand il vient à Londres, il a un emploi du temps extrêmement chargé. Enfin, c'est l'excuse que je donne à Jack…

— Je vois.

Il lui jeta un regard consterné, au point qu'elle se demanda s'il ne la blâmait pas d'avoir inventé ce mensonge. En fait, Greg aurait eu tout le temps de voir son fils entre deux vols, mais comment expliquer à un enfant de quatre ans que son père refusait de s'intéresser à lui ?

Son désarroi n'échappa pas plus à Marco que la manière dont elle relevait légèrement le menton. Il était évident que la seule évocation du père de Jack suffisait à bouleverser la jeune femme.

— Parlons d'autre chose. Je ne suis pas là pour m'apitoyer sur mon sort.

— Vous ne vous apitoyez pas sur vous-même, et d'ailleurs, cela m'intéresse. Cela vous fait encore mal de parler de votre ex, n'est-ce pas ? Chaque fois que vous mentionnez son nom, il y a quelque chose dans votre regard…

— Greg ne m'intéresse plus. Si je me fais du souci, c'est pour Jack qui est privé de son père. Mais nous étions censés parler travail.

Marco hésita. Il aurait bien tenté de creuser plus loin, mais s'il voulait se rapprocher d'elle, il devait obtenir qu'elle s'ouvre à lui de son plein gré. Peut-être n'était-ce pas encore le bon moment ? Pendant quelques instants, il resta indécis, tambourinant machinalement des doigts sur la table. Mieux valait mener l'affaire en douceur.

— Très bien…, acquiesça-t-il en lui jetant un regard si pénétrant qu'elle ne put s'empêcher de frémir. Comme vous le savez, votre contrat va bientôt arriver à son terme. Or, j'envisagerais volontiers de le prolonger.

Elle était loin de s'attendre à cela.

— Pour combien de temps ?

— Au moins un an. Après, il sera toujours temps de voir.

Une bouffée de joie mêlée de soulagement envahit Charlotte.

— Ce serait génial ! répondit-elle avec un large sourire. Pour être honnête, votre proposition tombe à pic. L'agence pour laquelle je travaille risque de fermer, et je me demandais ce que j'allais faire.

— Dans ce cas, ça nous arrange tous les deux.

Sans égard pour l'intérêt personnel que Charlotte éveillait en lui, Marco était prêt à lui proposer un contrat à durée illimitée. Depuis qu'elle était là, elle lui facilitait étonnamment la tâche.

— Nous gardons les mêmes horaires ? reprit-il. Je sais qu'il n'est pas toujours facile de travailler à plein temps quand on a un jeune enfant, mais je peux me montrer flexible.

— Je l'apprécierais beaucoup. Quand Jack est malade, cela devient vraiment compliqué.

— Bien sûr. Tout ce que je vous demanderai, c'est de m'accompagner de temps en temps quand je voyage, pour des séminaires, par exemple.

En la voyant hésiter, il comprit qu'elle était partagée : même si elle désirait garder ce travail, elle n'avait aucune envie d'abandonner son fils.

— Essentiellement durant les quelques mois à venir, mais ensuite, tout rentrera dans l'ordre.

— Dans ce cas, cela ne devrait pas poser problème.

— Parfait. Comme vous le savez, avec ce voyage de promotion, je vais être très occupé. Je suis donc ravi que cette question soit réglée.

Une vague de béatitude la submergea soudain. Douze mois à travailler avec Marco... Décidément, elle l'adorait. Peut-être un peu trop, d'ailleurs. Sans plus entendre ce qu'il lui disait, elle laissa son regard errer sur ses traits magnifiquement dessinés, s'attardant sur ses lèvres. Elle n'avait pas oublié leur merveilleux baiser.

— Alors, vous êtes d'accord ? poursuivit-il en la fixant d'un regard terriblement troublant.

Si elle était d'accord ? Le sentiment d'intense soulagement qui l'avait envahie quand il lui avait parlé de prolonger son contrat s'était atténué, et elle commençait à se demander comment maintenir une relation professionnelle avec un homme qui la mettait dans un pareil état.

— Charlotte ?

Elle fit un effort pour reprendre ses esprits, consciente qu'il attendait sa réponse. Il y avait une pile de factures en attente sur son bureau, sans parler des divers travaux à prévoir dans la maison : d'après le plombier, tout le chauffage était à refaire. Elle ne pouvait se permettre d'hésiter alors qu'une pareille occasion s'offrait à elle.

— Oui, je suis d'accord.

— Eh bien, maintenant que cette affaire est réglée, nous allons pouvoir nous détendre et commander notre repas.

Elle ouvrit le menu tout en songeant qu'elle ferait mieux de ne pas trop se détendre, de peur de donner libre cours à l'attirance qu'elle ressentait pour lui. Au bureau, il en allait tout autrement, car elle était bien trop occupée pour se laisser envahir par ses émotions.

— Ce week-end, je dois me rendre en Toscane, dit-il soudain.

— Ah oui ? Vous m'avez dit que vous y aviez passé votre enfance. Dans une vieille ferme, n'est-ce pas ? Ça devait être merveilleux.

— C'est vrai. Vous êtes déjà allée en Italie ?

— Jamais.

— La villa se trouve dans une région particulièrement agréable : des champs de tournesol, à perte de vue sous le ciel bleu. En ce moment, c'est l'époque des vendanges et il doit y faire une température délicieuse.

— Comment avez-vous pu envisager de quitter un tel paradis ?

— Très facilement. Je ne suis pas un grand sentimental.

— Bien sûr, répliqua Charlotte d'un air taquin. Sinon, vous risqueriez de passer pour romantique, ce que vous tenez par-dessus tout à éviter.

— Effectivement.

Leurs regards se rencontrèrent et, soudain, l'intimité qui s'était établie entre eux devint presque palpable, comme si par magie l'air s'était chargé de volutes légères qui les reliaient étroitement l'un à l'autre.

— Vos parents vivent encore dans cette ferme ? s'enquit-elle pour faire diversion.

— Ils sont décédés tous deux il y a cinq ans dans un accident de voiture.

— Je suis désolée de l'apprendre. Quelle tristesse !

— Oui. Un terrible traumatisme. Toutefois, aujourd'hui, je crois avoir réussi à le surmonter. Je possède toujours la maison. De temps en temps, mes sœurs y emmènent leurs enfants pour les vacances, mais en général, elle est vide.

— Quel dommage !

— Oui. Toujours est-il que je vais y passer le prochain week-end. Un voyage d'affaires, mais qui me permettra d'y jeter un coup d'œil pour vérifier que tout est en état. Puisque vous avez accepté de continuer à travailler pour moi, accepteriez-vous de m'accompagner ?

L'invitation avait été formulée de façon si naturelle que Charlotte ne sut comment l'interpréter.

— Il s'agit de travail, n'est-ce pas ? questionna-t-elle, le cœur battant.

— Bien sûr. Même si nous aurons le temps d'en profiter pour apprendre à mieux nous connaître.

Leurs regards se croisèrent et elle se sentit submergée par une vague d'émotions intenses — plaisir, panique et désir étroitement mêlés. Un week-end romantique en Toscane pour mieux connaître Marco Delmari, cela dépassait ses rêves les plus fous.

« Arrête, Charlotte. Pas question de t'aventurer en territoire dangereux », se sermonna-t-elle, furieuse, tandis qu'il observait en souriant les ombres d'incertitude qui passaient dans ses yeux verts.

— Je pensais vous inviter à dîner à Florence. Vous n'êtes pas obligée de partager ma chambre.

Ces mots provocateurs la firent rougir jusqu'à la racine des cheveux.

— Vous cherchez à me déstabiliser, voilà tout, rétorqua-t-elle sur un ton moins léger qu'elle ne l'aurait souhaité.

— Vous devez avoir raison. Vous êtes adorable quand vous piquez un fard. C'est tellement rare, de nos jours.

— Je n'avais pas d'inquiétude particulière concernant ma chambre, répliqua-t-elle, contre toute vérité, en tentant de demeurer impassible.

— Et vous aviez bien raison, dit-il en lui adressant un sourire qui la fit fondre de nouveau.

D'instinct, elle savait que Marco n'était pas du genre à la harceler pour qu'elle couche avec lui : il avait à sa disposition suffisamment de femmes bien déterminées à le faire. Malgré le baiser qu'ils avaient échangé et ses propos provocants, elle restait convaincue qu'il privilégiait l'aspect professionnel de leur relation. Même s'il la croyait « du point de vue émotionnel » sur la même longueur d'ondes que lui, ce qui lui permettait d'envisager sereinement une petite aventure.

Quant à elle, elle ne pouvait s'empêcher de se sentir un peu effrayée par la violence de ses propres réactions. S'il s'avisait de la toucher ou de l'embrasser quand ils seraient seuls en Italie, comment réagirait-elle ? Etait-elle vraiment en mesure de maîtriser la situation ? Si cela tournait mal, elle perdrait à coup sûr son emploi, mais comment y échapper ? Il lui avait dit clairement qu'elle devrait l'accompagner à plusieurs reprises. Compte tenu du salaire qu'il lui versait, cela n'avait rien d'une exigence démesurée. Quant à sa mère, elle ne serait que trop contente de garder son petit-fils tout un week-end, même si elle était prévenue au dernier moment.

— Du point de vue travail, qu'attendez-vous exactement de moi ? s'enquit-elle prudemment.

— C'est très simple : dimanche, je dois donner une interview pour assurer la promotion de mon livre en Italie. D'autre part, dans le bureau de la villa, il y a une quantité de notes à classer concernant le débat auquel je dois participer le soir même, à Londres, avec le professeur Hunt.

Cela semblait on ne peut plus sensé. Si elle n'était pas capable de maîtriser ses émotions, elle allait passer à côté d'une occasion unique avant même d'avoir tenté l'expérience.

— Très bien, répondit-elle calmement. Pour un week-end, ça ne devrait pas poser problème.

Etait-ce un effet de son imagination ? Elle crut surprendre dans le regard de Marco une lueur de triomphe. Mais elle se hâta de chasser cette pensée : elle avait absolument besoin de cet emploi.

5

Perdue dans ses pensées, tandis que la voix du pilote annonçait l'atterrissage, Charlotte se dit qu'elle était en train de commettre une véritable folie. Jamais elle n'aurait dû accepter… Levant les yeux, elle croisa le regard de Marco et se força à sourire. Bizarrement, la panique l'avait prise durant le vol, alors que tout au long de la semaine, étant très occupée au bureau, elle avait réussi à se convaincre que ce voyage ne poserait aucun problème. Tout en restant très amical, comme à son habitude, son patron s'était gardé de toute familiarité. De son côté, elle avait eu quelque difficulté à oublier leur baiser, même s'il n'avait duré qu'un instant, sans modifier le moins du monde leur ambiance de travail.

Mais maintenant, assise à côté de lui dans l'avion, elle sentait renaître en elle un désir qui éveillait ses sens et lui donnait une conscience aiguë de toute perception : l'odeur de son eau de toilette, par exemple, ou le contact de son bras contre le sien. Une conséquence du changement d'environnement, sans doute. Dès qu'ils se seraient remis au travail, dans le bureau de la villa, la raison reprendrait le dessus et chasserait ces folles pensées.

— Vous avez oublié de boucler votre ceinture, lui fit remarquer Marco.

Elle voulut s'exécuter, mais déjà il se penchait sur elle pour l'aider. Pendant une seconde, elle perçut les muscles de son bras à travers le fin tissu de sa chemise, frémissant lorsque sa main lui effleura la taille.

— Voilà. Mieux vaut prévenir que guérir, déclara-t-il en lui souriant de ses lèvres sensuelles.

Un précepte qu'elle ferait bien de garder présent à l'esprit durant tout le week-end.

— Merci, répondit-elle avant de se tourner de nouveau vers le hublot qui donnait sur l'obscurité de la nuit.

Pourvu qu'il n'ait pas deviné l'effet qu'il produisait sur elle… Ce serait d'autant plus gênant qu'il ne chercherait pas à dissimuler son amusement. Brusquement, la vision de leurs deux corps allongés sur un lit double s'imposa à son esprit, provoquant en elle un trouble incontrôlable.

« Arrête ! Et si tu tiens à ton travail, tu ferais mieux d'éviter de divaguer de la sorte », se sermonna-t-elle en crispant les mains sur ses accoudoirs. Karen avait l'intention de vendre son agence, et si elle perdait cet emploi, elle se retrouverait en situation délicate. A supposer qu'elle trouve un nouveau job, elle n'était pas certaine d'obtenir un salaire aussi élevé.

L'avion toucha le sol dans un crissement de freins. On était vendredi soir. Il ne lui restait plus qu'à garder la tête froide jusqu'au retour, le dimanche après-midi, et à maintenir ses distances pendant deux courtes journées. Marco se leva pour sortir leurs bagages à main du compartiment. Tandis qu'ils faisaient leurs premiers pas dans l'air tiède de la nuit, il lui passa le bras autour des épaules.

— Bienvenue en Italie, lui murmura-t-il à l'oreille d'une voix troublante.

Cette phrase, qui pour un Italien ne devait pas signifier grand-chose, fit renaître en elle un sentiment de panique. Non, il ne s'agissait pas simplement de deux journées, mais aussi de deux nuits… avec Marco… à qui il suffisait de prononcer trois mots pour lui faire perdre la tête.

— Merci, répondit-elle sur le ton le plus neutre. Peut-être reviendrai-je un jour ici non pas pour le travail, mais pour le plaisir.

— Pourquoi n'y consacrerions-nous pas dès maintenant un peu de temps ?

Songeait-il déjà à lui faire partager son lit ? Un long frémissement parcourut le corps de Charlotte, qui brûlait d'envie de se serrer plus étroitement contre lui.

— Nous verrons, répondit-elle en s'obligeant à s'écarter. Nous avons beaucoup de travail.

— J'étais sûr que nous formerions une merveilleuse équipe, remarqua-t-il avec un sourire. Avec vous à mon côté, jamais je ne me laisse submerger.

Etait-il sérieux ou plaisantait-il ? Elle aurait été incapable de le dire, songea-t-elle en se dirigeant vers le tapis roulant pour récupérer sa valise.

Marco la regarda s'éloigner d'un air pensif. Cette fille avait les nerfs à vif, et rien ne pouvait leur faire plus de bien à tous deux qu'un week-end en Italie. Nul doute qu'il parviendrait à forcer ses défenses : quand il était en proie au désir, il était très rare qu'il échoue.

Comme il n'avait pas de bagages, vu que la villa renfermait tout le nécessaire, il se mit en quête de la voiture qu'il avait louée. Quelques minutes plus tard, ils sortaient de Pise en direction de la campagne. Charlotte ralluma son portable pour consulter sa messagerie. Aucun message de sa mère. Tout allait bien, et son fils devait déjà être au lit.

— Vous allez appeler Jack ? lui demanda Marco qui, tout en conduisant, avait observé son manège.

— Comme il se couche à 19 h 30, il doit dormir depuis longtemps. Je suis assez stricte sur les horaires.

— Vous avez raison. Cela rassure les enfants.

Les adultes aussi se sentaient rassurés par des horaires réguliers, se dit-elle, tout en observant la route étroite à la lumière des phares. D'habitude, le vendredi, à cette heure-ci, après avoir lu une histoire à Jack et lui avoir fait un câlin, elle s'adonnait à des tâches ménagères avant de s'installer devant la télévision. Pour être parfaitement honnête, elle devait admettre que ces dernières années, elle avait eu tendance à s'engluer dans une certaine routine par crainte de s'engager : en évitant toute rencontre, elle ne risquait pas de souffrir. Mais, comme le lui avait fait remarquer Karen, elle ne pouvait pas continuer de la sorte. Il était temps qu'elle se remette à sortir et à voir du monde.

Du monde, oui, mais pas forcément Marco... Elle avait trop besoin de travailler pour prendre un tel risque.

— C'est la première fois que je le laisse une nuit entière, dit-elle en refermant son téléphone.

— Je comprends que vous soyez un peu inquiète.

— Oui, mais moins que la première fois que je l'ai emmené à l'école, au début du mois. Il avait l'air si grand, brusquement, dans son uniforme !

— Au moins, il semble s'y plaire. Le plus jeune fils de ma sœur pleure chaque matin quand elle l'y conduit.

— Comme ce doit être dur pour elle… Où habite-t-elle ?

— En Irlande. Elle est mariée et elle a quatre enfants. Chiara, elle, vit en France où elle est interprète dans un cabinet d'avocats. Valeria vit en Norvège ainsi que son compagnon. Ils ont trois enfants.

— Vous avez aussi des frères ?

— Je suis l'aîné et le seul garçon de la famille, répondit-il avec un sourire. Je les ai toujours menées par le bout du nez.

— Oui, mais vous êtes sûrement aux petits soins pour elles, devina Charlotte, à qui sa tendresse n'avait pas échappé. Ça doit être agréable d'appartenir à une famille nombreuse.

— Vous étiez fille unique ?

— Oui. Je me demande ce qu'on peut ressentir quand on a grandi comme vous au milieu d'une maisonnée de femmes.

— Eh bien, disons que j'ai été ravi le jour où on m'a installé une salle de bains personnelle. Jusque-là, j'avais l'impression de passer des heures à attendre devant la porte.

Charlotte rit de bon cœur.

— J'aime mieux ça, poursuivit Marco. J'ai l'impression que vous commencez enfin à vous détendre.

— Excusez-moi, j'étais un peu… préoccupée.

Il lui jeta un regard interrogateur.

— Un petit problème d'intendance, improvisa-t-elle.

— Laissez-vous un peu aller. Voulez-vous savoir ce que j'ai en tête ?

Elle espéra qu'il s'abstiendrait d'évoquer dès maintenant les sujets délicats, par exemple l'attribution des chambres.

— Voulez-vous que nous nous arrêtions à une petite *trattoria* que je connais, ou préférez-vous que je prépare moi-même le dîner à la villa ?

Elle laissa échapper un soupir de soulagement.

— Vous savez donc cuisiner ?

— Mais oui. Vous avez l'air surprise.

— Vous donnez toujours l'impression d'être si impliqué dans votre travail que je ne vous imaginais pas dans une cuisine.

— Pour la nourriture, je trouve toujours le temps. Après tout, je suis italien, et ici, on aime manger. Alors, reprit-il en s'arrêtant à un carrefour, on dîne dehors ou je cuisine ?

Ces deux possibilités apparaissaient à Charlotte aussi dangereuses que tentantes.

— Quand allons-nous nous mettre au travail ? s'enquit-elle.

— Je vous ai déjà engagée, Charlotte. Vous n'avez plus besoin de chercher à m'impressionner par votre zèle.

— Je n'en avais pas l'intention. Je cherchais seulement à faire preuve de…

— Pragmatisme ? J'apprécie beaucoup cet aspect de votre personnalité, mais accepteriez-vous d'y renoncer pour quelques heures ? Après tout, on est vendredi soir. On en reparlera demain.

— Très bien…

— Dites-moi ce que vous avez envie de manger, je me charge de le préparer. Comme ça, nous pourrons bavarder sans risquer d'être interrompus. Nous sortirons demain soir, déclara-t-il avant de redémarrer.

Bavarder ? A quel sujet ? Cette perspective paraissait à Charlotte bien trop risquée pour sa tranquillité personnelle.

— Oui, cela vaut mieux, murmura-t-elle pourtant. Après tout, nous sommes tous deux fatigués, et mieux vaut nous coucher de bonne heure.

Elle croyait s'être ménagé une ouverture pour la suite, mais à peine avait-elle prononcé cette phrase qu'elle comprit qu'on pouvait l'interpréter dans un tout autre sens.

— Vous avez parfaitement raison, acquiesça Marco en lui décochant un regard dont elle perçut immédiatement toute l'équivoque.

— Dans ce cas, remarqua-t-elle en détournant les yeux, il va nous falloir faire quelques courses.

— Inutile. Rita, mon intendante, s'en sera déjà chargée.

Ainsi, se dit Charlotte avec un certain soulagement, ils ne seraient pas tout seuls.

— Je ne pensais pas que vous aviez quelqu'un à demeure.

— Rita n'habite pas sur place, mais elle a sûrement rempli le frigo, fait le lit et allumé le feu.

Il avait dit *le* lit, au singulier, et non *les* lits. S'agissait-il d'un lapsus, ou d'un effet de son accent ? A moins qu'il ne tienne pour évident qu'elle allait lui tomber dans les bras. Jusqu'à présent, dans ce genre de situation, il n'avait guère dû essuyer de rebuffades.

Maintenant que la route remontait à flanc de coteau, Charlotte pouvait apercevoir les silhouettes noires des cyprès qui se découpaient sur l'horizon bleu nuit, laissant parfois deviner les lumières d'une maison derrière l'épaisseur d'une haie. Soudain, Marco tourna dans une allée de graviers qu'ils remontèrent avant de s'immobiliser devant une vaste bâtisse de pierre.

— Nous y sommes, dit-il avant de couper le moteur et de sortir, suivi de Charlotte.

Ils se trouvaient sur une esplanade qui, durant le jour, devait offrir une vue remarquable sur la vallée ; mais pour le moment, on ne pouvait distinguer que le ciel scintillant d'étoiles et le sombre contour du paysage. Dans l'air délicieusement parfumé retentissait encore le chant de quelques cigales.

Marco lui tendit un trousseau de clés.

— Pouvez-vous ouvrir la porte pendant que je sors votre valise ?

Charlotte s'exécuta avant de pénétrer dans un vaste hall dallé décoré d'un énorme bouquet de lilas aux effluves odorants. Par une porte entrouverte, elle aperçut un salon à l'extrémité duquel un feu flambait dans une cheminée de pierre. Quelques lampes allumées dispensaient un éclairage tamisé sur le parquet et les meubles cirés.

— Quelle maison magnifique ! dit-elle à Marco qui l'avait rejointe.

— Merci. Voulez-vous monter pour voir l'étage ?

Tout en s'engageant dans l'escalier, Charlotte tenta de refouler l'impression d'intimité qu'elle ressentait. Arrivé au premier, Marco ouvrit une porte avant de s'effacer devant elle pour la laisser entrer.

La première chose qu'elle remarqua fut l'immense lit double dont on avait rabattu la couverture blanche d'une façon très engageante. Un feu de bois crépitait dans la cheminée, devant laquelle un panier rempli de pommes de pin exhalait de fraîches senteurs.

— Quelle pièce charmante ! Merci beaucoup, dit-elle en voyant qu'il y déposait sa valise.

Il se redressa pour la regarder et, dans le silence, elle n'entendit plus que les crépitements du feu et son cœur qui battait la chamade. Décidément, cet homme était si beau qu'aucune femme n'aurait pu le contempler sans en être troublée. Même si sa raison lui soufflait de faire un pas en arrière, son désir la pressait de se jeter dans ses bras pour caresser ses larges épaules et laisser ses doigts errer dans l'épaisseur de sa chevelure sombre.

La façon dont elle croisa les mains derrière son dos tout en reculant n'échappa pas plus à Marco que l'expression soucieuse de ses yeux verts.

— Au cas où vous vous poseriez la question, ma chambre se situe de l'autre côté du couloir.

— Il n'y a pas de problème.

A son sourire, elle comprit qu'il était inutile de lui mentir.

— Mais si celle-ci ne vous convient pas, il y en a six autres à l'étage, et vous pouvez choisir celle que vous voudrez.

— Je m'en souviendrai.

Il lui jeta un regard amusé.

— Eh bien, maintenant que tout est parfaitement clair, je vais aller préparer le dîner. Descendez quand vous serez prête.

— Merci.

Dès que la porte se fut refermée sur lui, Charlotte se laissa tomber sur le lit. Même s'il avait seulement voulu plaisanter, le simple fait de garder ses distances l'avait épuisée. Elle jeta un coup d'œil au reflet que lui renvoyait une haute psyché. Pour voyager, elle s'était vêtue d'un jean avec un haut de soie bleu, et avait attaché ses cheveux comme elle en avait l'habitude.

Avec cette allure décontractée, elle était loin de ressembler aux femmes sophistiquées qu'on voyait souvent au bras de Marco.

D'ailleurs, il prenait trop de plaisir à la taquiner pour s'intéresser réellement à elle. Elle n'était pas son type. Naturellement, depuis qu'il la croyait en phase avec ses théories concernant le romantisme, il la trouvait plus attirante, et il était clair qu'il ne se ferait pas prier pour coucher avec elle, sans chercher autre chose qu'à passer un bon moment.

Dans ces conditions, comment pouvait-elle avoir tant de mal à maîtriser l'attirance qu'elle éprouvait à son égard ? Elle n'allait pas permettre à un sentiment incongru, à un trouble passager, de ruiner leur collaboration. Il lui faudrait dîner avec lui, rire et plaisanter, tout en conservant soigneusement ses distances.

Vingt minutes plus tard, elle descendait l'escalier, l'esprit clair et parfaitement déterminé.

Elle trouva Marco dans la cuisine, située à l'arrière de la maison. En la voyant entrer, il se tourna vers elle et la contempla longuement, laissant glisser son regard de sa robe noire serrée à la taille à ses bottes de daim à talons hauts. De son côté, Charlotte s'efforça de conserver sa belle assurance toute neuve. Décidément, il y avait quelque chose de très italien dans cette manière de ne pas cacher l'intérêt purement sexuel qu'elle éveillait en lui.

— Vous êtes splendide, murmura-t-il. Je crois vous l'avoir déjà dit, mais vous devriez toujours laisser vos cheveux dénoués sur les épaules.

— C'est gênant pour travailler.

— Peut-être, mais pas forcément dans le sens où vous l'entendez, acquiesça-t-il avec une étincelle malicieuse dans le regard.

Cette remarque suffit à accélérer le pouls de Charlotte, qui soutint son regard tout en tentant de reprendre ses esprits.

— Je peux vous aider dans vos préparatifs ?

Il sourit en la voyant changer de sujet de façon si abrupte.

— Non. Tout est sous contrôle. Asseyez-vous, dit-il en lui désignant un tabouret près du comptoir. Je vais vous verser un verre de vin du village, ajouta-t-il tout en débouchant la bouteille.

— Sans m'y connaître, déclara-t-elle après y avoir trempé les lèvres, je le trouve extrêmement fruité et délicieux.

— C'est le cas de la plupart des vins italiens.

— Vous êtes sûrement très objectif, remarqua-t-elle en souriant.

— Pourquoi devrais-je l'être ?

— Eh bien, dans ce cas, à l'Italie, dit-elle en levant son verre.

— Non. Disons plutôt : à votre première visite en Italie, rectifia-t-il en toquant son verre contre celui de Charlotte. J'espère qu'il y en aura beaucoup d'autres.

Troublée par cette remarque, elle s'efforça de se concentrer sur le décor rustique de la cuisine, avec ses buffets de bois et son dallage sombre. Au fond se dressait un haut casier rempli de bouteilles.

— Votre famille travaille dans le vin ? s'enquit-elle.

— Non. Mon grand-père cultivait des fleurs, d'où le nom de la maison, Casa dei Fiori, ce qui signifie « Maison des Fleurs ».

— Comme c'est romantique, si j'ose dire..., répliqua Charlotte avec malice.

— Pas autant que ça en a l'air, répondit-il en riant. Il s'agissait d'une entreprise purement commerciale. Quand mon grand-père est mort, mon père en a hérité et nous avons quitté Milan, où il était architecte, pour nous installer ici. Comme le commerce des fleurs ne le passionnait pas, il a engagé un gérant et repris son ancien métier dans la ville la plus proche.

Charlotte l'observa tandis qu'il hachait des herbes fraîches. Dans cette cuisine, il avait vraiment l'air chez lui et plus détendu que jamais. Il s'était changé et portait maintenant un jean noir et un pull assorti.

— Quand vous venez ici, vous avez l'impression de rentrer chez vous ? demanda-t-elle avec curiosité.

— Pas exactement, même si, pendant longtemps, j'ai considéré la villa comme ma maison. Pourtant, une fois que je l'ai eu quittée pour aller à la fac, je n'y suis plus revenu que pour de brefs séjours.

— Vous n'avez jamais été tenté de la vendre ?

— J'y ai pensé, mais ma famille y a vécu depuis des générations, et j'aurais du mal à prendre la décision.

— Elle doit vous rappeler de bons souvenirs.

— En fait, nous n'y avons pas été vraiment heureux. Ma mère, qui était une citadine née, élevée à Milan, l'avait en horreur. Il ne fallait pas lui parler de passer plus d'une journée de temps en temps à la campagne. Ici, elle se sentait prise au piège.

— C'est pourtant si beau.

— On s'habitue à la beauté du cadre, et au bout d'un certain temps, on s'y ennuie tellement qu'on ne la remarque même plus.

— J'ai du mal à croire qu'on puisse s'ennuyer ici.

— Malheureusement, ce qui semble à l'un un paradis peut paraître à l'autre une prison, déclara pensivement Marco. Mon père, lui, adorait la campagne et ne comprenait pas que ma mère refuse de s'y fixer. Du moment qu'elle l'aimait, elle devait être heureuse n'importe où.

— Et cela n'a pas été le cas ?

— En deux mots, il serait sûrement revenu à Milan pour lui faire plaisir, mais au moment où il a compris à quel point elle détestait cet endroit, il a subi de graves revers financiers, sans pouvoir se séparer de ses associés.

— Que s'est-il produit alors ? Ils ont divorcé ?

— Non. Mon père était opposé au divorce. Ma mère est retournée vivre à Milan où elle avait trouvé un emploi qui lui permettait de ne plus passer ici que les week-ends. Tout le monde savait qu'elle avait un autre homme dans sa vie, mais jamais il n'en était question.

— La situation ne devait pas être facile, dit Charlotte en lui jetant un regard de sympathie.

— Effectivement, ce n'était pas une partie de plaisir.

Elle eut l'impression que cette réponse désinvolte dissimulait une blessure encore ouverte.

— Si vous pensez que l'amour n'est pas suffisant pour garantir la pérennité d'une relation, c'est peut-être à cause de ce qui est arrivé à vos parents, suggéra-t-elle impulsivement.

— Vous vous lancez dans une analyse sauvage ? demanda Marco en riant.

— Pourquoi pas ? répondit-elle en rougissant.

— Je n'ai pas l'impression d'avoir été si marqué par ce qui leur est arrivé, mais effectivement, voir deux êtres qu'on aime se détruire l'un l'autre, ça ne peut pas être sans effet. Nous sommes tous le produit de notre passé.

— Sûrement.

— Et maintenant qu'on a passé en revue toutes mes vieilles casseroles, peut-être pourrions-nous parler de ce que vous traînez de votre côté ?

— Je ne vois pas à quoi vous faites allusion, répliqua-t-elle, piquée au vif.

— Mais si : ces hautes barrières d'acier qui se relèvent dès qu'on tente la moindre approche.

— Je ne comprends pas… D'ailleurs, si le dîner est prêt, je passerais volontiers à table. Je meurs de faim, ajouta-t-elle en détournant le regard.

Pendant un instant, elle crut qu'elle n'allait pas s'en tirer à si bon compte, mais il n'insista pas.

— Voici les antipasti, déclara-t-il d'un ton léger. Si vous voulez bien me suivre dans la salle à manger…

D'un geste, il fit coulisser une porte qui se trouvait derrière lui et découvrit une table dressée pour deux : sur une nappe de lin blanc étaient disposées des bougies dont les flammes se reflétaient sur l'argenterie étincelante.

— Rita fait tout à la perfection, reconnut Marco en voyant la surprise de Charlotte.

— Je le vois, dit celle-ci en pénétrant dans la pièce, non sans ressentir un secret agacement, car il était clair que Rita avait l'habitude de le voir amener dans cette villa ses nombreuses conquêtes. Vous auriez dû l'avertir que je suis votre assistante, et pas votre petite amie.

— Allons donc, vous savez aussi bien que moi qu'il se passe entre nous quelque chose qui va au-delà de…

Au moment où elle levait les yeux vers lui, le souvenir de leur baiser lui revint avec une troublante intensité.

— Je croyais que vous et moi, nous considérions les relations entre homme et femme avec un certain scepticisme ?

— Disons plutôt que nous avons tous deux une approche très rationnelle. Et puis, même si, depuis quelque temps, nous nous sentons attirés l'un par l'autre, nous avons décidé de faire comme si de rien n'était.

— Je n'ai rien remarqué, assura-t-elle contre toute vérité.

— Bien sûr que si. Aussi bien que moi, dit-il en avançant la main pour lui caresser légèrement la joue.

Malgré la douceur de cette caresse, elle eut l'impression qu'on l'avait brûlée au fer rouge.

— Non, Marco, murmura-t-elle d'une voix angoissée.

— Non quoi ?

Dans les yeux de Charlotte, devenus soudain trop grands pour son petit visage, il lut toute la force de son désir, alors même qu'elle s'écartait d'un bond.

— Ne croyez pas que vous pouvez déjà m'inscrire sur la liste de vos conquêtes, dit-elle presque rageusement. Et peu importe toutes ces bougies et tous vos mensonges…

— Charlotte, coupa-t-il fermement, jamais il ne m'est venu à l'idée de vous mentir ! En général, j'essaie d'être honnête. Croyez-le ou non, je cherche réellement à mieux vous connaître, parce que je vous aime bien. C'est peut-être difficile à croire, mais c'est vrai.

Durant une seconde, elle se sentit désarmée par la sincérité de sa voix.

— Je n'ai nullement l'intention de me jeter sur vous, poursuivit-il. Ce n'est pas mon style.

— Je le sais, admit-elle.

— Je suis heureux que vous le reconnaissiez. Parce qu'à la façon dont vous vous écartez, on pourrait avoir des doutes.

— Mais non…

Voilà qu'elle se sentait coupable, à présent. Comme si sa réaction avait été proportionnelle au trouble qu'il faisait naître en elle.

— Ecoutez, continua-t-elle, je ne comprends pas comment nous en sommes arrivés là. Je me sens un peu…

— Tendue ? proposa-t-il avec un sourire moqueur. J'ai cru le remarquer.

— En fait, ce que je redoute surtout, c'est que cela n'altère notre relation au travail, répondit-elle en s'asseyant à table pour dissimuler son embarras.

— Vous n'êtes pas tout à fait sincère, dit Marco en s'installant en face d'elle. Cela va bien plus loin qu'un simple problème professionnel.

Elle le fixa, le cœur battant. Naturellement, il avait raison. Même si elle redoutait de perdre cet emploi, ses vraies craintes étaient d'un autre ordre.

— En réalité, reprit-il, c'est votre cœur qui est en jeu.

— Si nous parlions d'autre chose ?

— Vous avez tellement souffert par le passé que vous fuyez tout contact impliquant une émotion.

Comme elle ne répondait pas, il tendit la main pour écarter du visage de Charlotte une mèche de cheveux qui l'empêchait de voir l'expression de son visage. Ce geste tendre et légèrement provocateur réveilla en elle des sentiments profondément enfouis, et elle leva les yeux.

— J'ai raison, n'est-ce pas ? insista-t-il.

— Peut-être, admit-elle, troublée par le contact des doigts de Marco, qui la faisait frémir de tout son corps.

— Maintenant que nous nous sommes montrés parfaitement honnêtes l'un avec l'autre, dit-il en laissant retomber sa main, j'ai encore une confession à vous faire.

— De quoi s'agit-il ?

— Effectivement, j'ai bien été tenté de vous attirer dans mon lit, reconnut-il avec un éclair de malice dans le regard. Que dire ? Je suis italien et j'ai le sang chaud. Et puis, je vous trouve terriblement attirante.

— Vous êtes également mon patron, ce qui crée un conflit d'intérêts, répondit-elle en luttant de toutes ses forces contre la vague irrésistible de désir qui la submergeait.

— Peut-être. Mais pour une simple soirée, ne pourrions-nous pas oublier nos idées préconçues et profiter tout simplement de ce dîner pour mieux nous connaître ?

Comme elle ne répondait pas, il reprit en souriant :

— A moins que cela ne vous semble trop dangereux ?

— Pas du tout, répondit Charlotte, piquée au vif par ce défi.

— Parfait. Nous allons donc nous y employer.

En croisant le regard de Marco, elle eut l'impression de sentir fondre la glace dans laquelle, depuis si longtemps, elle tentait de protéger son cœur. Quel mal y avait-il à se détendre et à prendre un peu de bon temps avec un homme qui lui plaisait ? Elle se redressa sur sa chaise en souriant, pour tenter d'oublier qu'elle risquait de commettre une erreur fatale.

6

Marco se révéla un si charmant convive que Charlotte ne se rappelait pas avoir passé une soirée aussi agréable. Et pourtant, sans aborder aucun sujet vraiment sérieux pendant le repas, ils s'étaient simplement raconté des anecdotes concernant leur passé. Mais Marco était extraordinairement drôle et ses histoires avaient fait rire Charlotte aux éclats, tout en la tenant en haleine. Il savait également écouter, et avait semblé intéressé par le moindre détail de ce qu'elle lui confiait.

Cela faisait longtemps qu'elle ne s'était pas sentie aussi valorisée, comme si elle était soudain devenue la femme la plus belle et la plus passionnante au monde. Naturellement, il devait produire le même effet sur toutes les autres, et elle n'était pas assez naïve pour l'ignorer… mais c'était quand même merveilleux de se détendre en sa compagnie, depuis le temps qu'elle n'était plus sortie avec un homme, et qu'elle n'avait plus éprouvé le bonheur de sentir qu'elle pouvait compter pour quelqu'un.

— C'était absolument délicieux, dit-elle en l'accompagnant dans la cuisine pour l'aider à desservir. Vous êtes un merveilleux cuisinier.

— Quand on vit seul depuis longtemps…

— Je suis loin d'avoir atteint votre niveau, même si je vis seule depuis des années.

— Depuis combien de temps au juste ? s'enquit-il en remplissant leurs tasses de café.

— Quatre ans et demi.

— Mais Jack n'a que quatre ans.

— Greg m'a quittée alors que j'étais enceinte, déclara Charlotte avec un détachement dont Marco ne fut pas dupe.

— La situation n'a pas dû être facile.

— Effectivement. Il a fallu tout assumer en même temps : la mort de mon père, ma grossesse et le divorce, et trouver aussi un nouvel appartement.

— Vous n'auriez pas pu rester là où vous viviez ?

— Nous venions de vendre pour trouver un endroit plus adapté à un enfant.

— Votre mari est parti avant que vous ne vous soyez installée ailleurs ? s'indigna-t-il.

— Il avait rencontré quelqu'un d'autre. D'ailleurs, je me demande pourquoi je vous en parle. J'ai réussi à me débrouiller sans lui, et maintenant, ça n'a plus aucune importance.

Il ne s'étonnait plus de la lueur de méfiance qu'il avait parfois entrevue dans ses yeux, ni de cette impression de vulnérabilité qui émanait d'elle.

— Je suis heureux que vous m'en ayez parlé, dit-il en prenant doucement sa main. Je n'en suis que plus admiratif à votre égard.

— Admiratif ? répéta-t-elle en le fixant avec amusement.

Elle avait un regard étonnamment expressif et, en dépit des circonstances, souvent rieur.

— Parfaitement. J'admire la façon dont vous vous êtes tirée d'affaire sans aucune aide. J'admire votre intelligence. Vous êtes exceptionnelle.

— Et j'ai su me rendre indispensable, ajouta-t-elle en riant.

— Cela va sans dire, répliqua-t-il, heureux de sentir un courant passer entre eux.

Elle baissa les yeux sur la large main qui emprisonnait la sienne, consciente que ce geste de sympathie prenait soudain un tout autre sens. Les doigts de Marco s'étaient faits caressants et leur contact éveillait dans tout son corps des ondes délicieuses de désir. Comme un avant-goût du plaisir qu'il était capable de lui faire partager.

— Il se fait tard, se força-t-elle à articuler, tout en s'écartant. Et demain, nous devrons nous mettre au travail de bonne heure.

— A deux, nous viendrons vite à bout de ces quelques

dossiers, protesta-t-il, sans paraître remarquer ce brusque changement d'attitude. Mais vous avez sûrement raison, mieux vaut aller se coucher.

Tout en l'observant tandis qu'il soufflait les bougies posées sur la table, Charlotte ne put s'empêcher de ressentir une pointe de regret à l'idée que cette soirée si paisible touchait à sa fin. Quelle folie, pourtant ! Il était grand temps qu'ils se disent bonsoir, sinon… Levant la tête, elle rencontra le regard sombre de Marco, et instantanément, tous ses sens furent en éveil.

— Je vais vous aider à débarrasser ce qui reste, dit-elle en emportant leurs tasses vides.

— Laissez tout cela, Charlotte, je vais m'en occuper.

— C'est le moins que je puisse faire, après tout le mal que vous vous êtes donné.

— Charlotte ?

La voix de Marco s'éleva juste derrière elle, et il posa sa main sur son épaule pour la forcer à se tourner vers lui.

— Tout est parfaitement en ordre, poursuivit-il.

Pas exactement, songea-t-elle en tentant de maîtriser son cœur qui battait la chamade.

— J'ai beaucoup aimé cette soirée, reprit-il en fixant Charlotte avec une expression qui la fit frémir en secret.

— Moi aussi.

Les yeux de Marco se posèrent sur ses lèvres, accélérant encore les battements de son cœur. Elle avait envie qu'il l'embrasse, et d'ailleurs, lui susurra une petite voix intérieure, quel mal y avait-il à un simple baiser ?

— Marco…, reprit-elle dans un souffle, sans savoir exactement ce qu'elle voulait dire, consciente seulement de ce qu'elle ressentait.

Il se pencha et leurs lèvres se touchèrent. A ce contact paradisiaque, elle se sentit fondre : des vannes depuis longtemps fermées s'ouvrirent en elle. En lui rendant son baiser, elle ressentit un plaisir qu'il lui semblait ne jamais avoir connu : aucun homme n'avait fait naître en elle une telle excitation. Tout en se gardant de la toucher, Marco continua à l'embrasser avec une fougue et une virtuosité qui lui firent perdre la tête. Lorsqu'il s'écarta enfin d'elle, il la laissa pantelante de frustration.

— Je ne veux surtout pas que vous vous sentiez obligée à quoi que ce soit, déclara-t-il. Donc, à moins que vous ne désiriez aller plus loin, je suggère que nous en restions là.

En dépit de la fermeté de sa voix, Charlotte surprit dans ses yeux une lueur qui la convainquit du mal qu'il avait à se contrôler.

— Bien sûr, répondit-elle en tentant de faire appel à sa raison. Si nous voulons continuer à travailler ensemble, ce serait pure folie de…

— Une délicieuse folie, murmura-t-il en lui effleurant la joue d'une caresse aussi légère que l'aile d'un papillon, mais qui éveilla en elle des échos d'une intensité presque douloureuse.

Il baissa la tête pour l'embrasser de nouveau.

— Je ne saurais dire à quel point j'ai envie de vous, chuchota-t-il tout contre sa bouche.

— Moi aussi.

En s'entendant prononcer ces mots avec le plus grand calme, elle se souvint des résolutions qu'elle avait prises. Mais quand elle plongea son regard dans celui de Marco, elle éprouva soudain la certitude qu'elle ne pouvait agir autrement.

— Dans ce cas, dit-il en souriant, ce serait folie de ne pas aller plus loin. Vous me rendez fou.

Il l'embrassa de nouveau. Cette fois, avec une avidité passionnée qui la laissa le souffle court.

— J'en suis ravie, car vous produisez exactement le même effet sur moi…

Il la prit dans ses bras et la souleva pour l'emporter hors de la pièce.

— Reposez-moi par terre ! s'écria-t-elle en riant de si bon cœur qu'elle en avait presque perdu la respiration quand ils arrivèrent à l'étage.

Il poussa la porte de la chambre qui faisait face à celle de la jeune femme.

— Avec plaisir, dit-il en la déposant sur le lit.

Lorsqu'elle leva les yeux vers lui, elle n'avait plus la moindre envie de rire.

Le regard de Marco s'attarda sur sa bouche entrouverte, sur ses pommettes hautes, comme fasciné par l'éclat de ses yeux verts et sa chevelure répandue sur le lit en une auréole dorée. Puis il descendit vers les boutons de sa robe.

— Voilà longtemps que j'ai envie de vous voir dans mon lit, Charlotte, murmura-t-il d'une voix rauque qu'elle ne lui avait encore jamais entendue.

Le cœur de la jeune femme battait à se rompre. Une fois franchie cette limite, qu'allait-il advenir de leur relation ? Pourtant, elle avait beau avoir peur, elle ne pouvait s'arrêter.

— Vous hésitez encore ? s'enquit-il.

— Non, mais…

— Cela fait longtemps que cela ne vous était pas arrivé ? demanda-t-il doucement. Laissez-moi deviner… C'était avec votre mari, avant qu'il ne vous quitte ?

En voyant le rouge monter à ses joues laiteuses, il se sentit envahi par un instinct protecteur mêlé de désir animal.

— Tout ira bien, murmura-t-il en se penchant sur elle pour l'embrasser, d'une voix de velours qui fit taire toute son appréhension.

Oui, tout irait bien, se dit-elle, traversée par une onde de désir. Nouant ses bras autour du cou de Marco, elle l'embrassa avec une tendresse passionnée.

Tandis qu'il la caressait à travers le fin tissu soyeux de sa robe, il sentit les pointes de ses seins durcir, se dresser, et sut qu'elle était pleinement consentante. Il s'écarta d'elle le temps d'ôter son pull qu'il jeta de côté. Dessous, il ne portait qu'un simple T-shirt à manches courtes qui soulignait les muscles parfaits de ses bras et de ses épaules. Décidément, il avait un corps fabuleux, se dit-elle en le voyant défaire sa ceinture. Après s'être débarrassée de ses chaussures, elle se mit à déboutonner sa robe tandis que Marco s'arrêtait pour mieux la regarder de ses yeux sombres brûlant de désir. Le cœur de Charlotte battait à se rompre. Soudain, deux mains tremblantes se posèrent sur les siennes.

— Viens par ici, que je t'aide, murmura-t-il en l'attirant hors du lit.

Après avoir défait les derniers boutons, il fit glisser de ses épaules la robe qui tomba sur le sol, découvrant les courbes de la jeune femme que mettaient en valeur des dessous de dentelle noire. En sentant peser sur elle ce regard appréciateur, elle ne put s'empêcher de se demander s'il comparait ses formes pleines aux silhouettes plus menues de ses habituelles maîtresses.

— Tu es magnifique, Charlotte, dit-il en lui effleurant la poitrine d'un geste très doux qui la fit frémir de désir.

Elle avait follement envie qu'il la touche, qu'il la caresse, qu'il l'embrasse, mais il se contenta de passer derrière elle pour dégrafer son soutien-gorge avec une lenteur délibérée et provocante.

— Adorablement sexy, reprit-il en effleurant ses seins fermes et ronds.

Lorsqu'elle sentit ses lèvres cheminer lentement de sa gorge à sa poitrine, Charlotte ferma les yeux pour mieux se laisser aller à la volupté. Elle eut un spasme de plaisir et, s'accrochant aux épaules de Marco, elle perçut la chaleur de sa peau et la tension de ses muscles à travers le T-shirt. Un instant, il s'écarta d'elle tout en chuchotant quelques mots en italien, avant de faire glisser sa culotte noire pour mieux caresser les courbes de ses hanches. D'un geste, il écarta les couvertures et la poussa doucement sur les draps de lin blanc.

Allongée en travers du lit, elle l'observa tandis qu'il se débarrassait de son T-shirt, découvrant son torse puissant, parfaitement hâlé, et ses hanches étroites. Puis il se mit à défaire la fermeture de son jean.

— Dépêche-toi, ordonna-t-elle, le cœur battant à tout rompre, en proie à un irrésistible désir.

— Patience, Charlotte, murmura-t-il en souriant.

— Je n'ai que faire d'être patiente.

En riant, il vint s'allonger au-dessus d'elle, sans ôter son jean, se soulevant un instant pour tirer quelque chose de la poche arrière.

— S'il te plaît, Marco…, chuchota-t-elle, le corps en feu.

Elle avait l'impression qu'un véritable volcan s'était éveillé en elle.

Lorsqu'elle le vit déchirer la pochette qu'il tenait au creux de la main, elle se rendit compte qu'elle n'avait même pas pensé à prendre la moindre précaution. Quant à lui, il avait beau se contrôler parfaitement, il n'en était pas moins extrêmement excité, comme elle put le remarquer tandis qu'il ôtait rapidement son jean et enfilait le préservatif.

De nouveau, il se pencha sur elle pour lui embrasser passionnément la gorge et lui caresser la poitrine avec une ardeur possessive. Au moment même où elle n'en pouvait plus de désir, il la pénétra enfin. Dans une explosion de plaisir, elle sentit se réveiller en elle comme un volcan longtemps éteint, et tenta de conserver un peu de contrôle pour prolonger encore et encore cette merveilleuse sensation. Du bout des doigts, il effleura les pointes de ses seins d'une caresse aussi légère que le contact d'une aile de papillon, avant d'y poser ses lèvres. Elle sentit alors son corps exploser dans un ouragan de sensations qui la firent gémir de volupté. La bouche de Marco chercha alors la sienne, comme pour y puiser la substance des frémissements de plaisir qui la parcouraient tout entière.

Durant un long moment, il la tint serrée contre lui, caressant tendrement sa peau soyeuse. En sentant l'odeur de son eau de toilette qui se mêlait au parfum frais des draps, elle se blottit au creux de ses bras et sourit paresseusement.

— C'était prodigieux, lui murmura-t-il à l'oreille. Tu as vraiment bien fait d'attendre.

Elle sourit davantage encore et se nicha plus près de lui, laissant ses doigts errer sur ses épaules et ses bras. Lovée contre lui, elle se sentait délicieusement bien.

— Tu as tout ce qu'il faut pour plaire à une femme, murmura-t-elle d'une voix endormie.

— Ah ! Ah ! répondit-il en riant, quand on est vraiment décidé, il ne faut pas mesurer sa peine.

En souriant, elle laissa ses lèvres errer sur le torse de Marco dans un baiser provocateur. Durant un long moment, ils demeurèrent enlacés, jusqu'à ce qu'il s'écarte soudain.

— Où vas-tu ?

— Je viens de me rappeler que j'ai oublié de souffler quelques bougies dans la salle à manger. Je ferais mieux d'aller vérifier qu'elles se sont consumées, répondit-il en enfilant son jean, même si, Dieu merci, la maison n'a pas l'air en flammes.

Charlotte s'installa confortablement dans le lit avant de ramener le drap sur elle. Elle avait oublié à quel point faire l'amour pouvait être agréable… En y repensant, elle songea que jamais, avec Greg, elle n'y avait pris tant de plaisir. Incroyablement détendue, dans un demi-sommeil, elle laissa son regard errer autour de la pièce qu'éclairait un feu de bois, projetant sur les murs des ombres fantasques. Tout y respirait le calme et un confort raffiné. Ses yeux se fermèrent, et quand Marco revint, elle était endormie. Après avoir ôté son pantalon, il se glissa dans le lit à côté d'elle et, durant un long moment, la regarda dormir.

Elle semblait si fragile, avec son tendre sourire et sa chevelure répandue en boucles dorées sur l'oreiller… Ses cils sombres se détachaient sur la peau claire et parfaite de ses joues. Quand il effleura du doigt son épaule nue, elle bougea imperceptiblement, et son sourire s'accentua encore.

Brusquement, une vague de désir tyrannique le submergea, le prenant par surprise. Il baissa la tête pour poser ses lèvres sur sa gorge, s'enivrant de ce parfum familier.

Sans cesser de sourire, elle murmura dans son sommeil quelques mots incompréhensibles.

— Réveille-toi, beauté, dit-il en passant la main sous la couverture pour caresser sa peau satinée.

Elle ouvrit de grands yeux qui, durant quelques secondes, restèrent rivés à ceux de Marco. Près de lui, elle se sentait merveilleusement à sa place et n'avait qu'une envie : se blottir de nouveau dans ses bras pour y rester à jamais. Il l'embrassa doucement de ses lèvres infiniment sensuelles.

— Alors, la maison n'est pas en flammes ?

— Pas encore, répondit-il en l'attirant à lui, laissant ses mains errer sur le corps de Charlotte avec une lenteur délibérée.

Puis ses baisers se firent plus passionnés et plus tendres encore, et un élan d'une étonnante intensité les jeta l'un vers l'autre. Jamais elle ne pourrait le sentir assez proche, ni se rassasier de ce contact. Un frisson la parcourut et une angoisse soudaine lui serra le cœur tandis qu'elle songeait aux conséquences de cet acte. Mais au moment où il la pénétra, cette inquiétude fut balayée : rien ne comptait plus, désormais, que le moment qu'elle était en train de vivre.

7

Une brume épaisse emplissait la vallée, suspendue dans l'air comme une mystérieuse présence, ne dévoilant que le ciel d'un gris rosé et la silhouette vert sombre des cyprès sur la crête de la colline.

Quelque part résonnait le tintement d'une cloche.

Charlotte s'enveloppa dans son peignoir de soie et sortit de la cuisine sur la terrasse. Penchée au-dessus de la balustrade, elle aspira à pleins poumons l'air d'une vivifiante fraîcheur. Derrière elle, dans la maison, elle entendit chanter la bouilloire, seul bruit qui troublât la quiétude de cette matinée.

A mesure que le soleil se levait derrière la colline, le ciel vira au rose, tandis que le brouillard étincelait de mille feux. Un souffle frais se répandit sur la nature.

Au premier, Marco dormait encore dans le grand lit tiède, après cette incroyable nuit. Jamais Charlotte n'avait connu tant de passion. Jamais elle n'avait éprouvé un tel sentiment de sécurité et de plénitude… A cette pensée, son cœur se serra. Si passionnées qu'aient été leurs étreintes, il ne s'agissait que de sexe et non d'amour, songea-t-elle en passant une main agacée dans l'épaisseur de sa chevelure.

C'était ainsi, dans la vraie vie : les gens couchaient avec qui ils voulaient sans se soucier de rien d'autre que du plaisir qu'ils y trouvaient. Pourquoi ne pouvait-elle en faire autant ? Pourquoi se sentait-elle en proie à tant d'émotions contradictoires ? Pourquoi s'était-elle réveillée ce matin dans une telle euphorie ? Jamais elle n'aurait dû se laisser aller à coucher avec Marco. Elle venait de commettre une erreur, une merveilleuse et très agréable erreur. Jamais elle n'aurait dû baisser sa garde, car elle attendait de lui bien plus qu'il ne pouvait lui donner sur le plan affectif.

En entendant un bruit derrière elle, elle se retourna et l'aperçut qui l'observait, debout sur le seuil. Leurs regards se croisèrent, et pendant un instant, le souvenir de leur nuit l'envahit dans une bouffée de sensualité. Vêtu d'un simple bas de pyjama, les cheveux encore en bataille, il était si incroyablement sexy qu'elle n'avait qu'une envie : se jeter dans ses bras pour l'embrasser. Mais jamais elle ne s'autoriserait à commettre de nouveau une telle folie.

Comment travailler avec lui, désormais ? se demanda-t-elle avec anxiété. Comment retrouver le sentiment de sécurité que lui procurait sa feinte indifférence ?

— *Bon giorno, Charlotte.*

En entendant cette voix de velours, elle se sentit fondre et dut lutter pour reprendre ses esprits.

— Comment te sens-tu, ce matin ?

— Très bien… J'ai parfaitement dormi, répondit-elle en tentant d'adopter un ton désinvolte.

— Tu t'es levée très tôt.

— J'avais très envie de contempler la vue, mentit-elle.

Pourtant, si elle s'était arrachée à la tiédeur de ses bras, c'est qu'elle s'y sentait trop bien et voulait éviter qu'à peine réveillé, il ne lise la vérité dans ses yeux.

— Tu veux du café ? s'enquit-elle pour faire diversion.

— *Si*, répondit-il en la détaillant du regard, s'attardant sur ses pieds nus et sur ses courbes voluptueuses.

En observant son visage, il s'aperçut qu'il n'avait nul besoin de maquillage, tant sa peau claire était fraîche et lumineuse. Ses lèvres avaient une douceur de pêche et ses cheveux tombaient naturellement en boucles épaisses sur ses épaules. Il se rappela la délicatesse soyeuse de sa peau sous ses doigts.

Consciente de ce regard qu'attisaient encore les voluptés de la nuit, Charlotte regretta de ne pas s'être coiffée, convaincue que, contrairement à lui, elle ne gagnait rien à être vue en négligé.

— Tu me rends un peu nerveuse, reconnut-elle en relevant le menton.

— Vraiment ? Pourquoi donc ? s'enquit-il avec un sourire amusé.

— Tu me regardes avec une telle insistance… Il me faudrait une bonne heure pour me rendre présentable.

— Tu es drôle, dit-il en riant.

Elle lui jeta un regard excédé. Elle n'avait aucune envie d'être drôle. Elle aurait voulu qu'il la trouve superbe, d'une beauté irrésistible qui le rende aussi fou de désir qu'elle. Une bouffée de colère l'envahit soudain. Pourquoi se soucier de ce qu'il pensait ? Elle devait se montrer réaliste : cette nuit, rien d'autre n'avait compté que le sexe.

— Pourquoi me regardes-tu comme si je cherchais à te faire avaler des couleuvres ? demanda-t-il en riant.

— Je croyais que tu me trouvais drôle, rétorqua-t-elle en posant devant lui une tasse de café.

— Tu regrettes ce qui s'est passé cette nuit ?

— Non, répondit-elle sans oser le regarder, déstabilisée par cette question. Ça m'a plu. Mais nous devons maintenant nous concentrer sur le travail de ce matin.

Elle se força à relever la tête et crut deviner dans le regard sombre et calme de Marco une lueur d'approbation. Naturellement, il devait se sentir conforté dans ses théories par ce qu'elle venait de lui dire : le sens pratique devait toujours prendre le pas sur l'émotion. Elle se révélait donc meilleure actrice qu'elle ne l'aurait cru.

— Naturellement, tu as raison, déclara-t-il en suivant du doigt le contour de son visage, comme pour le graver dans sa mémoire.

Elle aurait voulu renoncer à tout faux-semblant, se blottir dans ses bras et envoyer le sens pratique au diable.

— Pourtant, après une nuit comme celle que nous avons vécue, on peut se souhaiter le bonjour, au sens propre du terme.

La note de provocation dans sa voix et le regard qu'il posait sur elle éveillèrent instantanément un désir qu'elle tenta d'ignorer sans y parvenir.

— Tu veux dire « *buon giorno* » ?

Elle s'efforça de détacher les mots en imitant l'accent de Marco.

— Très bien, murmura-t-il en lui caressant les lèvres du doigt, avant de se pencher sur elle pour l'embrasser. Tu pourrais vraiment passer pour une Italienne. Et pas seulement grâce à ce bel accent.

Ce baiser était si possessif, si sensuel, qu'elle ne put s'empêcher de le lui rendre, avant de revenir brutalement à la réalité : elle ne pouvait se laisser enfermer dans une situation qu'elle était incapable de maîtriser. En fait, elle était à mille lieues d'adhérer aux théories de Marco, dont le pragmatisme et la froideur en matière d'amour et de sexe s'opposaient totalement aux conceptions démodées, plutôt fleur bleue, qu'elle nourrissait en secret.

— Tirons un trait sur cet épisode, déclara-t-elle en s'écartant de lui, et reprenons les choses là où nous les avions laissées avant cet incident.

— D'accord, dit-il sans protester le moins du monde, avant de jeter un coup d'œil à sa montre. Dès que j'aurai pris ma douche, disons dans une demi-heure, je redescends dans mon bureau. Ça te va ?

— Très bien.

Alors qu'elle n'avait qu'une envie, passer le reste du week-end enfermée dans sa chambre, il avait l'air parfaitement détendu. Jamais elle ne parviendrait à retrouver une distance professionnelle. Elle se dépêcha de s'éloigner, sa tasse de café à la main.

Marco la regarda partir d'un air pensif, conscient qu'elle tentait de reconstruire les défenses qui la protégeaient. Même si c'était préférable du point de vue professionnel, il n'était pas prêt à la laisser échapper : il avait eu trop de mal à l'amener jusque-là, et il avait d'autres projets…

— Peux-tu faire une copie de ces notes ? demanda-t-il en posant devant elle une liasse de papiers. Et essayer de joindre le professeur Hunt au téléphone. Je voudrais lui parler de la réunion de dimanche.

— Je m'en charge, dit-elle en ouvrant son agenda.

Elle était bien obligée de constater que les barrières professionnelles s'étaient remises en place, et qu'ils avaient passé la matinée à travailler côte à côte comme si de rien n'était. Pourtant, elle n'arrivait pas à comprendre comment ils avaient pu y parvenir. Peut-être parce que la pièce où ils se trouvaient ressemblait étrangement au bureau de Marco à Londres. Ou tout simplement parce que celui-ci s'était profondément absorbé dans son travail, de cette manière qu'elle avait toujours trouvée si fascinante.

Après lui avoir passé son correspondant, elle se leva pour mettre en marche le scanner, tout en l'écoutant discuter avec son collègue. Elle ne put s'empêcher de lui jeter un coup d'œil, tant ses intonations lui semblaient sexy, alors même qu'il parlait travail. Comme s'il sentait son regard, il releva la tête et leurs yeux se croisèrent. Elle s'empressa de se détourner pour se concentrer sur sa propre tâche.

— Je crois que nous aurons bientôt terminé, dit-il quelques instants plus tard, après avoir raccroché. Le reste peut attendre notre retour à Londres.

Charlotte rassembla les copies qui tombaient de la machine. Ils avaient effectivement terminé, et elle allait devoir abandonner la protection que lui offrait son écran.

— N'oublie pas de signer les lettres que j'ai déposées sur ton bureau, lui rappela-t-elle.

— Cela peut attendre, répondit-il après avoir consulté sa montre. C'est le moment de sortir.

— Mais…

— Il fait un temps splendide, et je t'avais promis de faire du tourisme. Il est impensable que tu quittes la Toscane sans avoir visité Florence.

Le ton très terre à terre dont il usait vint à bout des réserves de Charlotte, qui dut reconnaître qu'il avait raison. D'ailleurs, dans une ville pleine de monde, elle courait bien peu de risques.

— D'accord, mais avant de partir, je voudrais appeler chez moi pour voir si tout se passe bien avec Jack.

— Naturellement. Tu n'as qu'à utiliser le fixe.

Ils quittèrent la villa une demi-heure plus tard sous un soleil éclatant et un ciel bleu pour emprunter une petite route tout embrumée de chaleur. Charlotte se félicita d'avoir pris le temps de passer une robe bleue et blanche, féminine et printanière. Elle se cala au confortable dossier de cuir et regarda le paysage qui défilait sous ses yeux, se promettant de ne penser à rien d'autre qu'au spectacle qui s'offrait à elle. Au loin, un village perché attira son attention, avec ses tourelles dorées qui se détachaient sur l'enchevêtrement des toits de tuile. L'échelonnement géométrique des vignobles offrait aux regards une profusion de lourdes grappes dorées par de longs mois d'ensoleillement.

Ils s'arrêtèrent pour prendre un café avant d'atteindre Florence. A la tension et à l'incertitude avait succédé un étonnant sentiment de légèreté et de détente. Le moindre incident était prétexte à des rires renouvelés, et ils semblaient profiter sans arrière-pensée du moment présent.

Jamais Charlotte n'oublierait cette journée passée à flâner sous le soleil, en admirant les monuments et les églises de cette ville où l'art et l'histoire s'accordaient à merveille. Ils déjeunèrent à une terrasse avant de s'attarder devant un verre de chianti, tout en observant les promeneurs. Après le repas, Charlotte fit quelques courses, se demandant ce qu'elle pourrait rapporter à Jack.

— Qu'en penses-tu ? dit-elle à Marco alors qu'elle hésitait entre une petite voiture rouge télécommandée et un jeu éducatif.

— Jack préférera sûrement la voiture. Il adore ça.

— Mais le jeu lui apprendra quelque chose de l'Italie. Il a l'air assez amusant.

— Dans ce cas, prends les deux.

— C'est exactement ce que je pensais, répondit-elle, les yeux brillant de plaisir. Il va être ravi.

Elle est adorable, se surprit à penser Marco en la suivant à travers la boutique. Après une journée passée au soleil, quelques taches de rousseur étaient apparues sur le bout de son nez. Elle avait beau ne ressembler en rien aux filles des magazines, le charme qui émanait d'elle la rendait bien plus vivante et captivante. Il adorait voir s'allumer dans son regard cette étincelle d'intelligence et d'humour, et les coins de ses lèvres se relever avec tant de douceur et de sensualité. Et il aimait le mal qu'elle se donnait pour choisir le cadeau qui plairait vraiment à Jack.

Tout se déroulait au mieux. Au lit, elle était merveilleuse, tout en restant dans le travail terriblement professionnelle — une combinaison étonnante. Il tenta de payer à sa place à la caisse, sans cependant y parvenir.

— Jamais je n'aurais pensé que tu étais à ce point autoritaire, déclara-t-il lorsqu'ils se retrouvèrent sur le trottoir.

— C'est très gentil de m'avoir proposé de payer, mais tu n'as aucune raison de le faire.

— Ça m'aurait fait plaisir, tout simplement, dit-il en s'emparant des paquets. Pour tout dire, moi aussi, j'aurais bien aimé qu'on m'offre cette petite voiture quand j'étais enfant.

— Eh bien, tu n'as qu'à venir jouer avec quand tu en auras envie, répondit-elle, tout en sachant qu'il aurait mieux valu éviter de flirter de la sorte.

— Cette proposition n'est pas tombée dans l'oreille d'un sourd, répliqua-t-il en lui jetant un regard qui la fit frissonner d'émotion.

Il lui prit la main de façon très familière. Devant ce geste à la fois détendu et possessif, Charlotte sentit son cœur se gonfler de plaisir. Cela faisait longtemps qu'elle n'avait pas éprouvé une telle empathie à l'égard de quelqu'un. Au moment où ils atteignaient la voiture, une moto déboula face à eux, avec deux hommes qui brandissaient des appareils photos.

— Marco ! crièrent-ils avant d'ajouter quelques mots en italien.

Charlotte les vit avec étonnement prendre rapidement toute une série de photos.

— A quoi jouent-ils ? questionna-t-elle.

— Ce sont des paparazzi, déclara Marco en serrant sa main dans la sienne. Ne t'en fais pas. Montons dans la voiture et quittons rapidement la ville pour les semer.

Elle acquiesça de la tête.

— J'aurais dû te prévenir, reconnut-il tandis qu'ils roulaient dans la campagne après avoir quitté la chaleur et le bruit de Florence. Depuis quelque temps, les photographes n'arrêtent pas de me harceler.

— Je… je comprends.

Il se comportait si simplement qu'elle avait oublié à quel point il était célèbre.

— Ça ne t'a pas contrariée, au moins ?

— Non. J'espère simplement qu'ils ont choisi mon meilleur profil.

— Comme tu es aussi mignonne d'un côté que de l'autre, tu n'as pas à te faire de souci.

La route serpentait au milieu des champs d'oliviers et contournait de vieux villages gardés par des cyprès qui se découpaient sur le ciel bleu vif. Ils s'arrêtèrent un moment pendant qu'un berger faisait traverser ses chèvres, et Marco en profita pour surveiller le rétroviseur.

— Détends-toi, on les a semés.

— Je suis détendue, murmura-t-elle. Ce n'est pas deux malheureux photographes qui me gâcheront une pareille journée.

— Tu as raison. J'ai été bien inspiré de te demander de m'accompagner en Italie.

Elle leva les yeux vers lui, tout en essayant de ne pas se laisser emporter par la sincérité qu'elle lisait dans son regard.

— Effectivement, nous avons bien travaillé, ce matin.

— En disant cela, je ne pensais pas seulement au travail.

Soudain, l'atmosphère entre eux était devenue beaucoup plus électrique. Le cœur de Charlotte battait à se rompre. Il fallait absolument faire marche arrière. Mais quand il se pencha sur elle pour la prendre dans ses bras et l'embrasser avec ferveur, elle ne fit rien pour se dérober.

C'est ainsi qu'elle voyait la vie : des nuits d'amour dans les bras de Marco, et des moments de bonheur grappillé, comme celui-ci. Peut-être ferait-elle mieux d'arrêter de lutter et de profiter tout simplement de cette courte aventure ? A cette idée, elle sentit son cœur se serrer. Dans quelques semaines, tout serait fini. Pour Marco, une maîtresse perdait vite tout intérêt, elle avait pu le constater. Et même si leur liaison durait quelques mois, serait-elle capable de supporter la froide raison avec laquelle il analysait toute émotion ? Cela lui broierait le cœur et ne manquerait pas de nuire à leur collaboration.

En s'autorisant à croire le contraire, elle allait au-devant des pires ennuis.

— Ecoute, Marco, dit-elle en s'écartant de lui, j'ai adoré la nuit que nous avons passée ensemble, mais…

— Mais je ferais mieux de faire taire mes bas instincts ?

— Je crois réellement que ce serait préférable. J'aime mieux éviter que cela ne se renouvelle.

— Je n'en suis pas convaincu, protesta-t-il en lui effleurant la joue.

En sentant un frisson de plaisir lui parcourir le corps, elle leva les yeux vers lui et comprit qu'il serait dangereux d'aller plus loin : elle était en train de tomber amoureuse. Sous le choc de cette évidence, tout son être chancela. Marco avait raison, songea-t-elle avec angoisse : en matière de sexe, peut-être était-il impossible de faire confiance à ses émotions. Ce serait de la folie de céder à un sentiment dont il se méfiait d'ailleurs lui-même comme de la peste. Elle aussi, elle savait à quel point l'amour peut faire mal… D'ailleurs, jamais cela ne pourrait marcher : même s'ils s'accordaient du point de vue sexuel, affectivement, ils étaient aux antipodes l'un de l'autre.

Bien sûr, puisqu'elle était supposée réagir en femme libérée, elle devait se satisfaire du bon moment passé avec lui la nuit précédente. S'il avait su ce qu'elle ruminait en cet instant, il en aurait été glacé d'horreur.

— Tout va bien, Charlotte ? questionna-t-il d'un air perplexe.

— Mais oui, répondit-elle avec un feint enjouement.

— Nous reparlerons de tout cela pendant le dîner. Je connais une *trattoria* un peu plus loin sur cette route.

Charlotte ne répondit pas : elle ne savait vraiment plus où elle en était.

8

Au moment même où ils s'arrêtaient devant une *trattoria* rustique, le soleil disparut derrière les montagnes, illuminant la plaine d'un dernier rayon flamboyant. Une soudaine fraîcheur envahit l'air, faisant frissonner Charlotte. Elle pénétra avec un certain soulagement dans l'atmosphère chaude et bruyante du restaurant. Au moins, si elle se montrait plus silencieuse qu'à l'accoutumée, Marco ne le remarquerait pas.

Un serveur s'empressa de les accueillir et Charlotte se dit une fois plus, en entendant Marco lui répondre, qu'elle adorait l'entendre parler italien. Il avait beau s'exprimer parfaitement en anglais, c'était terriblement plus excitant. Elle se rappela les mots qu'il avait prononcés pendant qu'ils faisaient l'amour, des mots brûlants qu'il lui avait chuchotés à l'oreille alors que montaient en elle des ondes de volupté sans cesse renouvelées. Désespérément, elle tenta de chasser ces souvenirs inopportuns. Le serveur les avait conduits dans un recoin tranquille de la salle, près d'une fenêtre ouverte sur le crépuscule.

— Tu dois être un habitué de cet endroit ? s'enquit-elle d'un ton détaché, en s'asseyant en face de lui.

— Oui. C'est tout près de la villa, et on y mange très bien.

— J'adore la cuisine italienne, répondit-elle en ouvrant le menu qu'elle fit mine de feuilleter avec une extrême concentration.

En fait, les lumières étaient très tamisées et elle n'avait guère envie d'enfiler ses lunettes devant Marco.

— C'est vrai que la cuisine italienne fait partie des plaisirs de la vie. Tout comme de se trouver en bonne compagnie et de s'accorder quelques intermèdes passionnés. Tout ceci aura contribué à la perfection de notre escapade.

Comme elle levait la tête et croisait son regard, elle s'efforça de rationaliser le flot confus d'émotions qui la submergeait. Il ne serait que trop facile, vu la façon dont Marco la couvait du regard, de laisser s'emballer son imagination. Tout ceci n'était pas plus sérieux que ce qui s'était passé entre eux la nuit précédente.

Un « intermède passionné », disait-il. Il avait dû en vivre plus d'un, dans cette villa, et emmener plus d'une femme dans ce restaurant. A cette pensée, elle sentit sa gorge se serrer.

— Tu as sûrement raison, dit-elle froidement en observant le ballet incessant et bruyant des serveurs devant les fours à bois. Tant que ça dure, c'est très agréable.

Pourquoi devenait-elle brusquement si distante et crispée ? se demanda Marco. Durant quelques heures, cet après-midi, il avait cru avoir vaincu ses résistances, tant elle semblait ouverte et détendue. Il la regarda tirer de son sac les lunettes qui lui allaient si bien, surtout dans les moments où, comme maintenant, elle plissait un peu le nez pour se concentrer. Il sentit soudain monter en lui un besoin irrésistible de la toucher et d'effacer ce froncement de sourcils, mais s'interdit de le faire, devinant que cela risquait de la faire rentrer dans sa coquille. Néanmoins, elle surprit son regard.

— Tu es mignonne, avec ces lunettes.

— Elles me donnent un air sévère, on me l'a déjà dit, déclara-t-elle en se concentrant sur le menu.

Elle ne voulait pas qu'il commence à lui mentir, car elle appréciait par-dessus tout son honnêteté.

— Vraiment ? Qui donc le prétend ?

Elle haussa les épaules, sans vouloir avouer qu'il s'agissait de son ex-mari.

— Je ne m'en souviens plus. D'ailleurs, quelle importance ?

— Aucune, sauf qu'il devait être aveugle. Avec ces lunettes, tu es adorable… et incroyablement sexy, déclara-t-il sur un ton de franchise absolue.

— Quel séducteur tu fais, Marco ! s'exclama-t-elle, pressée de changer de sujet. Mais j'ai beau pouvoir lire le menu, je n'y comprends pas grand-chose.

En souriant, il se pencha vers elle, si près qu'elle pouvait sentir son eau de toilette, dont l'odeur discrète évoquait irrésistiblement leurs ébats. Elle réussit cependant à converser gaiement avec lui tandis qu'il traduisait les noms des plats.

Une fois leur commande passée, il lui versa du vin. La nuit commençait à tomber sur la campagne et sur la salle, qu'éclairait seulement la lueur des bougies.

— Es-tu prêt pour ton interview télévisée de demain ? s'enquit-elle, bien décidée à éviter toute conversation trop personnelle.

— Eh bien…

Il s'arrêta un moment avant de répondre, au grand soulagement de Charlotte : en parlant travail, elle quittait un terrain dangereux.

— Quand nous ferons cette tournée de promotion aux Etats-Unis, je crains que ce ne soit beaucoup moins détendu. Nous n'aurons guère le temps de faire du tourisme.

Même s'il ne s'agissait que d'une allusion lancée au détour de la conversation, elle ne put s'empêcher de sursauter.

— Tu veux que je t'accompagne là-bas ?

— J'aimerais au moins que tu me rejoignes quelques jours à New York. Je t'avais avertie que j'aurais besoin de toi de temps en temps, au cours de mes voyages.

— Je croyais que tu faisais allusion à cette conférence à Edimbourg… enfin, à des déplacements de ce genre.

— Non. Je compte d'ailleurs sur toi pour assurer une permanence au bureau pendant que je serai à Edimbourg. J'attends des dossiers importants à ce moment-là, et j'aurais besoin que tu les traites, déclara-t-il en la regardant de l'air le plus sérieux. Mais ensuite, il faudrait que tu me rejoignes à New York pour, disons trois ou quatre jours. Cela te pose problème ?

Un éclair dans son regard et l'autorité qui perçait dans sa voix rappelèrent soudain à Charlotte qu'il était son patron. Même s'ils avaient pris du bon temps ensemble la nuit précédente, cela n'interférait en rien avec le travail qu'il attendait d'elle, et il n'aurait pas apprécié qu'elle se dérobe.

— Pas du tout, répondit-elle en tentant de se convaincre qu'elle tenait à cet emploi et qu'elle s'était engagée à l'accompagner dans certains de ses voyages.

— Parfait, dit-il avec un large sourire qui vint tempérer la dureté de son regard d'acier. Les dispositions que nous avons prises dans ce domaine me tiennent réellement à cœur.

Si seulement elle avait pu faire taire ses sentiments personnels et se contrôler aussi bien que lui…

Pendant un moment, ils parlèrent travail, ce qui permit à Charlotte de se détendre. Tout irait bien, se dit-elle résolument. Quant à la cuisine, Marco avait entièrement raison, elle était de premier ordre.

— Pourquoi les pâtes ne sont-elles jamais si bonnes quand on les prépare chez soi ? demanda-t-elle tandis que le serveur emportait leurs assiettes vides.

— Sans doute parce qu'ici, ils les font eux-mêmes. Mais en Angleterre, on peut trouver des pâtes excellentes, à condition de savoir où aller.

— Peut-on connaître cette bonne adresse ?

— Bien sûr, puisque c'est la mienne.

Elle aurait nettement préféré ne pas sentir son visage s'empourprer à cet instant.

— Ce que j'aime bien, chez toi, c'est ta modestie, rétorqua-t-elle sans pouvoir s'empêcher de sourire.

— Dois-je en conclure que tu souhaites venir le constater toi-même ?

— Peut-être, répondit-elle sur le ton du badinage. A condition que notre emploi du temps l'autorise.

— J'apprécie beaucoup ta vision des choses.

— Que veux-tu dire ?

— Qu'en toute circonstance, tu sais garder les pieds sur terre et voir l'aspect pratique, déclara-t-il sur un ton mi-figue, mi-raisin.

— Exactement, acquiesça-t-elle en se concentrant ostensiblement sur son assiette.

Tant qu'il la croirait si terre à terre, il ne pourrait exister entre eux aucune relation authentique.

— Tout en restant très sexy, même sans lunettes, ajouta-t-il avec une étincelle de malice dans le regard.

Elle regretta de ne pas être une jeune ambitieuse parfaitement maîtresse de ses émotions, considérant le sexe comme un agréable loisir, et capable de coucher tranquillement avec un homme sans se soucier des conséquences.

— Tu as déjà été amoureux, Marco ? questionna-t-elle étourdiment.

— Pourquoi me poses-tu cette question ?

— Je n'en sais rien… Par simple curiosité.

Elle se mordit aussitôt les lèvres. Jamais elle n'aurait dû…

— J'ai vécu deux ans avec une fille que j'avais rencontrée à la fac. Nous avions même envisagé de nous marier, mais nous avons compris que nous n'étions pas vraiment assortis et que nous ne voyions pas l'avenir de la même façon.

— Tu n'as pas voulu t'engager ?

— Disons que cette décision a été prise en commun.

Charlotte avait bien du mal à le croire.

— Il y a des gens qui ne sont pas faits pour le mariage, déclara-t-il avec un haussement d'épaules. Souvent, quand on se sent submergé par la passion et les sentiments, on l'oublie. Mais elle et moi, nous sommes restés bons amis.

— Ce n'est pas très facile.

— Mais si : intellectuellement, nous sommes sur la même longueur d'ondes. Quand on se voit, on parle travail.

Charlotte eut la surprise de percevoir une bouffée de jalousie qu'elle s'empressa d'étouffer. Encore un sentiment dont elle n'avait pas, jusque-là, éprouvé toute la force.

— Il est étonnant que cette relation n'ait pas abouti alors que vous aviez tant de choses en commun, fit-elle remarquer.

Mieux aurait valu changer de sujet. Mais justement, elle s'en sentait incapable.

— Alors, pourquoi cela n'a-t-il pas marché ? insista-t-elle. Je suis sûre que tu lui as brisé le cœur.

— Tu aurais tort de le croire, finit-il par répondre avec un sourire un peu contraint. J'étais parti en voyage d'affaires et Maria, qui était sortie avec des amis, est tombée sur un de ses ex. Ils ont passé la nuit ensemble.

Charlotte fut très déconcertée qu'une femme ait pu tromper un homme aussi merveilleux que Marco, mais surtout de voir, dans le regard de celui-ci, la trace d'une émotion qu'elle n'y avait encore jamais vue.

— Comment l'as-tu appris ? demanda-t-elle avec curiosité.

— Elle s'est sentie coupable et me l'a avoué.

— Même si c'était une aventure sans lendemain ?

— Si tout s'était bien passé entre nous, elle n'aurait pas dû être tentée. Mais notre relation comportait des failles, et quand nous avons fini par les explorer, nous nous sommes aperçus qu'elles étaient trop profondes pour que nous puissions continuer.

— Je vois..., murmura Charlotte, tout en remarquant que le regard de Marco s'était assombri.

De toute évidence, il n'avait pu supporter cette trahison. Elle comprit soudain pourquoi l'idée de s'engager provoquait en lui une telle inquiétude. Le fiasco du mariage de ses parents l'avait rendu très défiant — une défiance que l'attitude de Maria n'avait fait que renforcer encore. Voilà pourquoi il se méfiait à ce point de ses propres émotions.

Pourtant, elle ne put s'empêcher de garder quelque espoir : s'il trouvait quelqu'un en qui il puisse avoir totalement confiance, peut-être s'autoriserait-il enfin à tomber amoureux ? Peut-être modifierait-il ses théories à ce sujet et se mettrait-il à considérer l'émotion comme une valeur positive ? Peut-être n'avait-il pas encore trouvé la personne idéale ? A cette idée, elle frémit de joie avant de se reprendre : décidément, elle était incurablement romantique !

— Si nous revenions au présent ? proposa-t-il en lui prenant la main. N'avons-nous pas d'autres centres d'intérêt ? Et je ne fais pas allusion au travail...

Au contact de ses doigts, elle se sentit submergée par une bouffée de désir si intense que, pour une fois, elle songea non pas à s'y dérober, mais à y répondre : comme elle, Marco avait été blessé, et si elle parvenait à lui prouver qu'il pouvait lui faire confiance, peut-être réussirait-il à s'ouvrir à elle, un jour, comme elle s'était ouverte à lui.

Une telle conduite était certes risquée, car cela faisait longtemps qu'il se refusait à tout engagement. Mais en travaillant avec lui, elle pouvait l'approcher quotidiennement, ce qui lui procurait un avantage certain.

— Sais-tu ce dont j'ai envie en cet instant ? Je voudrais te ramener à la villa, te déshabiller très très lentement et t'embrasser partout…, murmura-t-il en effleurant du pouce l'intérieur de son bras, balayant ses dernières réserves.

— Cela ne me déplairait pas, reconnut-elle doucement.

Quand Charlotte se réveilla, le lendemain matin, elle était blottie contre l'épaule protectrice de Marco. A travers les rideaux, le soleil brillait, tandis qu'un oiseau s'essayait à ses trilles matinaux.

Elle se lova plus près de lui tandis que remontait à sa mémoire le souvenir langoureux de la nuit. A peine étaient-ils rentrés du restaurant qu'ils s'étaient mutuellement déshabillés à la hâte, comme en témoignaient les vêtements éparpillés de la porte au lit. Puis ils avaient fait l'amour avec une passion qu'elle n'avait jamais connue au cours de son mariage : Marco la rendait presque folle de désir. La première nuit, elle s'était dit que sa longue abstinence justifiait l'intensité du plaisir qu'elle ressentait. Mais Marco lui avait permis de se découvrir elle-même, elle le comprenait à présent. Plus elle se rappelait ces moments, plus elle le désirait, comme si elle était en proie à une forme irrésistible d'addiction.

Elle releva la tête pour le contempler dans son sommeil et scruter les moindres détails de ce visage aux traits aristocratiques. Même endormi, il exhalait une force étonnante, quasi animale. En réalité, il n'était pas aussi calme et maître de lui qu'il l'aurait désiré. Tout comme elle, pour dissimuler son point faible, il s'était construit une ligne de défense en apparence impénétrable, mais dont elle commençait à entrevoir les failles.

Il ouvrit soudain les yeux et surprit son regard. Des étincelles dorées adoucirent ses prunelles sombres.

— *Buon giorno*, murmura-t-elle timidement.

Encore plongé dans un demi-sommeil, il sourit et se redressa pour lui effleurer les lèvres et les cheveux. Lovée contre lui, elle sentait toute la force de son désir. Il la fit rouler sur le lit pour mieux l'embrasser sur le visage, dans le cou, puis beaucoup plus bas.

Les doigts de Charlotte se crispèrent dans les cheveux de Marco tandis que déferlaient en elle des vagues successives de plaisir. Prise de vertige, elle balbutia son nom. Comme toujours, il réussit à se contrôler parfaitement et à l'apaiser, avant de l'embrasser et de lui prodiguer de nouveau des caresses, pour mieux la mener jusqu'à l'orgasme.

Mais tandis qu'elle reposait contre lui, épuisée, en sueur, il se dégagea soudain pour jeter un coup d'œil au réveil posé sur la table de nuit.

— Je ferais mieux de me dépêcher : dans moins de deux heures, je dois être sur le plateau de la télé.

Elle s'adossa paresseusement à son oreiller et le regarda enfiler sa robe de chambre.

— Tu devrais te lever, toi aussi, poursuivit-il. Je tiens à ce que tu m'accompagnes.

— Je préférerais rester au lit. Tu m'as épuisée.

— Désolé, mais nous avons un avion à prendre. Des studios, il nous faudra aller directement à l'aéroport.

Retour à la réalité… Comment cela se passerait-il, une fois qu'ils seraient revenus en Angleterre ? Serait-elle capable de résister au sentiment qui venait bouleverser sa vie ?

Marco s'assit sur le côté du lit pour la regarder.

— Au cas où j'oublierais de te le dire, j'ai adoré chacune des minutes que j'ai passées avec toi ce week-end, déclara-t-il, avant de l'embrasser avec une brûlante sensualité.

— Moi aussi, ça m'a bien plu.

Charlotte avait beau n'espérer aucune déclaration d'amour pour le moment, son cœur battait à se rompre tellement elle se sentait comblée par ce qu'il venait de lui avouer. Nouant ses bras autour de son cou, elle l'embrassa à son tour. Peut-être réussirait-elle à supporter cette situation, par exemple en se plongeant dans le travail dès son retour et en feignant d'être en phase avec lui au sujet de leur aventure, même si elle se sentait totalement amoureuse. Oui, si elle obtenait que Marco ait suffisamment confiance pour la laisser entrer dans sa vie, le jeu en valait la chandelle.

— Allez, dit-il en se levant pour écarter le drap qui la couvrait. Le public m'attend…

— S'il te voyait en cet instant…, répliqua-t-elle en riant.

— Ce serait excellent pour mon image, répliqua-t-il avant de se diriger vers la salle de bains contiguë. Sarah m'approuverait totalement. D'ailleurs, il ne faut pas que j'oublie de l'appeler ce matin, comme je le lui ai promis.

Au seul nom de Sarah, Charlotte eut l'impression qu'une douche froide se déversait sur ses épaules. Quelques secondes plus tard, le téléphone se mit à sonner à côté du lit.

— Je suis sûr que c'est elle ! cria Marco. Décroche, s'il te plaît, et dis-lui que je la rappellerai.

Charlotte roula sur elle-même pour atteindre le récepteur.

Marco avait raison. La voix rauque de Sarah s'éleva en un tendre roucoulement :

— Allô, Marco ? Comment vas-tu ce matin ? Prêt à briller de tous tes feux dans cette interview, une fois de plus ?

— Excusez-moi, Sarah, c'est Charlotte. Marco est sous la douche et vous rappellera plus tard.

Il y eut un court silence.

— Alors, Charlotte, reprit Sarah d'une voix toujours aussi enjouée, ce week-end se passe bien ?

— Magnifiquement, je vous remercie, répondit Charlotte, surprise de tant de courtoisie.

— Vous en avez apprécié tout le romantisme, j'espère ? continua l'attachée de presse sur un ton nettement plus sarcastique.

— Eh bien, malgré tout le travail que nous avions, je crois que nous avons tous deux pleinement profité de cette occasion.

— Vous formez un très joli couple, et comme je l'ai déjà dit à Marco, c'est ce qui compte. Dans ce genre de situation, il sait toujours se montrer à la hauteur, je lui fais confiance.

— Je ne vois pas à quoi vous faites allusion, protesta Charlotte, en dépit de la douleur qui lui serrait le cœur.

— Désolée, je plaisantais. En feuilletant le journal du matin, je suis tombée sur une photo où l'on vous voit main dans la main avec Marco à Florence. Je suis ravie de toute cette publicité.

— Ravie d'avoir pu vous faire plaisir, déclara Charlotte en tentant de maîtriser sa voix, qui frémissait de colère. Je dois pourtant vous avouer que nous ne cherchions pas à attirer les journalistes, mais plutôt à prendre un peu de bon temps.

— Je suis soulagée de vous l'entendre dire, parce que, quand j'ai suggéré à Marco de provoquer cette photo, il a eu l'air d'hésiter un peu. Vous comprenez, on ne sait jamais comment ce genre d'affaire va tourner, n'est-ce pas ? Au départ, il n'était guère disposé à admettre cette idée… Vous le connaissez, il est terriblement têtu… et puis, il avait peur de se trouver pris au piège, sentimentalement… pour un simple coup de pub.

Charlotte crut que son cœur s'arrêtait de battre.

— Oui, je le connais…

Ainsi, la veille, Marco était parfaitement au courant de la présence des journalistes. Etait-ce pour cette raison qu'il lui avait demandé de l'accompagner en Italie, sous des prétextes fallacieux ? Pour l'utiliser dans une stratégie destinée à faire vendre son livre ?

— D'ailleurs, j'ai toujours su que vous feriez une partenaire idéale, déclara Sarah. Surtout quand il m'a dit qu'il se sentait très à l'aise avec vous et que vous étiez sur la même longueur d'ondes. Nous avons décidé qu'un petit week-end en Italie constituerait d'excellentes prémices à une relation, un test en quelque sorte.

« Nous avons décidé »… Marco avait donc discuté d'elle avec Sarah, et l'avait invitée ici à l'instigation de cette dernière ?

— Il vous a déjà proposé de l'accompagner aux Etats-Unis ? s'enquit l'attachée de presse. A en juger par la façon dont ça se passe, il va certainement le faire. Vous verrez, ce sera génial, pour lui, de vous savoir dans les parages, ne serait-ce que pour en finir avec toutes ces questions concernant sa vie privée.

Charlotte sentit la nausée lui monter aux lèvres, Qu'étaitelle allée s'imaginer, durant ces derniers jours ? Pendant des années, elle avait pris toutes les précautions imaginables, pour finir par se jeter elle-même dans la gueule du loup… Elle était tombée amoureuse d'un homme qui se souciait d'elle comme d'une guigne, un homme qui avait froidement discuté de son sort, en riant sûrement derrière son dos.

— Charlotte… Vous m'entendez ? demanda Sarah sur un ton légèrement moqueur.

Dans le cœur de Charlotte, la douleur commençait à céder la place à la colère. Pourtant, Sarah était une vraie garce, elle le savait depuis toujours, et elle devait être dévorée par la jalousie.

Elle avait très bien pu inventer toute cette histoire. Peut-être Marco ignorait-il tout des manigances de son attachée de presse ?

— Oui, je suis là, mais pour tout vous avouer, je tombe de sommeil, répondit-elle en feignant de bâiller. Marco et moi, nous nous en sommes tellement donnés ce week-end… en fait, nous avons même eu du mal à contrôler la situation. C'était absolument fantastique.

— C'est merveilleux, articula Sarah sur un ton soudain beaucoup moins enthousiaste.

— Oui, merveilleux… Alors, si l'idée vient réellement de vous, il faut que nous vous remerciions, tous les deux. Mais je ferais mieux d'y aller, Marco s'impatiente. Il vous rappellera dès qu'il en aura le temps.

Le cœur battant de fureur et de chagrin, Charlotte raccrocha. Dans ce que venait de lui raconter Sarah, quelle pouvait être la part de vérité ?

Marco lui avait bien confié que l'attachée de presse avait des idées très particulières concernant la promotion de son livre. Que lui avait-il dit, dans la voiture ? « Elle a essayé de me convaincre de me lancer dans une relation au long cours »… Mais comme il devait partir dans cinq semaines, cela ne lui laissait guère le temps de trouver la partenaire idéale. Voilà qui semblait bien conforter les allégations de Sarah…

Elle se souvint de ses propres réticences instinctives. Il avait tout à gagner à la garder à portée de main, elle l'avait toujours su. Pourtant, balayant ses doutes, elle avait cru en toute honnêteté qu'il avait choisi de l'emmener pour ses talents d'assistante. La veille, quand il lui avait préparé à dîner, l'atmosphère était si détendue qu'elle s'était imaginé qu'un lien plus sérieux s'était créé entre eux. En ce moment, toutefois, certains propos qu'il avait tenus durant les dernières semaines lui revenaient à l'esprit avec une glaçante exactitude.

La première fois qu'il l'avait invitée à déjeuner, il avait déclaré : « Tous deux, nous n'aurions aucune difficulté à concilier travail et plaisir. »

La veille, quand il lui avait demandé de l'accompagner aux Etats-Unis, il avait eu l'air de considérer sa présence comme indispensable : « Les dispositions que nous avons prises dans ce domaine me tiennent réellement à cœur. »

Et voilà qu'elle s'était monté la tête au point d'imaginer qu'il éprouvait un sentiment à son égard… Quelle idiote elle faisait ! La vérité était là, devant elle, et elle avait refusé de la voir — refusé de se demander pourquoi un homme comme Marco irait perdre son temps avec elle. Voilà comment elle s'était retrouvée en train de s'imaginer que leur relation avait quelque chance de durer. Lorsqu'il fit irruption dans la chambre, elle s'enveloppa précipitamment dans son peignoir, d'une main tremblante.

Il portait un costume sombre qui mettait en valeur ses larges épaules, le rendant plus séduisant encore. Fascinée, elle sentit son cœur battre la chamade. Cet homme avait beau avoir le choix entre les femmes les plus belles et les plus séduisantes, il l'avait préférée, elle, parce qu'il se sentait en sécurité. Il la jugeait trop terre à terre pour se laisser déborder par ses émotions et lui demander plus qu'il ne voulait donner.

— C'était Sarah ? s'enquit-il en ouvrant un placard pour choisir une cravate.

— Oui, je lui ai dit que tu rappellerais.

— Merci, dit-il en commençant à faire le nœud, tout en lui jetant un regard étonné. Dépêche-toi de te préparer, tu n'as pas de temps à perdre.

— Ne t'en fais pas, répondit-elle très calmement. A propos, Marco, tu connais les photographes qui nous ont suivis, hier ?

Il fallait absolument qu'elle en ait le cœur net.

— Pourquoi me poses-tu cette question ? demanda-t-il sans paraître troublé. Je t'ai déjà dit qu'en ce moment, ils ne me laissaient aucun répit.

— Mais cette photo, Sarah et toi, vous avez fait en sorte qu'ils la prennent ?

— Peut-être. Il me semble qu'elle m'en avait touché un mot, reconnut Marco sur un ton détaché. Je croyais t'avoir dit qu'elle voulait ajouter à mon image une petite touche de romantisme.

En l'entendant reconnaître la vérité avec tant d'indifférence, Charlotte se sentit submergée par la colère.

— Effectivement, tu me l'as bien dit, mais je n'avais pas compris que la petite touche, c'était moi ! lança-t-elle d'une voix tremblante.

A son grand dépit, Marco paraissait plutôt s'amuser de sa réaction.

— Je croyais que tu te moquais de ces photographes. C'est d'ailleurs ce que tu as prétendu quand je t'ai posé la question.

— Je m'en moquais tant qu'ils n'étaient pas programmés, mais si c'est toi qui as combiné tout ça, il en va tout autrement ! s'exclama-t-elle, les yeux brillant de fureur.

— Je n'ai rien combiné.

— Excuse-moi. *Vous* avez combiné ça, tous les deux. En réalité, tu m'as fait venir en Italie pour me tester et vérifier que j'étais bien prête pour le grand rodéo, aux Etats-Unis.

— C'est Sarah qui t'a mise au courant ?

— Exactement. Et même si je m'en moque, tu aurais pu au moins te montrer honnête vis-à-vis de moi !

— Charlotte, tu perds la raison, protesta Marco en s'approchant d'elle.

Elle recula, incapable de supporter qu'il la touche. C'était trop dur, trop intolérable.

— J'espère que ça ne gâte pas trop ton plaisir ! lança-t-elle d'une voix pleine d'amertume.

— Arrête, dit-il en lui prenant le bras pour l'empêcher de fuir. Sarah n'avait pas le droit… C'est complètement faux.

Il passa un bras autour de sa taille et lui prit le menton pour la forcer à le regarder.

— Je t'ai demandé de venir avec moi en Italie parce que j'avais besoin de ton aide dans mon travail, et aussi parce que je pensais que nous pourrions passer d'agréables moments ensemble. Pour être honnête, je savais que cette petite rencontre avait été programmée, mais l'essentiel n'est pas là.

Le cœur de Charlotte cognait si fort dans sa poitrine que Marco ne pouvait pas manquer de l'entendre.

Les mots qu'il venait de prononcer lui brisaient le cœur : « agréables moments »… « programmée »…

— Laisse-moi partir, Marco.

Il ne fit pas mine d'avoir entendu.

— As-tu, oui ou non, passé d'agréables moments en ma compagnie ? demanda-t-il, les yeux fixés sur sa bouche.

Avec colère, Charlotte sentit son corps frémir de désir et de frustration. Dans un suprême effort, elle s'arracha à ses bras.

— Oui, j'ai passé d'agréables moments, reconnut-elle, mais tout cela est bien fini. Si tu veux continuer à soigner ton image, il va falloir que tu te trouves une nouvelle petite touche de romantisme.

9

Assis côte à côte, à dix mille mètres d'altitude, Charlotte et Marco se taisaient. Depuis qu'ils avaient quitté la villa, ils avaient à peine échangé quelques mots.

— Tu es ridicule, avait-il murmuré après s'être installé dans la voiture. Je ne comprends pas que tu fasses un tel plat de cette conversation avec Sarah. D'ailleurs, je t'avais avertie de ce qu'elle mijotait.

— Tu ne m'avais pas avertie que, derrière mon dos, vous alliez m'utiliser pour améliorer ton image.

— Il ne s'agissait pas d'améliorer mon image, mais de joindre l'utile à l'agréable, le temps d'un week-end. Et je n'ai rien comploté derrière ton dos. Je me suis contenté de faire remarquer à Sarah que nous nous entendions parfaitement dans le travail, et que tu semblais approuver totalement mes théories. C'est bien le cas, n'est-ce pas ?

Cette question suffit à mettre Charlotte mal à l'aise. Tout en accusant Marco d'avoir manqué de franchise au sujet de ses intentions, elle ne s'était pas montrée parfaitement claire, puisqu'elle était follement amoureuse de lui et le lui avait caché. Il ne pouvait donc pas comprendre qu'elle soit à ce point bouleversée, alors qu'ils s'étaient contentés de prendre un peu de bon temps.

Avait-il parlé d'elle, au cours de son interview à la télévision italienne, pendant laquelle elle était restée assise dans la salle d'attente ? Elle avait beau regarder l'écran de contrôle, vu que l'entretien se déroulait en italien, elle n'y avait rien compris. Lorsqu'on lui avait posé l'inévitable question concernant sa vie privée, qu'avait-il pu répondre ? « Oui, je sors avec ma secrétaire. Je trouve ça tellement pratique ». Probablement une phrase de ce genre.

Profitant de ce qu'il feuilletait un magazine, elle lui jeta un coup d'œil, mais il releva la tête précisément à ce moment-là, et leurs regards se croisèrent. Il paraissait tellement détendu et concentré, et il était si séduisant qu'elle en ressentit une douleur aiguë. Comment pouvait-on réussir à dominer ainsi ses émotions ?

— Tu t'es calmée ? s'enquit-il sur un ton très détaché.

Tant de froide désinvolture exaspéra une fois de plus Charlotte. Quand elle se revoyait ce week-end, abandonnée entre ses bras, espérant en secret qu'il lui rendrait ses sentiments, elle avait envie de le frapper et de pleurer sur sa propre sottise.

— Non, je ne me suis pas calmée, répondit-elle en feignant un flegme qu'elle était loin de ressentir. Je n'apprécie pas qu'on m'utilise pour un petit numéro publicitaire.

— Telle n'était pas mon intention. Allons, Charlotte, n'y pensons plus et redevenons amis.

« Amis »… un mot qui résonnait si cruellement, à ses oreilles.

— Si au moins tu avais fait preuve d'un minimum d'honnêteté, je ne t'en voudrais pas, déclara-t-elle, contre toute vérité. J'aurais même joué mon rôle à la perfection. Enfin, nous aurons au moins pris du bon temps.

— C'est vrai, approuva-t-il, avec, dans le regard, cette petite étincelle moqueuse qu'elle connaissait si bien. Ecoute, au sujet de cette histoire avec les photographes, j'aurais dû y réfléchir à deux fois. Oublions tout ça, je t'en prie. Nous pouvons encore joindre l'utile à l'agréable.

Il voulut lui prendre la main, mais elle s'écarta vivement. S'il la touchait, elle se sentait incapable de continuer à feindre l'indifférence. Et puis, il était beaucoup trop arrogant et sûr de lui.

— Tu as raison, oublions tout ça. Après tout, nous continuons à travailler ensemble, dit-elle en détournant le regard vers le hublot, et en se jurant que pour le « bon temps », il irait désormais s'adresser à quelqu'un d'autre.

***

Le pilote annonça l'atterrissage et Marco se redressa sur son siège. Il était clair que Charlotte lui en voulait encore. Cet incident prenait des proportions démesurées, et il allait devoir compter avec une froideur à laquelle il n'avait pas été habitué par ses précédentes compagnes. Mieux valait ne plus y penser. Après tout, ils avaient passé un excellent week-end, et c'est Sarah qui avait eu cette idée stupide, pas lui.

Dans ce cas, pourquoi ne parvenait-il pas à chasser cet incident de son esprit ? A 8 heures, il avait rendez-vous avec le Pr Hunt, et il s'était promis de relire auparavant quelques notes. Oui, mais voilà : au moment où Charlotte commençait à se montrer plus détendue avec lui, il avait fallu que Sarah vienne tout gâcher. Comment cette idiote avait-elle pu faire preuve de si peu de discernement ? Il jeta un coup d'œil de côté. La jeune femme contemplait l'écran de télévision fixé au dossier du siège sans donner l'impression de s'y intéresser vraiment. Elle avait l'air si vulnérable qu'il aurait voulu la serrer dans ses bras et la sentir se blottir contre lui avec passion. Cette nuit, elle allait lui manquer.

L'avion toucha le sol et Marco détourna les yeux pour déboucler sa ceinture. Par le hublot, il aperçut le ciel de Londres, gris et misérable, zébré d'un de ces fameux crachins qui vous transpercent avant même que vous n'en ayez pris conscience. Il se leva pour descendre son attaché-case et le sac de Charlotte.

— Veux-tu que nous passions prendre un café chez moi ?

— Non, merci. J'ai envie de retrouver Jack.

— Comme tu voudras. Pendant que je vais chercher ma voiture, récupère ta valise. Je passerai te prendre dans vingt minutes, disons.

— Puisque tu n'as pas de bagages, ne t'occupe pas de moi. Je préfère prendre un taxi.

— J'aime mieux te raccompagner chez toi.

Elle aurait tout donné pour se jeter dans ses bras, partir avec lui et oublier la douleur qui la taraudait, mais elle se sentait incapable de jouer plus longtemps la comédie de l'indifférence. Et puis, elle avait sa fierté.

— Pas question, Marco. Pense à ton rendez-vous. N'oublie pas que les notes dont tu as besoin sont dans le dossier…

— Au diable ces notes et ce rendez-vous, Charlotte ! Après ce merveilleux week-end, pourquoi cherches-tu à tout gâcher ?

— Je ne comprends pas, répliqua-t-elle froidement. Nous avons eu beau passer deux jours agréables, nous avons chacun nos obligations.

Marco se demanda avec effarement ce qui lui arrivait : d'habitude, c'était plutôt lui qui prononçait ce genre de phrase, quand sa partenaire devenait trop insistante.

— Tu as raison, reconnut-il, mais le Pr Hunt n'a rien d'un boute-en-train.

Il avait beau se forcer à paraître raisonnable et positif, pour la première fois de sa vie, il se sentait totalement en porte-à-faux par rapport à son travail et se souciait comme d'une guigne du Pr Hunt.

— Tu es sûre que je ne peux rien faire pour t'aider ? insista-t-il, furieux de devoir reconnaître qu'ils n'étaient plus que deux étrangers qui avaient couché ensemble.

— Certaine.

Voyant qu'elle ne faiblissait pas, il se pencha vers elle et crut deviner dans son regard une lueur d'intense émotion. Il posa ses lèvres sur les siennes, dans un baiser plein de passion. Sans résister davantage, elle l'embrassa à son tour avec une douceur terriblement excitante.

— A demain au bureau, dit-il en reculant d'un pas.

Il était convaincu qu'elle finirait par lui pardonner. Dès le lendemain, ils décideraient de la date à laquelle elle le rejoindrait aux Etats-Unis.

Charlotte ouvrit les yeux et les referma aussitôt en percevant l'éclat du jour. Un instant, elle crut qu'elle se trouvait encore en Italie avec Marco et son cœur se gonfla de joie… Mais en étendant le bras vers la place vide et froide à côté d'elle, elle revint à la dure réalité.

En gémissant, elle enfouit sa tête dans son oreiller. Elle n'avait guère dormi, cette nuit, tourmentée par ses sentiments, incapable de trouver une solution, car elle continuait à aimer

Marco tout en se détestant pour sa stupidité : à quoi bon, puisqu'il ne pourrait jamais lui rendre ses sentiments ?

L'idée de le revoir au bureau lui paraissait insupportable et grisante à la fois : comment maintenir entre eux, désormais, une quelconque distance professionnelle ?

— Bonjour, maman ! s'écria Jack en faisant irruption dans la pièce avant de bondir sur le lit.

En souriant, elle le serra contre elle et se dit qu'elle n'avait pas de temps à consacrer à des peines de cœur : avec la responsabilité d'un enfant, elle avait besoin de ce travail. A condition que Marco la garde, elle aurait réussi d'ici un an à remonter la pente, à effectuer les travaux indispensables dans la maison, à régler les factures en souffrance… et elle pourrait se mettre en quête d'un autre emploi. Galvanisée par cette perspective si raisonnable, elle repoussa les couvertures. Il ne lui restait plus qu'à oublier qu'elle l'aimait.

La matinée commençait, dans l'affolement habituel du lundi. Une fois installé dans la voiture, Jack enfonça son CD favori de chansons d'amour dans le lecteur, avant d'augmenter le volume.

— Tu sais, aujourd'hui, je ne suis pas d'humeur, protesta Charlotte en tendant le bras pour éteindre.

A force d'écouter ce genre d'âneries, elle avait fini par se mettre la tête à l'envers. Son patron avait au moins raison sur un point : l'amour était un sentiment dangereux. Après avoir déposé Jack à l'école, le cœur lourd, elle prit le chemin de la maison de Marco. C'était la première fois qu'elle se sentait si mal à l'aise, alors que, depuis qu'elle travaillait pour lui, l'idée qu'ils allaient passer la journée ensemble lui avait toujours paru très agréable. Jusque-là, elle se sentait tellement bien en sa compagnie, guettant un sourire de sa part ou le moment où leurs mains se frôleraient par hasard… Comment ne s'était-elle pas rendu compte qu'elle était amoureuse ? Maintenant, cela lui semblait si clair !

Une fois garée devant chez lui, elle se regarda un instant dans le rétroviseur. Elle avait sagement tiré ses cheveux en queue-de-cheval et s'était contentée, pour tout maquillage, d'un peu de fond de teint pour cacher ses cernes et d'une touche de rouge à lèvres pour se donner bonne mine. Maintenant, elle était au pied du mur.

Elle prit sa respiration avant d'entrer et monta directement au premier. Il s'agissait de se montrer froide, pragmatique et distante. Juché sur le bureau de Charlotte, Marco était en train de consulter le planning, toujours aussi séduisant dans son costume gris sombre.

— Bonjour, dit-elle avec une indifférence soigneusement calculée.

Lorsqu'il leva la tête vers elle en souriant, son cœur battit la chamade. Elle se rappelait ces matins, en Italie, où il la saluait d'un joyeux *buon giorno* avant de l'embrasser passionnément. Détournant précipitamment la tête, elle suspendit sa veste au portemanteau.

— Comment ça va, aujourd'hui ? s'enquit-il sans la quitter des yeux.

— Très bien, merci. Ton rendez-vous avec le professeur s'est bien passé ?

Elle tenait à garder à leur conversation une tournure exclusivement professionnelle.

— Oui, je te remercie.

Contrairement à ce qu'elle espérait secrètement, il ne fit pas le moindre geste dans sa direction, tandis qu'elle se dirigeait vers son bureau. Pourtant, il la couvait du regard, elle le sentait.

— Jack était en forme ? Je suis certain qu'il t'a fait la fête.

— C'est vrai.

Un instant, elle revit Jack se précipitant dans le salon pour se jeter dans ses bras. En le serrant contre son cœur, elle avait eu du mal à retenir ses larmes, et maintenant encore, elles lui montaient aux yeux. Jamais, depuis que son mari l'avait quittée, elle ne s'était sentie si vulnérable, et cela l'irritait plus encore. D'autant qu'elle s'était bien promis que dorénavant, aucun homme ne la jetterait plus dans un pareil état.

— Il a aimé les cadeaux que tu lui as rapportés ?

— Oui… surtout la voiture, bien sûr, répondit-elle en évitant de penser à la façon dont ils avaient ri, à Florence, en la choisissant.

Mais tout ceci n'était qu'une comédie destinée aux paparazzi.

Désormais, Marco n'existait plus pour elle. Alors, pourquoi fallait-il qu'elle se sente complètement brisée de l'intérieur, quand leurs regards se croisaient ?

— Enfin… Revenons à la réalité, dit-elle en lui adressant un sourire glacial, tout en contournant son bureau.

Il lui prit le bras, et à ce contact, ses sens s'embrasèrent soudain. Elle se dégagea, furieuse de sa propre faiblesse.

— Ecoute, lui dit-il, si nous déjeunions ensemble tout à l'heure ? Je dois me rendre à l'hôpital Sainte-Agnès pour voir deux patients et je devrais être rentré vers midi.

— Ce n'est pas une bonne idée, Marco, répondit-elle d'une voix calme, en dépit de l'émotion qui bouillonnait en elle.

Elle aurait accepté avec joie, mais il lui fallait se montrer forte. Plus elle verrait Marco, plus elle aurait de mal à contrôler ses sentiments.

— Pourquoi ?

— Je préfère ne pas mélanger le plaisir et le travail. Ça ne peut rien donner de bon.

— Pourtant, en Italie…

— En Italie, c'était une parenthèse d'une nuit, voilà tout, se força-t-elle à dire.

— J'ai pourtant l'impression que c'est allé un peu plus loin, protesta-t-il en l'attirant à lui.

En respirant le parfum familier de son eau de toilette, elle se sentit faiblir et comprit qu'elle le désirait toujours autant.

— Sarah et toi, vous prévoyez une nouvelle séance de photos ? ironisa-t-elle en se dégageant.

— On ne pourrait pas tirer un trait sur cet incident ?

— Evidemment…

Mieux valait éviter ce genre de propos, si elle ne voulait pas que Marco découvre à quel point il l'avait blessée… Il risquait alors d'en parler à Sarah, qui serait trop heureuse de l'apprendre.

Non, il était ridicule de penser que Marco avait deviné ses sentiments, et elle ferait tout pour s'éviter au moins cette humiliation.

— J'ai un tas de lettres à taper aujourd'hui, reprit-elle.

— Arrange-toi pour avoir terminé à midi. Ensuite, ajouta-t-il en se penchant vers elle, nous pourrions nous accorder une petite récréation, par exemple déjeuner et faire l'amour, pas forcément dans cet ordre, d'ailleurs. Cette nuit, tu m'as terriblement manqué.

Le cœur de Charlotte se serra. Lui aussi, il lui avait manqué.

— Je ne peux pas, Marco, articula-t-elle en s'efforçant de maîtriser le tremblement de sa voix.

— Pourquoi ? En consultant le planning, j'ai vu que nous pouvions très bien remettre à demain notre programme de cet après-midi.

— Cela ne fera que retarder l'inévitable : je veux que nos relations se cantonnent strictement au travail, désormais, dit-elle en se dirigeant vers le classeur pour y récupérer quelques dossiers.

— Tu m'en veux encore ?

— Pas du tout, protesta-t-elle en enfilant fermement ses lunettes.

Comme il ne semblait pas décidé à lui laisser le champ libre, elle le fixa avec détermination.

— Marco, j'ai adoré ce week-end, mais mieux vaut en rester là. Nous avons pris du bon temps, et maintenant, nous devons passer à autre chose.

— Tu n'as toujours pas digéré cette histoire de photos !

— Je n'ai pas apprécié d'être prise au dépourvu, mais maintenant, je dois me montrer réaliste : en ce moment, je n'ai aucune envie de me lancer dans une aventure avec toi.

— Et de quoi as-tu donc envie, en ce moment ?

— J'ai un fils de quatre ans, et la stabilité constitue ma priorité. Comprends-moi, si je n'étais pas une mère célibataire, je n'aurais rien contre une petite liaison sans complications, et j'aurais même accepté de tenir un rôle dans ta stratégie de communication. Mais les circonstances m'obligent à me montrer plus circonspecte.

— Je peux le comprendre.

Même si le ton de Marco était parfaitement détendu, une lueur d'agacement passa dans son regard. Charlotte fut réellement soulagée d'entendre sonner le téléphone, qu'elle s'empressa de décrocher.

— Bonjour, professeur Hunt. Oui, il est encore là. Je vous le passe dans son bureau.

— Nous poursuivrons cette conversation plus tard, déclara Marco.

— Je crois qu'il n'y a rien à ajouter. Le Pr Hunt attend.

— Je sais. Fais comme tu veux, du moment que je peux compter sur toi pour m'accompagner aux Etats-Unis.

Il allait falloir qu'elle reste sur ses gardes. S'il était déjà difficile de garder ses distances au bureau, elle savait d'expérience qu'en voyage, le problème devenait plus épineux encore.

— Je croyais t'avoir prié de trouver quelqu'un d'autre pour t'aider à rectifier ton image.

— Dois-je également chercher une autre assistante ? Je croyais que nous étions convenus de ne pas laisser nos histoires personnelles empiéter sur le travail.

Marco n'était manifestement pas prêt à la perdre sans résistance.

— Il s'agit vraiment d'un voyage professionnel, Charlotte, ajouta-t-il. Nous en reparlerons.

Elle le fixa tandis qu'il entrait dans le bureau contigu dont elle referma la porte, le cœur battant à se rompre.

Naturellement, il avait eu raison de l'accuser de laisser ses sentiments empiéter sur son travail. Pourtant, elle se sentait incapable de l'accompagner aux Etats-Unis, même pour un simple voyage professionnel : tout en sachant très bien qu'elle ne comptait pas pour lui, elle n'en continuait pas moins à le désirer follement. Une réaction pitoyable… Alors qu'elle avait tant besoin de ce travail, elle était en train de tout gâcher.

Désespérément, elle tenta de mettre de l'ordre dans ses pensées. Mais plus elle s'efforçait de se montrer calme et professionnelle, plus l'idée de se retrouver seule à New York avec Marco la plongeait dans un état second, mélange de désir et d'anxiété.

Une seule solution : fuir le plus vite possible. Il allait falloir qu'elle se mette immédiatement en quête d'un nouvel emploi.

10

Charlotte venait de sortir de la douche quand on sonna à la porte. Elle s'enveloppa rapidement la tête dans une serviette avant de s'enrouler dans un drap de bain. Karen lui avait dit qu'elle passerait ce samedi matin, si elle trouvait le temps, mais comme elle n'était toujours pas arrivée à midi, Charlotte avait terminé le ménage et se préparait à sortir faire des courses.

— Jack, tu peux aller ouvrir la porte, s'il te plaît ? cria-t-elle du palier.

Il n'y eut pas de réponse : visiblement, Jack était absorbé par ses jouets dans le salon.

Tout en se drapant étroitement dans sa serviette, elle se dirigea vers l'escalier. Elle voulait voir Karen, à qui elle avait demandé la semaine précédente de lui chercher un nouvel emploi avant de vendre son agence. Hélas, son amie n'avait pu lui trouver qu'un CDD moins bien rémunéré. Comme elle ne pouvait se permettre une baisse de salaire, il lui faudrait refuser cette offre. Karen devait passer la voir pour en discuter, mais Charlotte ne se sentait pas de taille à expliquer pourquoi elle voulait renoncer à son emploi chez Marco. Cela lui avait déjà paru assez pénible de travailler avec lui cette semaine, dans une atmosphère si tendue qu'elle s'était sentie soulagée de le quitter pour le week-end.

Comme elle commençait à descendre l'escalier, la sonnette retentit de nouveau, et Jack se précipita hors du salon.

— J'y vais, maman ! s'écria-t-il en courant dans le hall.

— Bonjour, l'entendit-elle lancer chaleureusement dès qu'il eut ouvert la porte.

Il était toujours ravi de voir Karen.

— Maman est sous la douche, poursuivit-il.

— Dans ce cas, je vois que je tombe à pic.

Charlotte sentit son sang se glacer : ce n'était pas Karen, mais Marco. Toute la semaine, elle s'était appliquée à conserver une allure impeccable, sans la moindre mèche de travers, pour dissimuler le désarroi dans lequel elle se trouvait. Et voilà qu'il s'arrangeait pour la surprendre dans cette tenue plus que légère.

— Absolument pas, articula-t-elle en tentant de remonter l'escalier à reculons. Je suis trop occupée pour recevoir des visites.

Il s'approcha néanmoins et elle sentit son regard évaluateur remonter de ses jambes au reste de sa silhouette.

— Cette serviette te va bien.

— Très drôle, lança-t-elle sans pouvoir s'empêcher de remarquer qu'avec ce pantalon kaki et cette chemise écrue, il avait une allure folle.

— Ne te dérange pas pour moi, j'adore ce turban. Il te donne un petit air exotique.

Sans paraître remarquer la lueur moqueuse et si excitante qui brillait dans ses yeux sombres, elle tenta d'échapper à la confusion d'émotions contradictoires qui l'envahissait. Elle se détestait d'être si heureuse de le voir.

— Que se passe-t-il de si urgent ? s'enquit-elle avec une extrême froideur.

— Es-tu décidée à descendre ou préfères-tu que je monte te l'expliquer ?

— Ni l'un ni l'autre. Nous sommes très bien comme ça.

— Ce n'est pas vrai, et tu le sais, répondit-il avec une douceur qui lui fit battre le cœur trop vite. C'est pour cette raison que je veux te parler. D'abord, j'estime avoir le droit de savoir pourquoi tu t'es remise à chercher du travail.

— Qu'est-ce qui te fait croire que c'est le cas ?

— Hier, je t'ai surprise à éplucher les petites annonces.

Effectivement, alors qu'elle y jetait un coup d'œil durant sa pause-déjeuner, il avait trouvé moyen de surgir avec une liasse de papiers à classer. Elle avait cru qu'il n'avait rien remarqué, mais elle aurait dû mieux le connaître.

— Je voulais simplement me faire une idée, protesta-t-elle, sur la défensive.

— Si je comprends bien, tu n'as encore rien trouvé ?

— Dans ce cas, tu serais le premier averti.

— Il faut absolument que nous en discutions, Charlotte. Va t'habiller, je t'emmène déjeuner.

— Certainement pas. Tu n'as rien à faire ici un samedi, et surtout pas à me donner des ordres.

— Tu as raison, déclara-t-il sur un ton conciliant. Mais il faut que nous tirions cela au clair, et pendant la semaine, nous n'avons pas eu une minute. Si nous n'en parlons pas maintenant, tu vas partir et je te perdrai définitivement.

Bouleversée par cet aveu, elle tenta de se convaincre qu'il ne la regretterait que sur le plan professionnel.

— Je ne me fais pas trop de souci. Si je partais, je suis certaine que tu n'aurais aucun mal à me remplacer.

— Je ne veux en aucun cas te remplacer.

Devant une telle détermination, elle sentit son cœur se serrer. Peu lui importait qu'il l'apprécie professionnellement, songea-t-elle en détournant vivement la tête pour cacher ses yeux embués de larmes. Elle était assez stupide pour souhaiter qu'il ait besoin d'elle sur un tout autre plan. Mais il était bien trop pragmatique pour y songer.

— Permets-moi de t'inviter à déjeuner.

— C'est impossible. D'ailleurs, tu oublies Jack.

— Jack est invité lui aussi. J'ai repéré un restaurant, juste à côté, où les enfants ont l'air d'être les bienvenus.

— Je ne vois pas ce que tu irais faire dans ce genre d'endroit. Tant que je n'ai pas trouvé un nouvel emploi, tu n'as pas besoin de te mettre en frais vis-à-vis de moi, ni de mon fils. Et je n'ai rien à faire de ce genre de petit jeu.

— Je reconnais moi aussi que nous avons passé l'âge de jouer. Et c'est précisément de cela que je voudrais discuter, reprit-il en montant lentement l'escalier avant de s'arrêter juste au-dessous d'elle. A propos, ta serviette est en train de glisser, remarqua-t-il en faisant un geste pour la remettre en place.

Elle se sentit rougir à ce contact, qui lui rappela leurs ébats et déclencha en elle une onde de plaisir presque douloureuse. Pourtant, ses yeux verts soutinrent sans faiblir le regard de Marco.

— Je ne vois pas ce que cela peut changer, que nous déjeunions ensemble.

— Tu sais tout le bien que je pense de toi, Charlotte. Il n'en demeure pas moins que tu fais parfois preuve d'un entêtement à la limite de la perversité.

— Tu voudrais peut-être que je t'obéisse au doigt et à l'œil ?

— J'apprécie particulièrement ta perspicacité et ta vivacité d'esprit, dit-il en lui effleurant lentement la joue.

Elle fit un pas en arrière pour tenter d'échapper au désir vertigineux que ce contact faisait naître en elle.

— Si tu as quelque chose à me dire, fais-le et va-t'en.

— Pourquoi me priverais-je d'une occasion de déjeuner en ta compagnie ? demanda-t-il avec un large sourire. D'autant que je suis convaincu que cela fera plaisir à Jack.

— Pas du tout.

— On prendra ta voiture ? intervint le petit garçon, du bas de l'escalier, à la grande surprise de Charlotte qui le croyait retourné à ses jeux.

En réalité, il les fixait d'un regard très intéressé.

— Mais oui, Jack, dit Marco en redescendant l'escalier pour venir s'accroupir à côté de l'enfant. Ça te plairait ?

— Ce serait super, répondit l'enfant, les yeux brillant d'excitation. On y va, maman ?

Marco jeta à Charlotte un coup d'œil moqueur, mais elle refusa de se laisser fléchir.

— S'il te plaît, maman…, intervint Jack, dont le regard allait de l'un à l'autre.

— Tu sais comment on appelle ça ? lança-t-elle à Marco.

— Non. Comment ? questionna-t-il en se relevant.

— Du chantage aux sentiments.

— Dois-je en conclure que tu acceptes mon invitation ?

Charlotte ne mit pas plus de dix minutes à se sécher les cheveux et à enfiler un jean et un T-shirt, sans faire le moindre effort pour paraître à son avantage. Elle se contenta de se faire une queue-de-cheval et de se passer un peu de gloss sur les lèvres. A présent, elle était assise à l'avant, dans la voiture de Marco, écoutant son fils babiller joyeusement avec le conducteur qui lui fournissait tous les renseignements qu'il demandait sur le véhicule, exactement comme à un adulte. Elle essaya de se détendre : même si elle n'avait pas cédé de bon cœur, elle était ravie de se retrouver à côté de Marco.

Tout en admirant la façon dont il conduisait cette puissante voiture par les petites routes de campagne, elle laissa son esprit vagabonder et se souvint du jour où il l'avait embrassée sur la route de Sienne. Fascinée par son profil, elle se rappelait toute la tendresse et toute la passion qu'il avait mises dans ce baiser. Il surprit son regard avant qu'elle ne détourne rapidement la tête. A quoi bon repenser à ces sottises ? Marco ne se souciait que de son travail, elle ne pourrait rien y changer. En ce moment, il avait besoin d'elle et devait se dire qu'il n'aurait aucun mal à la dissuader de partir.

Il tourna dans un petit chemin qu'il suivit un moment avant de s'arrêter devant un vieux manoir.

— Je suis certain que ça va te plaire, Jack. Derrière, il y a un terrain de jeux avec un coin pour les animaux.

— Comment connais-tu cet endroit ? s'enquit Charlotte.

— D'après internet, les enfants y sont les bienvenus.

Visiblement, pour la circonstance, il n'avait rien laissé au hasard.

— Tu étais donc certain que nous allions venir ?

— Plus ou moins.

— Ce n'est pas exactement le genre de lieu que fréquentent les célibataires branchés.

— On peut avoir envie de changer un peu, dit-il en soutenant le regard de Charlotte.

Il prit la main de l'enfant qui s'était juché sur un muret.

— On va bien s'amuser, Jack. Pas vrai ?

Jack acquiesça d'un air ravi, tout en continuant de serrer la main de Marco tandis qu'ils faisaient le tour du bâtiment. A l'arrière, ils découvrirent une vaste aire de jeux, où s'ébattait une bande d'enfants auxquels Jack se joignit sans se faire prier.

Malgré le temps ensoleillé, il faisait plutôt froid et Charlotte se pelotonna dans son manteau.

— Tout va bien ? s'enquit Marco, juste derrière elle.

— Mais oui, répondit-elle en observant son fils, juché sur un tourniquet. Il a vraiment l'air content.

— Je te l'avais dit.

— J'espère que les paparazzi ne vont pas surgir d'un buisson d'un moment à l'autre ?

— C'est pour cette raison que tu cherches un autre travail ? demanda Marco, conscient qu'elle lui en voulait encore.

— Je n'ai fait que jeter un coup d'œil aux annonces. Inutile de t'en faire, je ne suis pas prête à partir… Enfin, pas tout de suite, ajouta-t-elle en frissonnant soudain.

— Tu as froid.

Avant qu'elle ait pu faire un geste, il lui avait pris les mains, qu'il se mit à réchauffer dans les siennes. Quand leurs regards se croisèrent, elle aurait voulu pouvoir contrôler le sien, de peur qu'il n'y lise l'intensité de ce qu'elle ressentait. Quelle folie ! Elle avait trop peur de souffrir.

— Pourquoi ne vas-tu pas t'asseoir à l'intérieur ? proposa-t-il. La véranda est chauffée, et de là, tu pourras voir Jack. Je veillerai à ce que tout se passe bien.

Lorsque Charlotte lui avait annoncé qu'elle préférait que leur relation reste strictement professionnelle, Marco n'avait pas insisté, comptant sur leur séjour à New York pour la faire changer d'avis. Mais quand il l'avait vue consulter les petites annonces, la veille, il avait ressenti un choc et passé toute la nuit à réfléchir à la situation. Même s'il n'avait pas envie de se l'avouer, il ne pouvait la laisser partir. Bien des années auparavant, il s'était pourtant juré de ne jamais commettre les mêmes erreurs que son père.

Naturellement s'il avait besoin de Charlotte, c'était pour d'excellentes raisons. Il avait beau la désirer, désirer son corps, elle était également en phase avec le travail qu'il accomplissait et avec les idées qu'il développait dans son livre.

Jack se précipita vers lui, les joues rouges d'excitation :

— On peut aller voir les animaux, maintenant ?

— Oui, mais tu devrais reboutonner d'abord ton manteau, dit Marco en se penchant pour l'aider.

A sa grande surprise, le petit garçon le prit par le cou pour l'embrasser.

— Merci, dit-il avant de repartir en courant.

En le regardant, Marco se souvint des jeux qu'il avait partagés avec ses neveux et ses nièces. Il s'était toujours dit qu'un jour, lui aussi aurait un enfant, mais les années avaient passé sans que l'événement arrive, et il n'y avait plus pensé.

Quand il pénétra à l'intérieur, portant Jack sur ses épaules, Charlotte était assise près de la cheminée. En les voyant rire comme deux vieux copains, elle eut un mouvement de surprise. Ils avaient l'air de s'entendre comme larrons en foire. Mais naturellement, rien n'était plus facile que de faire la conquête d'un enfant pour quelques heures, et cela ne signifiait pas grand-chose.

— Maman, j'ai vu des cochons nains tout noirs !

— Tu en as de la chance… Et qu'est-ce que tu as fait d'autre ?

— De la balançoire. Marco m'a poussé très très haut.

— Pas possible ! dit Charlotte tout en enlevant à Jack son manteau.

Marco n'avait eu qu'à regarder la serveuse pour qu'elle vienne prendre leur commande. Il suffisait qu'il arrive quelque part pour que tout le monde se plie en quatre pour lui faire plaisir. Cela irritait d'autant plus Charlotte qu'il n'avait qu'à poser les yeux sur elle pour qu'elle fonde, elle aussi.

— Maman, je peux aller jouer là-bas ? demanda Jack en désignant une salle de jeux où se pressaient d'autres enfants.

— D'accord, mais tu reviendras dès que ton déjeuner sera prêt.

— Il est adorable, dit Marco en le regardant s'éloigner en courant. Son père ne sait pas ce qu'il perd.

— A quel jeu joues-tu ? rétorqua Charlotte, piquée au vif. Même si tu as envie de me garder comme assistante, tu n'as pas besoin de faire semblant de t'intéresser à Jack…

— Je ne fais semblant de rien. Je le pensais vraiment.

Il avait l'air si sincère qu'elle se sentit brusquement coupable et fut totalement désarmée par le sourire charmeur qu'il lui adressa. Elle détourna vivement la tête : c'était un séducteur impénitent, elle le savait.

— J'ai beaucoup réfléchi à ce que tu m'as dit quand tu m'as quitté, l'autre jour, déclara-t-il soudain. Tu sais, concernant l'effet que pourrait avoir sur Jack une liaison sans lendemain. Tu as raison, il lui faut un environnement stable et je reconnais qu'il ne doit pas être facile d'assumer seule la responsabilité d'élever un enfant. Je ne t'en admire que davantage.

— Je m'en sors très bien. Pourquoi ce numéro de charme ?

— Pourquoi tous ces soupçons ? Ecoute-moi : c'est vrai que j'appréhende de te perdre comme assistante, mais cela va plus loin. Depuis que nous sommes rentrés d'Italie, je me suis rendu compte que je regretterais de te perdre tout court. Je ne veux pas que tu sortes de ma vie.

Le cœur de Charlotte bondit dans sa poitrine. Alors qu'elle avait tant attendu ces mots, elle n'arrivait pas à y croire, à présent. La lueur de scepticisme qui passa dans ses yeux verts n'échappa pas à Marco.

— Je sais que tu as subi un douloureux divorce qui t'a rendue méfiante. Tu n'ignores pas, d'ailleurs, que je suis moi-même plutôt circonspect en la matière.

— J'ai cru le comprendre.

— C'est une des raisons pour lesquelles je pense que nous sommes faits pour nous entendre. En bons pragmatiques, nous nous méfions tous deux des grands mots.

— Je ne suis pas certaine que nous nous ressemblions sur ce point.

— Mais si, voyons. Ne m'as-tu pas dit, quand tu cherchais sur internet, que tu espérais trouver quelqu'un qui réponde à tous les critères du partenaire idéal ?

— Je crois avoir plutôt utilisé le terme de « compagnon », rectifia-t-elle en se rappelant leur conversation avec une douloureuse précision.

— Tu as eu raison. Et plus j'y pense, plus je crois que toi et moi, nous formerions une bonne équipe.

— Une bonne équipe ? Qu'entends-tu exactement par là ?

— Au lieu de mettre fin à notre liaison, nous devrions la

transformer en un engagement plus sérieux, dit-il d'une voix plus grave. Je voudrais que tu viennes t'installer chez moi.

Incapable de répondre, Charlotte lui jeta un regard stupéfait, sans se rendre compte qu'elle serrait si fort les poings que ses ongles entraient dans sa chair. Marco lui prit les mains pour décrisper doucement ses doigts.

— Qu'en dis-tu ? reprit-il.

Elle s'écarta brusquement, soucieuse de ne pas se laisser déborder par l'émotion que ce contact suscitait en elle. Lorsqu'il lui avait proposé d'emménager chez lui, elle avait failli défaillir de joie. Mais il n'avait toujours pas prononcé le mot qu'elle attendait, le mot « amour ».

Evidemment, puisqu'il n'était pas amoureux d'elle… Il suffisait de l'écouter pour comprendre qu'il n'y attachait pas la moindre importance. Du moment qu'ils étaient en phase et qu'ils formaient une « bonne équipe »…

— Je comprends que tu sois surprise de cette ouverture, mais c'est une idée qui devrait faire son chemin, poursuivit-il tandis qu'elle se taisait.

Comment cela serait-il possible, alors que jamais elle n'accepterait de faire passer l'amour au second plan ?

— Je suis désolée de ne pas être de ton avis, Marco, articula-t-elle en ravalant la boule qui s'était formée dans sa gorge.

— Réfléchis. On s'entend merveilleusement, toi et moi. Dans le travail, déjà, ce qui ne peut que bien augurer du reste.

— J'ai l'impression de t'entendre réciter ton livre. Bientôt, tu vas me dire de ne pas laisser mes sentiments me dicter ma décision.

— Pourquoi pas ? On devrait toujours se fonder sur une analyse des faits et rien d'autre.

— Qu'est-ce qui me prouve que tu n'es pas encore à la recherche d'un simple coup de pub ?

— C'est ce qui te pousse à refuser ? Charlotte, je veux bien reconnaître tout ce que ta présence m'apporterait devant les médias, mais de là à te demander d'emménager chez moi pour cette seule raison…

La douceur de sa voix balaya soudain toute colère, et Charlotte sentit son cœur se serrer. Mais il lui fallait lutter contre cette faiblesse, et se rappeler qu'il avait froidement discuté avec Sarah Heart de la façon dont ils allaient se servir d'elle.

— Tu en es pourtant bien capable.

— Pas du tout. Et si je parle comme mon livre, c'est que je crois à mes théories. Je te demande de venir t'installer chez moi parce que je suis convaincu que nous pouvons vivre ensemble. Rappelle-toi l'Italie. Sexuellement, nous nous entendons parfaitement.

En effet, il n'y avait pas le moindre doute sur ce point. Mais alors que pour lui, il ne s'agissait que de sexe, il en allait tout autrement pour elle.

— Pourquoi refuser de faire un essai ? poursuivit-il. Viens t'installer chez moi, et on verra bien. Que risquons-nous ?

Qu'il lui broie le cœur, voilà ce qu'elle risquait. Et elle savait à quel point cela faisait mal.

— Impossible, Marco, répondit-elle d'une voix apaisée. Il faut que je pense à mon fils. Je ne peux pas me permettre de déménager pour faire un essai. Ma responsabilité…

— Tu te caches derrière ta responsabilité.

— N'oublie pas qu'il y a seulement deux minutes, tu admirais mon sens des responsabilités. D'ailleurs, toi-même, un célibataire endurci, t'es-tu demandé comment tu supporterais de vivre avec un enfant de quatre ans ?

— Evidemment. J'aime Jack.

— Tu le connais à peine.

— Je le trouve adorable et cela ne peut que lui faire du bien d'être confronté à une figure paternelle.

— Encore une de tes fichues formules ! s'écria-t-elle, incapable de retenir les larmes qui lui étaient montées aux yeux et qu'elle balaya d'un revers de main.

— N'ai-je pas raison ? Tu l'as reconnu toi-même.

— J'ai dit que cela lui ferait du bien de vivre avec un homme, mais pas forcément avec quelqu'un qui a décidé sur un coup de tête de tester ses capacités de père.

— Je n'agis pas sur un coup de tête. Je veux vous offrir, à lui et à toi, un environnement stable et sûr. Et c'est ce que je te demande de m'offrir, à moi aussi…

— Tu veux pouvoir justifier ta théorie selon laquelle l'amour n'est pas indispensable à une relation réussie.

— Je veux démontrer que j'ai raison et que nous pouvons constituer un couple durable, corrigea-t-il.

La porte s'ouvrit brusquement et un souffle d'air froid pénétra dans la véranda, en même temps qu'un groupe de nouveaux clients. Charlotte profita de cette interruption pour tenter de reprendre ses esprits. Le courant d'air avait presque éteint le feu, qui s'était ranimé de plus belle une fois la porte refermée. Tout comme ses sentiments, songea-t-elle non sans ironie.

— Il y a trop de monde ici pour qu'on puisse discuter tranquillement, déclara Marco à qui la pâleur de Charlotte n'avait pas échappé.

Au départ, il n'avait pas pensé aller si loin dans la discussion, et maintenant, il regrettait d'avoir poussé Charlotte dans ses retranchements. S'il n'y prenait pas garde, elle risquait de s'opposer frontalement à lui. Il lui fallait absolument manœuvrer avec plus de précautions, s'il ne voulait pas la perdre.

— Je te demande simplement de laisser cette idée faire son chemin, reprit-il. Nous en rediscuterons quand nous serons de retour chez toi.

— Impossible : comme je te l'ai dit, mon amie Karen doit passer à la maison.

— Dans ce cas, essaie d'y repenser de ton côté.

Elle ne répondit pas, convaincue que la seule réponse sage aurait été un refus catégorique.

Comment pourrait-elle emménager chez Marco, partager son lit et sa vie, alors qu'elle savait que leur relation reposait entièrement sur un mensonge, sur son mensonge à elle ? Et puis, elle avait la conviction qu'il ne l'aimait pas et ne l'aimerait jamais.

Dans ces conditions, comment aurait-elle pu vivre avec lui ?

11

— Charlotte t'accompagne aux Etats-Unis la semaine prochaine ? s'enquit Sarah, sans avoir l'air d'y toucher, au moment où Marco s'apprêtait à quitter son bureau.

— Je n'en sais encore rien, répondit-il, conscient qu'elle mourait d'envie d'en apprendre davantage sans toutefois oser le questionner.

Sans doute n'avait-elle pas oublié les reproches qu'il lui avait faits concernant son coup de fil à Charlotte, en Italie. Un sujet qui était devenu extrêmement sensible.

— Il faut avancer, Marco.

— J'en suis parfaitement conscient, déclara-t-il en prenant son attaché-case.

Cela faisait plus d'une semaine qu'il avait demandé à Charlotte de venir s'installer chez lui, sans avoir encore obtenu de réponse.

— Tu as deux places pour le dîner littéraire du Plaza, à New York. Tu crois qu'elle y assistera ?

— Je viens de te dire que je n'en sais rien. Si nous parlions d'autre chose ?

— J'essaie simplement de faire mon travail, lança-t-elle en haussant les épaules d'un air exaspéré. Je suppose que toi aussi.

Marco lui lança un regard excédé. Elle devenait réellement insupportable. Après cet incident avec Charlotte, il avait été tenté de se débarrasser d'elle, mais il y avait renoncé car son voyage était imminent.

— Effectivement. Et c'est toi qui travailles pour moi, Sarah, pas le contraire, rétorqua-t-il sur un ton glacial.

— Tu sais combien tes intérêts me tiennent à cœur.

— Je te demande de ne pas dépasser les limites.

— Parole de scout ! lança-t-elle d'un air espiègle.

— Tu es insupportable.

— Je le sais, reconnut-elle avec un battement de cils. Mais j'ai quelques rendez-vous à New York la semaine prochaine, et je dois moi-même me rendre à ce dîner, au Plaza. Alors, si tu veux que je t'y accompagne, je serais ravie de jouer les dulcinées pour toi. Tu en tirerais un joli coup de pub.

— Merci pour ton offre, mais je crains que ce ne soit pas une bonne idée.

— Je ne vois pas pourquoi. Nous formons un couple parfaitement crédible. Je pourrais t'assister dans tes interviews. En fait, continua-t-elle d'une voix plus rauque, si tu voulais, je pourrais t'assister de bien d'autres façons.

— Tu es mon agent, et je préfère qu'on en reste là, répondit Marco en se dirigeant vers la porte. D'ailleurs, on m'a déjà photographié avec Charlotte.

— Dans la presse européenne uniquement.

— Je t'ai déjà dit non.

— Tu perds ton sens de l'humour, ces derniers temps, murmura-t-elle, tout en se précipitant derrière lui tandis qu'il se dirigeait vers l'ascenseur.

Elle avait sans doute raison, reconnut Marco, conscient de ses sautes d'humeur. Mais depuis qu'il attendait la réponse de Charlotte, il avait eu beau se montrer patient, lui envoyer des fleurs et se comporter en vrai gentleman, cela ne l'avait mené à rien. Un seul point positif : mieux il connaissait Jack, plus il l'appréciait. D'ailleurs, quand il téléphonait à Charlotte, il se retrouvait souvent à parler davantage avec son fils qu'avec elle. Cette attente le déstabilisait, même s'il avait l'intime conviction que Charlotte en valait la peine. Brusquement, il se demanda si cette épreuve n'était pas destinée à tester son comportement avec Jack.

— Marco ?

En sortant de l'ascenseur, il se rendit compte que Sarah n'avait pas cessé de lui parler d'une interview qu'elle organisait à Los Angeles.

— Excuse-moi. Je suis préoccupé en ce moment. Je te téléphonerai pour connaître tous les détails de dernière minute. Ce soir, je prends l'avion pour donner une conférence à Edimbourg. J'y resterai cinq jours.

— Je n'y pensais plus.

— Je connais l'importance de ce voyage aux Etats-Unis, mais mon travail reste mon souci primordial.

— Je suis là pour t'aider, dit-elle en se mettant sur la pointe des pieds pour l'embrasser. N'oublie pas ma proposition de jouer les partenaires idéales quand tu seras aux Etats-Unis.

— J'espère que le poste est déjà pourvu. Et concernant Charlotte, tâche de te montrer discrète.

Dès qu'il fut sur le trottoir, il monta dans un taxi. Dieu merci, Sarah ignorait qu'il avait proposé à la jeune femme de s'installer chez lui, sans quoi elle aurait déjà contacté les journalistes. Ce devait d'ailleurs être pour cette raison qu'elle accomplissait un si bon travail. Pourtant, il redoutait d'avoir fait une erreur en la gardant.

Pour sortir de Londres, le trafic était complètement bloqué. Il regarda sa montre en se disant que Charlotte aurait sûrement déjà fermé le bureau pour rentrer chez elle. Lui qui avait espéré obtenir une réponse avant de s'envoler pour Edimbourg… Il en avait vraiment assez de jouer au chat et à la souris.

A peine avait-il composé le numéro du bureau qu'elle répondit.

— Bureau du Dr Delmari.

— Salut, c'est moi. Tout se passe bien ?

Elle commença son compte rendu des événements de la journée. Même en son absence, elle s'arrangeait toujours pour aplanir toute difficulté.

— Et tes rendez-vous ?

— J'ai terminé, mais je suis pris dans un embouteillage. J'en ai encore au moins pour une heure.

— Ne t'inquiète pas. Je vais fermer.

— Non. Il faut que tu m'attendes. Je veux éclaircir certains points avant de partir pour Edimbourg.

— Ça ne peut pas attendre ? demanda-t-elle sur un ton soudain moins enjoué.

— Non, c'est impossible, dit-il avant de raccrocher.

*
* *

Charlotte descendit dans la cuisine et brancha la bouilloire. Elle n'avait plus rien à faire et avait même anticipé sur le travail du lendemain. En attendant, elle examina la cuisine d'un œil neuf. Jamais elle ne lui avait accordé beaucoup d'attention, sauf pour admirer les coûteux placards de laque grise et les plans de travail de granit noir.

Elle essayait de s'imaginer dans cette maison avec Jack, et cela lui sembla étonnamment facile. Si elle acceptait la proposition de Marco, ils se retrouveraient tous trois assis à cette table, en famille pour rire et pour bavarder. Elle pourrait même les voir jouer au foot dans le jardin ou faire des courses de petites voitures dans la cour. Elle les avait observés durant les deux dernières semaines : ils s'adoraient, c'était évident. La patience de Marco l'avait beaucoup surprise. Pour un célibataire, il savait s'y prendre avec les enfants. Néanmoins, ce n'est pas parce qu'ils s'entendaient bien qu'elle lui dirait oui.

Elle avait terriblement envie de se retrouver dans ses bras. Elle y pensait toutes les nuits, d'une façon presque douloureuse. Après le départ de Greg, elle s'était sentie très seule. Même si elle avait cru qu'il lui avait brisé le cœur, ce n'était rien en comparaison du vide béant qu'elle ressentait désormais. Elle avait beau se répéter qu'il ne pourrait jamais lui rendre ses sentiments, elle ne pouvait s'empêcher de le désirer et de l'aimer.

Pourtant, se dit-elle en remplissant d'eau la cafetière, il était exclu d'accepter sa proposition. Impossible de passer une vie à mentir, en faisant semblant de n'éprouver aucun sentiment et de ne rien attendre de lui. Evidemment, il commençait à se montrer impatient, elle l'avait compris au ton de sa voix. Elle aurait dû lui dire qu'elle devait rentrer pour s'occuper de Jack, mais il était justement invité, ce soir-là, à passer la nuit chez Karen, dont le fils fêtait son anniversaire. Et puis, cette réponse, il allait bien falloir qu'elle la lui donne. Elle sursauta en entendant la porte s'ouvrir. Plus question d'atermoyer. « Désolée, Marco, répéta-t-elle mentalement, la réponse est non… »

— Je suis dans la cuisine ! cria-t-elle en l'entendant traverser l'entrée.

Il rebroussa chemin et, un instant plus tard, elle sentit le poids de son regard sur ses épaules.

— Comme j'avais terminé en haut, je suis descendue faire du café. Tu en veux ?

Autre façon de tergiverser.

— Non merci, répondit-il sèchement.

Sans tourner la tête, elle continua à verser de l'eau sur le café, dont le riche arôme vint brusquement lui rappeler les matinées en Italie, au plus fort de leur passion.

Marco traversa la pièce avant de déposer une enveloppe devant elle sur le plan de travail.

— Qu'est-ce que c'est ?

— Un billet d'avion. Je t'ai réservé un vol le 20 de Heathrow à l'aéroport Kennedy.

Elle se contenta de regarder l'enveloppe sans faire un geste pour la prendre.

— J'ai besoin de toi là-bas. Aussi bien comme assistante que comme partenaire, dit-il en posant la main sur son épaule pour la forcer à se tourner vers lui.

Leurs corps se touchaient presque.

— J'ai assez attendu. Il faut me donner ta réponse, dit-il en lui effleurant le visage d'une caresse qui enflamma ses sens. Acceptes-tu de venir t'installer chez moi ?

— C'est un trop grand pas à franchir, un trop grand risque à prendre, répondit-elle en tentant de se concentrer sur les modalités pratiques qu'exigerait un tel changement. J'ai travaillé dur pour gagner mon indépendance. Si je vends ma maison et que ça se passe mal avec toi…

— Ne la vends pas, loue-la.

— Et en cas d'échec, je rentre chez moi, comme si de rien n'était ? demanda-t-elle avec une ironie amère.

— C'est une simple sécurité dont tu n'auras pas à user, j'en suis convaincu. Tout ira bien.

— Je ne vois pas comment tu peux en être aussi sûr. Tu as déjà vécu avec quelqu'un et ça n'a pas marché.

— La situation était différente.

— En quoi ? lança-t-elle, guettant dans son regard l'étincelle qui lui permettrait de croire qu'il pouvait l'aimer un jour autant qu'elle l'aimait.

Elle aurait tout donné pour qu'il exprime un peu d'émotion, pour qu'il manifeste un sentiment.

— Il y a des relations qui ne sont pas faites pour durer, répondit-il. Et d'autres, comme la nôtre, sur lesquelles il est possible de bâtir quelque chose de solide, ajouta-t-il en détournant le regard.

Elle ne pouvait se satisfaire de si peu.

— Marco…, commença-t-elle.

— J'ai besoin de toi, Charlotte, murmura-t-il d'une voix rauque.

Le cœur de la jeune femme bondit. Elle aussi, elle avait besoin de lui. Au fond, s'il s'en tenait à des déclarations si terre à terre, quelle importance ? Greg avait eu beau lui parler d'amour, leur histoire avait fini lamentablement. Des larmes lui montèrent aux yeux.

— J'accepte de te rejoindre aux Etats-Unis, mais…

Elle allait lui dire qu'après ce voyage, ils pourraient aborder de nouveau la question de son déménagement, quand les lèvres de Marco se posèrent sur les siennes. Un baiser léger, au début, mais qui devint vite passionné et d'une intensité presque brutale.

— Plus question de tergiverser, Charlotte. Après notre séjour aux Etats-Unis, je veux que tu viennes vivre dans cette maison et que tu dormes dans mon lit.

Sa voix était si persuasive qu'elle se sentit céder instantanément.

— Peut-être pourrions-nous faire un essai, dit-elle en nouant ses bras autour du cou de Marco.

— J'aime mieux ça, acquiesça-t-il avec une pointe de suffisance. Je me demande pourquoi j'ai fait preuve de tant de patience. Tu as voulu jouer avec le feu.

— Je n'ai jamais voulu jouer, protesta-t-elle en dépit du désir fou que provoquait en elle la caresse de ses lèvres sur sa nuque. Je me suis déjà trompée une fois, et je ne veux pas commettre une autre erreur.

Il s'écarta d'elle pour la fixer droit dans les yeux.

— Je sais que tu as beaucoup souffert. Peut-être t'imagines-tu que tu es toujours amoureuse de ton ex-mari ? Mais tout cela appartient au passé, et tu es assez sensée pour ne pas te fier à des sentiments. Ce qui nous lie, en revanche, c'est du concret, et cela ne peut que marcher.

Elle avait beau ne pas apprécier le mot « concret », elle ne put résister à son regard ni au son de sa voix. D'autant que les mains de Marco s'employaient déjà à dégrafer son soutien-gorge.

— Il me reste quatre heures à tuer avant de partir à l'aéroport, murmura-t-il en déboutonnant son chemisier. Si nous nous mettions au lit pour mieux sceller notre accord ?

— C'est de la pure folie, tenta-t-elle de protester, avant qu'il ne lui ferme la bouche d'un baiser qui la fit complètement chavirer.

— Oui, tu me rends fou de désir, lui murmura-t-il à l'oreille.

La veste de Charlotte glissa sur le sol, bientôt rejointe par sa jupe et son soutien-gorge. Les lèvres de Marco se posèrent sur les courbes de son corps. Elle plongea ses doigts dans son épaisse chevelure brune et, sans plus résister, s'abandonna à la violence du désir et de la passion qui l'habitaient.

Avec Marco, le sexe était d'une intensité délectable, mais terriblement épuisante, songea Charlotte tandis qu'elle reposait dans ses bras. Sans cesser de l'embrasser et de la caresser, il avait réussi à lui ôter ses vêtements. Jamais elle n'aurait imaginé qu'elle se retrouverait nue dans la cuisine, faisant l'amour avec un enthousiasme délirant. Il l'avait ensuite prise dans ses bras pour l'emmener dans sa chambre, où il avait recommencé jusqu'à lui faire perdre à la fois le souffle et la raison.

— Il faut que j'y aille. Je dois être à l'aéroport dans une heure, et je n'ai même pas fait mes bagages, dit-il en l'embrassant sur le front.

Elle l'observa tandis qu'il se dirigeait vers le dressing, totalement à l'aise dans sa nudité. Une fois de plus, en détaillant ce corps magnifique, elle s'étonna qu'il la désire si violemment, malgré sa silhouette bien différente de celles des mannequins. A cette idée, une douce chaleur l'envahit, sans doute accentuée par les effets bienfaisants de cette stimulante étreinte.

Après avoir suspendu un costume à la porte du dressing, Marco gagna la salle de bains, tandis que Charlotte se levait pour rassembler les vêtements qui jonchaient le sol. Elle était encore en sous-vêtements quand il réapparut, une serviette nouée autour des reins.

En voyant le regard de Marco s'attarder sur elle, elle ne put s'empêcher de se sentir intimidée, en dépit des circonstances.

— Tu dois aller chercher Jack ?

— Non. Il dort chez une amie, répondit-elle en enfilant prestement son chemisier.

— Alors, si je n'étais pas si pressé, on aurait pu passer la nuit ensemble ? Décidément, cette conférence ne pouvait pas plus mal tomber.

— On aura tout notre temps quand tu reviendras.

— A mon retour, je vais avoir un emploi du temps infernal. Avant de prendre le vol de minuit pour Los Angeles, j'ai rendez-vous à l'hôpital avec le Dr Sinclair pour lui remettre la liste de mes patients qu'il accepte de prendre en charge durant mon absence.

— Je croyais que tu partais quelques jours après ton retour d'Edimbourg ? s'enquit Charlotte, très déçue.

— Sarah a modifié mon emploi du temps pour que je puisse participer au programme d'Ed Johnson.

— Effectivement, cette émission fait un tabac.

— Oui. Et en prime-time, ce qui constituera un débat magnifique. Cette fille a beau être agaçante, elle connaît son métier.

Charlotte n'avait guère envie de parler de Sarah, ni même de penser à elle.

— D'ailleurs, il va falloir que tu réorganises tout mon emploi du temps en fonction de ce changement, continua-t-il.

— Ne t'en fais pas, je me débrouillerai, répondit-elle, déconcertée de l'entendre parler travail juste après avoir fait l'amour. Nous nous rattraperons à New York.

— Je suis ravi de t'avoir demandé de venir vivre avec moi. Nous sommes faits pour nous entendre, tu ne crois pas ?

— Je l'espère.

De nouveau, ce ton terre à terre qui cisaillait toute émotion.

— Moi, j'en suis certain. Tu es la personne qu'il me faut : fiable, sans complications, parfaite à tous points de vue.

Cela sonnait davantage comme un entretien d'embauche que comme une déclaration d'amour. Pendant un moment, elle évita de le regarder, tant elle avait le cœur lourd. Pourquoi ne pouvait-il lui rendre les sentiments qu'elle éprouvait pour lui ? Pourquoi, tout en se montrant un amant tendre et passionné, était-il incapable d'exprimer ce qu'il ressentait ? Si elle voulait voir durer leur relation, il faudrait qu'elle accepte cet état de fait. Comme il lui prenait le menton pour lui faire lever la tête, elle tenta de dissimuler son émotion et soutint son regard avec une feinte assurance. Lorsqu'il se pencha pour l'embrasser, une onde de désir douloureux éperonna son corps.

S'écartant d'elle, il ouvrit un tiroir.

— Je crois qu'il y a une clé de la porte d'entrée ici… Oui, la voici. Pendant mon absence, tu pourrais commencer à emménager, dit-il en lui tendant l'objet.

— Et mon travail ? s'enquit-elle sur un ton incertain.

— Pour le moment, j'aimerais que rien ne soit changé. Mais ne t'en fais pas, je saurai me montrer accommodant.

Comme elle n'avait toujours pas pris la clé, il la lui glissa dans la main.

— Et maintenant, assez parlé de travail, conclut-il. Si nous retournions nous coucher ?

— Et ton avion ?

— Je prendrai le suivant, répondit-il en l'attirant de façon si possessive qu'elle se blottit immédiatement contre lui. Nous avons beaucoup à rattraper avant que je ne m'en aille.

12

La longue limousine tourna l'angle de la Cinquième Avenue tandis que s'égrenaient les noms familiers : Rockfeller Center, Saks, Tiffany's, Cartier. Sur le velours sombre de la nuit, les lumières resplendissaient, animées d'une énergie presque vivante. Charlotte se sentit envahie par une impression d'irréalité, comme si elle jouait dans un film.

New York, enfin, se répétait-elle, folle d'excitation. Marco l'attendait à l'hôtel. A cause d'une séance de signatures, il n'avait pu venir la chercher lui-même à l'aéroport, mais il avait tenu à lui envoyer une limousine, en dépit de ses protestations. Depuis deux longues semaines qu'il avait quitté Londres, Charlotte n'en pouvait plus d'attendre. Jamais elle n'aurait cru qu'il lui manquerait à ce point. Il lui suffisait de l'entendre au téléphone pour se liquéfier de l'intérieur, tant elle avait envie qu'il la prenne dans ses bras.

La limousine s'immobilisa devant un somptueux hôtel dont le portier se précipita pour lui ouvrir la porte. A peine avait-elle posé le pied sur le trottoir qu'elle fut saisie par le bruit, comme si les gratte-ciel décuplaient le vacarme de la circulation. A l'intérieur, en revanche, régnait un silence feutré. Au milieu d'un décor sophistiqué bleu et or, un pianiste jouait une mélodie classique dont les notes vibraient dans l'air parfumé par d'immenses bouquets.

Elle traversa le hall pour s'adresser à la réception.

— Bonjour, madame Hopkirk. Le Dr Delmari a laissé un message pour vous, dit le réceptionniste en lui tendant une enveloppe pendant qu'elle signait le registre. Vous occupez la suite deux cents, au dernier étage. Je vais faire monter vos bagages. Je vous souhaite un excellent séjour chez nous.

Tout en se dirigeant vers l'ascenseur, Charlotte ouvrit l'enveloppe qui contenait un petit mot de l'écriture de Marco.

« Bonjour, chérie,

Je vais en avoir pour plus longtemps que je ne croyais, je le regrette, mais impossible d'y couper. N'oublie pas que ce soir, nous dînons au Plaza à 8 heures. J'espère que tu n'es pas trop éprouvée par ce long vol. J'ai hâte de te revoir.

Marco. »

Malgré la déception qu'elle ressentait, Charlotte se dit qu'ils auraient quand même quelques heures à eux avant le dîner et espéra qu'ils les passeraient dans les bras l'un de l'autre. Cela lui laissait au moins le temps de se rafraîchir et de se refaire une beauté avant de voir Marco.

L'intérieur de la suite était d'une élégance spectaculaire et abritait un salon et le plus vaste lit qu'elle eût jamais vu. Sur une table était posé un splendide bouquet accompagné de ces seuls mots :

« Tu m'as manqué ».

Elle sourit : pendant ses deux semaines d'absence, il lui avait très souvent téléphoné pour parler travail, mais aussi pour discuter de son prochain emménagement chez lui. Il lui avait donné carte blanche pour effectuer les modifications qu'elle souhaitait, et lui avait proposé de choisir elle-même la chambre qu'elle préférait pour installer Jack. Il était clair que Charlotte lui manquait beaucoup, qu'il tenait à ce qu'elle considère sa maison comme la sienne et faisait de son mieux pour la rendre heureuse. Quant à leur entente sexuelle, elle était si parfaite que Charlotte, dans sa hâte à le voir revenir, maudissait cette inopportune séance de signatures.

Après avoir donné un pourboire au portier qui lui apportait ses bagages, elle se mit en devoir de ranger ses affaires. En vue de cette soirée, elle avait acheté une robe neuve qu'elle suspendit dans la salle de bains pour que la vapeur la remette en forme. Comme Marco lui avait pris un billet de première classe, on l'avait bichonnée durant tout le voyage, et elle ne se sentait pas trop fatiguée, mais elle s'abandonna avec délice au plaisir d'une bonne douche.

Après s'être séché les cheveux, qu'elle laissa libres sur ses épaules, elle s'examina dans le miroir. Il ne lui restait plus qu'une heure avant le dîner, et elle devait se préparer.

Elle était assise dans le salon, devant la télévision, quand Marco fit son entrée. Le cœur de Charlotte se mit à battre la chamade. Il paraissait si beau et si dynamique qu'elle avait du mal à croire qu'il puisse être son amant. Elle se sentit soudain intimidée et mal à l'aise, malgré tout le soin qu'elle avait apporté à son maquillage.

— Désolée, mon amour, jamais je n'aurais imaginé pareil marathon, dit-il en s'approchant d'elle. Tu as fait bon voyage ? Tu es absolument superbe.

Elle n'ignorait pas que cette robe de soie bleu pâle, à la coupe sophistiquée, mettait ses courbes en valeur tout en accentuant la finesse de sa taille.

— Tu m'avais recommandé de me faire belle. J'espère que tu n'es pas déçu.

— Je suis ravi, mais je préférerais de loin rester ici, dit-il d'une voix rauque en s'approchant d'elle pour lui effleurer le visage du bout du doigt. Tu m'as manqué, tu sais.

— Toi aussi, tu m'as manqué.

Lorsqu'il la prit dans ses bras, elle crut que son cœur allait se rompre. Après un premier baiser plein de tendresse, il se fit plus passionné. En sentant ses mains qui la caressaient fiévreusement, elle fut traversée par une onde de désir, brûlante comme une lame chauffée à blanc, mais la sonnerie du téléphone vint interrompre leur étreinte.

— Cela ne te gêne pas que je décroche ? demanda-t-il. C'est peut-être important.

— Bien sûr que non, répondit-elle avant de se rasseoir. Après le dîner, ils auraient trois jours et trois longues nuits à partager avant qu'elle ne rentre en Angleterre.

L'appel concernait un séminaire auquel Marco avait accepté de participer à Seattle.

— Excuse-moi, dit-il après avoir raccroché, tout en passant distraitement la main dans ses cheveux sombres.

— Si tu ne veux pas être en retard à ce dîner, tu ferais mieux de te dépêcher.

— Bon. Je vais prendre une petite douche. Comment va Jack ?

— Très bien. Comme maman est allée passer quelques jours chez des amis, c'est Karen qui s'occupe de lui.

— Que pense-t-il de votre déménagement ?

— Je ne lui en ai pas encore parlé. Je le ferai dès mon retour, ajouta-t-elle précipitamment en le voyant lever un sourcil étonné.

Tandis qu'il prenait sa douche, elle se mit à zapper pour éviter de remâcher les doutes qui l'avaient assaillie durant toute la semaine. Même si Marco lui avait juré qu'il l'aimait à jamais, il n'y avait pas de relation sans risque. Dans son livre, il expliquait que l'amour peut se développer, si l'on veut bien s'en donner la peine. Peut-être cela finirait-il par se produire entre eux. Soudain, elle eut la surprise de voir son visage apparaître sur l'écran, beau comme celui d'une star de cinéma.

— Tu passes à la télé ! s'écria-t-elle.

— Ce doit être une rediffusion de l'émission d'Ed Johnson, répondit-il de la salle de bains.

Charlotte suivit avec intérêt l'interview, qui se révéla intelligente et pleine d'humour. Il fut d'abord question des racines italiennes de Marco, puis de son éducation et de ses ouvrages précédents, avant que soit abordé son dernier livre, qui obtenait un grand succès. Dans ses réponses, il avait su faire preuve à la fois d'enthousiasme, de charisme et d'un humour décapant, tout en développant ses théories de façon très convaincante. Rien d'étonnant à ce qu'on se l'arrache, et à ce qu'il soit devenu une authentique célébrité.

— En un mot, vous soutenez que, selon le vieil adage, l'amour est totalement aveugle ? questionna Ed Johnson.

— Exactement. Si vous voulez vous engager sérieusement, ne tenez pas compte de vos sentiments. Naturellement, il est merveilleux d'être amoureux, nous le savons tous, mais c'est une pure illusion de notre imagination. Et quand on se rend compte de l'erreur qu'on a commise, il est trop tard et il faut avoir recours au divorce. Donc, pour bâtir une relation sérieuse, évitons de céder à des émotions superficielles. Mieux vaut être bons amis qu'amoureux passionnés.

— Et dans votre vie privée, vous appliquez ces théories ? Vous avez depuis peu une nouvelle compagne, une relation sérieuse, à ce qu'il semble.

— C'est exact. Charlotte est mon assistante depuis presque six mois, et petit à petit, nos rapports sont devenus plus intimes.

Charlotte avait plus d'une fois entendu Marco exposer ses théories, mais jamais discuter de leur relation. Elle se sentit soudain très vulnérable.

— Peut-on savoir jusqu'où vous envisagez que puisse aller cette intimité ? s'enquit Ed.

— Dès que je serai rentré en Angleterre, nous allons vivre ensemble.

Le public applaudit à tout rompre.

— Votre relation avec Charlotte est-elle en accord avec vos théories ? Ou bien seriez-vous par hasard amoureux ?

Le souffle coupé, elle se recroquevilla sur le canapé dans l'attente de la réponse.

— Nous nous accordons à merveille dans notre travail. En un mot, concrètement, nous remplissons les paramètres essentiels.

— Cela signifie-t-il que vous êtes amoureux ?

— Cela signifie que nous sommes sur la même longueur d'onde, et que nous avons la volonté de trouver des compromis, sans nous bercer d'illusions. Nous sommes d'excellents amis, ce qui vaut beaucoup mieux que d'être amoureux.

Charlotte se sentit bouillir de colère. Elle avait beau être prête à accepter de vivre sans déclaration d'amour, elle avait du mal à accepter que cet homme qu'elle aimait, chez qui elle s'apprêtait à emménager pour lui consacrer sa vie, la décrive publiquement comme une excellente amie.

La sonnerie du téléphone vint l'arracher à ses sombres pensées.

— Tu peux répondre ? cria Marco de la chambre.

Elle se leva pour éteindre la télévision. Même si cela ne l'avait pas vraiment surprise, elle en avait assez entendu. Evidemment, Marco et elle s'entendaient parfaitement pour travailler et

« remplissaient les paramètres essentiels ». Quant à l'amour, apparemment ce n'était qu'une émotion sans intérêt. Même si elle ne s'attendait à rien d'autre, elle ne pouvait s'empêcher de se sentir blessée et déçue.

Et si Marco ne ressentait jamais l'amour qu'elle éprouvait pour lui ? Si elle passait sa vie à attendre en vain ?

— Charlotte, tu réponds ? insista Marco.

Elle s'exécuta à regret. C'était le chauffeur qui les attendait à la réception pour les emmener au Plaza.

Marco apparut soudain, si séduisant dans son costume sombre et sa chemise blanche qu'elle en eut la gorge serrée.

— On y va ? demanda-t-il après avoir consulté sa montre.

Rien ne faisait moins envie à Charlotte que de se retrouver au milieu d'une salle remplie d'étrangers qui avaient certainement regardé cette interview et allaient l'observer comme une bête curieuse. Mais à ce stade, elle ne pouvait rompre leur contrat sans nuire gravement à son image. D'ailleurs, qu'avait-elle à lui reprocher ? Jamais il ne lui avait promis de l'aimer. Quant à emménager chez lui, maintenant, c'était une tout autre affaire.

Plusieurs centaines de personnes étaient rassemblées dans la vaste salle de bal dont les lustres faisaient scintiller les toilettes et les diamants qu'arboraient les invitées. Charlotte ne regrettait plus d'avoir craqué pour une robe à la dernière mode, d'autant qu'elle constata avec horreur la présence de Sarah Heart. A peine avait-elle pénétré dans la salle au bras de Marco qu'elle l'aperçut non loin de la porte, vêtue d'une longue robe rouge, coiffée d'un chignon qui faisait ressortir son long cou et l'ossature parfaite de son visage.

— Tu ne m'avais pas dit qu'elle serait là, chuchota-t-elle.

— Ah bon ? Elle représente Karina Kaplinski, dont elle est également l'agent.

Charlotte avait beau détester Sarah, il lui fallait bien reconnaître qu'elle avait une clientèle très haut de gamme. Karina Kaplinski, par exemple, une actrice ambitieuse qui venait de publier une autobiographie qui faisait grand bruit.

— D'ailleurs, voilà Karina, dit Marco en désignant une rousse d'une beauté spectaculaire, vêtue d'une longue robe noire.

Comme si elle avait perçu son regard, l'actrice se retourna et lui sourit tout en lui envoyant un baiser.

— Encore une qui fait partie de ton fan-club, constata Charlotte avec un sourire.

— Nous nous sommes rencontrés au cours d'un talk-show, reconnut en riant Marco. Elle est vraiment incroyable.

Sarah ne mit pas longtemps à fendre la foule pour arriver jusqu'à eux.

— Chéri, je suis ravi de te voir, susurra-t-elle en embrassant Marco sur les deux joues. Et voilà Charlotte... Mon Dieu, vous avez l'air en grande forme.

Charlotte fut surprise que Sarah, qui avait l'habitude de l'ignorer totalement, daigne la reconnaître.

— Vous avez fait bon voyage ? s'enquit celle-ci.

— Très bon, merci, répondit Charlotte, surprise de tant de sollicitude.

— Magnifique. Si nous allions nous installer à table ? reprit Sarah en souriant à Marco. Le hasard fait bien les choses, nous sommes juste l'un à côté de l'autre.

Ils gagnèrent leurs places. Charlotte se trouvait en face de Jeffery Green, l'éditeur de Marco, un homme grand et distingué d'une cinquantaine d'années, doté d'une épaisse chevelure blanche et d'yeux bleu vif.

Assise également à leur table, Karina Kaplinski ne parlait guère, mais concentrait toute l'attention, ne cessant de demander à Marco son avis sur les sujets les plus variés, tout en flirtant outrageusement, ce qui semblait beaucoup amuser celui-ci.

Jeffery profita d'une pause dans la conversation pour s'adresser en souriant à Charlotte :

— Nous avons une grande nouvelle concernant le livre de Marco. Depuis deux jours, il est en tête des ventes aux Etats-Unis.

— C'est prodigieux ! s'exclama Charlotte tout en se demandant pourquoi Marco ne le lui avait pas annoncé au téléphone. Félicitations.

— Merci.

— Je ne peux pas croire que tu n'aies pas mis Charlotte au courant, chuchota Sarah à Marco sur un ton moqueur tandis que les lumières commençaient à baisser, signe que le repas allait s'interrompre pour laisser place aux discours. Après tout, elle est censée être ta partenaire.

A cet instant, les musiciens installés sur scène entamèrent un air qui empêcha Charlotte d'entendre la réponse. Au moment où l'animateur de la soirée gagnait le podium, Karina se pencha vers Marco, sans doute émoustillée à l'idée que sa prétendue partenaire n'en était pas vraiment une. Charlotte ne croyait pas qu'il puisse s'intéresser à l'actrice, pas plus qu'à Sarah d'ailleurs. Mais que se passerait-il lorsqu'il rencontrerait une femme qu'il aimerait vraiment, en dépit de l'impeccable logique de ses théories ? Qu'adviendrait-il alors de leur relation, si pratique et si confortable qu'elle fût ? Soudain, elle eut l'impression de revivre les derniers moments de son mariage, quand Greg lui avait annoncé qu'il la quittait parce qu'il en aimait une autre. Jamais elle n'accepterait de revivre une telle épreuve.

— Tout va bien ? lui chuchota alors Marco à l'oreille.

— Oui, répondit-elle en se forçant à sourire. C'est magnifique, ce qui se passe pour ton livre.

— Merci encore de m'avoir aidé à me construire une image, dit-il en l'embrassant sur la joue.

Ce petit baiser qu'il lui accordait lui déchira le cœur. Elle avait supporté le persiflage de Sarah, elle avait supporté d'entendre Marco évoquer leur relation en termes froidement fonctionnels, mais elle ne pouvait envisager qu'il la quitte un jour sans jeter un regard en arrière, comme l'avait fait Greg. Jamais elle n'aurait dû avoir la faiblesse de lui promettre d'emménager chez lui. La certitude de son erreur l'atteignit de plein fouet.

La voix retentissante du présentateur vint interrompre ses sombres pensées :

— Et maintenant, voici un éminent écrivain dont vous connaissez tous le nom. Je vous laisse applaudir le Dr Marco Delmari.

Tandis qu'il se dirigeait vers la scène, un tonnerre d'applaudissements retentit, qu'il accueillit avec décontraction. Pendant qu'il prononçait quelques mots de remerciements tout en brandissant le trophée qu'on lui avait remis, Sarah vint s'asseoir à sa place et se pencha vers Charlotte.

— Il est incroyable, n'est-ce pas ? Ce voyage est un succès complet.

— Vous avez sûrement raison, répondit Charlotte, qui aurait voulu envoyer au diable l'attachée de presse.

— Désolée de vous avoir perturbée, en Italie.

— Vous ne m'avez pas perturbée.

— Ce n'est pas ce que pense Marco. Mais je ne pouvais savoir qu'il comptait donner une telle ampleur à cette petite aventure. En tout cas, je vous souhaite bien du bonheur.

Voyant que Marco quittait la scène, elle alla se rasseoir à sa place, tandis que Charlotte remâchait ses insinuations. Mais au fond, Sarah n'avait fait qu'énoncer une vérité.

Au moment où Marco revenait à table, l'orchestre attaqua un air langoureux tandis que quelques couples se dirigeaient vers la piste.

— Quel splendide discours, susurra Karina.

— Merci.

— Veux-tu que nous dansions ?

— Pas pour le moment, car j'ai un mot à dire à Charlotte, répondit-il en souriant pour tempérer son refus. Plus tard, peut-être.

— Je ne t'en tiens pas quitte, lança-t-elle avant de se tourner vers un groupe d'admirateurs empressés.

— Je ne sais pas ce que tu en penses, murmura Marco à l'oreille de Charlotte, mais je donnerais cher pour pouvoir partir tout de suite.

— Moi aussi.

— Malheureusement, je dois encore saluer quelques personnes. Dès que c'est fait, on file. Tu as envie de danser ?

— Non. Je suis un peu fatiguée.

— Excuse-moi, j'avais oublié que tu avais passé la journée dans l'avion. A propos, qu'est-ce que Sarah te disait, tout à l'heure ?

— Rien de particulier.

— J'espère qu'elle n'est pas encore venue te troubler ?

— Non. Elle m'a simplement souhaité bien du bonheur pour notre petite aventure, déclara Charlotte avec une feinte légèreté.

— Elle dit vraiment n'importe quoi ! lança Marco, excédé.

— Ce n'est que la vérité, et ni toi ni moi ne pouvons lui en vouloir.

Il y eut un long silence.

— Charlotte, je…

— Parlons d'autre chose, s'il te plaît, lança-t-elle, les larmes aux yeux. Je commence à en avoir assez de cette comédie…

Comme quelqu'un s'arrêtait à ce moment même pour saluer Marco, elle en profita pour se lever et se faufiler au milieu de la foule en direction des toilettes. Apercevant la sortie, elle se dit alors qu'elle avait besoin de faire le point. Sur le trottoir, elle se sentit soulagée de respirer l'air frais de la nuit, après la touffeur de la salle de bal.

Un couple enlacé la frôla, tout à son bonheur, sans lui accorder la moindre attention. Elle aurait tant aimé qu'on la regarde, elle aussi, avec cet air d'adoration, qu'on l'aime pour de bon. Elle ne pouvait pas continuer à jouer ce petit jeu avec Marco. C'était trop dur. Sans réfléchir davantage, elle héla un taxi jaune qui passait par là.

13

Une fois à l'intérieur, elle tenta de joindre Marco sur son portable, mais n'obtint que sa messagerie.

— Allô, c'est moi, dit-elle en tentant de dissimuler son trouble. Excuse-moi de m'être sauvée, mais je viens de me rendre compte qu'entre nous, ça ne pouvait pas marcher. Je rentre à l'hôtel faire ma valise. Il vaut mieux que je m'en aille. J'espère que tu me pardonneras.

Après avoir raccroché, elle réussit à se convaincre qu'en dépit de la douleur qu'elle éprouvait, elle avait fait ce qu'il fallait. Mieux valait s'arrêter net que de laisser la situation devenir incontrôlable. Avec Marco, folle de lui comme elle l'était, ce serait pire encore.

Après avoir payé le taxi, elle se hâta de pénétrer dans l'hôtel. Il fallait absolument qu'elle soit partie avant qu'il ne rentre. S'il tentait de la persuader de rester, elle perdrait tout contrôle et risquait d'en dire plus qu'elle ne le souhaitait. En s'enfuyant maintenant, elle aurait le temps de se reprendre et d'essayer de sortir de sa vie avec un semblant de dignité.

Elle ôta sa robe pour enfiler son jean et un T-shirt, ouvrit sa valise sur le lit et y jeta pêle-mêle ses vêtements. Malheureusement, elle était tellement pleine que Charlotte dut s'y reprendre à quatre fois avant de la fermer. Elle venait juste d'y parvenir quand la porte s'ouvrit. Elle se retourna, le cœur battant, pour se trouver nez à nez avec Marco.

— Que se passe-t-il ? lança-t-il, les yeux rivés sur la valise.

— Désolée. Tu as eu mon message ?

— Oui, mais je n'y ai rien compris, pas plus qu'à toute cette comédie. Qu'est-ce qui te prend ?

— J'ai décidé de m'installer dans un autre hôtel.

— Pourquoi ?

— Je te l'ai dit. J'ai fait une erreur. Je ne peux pas vivre avec toi et je préfère m'en aller, répondit-elle, la tête haute et les yeux pleins de défi. D'ailleurs, tu n'as plus vraiment besoin de moi. Du moment que ton livre est en tête des ventes, tout va bien…

— Non, tout ne va pas bien. Ecoute, tu as fait un long voyage, et tu es épuisée. Tu as eu une petite crise d'angoisse.

— Merci pour votre diagnostic, docteur, mais vous vous trompez, répliqua-t-elle, furieuse de le voir si calme. Jamais je n'ai été très chaude pour venir vivre avec toi, et maintenant, j'ai compris que ce serait une erreur.

— C'est Sarah qui t'a ouvert les yeux, n'est-ce pas ?

— Elle n'a fait que dire la vérité, tu le sais parfaitement. Ce n'est pas à cause d'elle que je suis partie.

— Je pense que j'ai au moins droit à une explication.

— Eh bien, d'abord, il y a eu cette interview à la télévision.

— Mais encore ? articula-t-il avec un calme qui la fit définitivement sortir de ses gonds.

— Tu as proclamé devant toute la planète que notre relation n'était qu'une expérience visant à vérifier tes fameuses théories…

— C'est absurde !

— … selon lesquelles on peut parfaitement vivre avec une femme sans l'aimer. Eh bien, tu n'as qu'à t'adresser à quelqu'un d'autre.

— Je ne t'ai pas demandé de venir t'installer chez moi pour vérifier mes théories. Essaie d'avoir un peu de bon sens.

— Du bon sens ? J'ai pourtant tenté de te prévenir que nous n'étions pas aussi compatibles que tu le croyais, et même que parfois, du bon sens, je pouvais en manquer totalement.

— Vraiment ? répondit-il en lui lançant un regard amusé.

— Laisse-moi passer, je veux partir, dit-elle en se dirigeant vers la porte.

— Je regrette, mais il n'en est pas question. En tout cas, pas avant que j'aie réussi à comprendre de quoi tu parles.

— Soyons bien clairs, Marco. J'ai cru un moment que je

pourrais vivre avec toi sans qu'il soit question d'amour, mais je me suis trompée.

— Petit à petit, l'amour va se développer entre nous, j'en suis certain.

Elle secoua la tête sans réussir à ravaler ses larmes.

— Je ne peux pas prendre ce risque. Quand ça va mal, après, on souffre trop.

Il s'approcha d'elle, la prit dans ses bras, et la tint ainsi un long moment. Enfin, elle se laissa aller contre lui, incapable de résister au bonheur de cette étreinte.

— Tout ne se passe pas si mal, entre nous, protesta-t-il. Reconnais que nous sommes parfaitement bien ensemble.

— Ça ne suffit pas ! s'écria-t-elle en se dégageant.

— Mais tu désires une compagnie stable, tu me l'as dit toi-même…

— Ça ne suffit pas, Marco. Je suis désolée de t'avoir induit en erreur. Un jour, tu m'as dit que j'étais trop sentimentale pour me satisfaire de ce genre de liaison. Eh bien, tu avais raison. Tu aurais dû t'en tenir à ta première analyse.

Comme il ne répondait pas, elle leva vers lui des yeux brillant de larmes.

— Concernant tes théories, je suis d'accord avec toi au moins sur un point : si on veut qu'une relation réussisse, il faut s'en donner la peine. Mais pour moi, l'amour est un point de départ indispensable si l'on veut bâtir une union durable.

— Dans ce cas, peut-être pourrais-tu apprendre à m'aimer ?

A ces mots, le cœur de Charlotte bondit dans sa poitrine, même si sa fierté lui interdisait d'avouer à Marco son amour.

— Mieux vaut que je parte. Ne t'en fais pas, je m'arrangerai pour que les journalistes n'en sachent rien.

— Au diable les journalistes ! Il m'est complètement égal qu'ils sachent…

— Mais tu tiens tellement à ton livre et à ton travail…

— Moins qu'à toi. Reste, je t'en prie, supplia-t-il d'une voix sourde qu'elle ne lui connaissait pas. Tu sais pourquoi je ne t'ai pas dit que mon livre était numéro un des ventes, ici ? Parce que, dans ce cas, raisonnablement, je n'aurais pas eu besoin de ta présence. J'avais peur que tu ne saisisses ce prétexte pour rester en Angleterre. Mais j'avais tellement besoin de toi…

— C'est vrai ?

— Tu m'as tellement manqué que j'en étais malade. Charlotte, je t'aime.

— Tu te moques de moi ?

— Non. J'ai eu beau essayer de considérer ta décision avec calme, je ne peux pas te laisser partir, dit-il en levant la main pour lui caresser le visage. Parce que je t'aime.

Elle ne parvenait pas à y croire.

— En fait, reprit-il, j'aime tout en toi : tes cheveux, que tu les attaches ou non, tes yeux, avec ou sans lunettes, ton corps, en robe du soir ou enroulé dans un drap de bain.

— Je croyais que je n'étais qu'une amie qui satisfaisait aux critères essentiels.

— Oui, une amie dont je suis tombé amoureux, corrigea-t-il tendrement. Je sais que tu n'éprouves pas le même sentiment, mais peut-être cela finira-t-il par venir, tout comme à moi. En rentrant d'Italie, j'ai compris qu'il m'était impossible de me passer de toi. Cette scène idiote avec les photographes, à Florence, m'a ouvert les yeux : je ne pouvais pas supporter que tu sois malheureuse. J'ai bien tenté de nier ce que j'éprouvais, mais… Laisse-moi une chance de te rendre heureuse, je t'en prie. Pourquoi pleures-tu, maintenant ? Je ne peux pas endurer de te voir ainsi.

Sans parvenir à calmer les sanglots qui la secouaient, elle se blottit dans ses bras.

— Tout va bien, murmura-t-elle.

— Je vois bien que non, et c'est de ma faute. Je t'ai harcelée pour que tu déménages parce que je ne supportais plus de vivre séparé de toi. J'aurais dû m'y prendre autrement, te donner le temps de réfléchir, de t'habituer à l'idée que nous pouvions former une vraie famille…

— Je n'ai plus besoin de réfléchir…

— Je veux me plier à ton rythme. Quel que soit le temps que ça prendra…

— C'est inutile, Marco, parce que je t'aime et que je t'ai toujours aimé.

Il resta un moment immobile, comme hébété, avant de la serrer dans ses bras et de l'embrasser avec une telle fougue qu'elle en eut le souffle coupé. Elle s'agrippa à lui, toute vibrante de plaisir et de bonheur partagé.

— Charlotte, quand tu m'as dit que tu ne pouvais vivre sans amour, j'ai cru sincèrement que tu voulais me quitter. J'ai eu beau me targuer toute ma vie d'envisager toujours les événements sous l'angle de la raison, jamais je n'aurais supporté de te perdre.

A la sincérité de son regard, elle comprit qu'elle avait fait tomber ses dernières défenses.

— Cela voulait dire que je ne pouvais pas vivre sans ton amour à toi, corrigea-t-elle doucement.

— Tu me semblais si réticente… J'étais convaincu que jamais tu n'oublierais ton ex-mari.

— Avec Greg, c'est fini depuis longtemps. Mais je redoutais les souffrances d'une nouvelle rupture.

— Et moi, quand tu prétendais te satisfaire d'une relation raisonnable et commode, je croyais que tu l'aimais encore.

— Le seul que j'aime, c'est toi, Marco, et sur ce point, je n'ai cessé de te mentir… sans doute parce que j'étais convaincue que tu ne pouvais répondre à mes sentiments. Quand tu m'as demandé de venir vivre avec toi, j'ai cru que c'était pour des raisons purement pratiques, parce que tu appréciais mon travail et qu'on s'entendait bien…

— Au fond, ce n'est pas faux, intervint-il d'un air taquin.

— Marco !

Comme elle lui jetait un regard plein de reproche, il l'embrassa si tendrement qu'elle put sentir son amour s'épancher en elle en un courant presque tangible.

— J'aurais cru que mes baisers t'avaient fait deviner ce que je ressentais, murmura-t-il.

— Je pensais que tu n'y mettais tant de passion que parce que tu étais italien.

— Jamais je n'ai embrassé une autre femme de cette façon. Et je ne parle pas seulement du plaisir que nous éprouvons à faire l'amour ensemble, mais aussi de ce que je ressens, ici, reconnut-il, la main sur la poitrine. Jamais personne ne m'avait touché au cœur, comme tu l'as fait.

— Te rends-tu compte à quel point tu es romantique ? Toi qui refuses toute sentimentalité !

— Il n'y a là rien de sentimental puisque je me contente de dire la vérité.

— Moi, je t'aime, Marco.

— Cela veut-il dire que tu acceptes de venir vivre avec moi ?

— Bien sûr.

Pendant un long moment, ils s'embrassèrent en silence. Jamais Charlotte ne s'était sentie si heureuse.

— Alors, ce sera pour toujours. Que nous soyons bien portants ou malades, riches ou pauvres…

— Qu'est-il arrivé au célibataire endurci qui n'était pas fait pour s'engager ?

— Il a tout simplement trouvé la femme qu'il lui fallait, dit-il en l'embrassant avec tant de tendresse qu'elle en eut le souffle coupé.

— Qui aurait cru que cette femme serait une incurable romantique ? murmura-t-elle en nouant les bras autour du cou de Marco. Je dois avouer que dès le premier regard, j'ai ressenti un vrai coup de foudre.

— Désolé de te décevoir, mais ce devait être un effet du désir, corrigea-t-il en la soulevant dans ses bras pour la déposer sur le lit.

Même si elle savait qu'il se trompait, elle renonça, pour l'heure, à le convaincre.

MAGGIE COX

Pour l'amour d'un patron

Traduction française de
MARIE-JOSÉE LACUBE

HARLEQUIN

Titre original :
IN HER BOSS'S BED

Ce roman a déjà été publié en 2007

1

La voix semblait venir de très loin.

Morgen s'arracha à contrecœur à son rêve. Tout en reprenant lentement ses esprits, elle sentit des picotements dans les mains. Elle s'était endormie à son bureau, la tête entre les bras.

— Oh ! mon Dieu ! s'exclama-t-elle en découvrant le visage sévère de l'homme debout devant elle.

Celui-ci devait sourire à peu près aussi souvent qu'elle dînait au *Savoy*...

Elle se leva aussitôt.

— Je suis désolée, j'étais...

— En train de dormir aux frais de la société. La pause-déjeuner n'est que dans une heure et la plupart des employés se contentent d'avaler un sandwich à leur bureau. Manifestement, vous avez une conception différente du travail, mademoiselle...

Morgen hésita un instant entre la colère et l'humiliation, puis elle redressa les épaules, remit une mèche de cheveux derrière son oreille et choisit de répondre posément. Après tout, comment osait-il la juger de la sorte en insinuant qu'elle s'endormait régulièrement à son bureau ? Et, d'ailleurs, qui était cet homme détestable ?

— C'est la première fois que je m'assoupis ainsi, monsieur... ?

— Vous d'abord.

L'inconnu passa une main dans ses cheveux bruns et Morgen remarqua qu'il avait besoin d'aller chez le coiffeur et de se raser. Son ton glacial lui nouait l'estomac. Cet homme ne devait pas supporter qu'on l'ignore. Et pas seulement à cause de sa beauté à couper le souffle...

— McKenzie. Morgen McKenzie.

— Et… en dehors d'être payée à ne rien faire, vous travaillez pour Derek Holden, c'est cela ?

Morgen déglutit péniblement, les joues en feu.

— Je suis son assistante, oui.

— Alors, où diable est-il donc ? Nous avions rendez-vous dans la salle de réunion à 10 h 30. J'ai avancé mon vol en provenance des Etats-Unis pour être ici à temps, je suis fatigué par le décalage horaire, j'ai besoin d'une bonne douche et d'un sandwich, et votre patron est introuvable. Auriez-vous l'amabilité de me dire où il pourrait bien être, miss McKenzie ?

Morgen fut tentée de lui répondre vertement, mais elle était également furieuse contre Derek. Pourquoi celui-ci ne l'avait-il pas prévenue qu'il avait un rendez-vous ? L'aurait-il oublié ?

La veille, comme toujours avant de quitter le bureau, elle avait bien regardé le planning de la matinée, et n'y avait rien vu de noté. La page du jour était totalement vierge.

Son cœur se serra à la pensée de la lente et inéluctable dégringolade de son patron. Lui qui était encore, six mois plus tôt, un jeune et brillant architecte n'était plus, depuis son divorce, qu'une ombre pitoyable noyant son chagrin dans l'alcool. Heureusement qu'elle était capable de prendre en charge des tâches qui n'incombent pas habituellement à une assistante. Ainsi, elle avait pu lui sauver la mise plus d'une fois. Mais quelle excuse allait-elle bien pouvoir inventer aujourd'hui pour calmer cet homme dont elle sentait l'agacement croître au fil des secondes ?

— M. Holden est souffrant, répondit-elle calmement.

Elle n'était sûrement pas très loin de la vérité. Ces derniers temps, son patron n'arrivait jamais avant 10 heures. Mais comme il était déjà 11 h 15, il devait être encore plus mal en point que d'habitude. Il ne viendrait sans doute pas de la journée. Et cela valait mieux pour lui, étant donné la fureur manifeste de l'homme qui se tenait en ce moment en face d'elle…

— Vraiment ? Et pourquoi vous, miss McKenzie, ne m'en avez-vous pas averti ? N'est-ce pas pour ce genre de travail que l'on vous paie ?

— Si vous voulez bien me dire qui vous êtes, je pourrais peut-être…

— Conall O'Brien. Manifestement, vous n'étiez même pas au courant que votre supérieur avait rendez-vous avec moi. Pouvez-vous m'expliquer pourquoi ?

Le cœur de Morgen faillit s'arrêter de battre quand elle entendit ce nom. Conall O'Brien… Le grand patron de O'Brien & Stoughton, un cabinet d'architectes florissant ayant des bureaux à Londres, New York et Sydney. Morgen était employée dans ceux de Londres depuis maintenant un an, mais elle n'avait encore jamais vu le charismatique P.-D.G. en personne. Même si sa réputation — exécrable — l'avait précédé…

En effet, il était connu pour faire peu de cas des problèmes personnels de ses employés, dont il attendait un rendement maximum en permanence. Basé la plupart du temps à New York, il se rendait de temps à autre à Sydney, mais n'était encore jamais venu dans ses bureaux londoniens. Comment Derek avait-il pu oublier de l'informer d'une visite aussi importante ? pensa Morgen avec anxiété. Cette fois, son penchant pour la bouteille risquait bien de leur coûter leur poste, à tous les deux.

Mère célibataire d'une petite fille de six ans, avec des échéances à rembourser pour sa maison, elle ne pouvait pourtant pas se permettre de perdre son emploi.

Mais aussi, la journée avait mal commencé. Après une nuit épuisante au chevet de Neesha, qui avait de la fièvre, elle s'était endormie à son bureau et avait été surprise par le grand patron en personne. Comment allait-elle bien pouvoir s'en sortir ?

Deux yeux d'un bleu métallique la fixaient durement.

— Je sais que ce n'est pas une excuse, mais M. Holden a été submergé de travail ces derniers temps. Hier, il paraissait vraiment exténué et cela ne m'étonne pas qu'il n'ait pas réussi à se lever aujourd'hui.

— Admettons. Mais ce que je veux savoir, c'est pourquoi vous, son assistante, n'étiez pas au courant de notre rendez-vous ?

Au grand désarroi de Morgen, il enleva son imperméable et le jeta sur un fauteuil près de la baie vitrée, d'où l'on avait une vue panoramique sur la ville. Il était vêtu d'un élégant costume bleu marine à fines rayures sans doute taillé sur mesure, d'une superbe chemise bleu roi et d'une cravate de soie assortie. Il émanait de sa personne une puissance et une aisance naturelle intimidantes.

Le regard perçant de ses yeux bleu acier et son impressionnante carrure renforçaient le sentiment que l'homme n'était pas du genre à s'en laisser conter. Morgen sentait qu'elle devait à tout prix sauver son poste.

— Oui, bien sûr. Derek… M. Holden a sans doute oublié de m'en parler parce qu'il était débordé. Ce n'est pas dans ses habitudes, monsieur O'Brien, vous devez me croire. Que diriez-vous d'une tasse de thé ? Je peux aussi vous faire apporter un sandwich, si vous le désirez. Pendant ce temps, je vais l'appeler pour lui dire que vous l'attendez. Le temps de sauter dans un taxi, il devrait être ici dans vingt minutes.

— Il n'est donc pas à l'article de la mort ?

Morgen avait le visage en feu.

— Je n'en sais pas plus, pour l'instant.

— Allez donc me chercher un café et appelez-moi Holden. Je lui parlerai moi-même. Pour ce qui est du sandwich, ce n'est pas la peine, j'ai un déjeuner d'affaires à 13 heures.

Il se laissa tomber sur une chaise en face de son bureau, lequel sembla rétrécir à côté de son impressionnante stature. Attentive à chacun de ses gestes, elle remarqua son bâillement étouffé et la fugitive expression de fatigue qui passa dans ses yeux.

C'est avec soulagement qu'elle s'échappa pour se diriger vers le bureau de Derek, où se trouvait la cafetière.

En présence de Conall O'Brien, l'air semblait se raréfier… Elle se demandait bien comment les gens de son bureau le supportaient. Quand il disait « Et que ça saute ! », tout le monde se mettait-il au garde-à-vous ? Probablement. Au risque, sinon, de se faire renvoyer.

Morgen ouvrit le bahut pour y prendre une des tasses en porcelaine réservées aux invités de marque, mais elle jura entre ses dents quand cinq ou six bouteilles de whisky vides tombèrent sur l'épaisse moquette grise et roulèrent à ses pieds.

Elle était en train de les rassembler quand la porte s'ouvrit sans bruit.

— Ce n'est pas le genre de votre patron d'oublier ses rendez-vous, disiez-vous ?

Le ton méprisant de Conall O'Brien et son regard glacial la figèrent sur place.

— Si je buvais autant de whisky, moi aussi je les oublierais, ne croyez-vous pas, miss McKenzie ?

Morgen leva les yeux vers lui. Eh bien voilà, le problème d'alcool de Derek n'était plus un secret pour le grand patron…

— Si vous… si vous voulez bien attendre dans mon bureau, je vais jeter ceci et vous apporter votre café.

— Laissez ces bouteilles.

— Ce ne sera pas long… Je…

— Je vous ai dit de les laisser ! Appelez-moi plutôt votre fainéant de patron. Tout de suite !

Morgen se releva, les genoux tremblants, en évitant le regard accusateur de Conall O'Brien. Elle décrocha à contrecœur le téléphone posé sur le bureau de Derek.

— Attendez, dit-il.

— Pardon ?

— Tout compte fait, j'ai besoin avant tout de ma dose de caféine. Dire à votre cher M. Holden qu'il est renvoyé peut attendre.

— Vous n'allez pas faire cela ? s'écria Morgen malgré elle, en reposant le combiné.

Un semblant de sourire — le premier — releva le coin des lèvres parfaitement ourlées de Conall O'Brien. Etait-ce pour endormir sa méfiance ? Peu importait, Morgen était bien décidée à rester sur ses gardes.

— Quoi donc ?

— Vous ne pouvez pas renvoyer Derek ! C'est un homme bon qui ferait n'importe quoi pour les autres. Sa femme l'a quitté et il supporte très mal cette rupture. Mais il va se ressaisir, j'en suis sûre.

— Quelle assistante dévouée ! Est-ce là tout ce que vous faites pour votre patron, miss McKenzie ?

L'insinuation était si claire que Morgen en resta frappée de stupeur. Puis, serrant sa veste de tailleur sur son chemisier et rassemblant tout son courage, elle osa affronter son regard inquisiteur.

— Je préfère ignorer vos sous-entendus, monsieur. Si vous

connaissiez Derek Holden, vous sauriez qu'il n'a jamais eu d'yeux que pour Nicky, sa femme. Et si vous me connaissiez, vous sauriez que j'ai pour règle absolue de ne jamais mélanger travail et vie privée.

— Jamais ?

Le sourire moqueur s'élargit, révélant des dents blanches éclatantes dans son visage bronzé. Il était si beau que Morgen devait faire un effort pour se concentrer.

Elle croisa les bras sur sa poitrine, refusant de lui rendre son sourire. Certes, elle risquait sa place, une place qu'elle ne pouvait pas se permettre de perdre, mais elle n'allait pas se laisser insulter par cet homme !

— Jamais, répondit-elle. A présent, si vous voulez bien attendre à côté, je vais vous apporter le café dont vous avez tant besoin.

A présent, la tension était perceptible dans l'air. Morgen s'attendait que Conall O'Brien lui signifie son congé sur-le-champ, mais après l'avoir longuement dévisagée, il se retourna pour quitter la pièce.

— Noir et serré, ajouta-t-il avant de sortir. Et sans sucre. Puis-je utiliser votre bureau, miss McKenzie ?

— Je vous en prie.

Après son départ, Morgen prit appui contre le bahut pour reprendre son souffle. Derek allait l'entendre !

Conall sortit des documents de sa mallette tout en frottant une de ses tempes douloureuses. S'il ne rattrapait pas son manque de sommeil, c'est en civière qu'il repartirait. Il avait pourtant l'habitude de travailler sept jours sur sept, et c'était ainsi qu'il avait fait prospérer la société depuis que son père lui en avait confié les rênes.

Mais cinq journées entières de réunions et deux longs vols, le premier de la Californie à New York, puis, après un court arrêt au siège, de New York à Londres, c'était vraiment trop.

Tout en sirotant le café bien serré que Morgen lui avait apporté, il s'interrompit un instant dans sa lecture pour penser à la jeune femme. A New York, on l'aurait qualifiée de bombe sexuelle avec ses formes appétissantes et son ravissant visage. Malgré sa fureur contre Derek Holden et son mécontentement initial contre elle, il n'avait pas pu s'empêcher de réagir en homme en la voyant. Quand, à genoux devant le bahut, dans le bureau de Holden, elle avait levé vers lui ses grands yeux verts pleins d'appréhension, il en avait oublié sa colère. Et l'aperçu de ses seins emprisonnés dans un soutien-gorge en dentelle blanche, quand son chemisier s'était innocemment entrebâillé, avait déclenché en lui une pulsion primaire telle qu'il en avait un instant perdu le contrôle de lui-même.

Il avait la réputation d'être exigeant mais juste envers ses employés, et capable d'indulgence envers ceux qui le méritaient. Ce qu'il ne supportait pas, c'était les tire-au-flanc. En voyant cette fille superbe, il avait aussitôt supposé que si elle dormait au bureau, c'était parce qu'elle brûlait la chandelle par les deux bouts la nuit. Elle ne devait pas manquer de prétendants et devait sortir tous les soirs sans se soucier des conséquences sur son travail.

Or, cette pensée l'agaçait au plus haut point. Et qui lui reprocherait de la mettre dehors en même temps que cet incapable de Derek Holden ?

Il soupira en frottant son menton à la barbe drue. L'ennui, c'était que Holden était une valeur montante parmi les jeunes architectes du Royaume-Uni. Conall n'avait jamais reçu que des compliments sur lui, jusqu'à ces derniers temps. C'était d'ailleurs la raison de son voyage à Londres : venir voir ce qui se passait. Et il comptait en profiter pour gratifier sa mère d'une visite.

Il n'allait rien dire de plus à la provocante miss McKenzie, mais la laisser mijoter un peu. Cela l'obligerait peut-être à se donner à fond dans son travail.

— Voulez-vous encore un peu de café ?

La jeune femme venait d'entrer dans la pièce. Elle avait les joues roses et des mèches de cheveux s'échappaient de son chignon. Conall s'offrit le plaisir de la détailler des pieds à la tête.

— A qui téléphoniez-vous ? lui demanda-t-il d'une voix calme. Serait-ce à ce malheureux Holden ?

L'expression de Morgen ne laissait aucun doute sur sa

culpabilité. Conall se demandait si ses sentiments se lisaient toujours aussi clairement sur son joli visage.

— Si c'était le cas, je vous l'aurais passé, répondit-elle vivement. Si vous voulez tout savoir, c'est ma mère que j'ai appelée, pour lui dire que je rentrerai sans doute tard ce soir.

— Vous vivez avec votre mère ?

Conall en était interloqué. Il étudia les traits de la jeune femme avec encore plus d'intérêt : sa bouche sexy à la lèvre inférieure pulpeuse était extrêmement tentante…

— Elle est chez moi en ce moment parce qu'elle n'allait pas très bien.

Morgen n'allait tout de même pas avouer à cet homme que sa mère s'était en fait installée chez elle pour s'occuper de Neesha, malade depuis quelques jours !

Son cœur se serra à la pensée de sa petite fille… Mais en ce moment, il lui était impossible de prendre une journée de congé : Derek était trop souvent absent du bureau. Et elle pouvait encore moins s'éclipser aujourd'hui, alors qu'elle avait le grand patron sur le dos et que celui-ci cherchait sûrement un motif pour la licencier… Si elle lui révélait qu'elle avait un enfant, il risquait, comme la plupart des employeurs, d'imaginer qu'elle était moins fiable, moins concentrée sur son travail. Alors que c'était tout le contraire ; justement parce qu'elle avait des responsabilités familiales à assumer.

A cette pensée, Morgen sentit une terrible frustration s'emparer d'elle. Et puis, elle en avait assez que cet homme la détaille ainsi. Depuis sa réflexion déplacée sur ce qu'elle faisait ou pas pour Derek, elle se sentait très mal à l'aise. Pourquoi traînait-il ainsi dans son bureau alors qu'il aurait très bien pu rejoindre les autres responsables à l'étage au-dessus ? Cherchait-il à tendre un piège à ce pauvre Derek ?

— J'en suis désolé, mais si vous espérez que cela va me rendre plus indulgent envers vous, vous vous trompez, miss McKenzie.

Soudain, la colère la submergea. C'était tellement injuste ! Elle n'avait pas pris un seul jour de congé depuis son arrivée dans la société, elle restait presque tous les soirs jusqu'à 18 h 30 et avait à plusieurs reprises accompagné Derek sur un chantier le samedi. Pourquoi avait-il fallu que le grand patron la surprenne en train de dormir ! Et voilà qu'il en avait tiré des conclusions hâtives. Eh bien, s'il voulait la licencier, elle ne se laisserait pas faire !

— Est-ce une menace, monsieur O'Brien ?

— Je vous ai trouvée endormie à votre bureau, miss McKenzie. C'est un motif de licenciement.

Il avait la mâchoire serrée et le regard dur. En cet instant, elle l'aurait bien giflé.

— Et la loi selon laquelle un accusé est innocent tant qu'on n'a pas apporté la preuve de sa culpabilité, cela vous dit quelque chose ?

Elle tremblait de rage.

Il reposa les feuilles qu'il avait à la main et se laissa aller contre le dossier de sa chaise, comme si la colère de la jeune femme l'amusait.

— Quelle autre preuve voulez-vous ? Vous dormiez quand je suis entré. Cela ne fait aucun doute et j'ai le regret de vous dire que, d'après mon ophtalmo, j'ai une excellente vue.

— J'avais de bonnes raisons d'être fatiguée. Et je ne me suis pas assoupie plus de cinq minutes.

La profonde inspiration qu'elle prit gonfla sa poitrine, nota Conall. Bon sang, il suffisait que cette femme respire pour que, sous l'effet du désir, il en perde son professionnalisme habituel ! Il s'obligea à reporter son regard sur son visage et ses grands yeux verts expressifs.

En fait, il n'avait aucune intention de la licencier, mais l'idée de jouer un moment au chat et à la souris l'amusait.

— Très bien, dit-il. A vous de me convaincre.

Il avait l'air si sûr de lui que Morgen renonça soudain à se battre. Qu'il aille au diable et pense ce qu'il voulait ! Il y avait d'autres places ailleurs. Le plus dur serait de tenir financièrement entre deux emplois. Bien sûr, l'idée de quitter la société ne l'enchantait pas. Pas plus que de laisser tomber Derek au moment où il avait le plus besoin d'aide. Mais tant pis !

— C'est inutile.

Elle lissa sa jupe d'une main tremblante, puis elle tourna les talons et, très digne, quitta la pièce.

Conall, stupéfait, se leva, desserra sa cravate et la suivit. Debout devant un classeur en acajou, elle en sortait vivement des dossiers, qu'elle posait au fur et à mesure sur le bureau de Derek.

— Je vous ai dit d'essayer de me convaincre, miss McKenzie.

— Allez au diable ! Et si vous considérez ceci comme une injure et un motif de licenciement, eh bien, vous n'avez qu'à me renvoyer !

— Vous ne seriez pas plus déçue que cela de perdre votre emploi ?

Les sourcils froncés, Conall l'observait. Il regrettait de l'avoir poussée à bout, d'autant plus qu'une petite voix intérieure lui disait qu'il se trompait peut-être complètement à son sujet. Dans ce cas, ce serait idiot de perdre une employée de valeur.

— Vous voilà encore en train de faire des suppositions gratuites !

Elle cessa son va-et-vient pour lui faire face, les mains sur les hanches.

— Eh bien, si, je tiens à ma place, monsieur O'Brien ! Et si vous preniez la peine de vous renseigner, vous sauriez que je m'investis à fond dans mon travail. Malheureusement, Derek n'est pas là pour vous le confirmer. Vous pourrez le lui demander à son arrivée.

Conall fronça les sourcils.

— Croyez-vous vraiment que son opinion ait une quelconque valeur à mes yeux ?

— Si vous voulez parler des bouteilles…

Les yeux de la jeune femme se tournèrent vers le bahut et ses jolies pommettes hautes se colorèrent.

— Le fait qu'il boive ne fait pas de lui un homme méprisable, reprit-elle. Il a fait remporter des prix à votre société, monsieur O'Brien, comme vous devez le savoir. C'est un architecte de talent qui a un brillant avenir devant lui. Mais, en ce moment, il a besoin d'aide et de réconfort. Il ne mérite pas de perdre son emploi uniquement parce que son monde s'est écroulé quand sa femme l'a quitté.

— Et notre entreprise, vous y avez pensé ? Nous avons une réputation à défendre, et les clients sont en droit d'attendre des prestations de toute première qualité. Si nous ne pouvons plus les leur assurer à cause d'individus comme Derek Holden qui laissent leur vie privée empiéter sur leur vie professionnelle, je suis désolé, mais nous devons réagir. S'il ne se ressaisit pas, et vite, il y a des tas de jeunes architectes ambitieux prêts à prendre sa place.

Cet homme était vraiment sans pitié ! pensa Morgen. Il se moquait bien de la souffrance de Derek. Tout ce qu'il voyait, c'était le manque à gagner pour son entreprise. Pourtant, il serait bien ennuyé si elle lui donnait sa démission sur-le-champ ! Nul n'est indispensable, certes, mais il aurait du mal à comprendre les dossiers si elle n'était pas là pour les lui expliquer. Et l'idée de le mettre dans l'embarras la tentait sérieusement.

— Alors, miss McKenzie ? Vous partez ou vous restez ?

— Je ne laisserai pas tomber Derek ! répondit-elle avec véhémence.

Ce dévouement à son supérieur était admirable, mais Conall n'avait aucune envie de l'en féliciter. En fait, cela le mettait hors de lui qu'elle s'obstine à protéger un homme qui l'avait lâchement laissée braver la tempête pendant qu'il noyait son chagrin dans l'alcool.

— Très bien. Alors, puisqu'il est clair que vous ne tenez pas à vous retrouver au chômage, nous ferions mieux de nous mettre au travail. Assez perdu de temps.

A son expression, il vit qu'elle lui aurait volontiers jeté un objet à la tête, et cela le renforça dans sa décision d'appliquer son inimitable méthode personnelle, celle qui lui avait si bien réussi pour faire prospérer sa société.

Il montra du doigt les dossiers posés sur le bureau.

— Ce sont les projets en cours ?

Elle hocha la tête en guise de réponse.

Conall passa derrière le bureau et s'installa dans le gros fauteuil en cuir de Derek Holden.

— Apportez-moi du café. Je vais y jeter un coup d'œil.

Réprimant son envie de rétorquer qu'elle n'était pas sa domestique, Morgen ravala son orgueil et retourna à contrecœur chercher sa tasse vide.

Un instant plus tard, tout en versant du café d'une main tremblante, elle se demandait combien de temps Derek et elle allaient pouvoir garder leur emploi, maintenant que le grand patron était là pour leur imposer sa dictature…

2

La sonnerie de son téléphone la fit sursauter. Elle décrocha vivement.

— Morgen McKenzie, bonjour.

— C'est Derek.

— Pour l'amour du ciel, où êtes-vous ? demanda-t-elle en baissant la voix et en jetant un regard inquiet à la porte du bureau voisin.

— Chez moi. Où voulez-vous que je sois ?

Il avait la voix pâteuse et un ton agressif.

— Savez-vous avec qui vous aviez rendez-vous ce matin ?

— Ça pouvait sûrement attendre. Et puis, vous arrivez toujours à m'inventer une bonne excuse. C'est pour ça que vous êtes une assistante géniale.

— Savoir mentir serait donc une qualité ?

— Quoi ?

En entendant un bruit de verre à l'autre bout du fil, puis celui d'une masse tombant lourdement à terre, Morgen comprit que Derek était dans un état d'ébriété avancé. Si Conall O'Brien l'apprenait, ils étaient tous les deux bons pour la porte.

— C'est avec Conall O'Brien que vous aviez rendez-vous, Derek ! Ce nom vous dit quelque chose ?

— Oh ! m…

— Je ne vous le fais pas dire. Il est encore dans votre bureau et à mon avis, il est prêt à vous y attendre le temps qu'il faudra.

Elle se souvint alors qu'il avait parlé d'un déjeuner d'affaires à 13 heures. Il était 12 h 30. Dieu merci, il allait bientôt partir. Mais pour combien de temps ?

— Pitié, Morgen ! Je ne suis pas en état de le voir aujourd'hui. Dites-lui que je suis malade.

— C'est déjà fait, Derek, mais franchement, il n'a pas eu l'air de me croire.

Ce n'était pas le moment de lui dire que Conall O'Brien avait vu ses bouteilles vides. En se sachant découvert, de surcroît par le grand patron, quelle bêtise ne risquait-il pas de faire dans son état actuel ?

— Vous n'avez pas le choix. Buvez vite un café, passez sous la douche. Je vous envoie un taxi et je vous attends en bas dans le hall.

— Je me sens vraiment trop mal. Vous me demandez l'impossible, Morgen !

Quelle pitié que ce jeune et brillant architecte se soit écroulé comme un château de cartes parce que son mariage n'avait pas marché ! Elle-même avait connu cela. Qui plus est, quand son mari l'avait quittée, elle était enceinte de cinq mois. La différence, c'est qu'elle n'avait pas eu les moyens de s'effondrer : elle avait dû s'occuper de son bébé et de sa mère, veuve depuis peu.

Elle soupira et passa une main dans ses cheveux, ce qui fit tomber le peigne qui les retenait.

— Dans ce cas, je viens vous chercher moi-même en taxi et je vous aiderai à vous préparer. Allez, arrêtez de boire, branchez la cafetière et mangez un morceau. D'accord ?

Elle entendit un déclic. Derek avait raccroché.

Morgen venait d'attraper son manteau quand la porte du bureau s'ouvrit sur Conall. Cette apparition soudaine la fit sursauter et elle s'en voulut aussitôt de se laisser intimider ainsi par lui.

Les bras croisés sur son torse impressionnant, il l'observait, comme un chat guette une souris. Décidément, pensa Morgen avec dépit, ce n'était pas son jour de chance !

— Vous partez déjà déjeuner, miss McKenzie ?

— J'ai un rendez-vous. Je serai de retour dans moins d'une heure. J'allais… j'allais vous le dire.

— Vraiment ?

Il la dévisageait de ses yeux bleu acier.

Etait-il toujours aussi soupçonneux ? Morgen essaya de soutenir son regard.

— Je dois absolument y aller. Mais si vous avez besoin de moi, je pourrai rester plus tard ce soir.

Cette proposition lui arrachait le cœur, sachant que Neesha l'attendait avec impatience. La petite fille adorait sa grand-mère, mais quand elle n'était pas bien, c'était sa maman qu'elle voulait auprès d'elle.

— Ne seriez-vous pas sur le point d'aller chercher votre patron, par hasard ?

En voyant ses yeux verts s'agrandir de surprise, Conall sut qu'il avait visé juste. Il se demandait s'il devait être plus en colère contre la jeune femme qui lui avait menti, ou contre Derek pour son comportement indigne.

Tout en se mordant la lèvre, elle rejeta sa magnifique chevelure en arrière.

— Il sera au travail dans une heure, affirma-t-elle. Il a juste besoin de se ressaisir et de se rafraîchir un peu.

— Et qu'allez-vous faire ? Lui tenir la main sous la douche ? demanda-t-il avec ironie, alors que la pensée de Morgen, nue sous la douche, éveillait soudain en lui un désir puissant.

Morgen ne jugea pas bon de relever, ni de lui dire que ce ne serait pas la première fois qu'elle irait chez Derek en « mission de sauvetage ». Elle connaissait aussi bien son magnifique appartement du quartier de Westminster, avec vue imprenable sur la Tamise, que sa propre petite maison jumelée de Lambeth. L'intérieur jadis soigné de Derek était maintenant complètement à l'abandon, même sa femme de ménage était partie : elle en avait eu assez de ramasser des bouteilles vides dans tous les coins.

— Comme je vous l'ai déjà dit, reprit-elle, il est dans une passe difficile. On ne peut pas l'abandonner en ce moment.

— « On » ?

— L'entreprise… Moi. Ne souhaitez-vous pas qu'il se rétablisse au plus vite ?

Son désir de défendre Holden dénotait chez elle une nature

généreuse, mais Conall, lui, n'avait pas envie de se laisser attendrir.

— Je dirige une société, miss McKenzie, pas une maison de repos.

Il la vit pâlir. Vraiment, Derek Holden devait apprécier d'avoir une assistante aussi dévouée à sa cause.

— Inutile d'appeler un taxi, ma voiture est en bas. Je viens avec vous… Je vais voir si je peux lui faire entendre raison.

— Et votre rendez-vous de 13 heures ?

— Je l'ai reporté. Allons-y.

Le visage déjà blanc de Derek devint livide quand il vit qui se tenait derrière Morgen. Il recula en trébuchant sur le parquet jadis bien ciré de sa grande entrée.

L'appartement sentait le renfermé. Lui-même paraissait si mal en point que Morgen aurait aimé pouvoir d'un coup de baguette magique le ramener quelques mois en arrière, avant le départ de Nicky, quand sa carrière était en pleine ascension.

— Bonjour, Derek. M. O'Brien a tenu à m'accompagner, expliqua-t-elle. Je vais nous faire du café. Avez-vous mangé ?

Enregistrant son marmonnement inaudible, Morgen passa devant lui sans insister, le laissant à contrecœur face à Conall O'Brien.

Tous les comptoirs de la cuisine ultramoderne étaient encombrés de vaisselle sale. En soupirant, elle entreprit de laver trois tasses tout en tendant l'oreille et priant le ciel pour que Conall O'Brien fasse preuve d'un peu d'indulgence envers Derek. Mais autant demander à un boa constrictor d'épargner sa proie ! Cela dit, la manière douce qu'elle-même avait essayée avec Derek n'avait pas marché non plus. Combien de fois lui avait-il juré qu'il avait arrêté de boire…

Cinq minutes plus tard, elle entendit des pas derrière elle. Conall apparut à la porte de la cuisine. Il avait retiré sa veste et sa cravate ; grand, svelte et bien bâti comme il l'était, il semblait de taille à affronter une armée. Avec ses cheveux un peu décoiffés et sa mâchoire carrée mal rasée, il était aussi dangereusement séduisant…

— Il est sous la douche, annonça Conall.

Puis, jetant un regard incrédule autour de lui, il ajouta :

— Si nous le payons assez pour vivre dans un appartement comme celui-ci, pourquoi n'a-t-il pas pris une femme de ménage ?

Morgen porta une main savonneuse à sa joue.

— Il l'a fait. Mais elle a démissionné.

— Pas étonnant.

Malgré lui, Conall s'approcha de la jeune femme et enleva la mousse qui était restée sur sa joue. De près, il découvrait que ses yeux verts étaient mouchetés d'étonnantes lueurs noisette et que ses longs cils étaient naturellement noirs et fournis. Le parfum de Morgen l'enveloppa, une fragrance chaude et sensuelle qui évoquait pour lui l'été sur la Côte d'Azur.

— Vous aviez du savon sur la joue, dit-il d'une voix rauque.

— Merci, balbutia Morgen en se détournant.

Conall repartit avec un petit sourire. Il adorait l'idée qu'il pouvait la déstabiliser.

— Ça va mieux ?

En voyant le visage défait et les yeux bouffis de l'homme debout devant lui, Conall se dit qu'il ferait mieux de lui accorder le reste de la journée. En une heure, il avait pu étudier avec lui l'avancement du gigantesque projet d'aménagement des docks dont Derek était responsable ; il avait appelé le chef de chantier et convenu d'un rendez-vous sur place à 16 heures avec les entrepreneurs et le client.

Dès le lendemain, il mettrait Derek Holden devant l'unique alternative possible. Ou il acceptait de se faire soigner ou il était licencié. D'énormes sommes avaient déjà été englouties dans ce projet, le client ne pouvait pas perdre davantage d'argent. En outre, la réputation internationale de la société était en jeu.

— Je veux bien encore un peu de café, dit Derek d'une voix faible en tendant sa tasse.

Morgen la lui prit des mains et retourna dans la cuisine. Son estomac gargouillait de faim et ses tempes commençaient à battre douloureusement : elle n'avait rien mangé depuis la veille au soir. Quand pourrait-elle enfin avaler son sandwich ?

Pauvre Derek ! Il avait une mine épouvantable… Conall O'Brien s'était montré plus indulgent qu'elle ne l'aurait cru. Il lui semblait même avoir lu de la sympathie dans ses yeux pendant que Derek essayait en bafouillant d'expliquer comment il avait pu en arriver là. A moins qu'elle ne se fût trompée…

Après un coup d'œil à sa montre, Conall se leva, remit sa veste et se tourna vers elle.

— Il vaut mieux que Derek dorme tout son soûl pour être en forme demain matin. J'ai rendez-vous à 16 heures sur le chantier des docks. Si vous le voulez bien, miss McKenzie, vous m'y accompagnerez, pour me fournir les précisions dont je pourrais avoir besoin.

En temps normal, les rendez-vous de chantier ne gênaient pas Morgen. Mais ce projet-là était énorme… Depuis des semaines qu'elle devait justifier les absences de Derek, affronter les coups de fil furieux du client, elle avait redouté que l'associé principal du cabinet O'Brien & Stoughton ne se rende compte que le projet avait pris beaucoup de retard.

Elle soupira. La perspective de voir Neesha avant le coucher lui parut soudain bien lointaine… Ce rendez-vous de chantier risquait fort de durer des heures.

— Entendu, monsieur O'Brien, répondit-elle malgré tout.

— Ne touchez plus à l'alcool ce soir, Holden, et couchez-vous de bonne heure. Si vous voulez garder votre emploi, soyez demain matin à 9 heures au bureau.

Derek lança un regard paniqué à Morgen. A cet instant, il avait l'air d'un petit garçon perdu. Et bien qu'elle lui en voulût un peu, Morgen lui adressa un chaleureux sourire de réconfort.

Comme ce devait être bon d'avoir droit à un de ces ravissants sourires ! se dit Conall.

Son parfum ensorcelant lui emplit les narines quand elle passa la porte. Dehors, comme elle marchait devant lui pour rejoindre la voiture, il put admirer ses jolies jambes fines gainées de bas clairs. Cette fille l'excitait vraiment. Qu'allait-il faire ?

— Je vais chez ma sœur prendre une douche et me raser. Vous pouvez gérer les choses jusqu'à mon retour ?

Morgen se raidit alors qu'elle prenait place sur le siège

passager, et lui lança un regard courroucé. Que croyait-il qu'elle faisait depuis six mois ?

— Je devrais y arriver.

Elle détourna aussitôt les yeux, troublée de le sentir si près, dans l'habitacle garni de cuir couleur crème de sa luxueuse voiture.

— Pourquoi sa femme l'a-t-elle quitté ?

La question de Conall la prit par surprise.

— Il dit qu'elle n'a pas supporté sa réussite professionnelle alors qu'elle-même essayait de percer comme chanteuse, répondit-elle en replaçant une mèche de cheveux derrière son oreille. Ils venaient de milieux très différents et leurs aspirations respectives n'étaient pas les mêmes. C'est ce qui les a peu à peu éloignés l'un de l'autre, je crois. Jusqu'au jour où c'est devenu intenable… pour Nicky en tout cas.

Morgen baissa les yeux, soudain consciente que ces deux dernières phrases auraient pu s'appliquer aussi au couple qu'ils avaient formé, son ex-mari et elle. Simon, qui sortait d'Eton, un des collèges les plus réputés du pays, avait fait des études de médecine et venait d'être promu chef de clinique au Guy's Hospital quand elle l'avait rencontré. Elle avait été aussitôt subjuguée par son charme et son assurance.

La mère et le père de Simon, lui-même un éminent spécialiste de chirurgie cardiaque, étaient des gens fortunés et dès le début, elle avait senti qu'ils ne la trouvaient pas assez bien pour leur fils chéri. Evidemment ! Elle-même avait grandi dans la banlieue sud de Londres, n'avait qu'un diplôme de secrétariat, son père était maçon et sa mère secrétaire dans une école. C'était donc une évidence : elle n'avait rien à voir avec le milieu dans lequel évoluaient les Vaughan-Smith.

— Ce sont des choses qui arrivent, commenta sobrement Conall.

Le regard toujours fixé sur la jeune femme, il se demandait à quoi elle pensait.

— Il va bien falloir qu'il se ressaisisse, en tout cas, poursuivit-il. Et vite. Surtout s'il tient à son poste.

Morgen réagit avec véhémence.

— Derek n'est pas en train de saboter sciemment son avenir, voyons ! Il est très mal, il souffre.

Soudain, Conall lut dans son regard qu'elle le prenait pour un sale type sans cœur qui ne considérait ses employés qu'en termes de rentabilité. En réalité, il souhaitait que chacun donne le meilleur de lui-même, et était tout prêt à partager les fruits de sa réussite avec ceux qui s'investissaient à fond dans leur travail. Cela ne l'empêchait pas d'être intransigeant ; impitoyable, même, quand il le fallait.

Dans le cas présent, il estimait que Derek Holden avait assez pleuré sur son sort. Il était temps pour lui de se secouer. Sinon, ce n'était pas seulement sa carrière qu'il mettrait en péril, mais sa vie.

— Je suis bien conscient qu'il a besoin d'une aide médicale. Sur le plan professionnel, je vais reprendre en main ses projets pendant quelque temps. Vous travaillerez donc directement pour moi, miss McKenzie. Vous vous en sentez capable ?

Pourquoi ne pouvait-il s'empêcher de la provoquer ainsi ? se demanda-t-il. Sans doute pour voir sa réaction. Comme pour confirmer cette pensée, la contrariété de la jeune femme se lut aussitôt sur son joli visage. Décidément, elle semblait avoir du mal à contrôler ses émotions. Sans savoir pourquoi, Conall se sentait ému par elle, comme il ne l'avait pas été depuis longtemps. Et la perspective de travailler avec elle pendant que Derek Holden se faisait soigner le séduisait bien plus que de raison…

Dès qu'il serait à l'appartement — celui que possédait sa sœur dans Highgate et qu'elle lui prêtait en son absence —, il appellerait ses associés de New York pour les prévenir qu'il resterait au Royaume-Uni pour un temps indéterminé.

— Oui, je m'en sens parfaitement capable. Mais testez-moi. Dans mes cours de secrétariat, on m'a appris comment il fallait se comporter avec les gens à la personnalité difficile. J'en ai même fait ma spécialité ! A tout à l'heure.

Morgen descendit de voiture et claqua la portière derrière elle.

Son hostilité ne dérangeait pas Conall. Au contraire, elle

l'amusait. Se flattant de bien connaître les femmes et convaincu par expérience que l'argent et la réussite étaient de puissants aphrodisiaques, il ne doutait pas qu'elle tomberait un jour dans ses bras…

3

Quand, à 15 h 30, Morgen aperçut son reflet dans la glace des toilettes, elle fut étonnée de se découvrir des cernes sous les yeux. Il est vrai qu'elle était terriblement fatiguée.

Sa mère l'avait appelée pour dire que Neesha se sentait bien mieux, et c'était déjà une bonne nouvelle. Demain, la petite fille pourrait donc retourner en classe et sa mère rentrerait chez elle. Ses relations avec cette dernière étaient toujours tendues, d'autant plus lorsque Morgen lui demandait de venir s'occuper de sa fille. Car Lorna McKenzie désapprouvait les jeunes mères qui travaillent à temps plein. Fut un temps où Morgen aurait peut-être partagé son avis, mais en la quittant après un an de mariage, Simon ne lui avait pas vraiment laissé le choix.

Lui qui avait semblé si heureux qu'elle soit enceinte avait en fait très vite changé d'attitude. Comme il le lui avait dit en la quittant, il n'était pas sûr d'être fait pour être père et ne supportait pas, de toute façon, l'idée d'être enchaîné. Il était prêt à l'aider financièrement jusqu'à ce qu'elle retrouve un emploi. Ensuite, il ne lui verserait plus qu'une pension pour l'enfant.

« L'enfant. » C'est ainsi que Simon parlait de Neesha le plus souvent. Il la voyait à peine trois ou quatre fois par an, privilégiant sa carrière en pleine ascension, et préférant, à ses rares heures de loisirs, sortir avec ses amis influents ou faire du sport. Quant aux grands-parents paternels de Neesha, ils ne s'intéressaient pas à cette enfant née d'une union qu'ils avaient désapprouvée dès le début.

Morgen retint une soudaine envie de pleurer.

« Ça suffit ! dit-elle à son reflet dans la glace, tout en remettant son rouge à lèvres dans son sac. Tu as tenu le coup quand ce salaud t'a plaquée ; tu ne vas pas flancher maintenant ! » Ce genre de choses arrivait à d'autres. A ce pauvre Derek, par exemple. Et lui, quel avenir l'attendait s'il n'arrivait pas à abandonner l'alcool ?

Morgen se hâta dans le couloir en espérant arriver dans le bureau avant Conall. Mais, pas de chance ! Il était là, debout près de la fenêtre. Il se retourna quand elle entra, et elle vit qu'il était rasé de près et vêtu d'un autre costume impeccablement coupé : gris anthracite, avec une chemise blanche qui mettait en valeur son bronzage, et une cravate bordeaux. Il était superbe, et quand il posa sur elle ses yeux bleus, elle se sentit défaillir.

— Je ne vous ai pas fait attendre ? demanda-t-elle pour masquer son trouble. Je suis juste allée me rafraîchir un peu. Si vous êtes prêt…

— Vous avez les traits tirés, miss McKenzie. Etes-vous sûre que vous pouvez m'accompagner ?

Sans même répondre, Morgen alla prendre l'épais dossier posé sur son bureau et pivota sur ses talons.

— Allons-y. Il est déjà 15 h 40 et il risque d'y avoir de la circulation.

Conall remarqua qu'elle avait rattaché ses cheveux. Y avait-il des moments dans la vie où elle se laissait aller ? se demanda-t-il. Au lit avec un amant, par exemple ?

Même coiffée de façon stricte, on ne pouvait pas ne pas la remarquer. Elle avait un joli visage, des formes voluptueuses que laissait deviner son tailleur ajusté, et beaucoup d'allure avec son mètre soixante-dix. Il aurait bien aimé savoir s'il y avait un homme dans sa vie.

— J'aime cet enthousiasme au travail, dit-il. Bon, j'ai contacté le client. Vous le connaissez ?

— Je l'ai seulement eu au téléphone, répondit Morgen en se souvenant des appels furieux de Stephen Ritchie ces dernières semaines, sans parler de ses menaces de faire un procès à la société.

— Il est très mal disposé envers nous, envers Derek en tout cas, ajouta Conall. Il va nous falloir déployer tous nos talents pour le calmer. Vous croyez que nous y arriverons, miss McKenzie ?

Sur le seuil de la pièce, il marqua une pause et plongea ses yeux dans les siens. Morgen frissonna. Le regard bleu intense de cet homme était un océan dans lequel elle craignait de se noyer…

Elle retint son souffle un instant avant de pouvoir répondre.

— Cessez de m'appeler ainsi, monsieur O'Brien. Je n'aime pas qu'on cherche à m'intimider.

— Je vous intimide ? Préférez-vous que je vous appelle Morgen ? demanda-t-il d'une voix chaude et sensuelle.

— C'est mon prénom.

— Alors va pour Morgen. Vous avez bien tout le dossier ?

— J'ai tout ce qu'il vous faut, monsieur O'Brien.

— Appelez-moi Conall, dit-il d'un ton qui se voulait léger.

Quand ils arrivèrent sur le chantier, il pleuvait. Tout en mettant le casque obligatoire, Morgen regretta de n'avoir pas emporté ses bottes en caoutchouc. Conall, pour sa part, semblait peu soucieux de ses magnifiques chaussures italiennes cousues main qui s'enfonçaient dans la boue.

Le chef de chantier les conduisit dans un préfabriqué où les attendaient trois hommes, dont un en costume. Dès qu'elle entra, tous les regards se tournèrent vers elle avec méfiance, comme si une femme n'avait pas sa place dans ce lieu.

Il serait temps que les mentalités évoluent ! pensa-t-elle, agacée de leur réaction.

— Miss McKenzie est mon assistante, elle est là pour prendre des notes, annonça Conall en tirant une chaise pour la faire asseoir. Derek Holden est malheureusement souffrant. C'est donc moi qui m'occuperai du projet jusqu'à son retour.

En très peu de temps, Conall réussit à vaincre l'hostilité du client en proposant des solutions pour rattraper au mieux le retard déjà pris. Morgen fut impressionnée par son habileté, ses talents de diplomate et de décision.

Il était près de 19 heures quand ils remontèrent en voiture. Elle était exténuée et rêvait d'un bain chaud. Conall, pour sa part, ne semblait montrer aucun signe de fatigue. Il avait même l'air assez satisfait.

— Ça s'est plutôt bien passé, vous ne trouvez pas ?

Le fait qu'il lui demande son avis la surprit, d'autant plus que la réponse était évidente. A la fin du rendez-vous, les autres lui mangeaient presque dans la main !

— Votre démonstration a été des plus brillante. Je vous demanderai votre aide quand je voudrai renégocier ma prime d'assurance.

— La plupart des gens ont peur de se faire avoir, Morgen. Il suffit de gagner leur confiance en mettant son ego de côté et la partie est presque gagnée. On peut tout obtenir d'eux ensuite.

Conall O' Brien, oublier son ego ? Elle doutait que cela soit possible…

— Je ne voudrais pas vous bousculer, monsieur O'Brien…

— Conall, la reprit-il avec une lueur espiègle dans le regard.

— … mais j'ai vraiment hâte de rentrer chez moi. Vous voulez bien me ramener au bureau pour que je puisse reprendre ma voiture ?

— Vous sortez, ce soir ?

— Oh non ! Tout ce dont je rêve, c'est de me lover sur le canapé avec la personne que j'aime le plus au monde, devant un bon programme télé.

Il y avait donc un homme dans sa vie ! Conall en ressentit un pincement au cœur de jalousie. Mais comment aurait-il pu espérer le contraire ?

Il y avait longtemps qu'il n'avait pas eu de relation intime avec une femme et la délicieuse miss McKenzie l'attirait terriblement. Mais pas seulement sur le plan sexuel, il avait aussi envie de mieux la connaître.

— Et vous ? demanda-t-elle.

— Pardon ?

— Vous avez des projets pour la soirée ?

Ceux qu'il avait étaient bien peu excitants : faire réchauffer au micro-ondes un des plats cuisinés par sa sœur Teresa, se servir un grand verre de vin et appeler ses bureaux de New York.

Quel dommage que sa sœur ait justement dû partir en voyage d'affaires le jour de son arrivée ! Ce soir, il n'aurait pas refusé un peu de compagnie.

Il pouvait toujours appeler sa mère, mais il n'avait pas très envie de l'entendre lui répéter pour la énième fois qu'il devrait s'installer à Londres définitivement. Même s'il était vrai que chaque fois qu'il revenait dans sa ville natale, il s'y sentait bien ; mieux, même, que partout ailleurs.

— Je vais sans doute travailler, répondit-il avec un haussement d'épaules.

— Maman, pourquoi es-tu fâchée contre mamie ? demanda Neesha au moment de se coucher.

Son joli visage encadré de boucles brunes exprimait de l'anxiété.

Morgen s'en voulait d'avoir mal réagi aux réflexions de sa mère, après cette journée déjà chargée en tension nerveuse.

Elle déposa un baiser tendre sur la joue de sa petite fille, heureuse de voir que celle-ci, en tout cas, semblait aller beaucoup mieux.

— C'est parce qu'elle a parfois du mal à comprendre que je te quitte pour aller travailler. Mais il faut bien que je gagne de quoi nous faire vivre, toi et moi. Je n'ai pas le choix.

— Mamie dit que papa est parti parce que tu étais trop têtue. Et que si tu avais été plus gentille, il serait resté.

Neesha se mordit la lèvre. Le cœur lourd, Morgen prit sa petite main dans la sienne et se força à sourire.

— Mamie n'a pas le droit de dire ça. Elle refuse d'admettre qu'en réalité ton papa a fui ses responsabilités.

Morgen sentit une boule lui monter dans la gorge à l'idée que sa petite fille se demandait pourquoi son père l'avait abandonnée.

— Alors pourquoi vous m'avez eue ?

— Nous désirions tous les deux avoir un enfant. C'est *après* que papa a eu peur et est parti. Quant à moi, la première fois que je t'ai tenue dans mes bras, j'ai trouvé que tu étais le plus joli, le plus magnifique, le plus extraordinaire petit bébé que j'aie jamais vu. Je t'ai aimée tout de suite et je t'aimerai toujours.

Morgen serra Neesha très fort contre elle, humant avec bonheur l'odeur de shampooing de ses boucles brunes.

— Moi aussi je t'aime, maman. Tu es la meilleure maman

du monde. Et la plus jolie. Quand je serai grande, je voudrais te ressembler.

Morgen sourit et la reposa dans son lit.

— C'est bon d'entendre ça, tu sais.

— Tant mieux. Je déteste quand mamie te fait de la peine. Bon, j'ai très sommeil. Je vais te dire bonne nuit, maman.

— Bonne nuit, ma beauté. A demain. Tu te sens vraiment assez bien pour retourner à l'école ?

— Oh oui ! j'ai hâte de voir mes copines.

— Tu dois leur manquer aussi, ma poupée. Allez, dors bien.

De retour dans le salon, Morgen se laissa tomber dans le canapé et prit la télécommande. Aucun des programmes ne la tentait, et elle se releva pour aller chercher un morceau de pain et de fromage dans la cuisine. Puis elle décida de mettre une cassette vidéo — une comédie sentimentale — et s'installa confortablement pour la regarder.

Au bout de dix minutes, elle se rendit compte qu'elle ne suivait absolument pas l'action. Elle ne cessait de penser à Conall O'Brien… Pourtant, elle n'aimait rien en lui. Ce n'était pas parce qu'il était beau et impressionnant dans le travail qu'elle allait faire partie de son fan-club ! C'était un homme autoritaire, dominateur, et il avait un cœur de pierre. Heureusement, il n'allait pas rester longtemps. Dès que Derek serait revenu à son poste ou qu'on lui aurait trouvé un remplaçant valable, il reprendrait l'avion pour les Etats-Unis.

— Miss McKenzie, je veux ces lettres tapées dans une heure sur mon bureau.

Morgen regarda la liasse de feuilles que Conall avait déposée devant elle, remarqua qu'il portait encore un costume différent et grimaça dans son dos tandis qu'il retournait dans le bureau de Derek en claquant la porte derrière lui.

Tiens, on ne m'appelle plus par mon prénom ? pensa-t-elle. Avait-il changé d'avis ? Ou mal dormi ? Quoi qu'il en soit, elle n'aimait pas le ton sur lequel il lui avait parlé.

Elle classa par ordre d'importance les feuilles couvertes d'une écriture illisible. Cela faisait vingt-quatre lettres, dont certaines de plus de deux pages. Elle n'y arriverait jamais en une heure ! Cependant, comme elle aimait les défis, elle fit pivoter sa chaise et s'installa immédiatement devant son ordinateur.

Eh bien non, il n'aurait jamais imaginé qu'il puisse éprouver une attirance aussi forte pour l'assistante de Derek Holden… En la voyant tout à l'heure dans son petit tailleur noir qui n'arrivait pas à cacher ses formes féminines, il avait senti un désir si violent s'emparer de lui qu'il avait dû faire demi-tour aussitôt.

Il regardait sans le voir le dôme de la cathédrale Saint-Paul. La veille au soir, il avait attribué au décalage horaire sa difficulté à trouver le sommeil, mais, en fait, pour être honnête, c'étaient plutôt ses pensées érotiques associées à Morgen McKenzie qui l'avaient empêché de s'endormir.

Bon, assez rêvassé ! Il avait du travail par-dessus la tête. Le téléphone n'avait pas cessé de sonner depuis son arrivée au bureau à 8 heures. Parmi les nombreux appels, il y avait eu celui de sa mère. Il lui avait promis d'aller dîner chez elle le soir même, mais il le regrettait déjà. Elle lui reprocherait encore ses trop longues absences et il n'échapperait pas aux éternelles comparaisons avec son père.

Il alla se planter en face du bureau de Morgen.

— Faites livrer une douzaine de roses jaunes à longue tige à cette adresse, je vous prie. Et si possible avant le déjeuner.

— Un message ?

Tout en affichant un air décontracté, Morgen sentit une onde de chaleur la parcourir sous son regard pénétrant.

— Oui, voici le message : « Désolé, dîner impossible ce soir. Je t'appelle. Tendrement. Conall ».

En lisant le nom et l'adresse sur le papier qu'il lui tendait, Morgen se demanda qui était Victoria Kendall. Une petite amie ? Sa fiancée ? Pour la première fois, l'idée lui vint qu'il était peut-être marié. Cela la dérangeait vaguement, mais elle se refusait à creuser davantage la question. De toute façon, même si elle s'était sentie attirée par lui — ce qui n'était pas le cas —, ils n'appartenaient pas du tout au même monde. Et elle savait que cette disparité condamnait les couples à l'échec.

— Je m'en occupe tout de suite, monsieur O'Brien.

— Parfait. Au fait, vous avez passé une bonne soirée avec la… « personne que vous aimez le plus au monde » ?

Morgen ne voyait pas du tout à quoi il faisait allusion, puis elle se souvint avoir effectivement employé cette expression la veille dans la voiture.

— Oui. Merci.

— Je suppose qu'une jolie fille comme vous a beaucoup de « personnes qu'elle aime le plus au monde » ?

Morgen fit un effort pour garder son calme.

— Si c'est une allusion déplacée, je vous prierai de garder vos réflexions pour vous.

— Allons, pas de cachotteries. Qui est donc cette personne dont vous ne voulez pas parler ?

Conall sentait qu'il avait du mal à se contrôler. Que devait-elle penser de son agacement manifeste ?

— Je n'ai rien à cacher, répondit-elle, mais j'ai droit à une vie privée, non ?

— Bien sûr. Je ne faisais que vous manifester de l'intérêt.

Morgen soupira. Si elle lui disait qu'elle avait passé la soirée avec sa fille, cela mettrait peut-être fin à ses questions une bonne fois pour toutes.

— La personne avec qui j'ai passé la soirée est Nee…

— Bonjour, tout le monde. Est-ce qu'il y a du café chaud, Morgen ? J'en aurais bien besoin.

Tous deux se retournèrent en même temps et Conall maudit intérieurement Derek Holden pour cette irruption intempestive.

4

La porte du bureau se rouvrit brusquement.

Après deux heures passées avec Conall, Derek sortit. Il avait l'air un peu perdu d'un prisonnier, le jour de sa libération. Il adressa à Morgen une petite grimace qui en disait long. Le cœur serré, elle y répondit par son plus chaleureux sourire.

— Morgen, vous avez droit à un nouveau patron pendant six semaines. Et moi à un congé sabbatique forcé. Vous allez y arriver ?

Conall, debout derrière lui, se retint de lever les yeux au ciel. Manifestement, Morgen se débrouillait seule depuis plusieurs semaines déjà, les incursions de Derek au bureau étant tout à fait sporadiques. Pour avoir réussi à cacher aux autres le « petit problème » de son patron, et en assumant seule la charge de travail considérable qui reposait sur ses épaules, elle méritait toute son admiration.

— Remettez-vous d'aplomb au plus vite, dit Morgen à Derek. Reposez-vous, mangez sainement, et ne vous inquiétez pas pour nous : nous nous débrouillerons sans vous.

Elle rougit, gênée, en se rendant compte que ce « nous » incluait Conall. A vrai dire, elle n'avait pas imaginé qu'il déciderait de gérer lui-même les projets jusqu'au retour de Derek.

Conall raccompagna ce dernier à la porte. Quand il fut parti, il la regarda un instant pianoter à toute vitesse sur son ordinateur.

— Vous vous en sortez avec ces lettres ?

Il avait un ton posé, mais intérieurement il bouillait encore de rage : il n'avait pas réussi à savoir avec qui elle avait passé la nuit.

— Ce côté maternel, vous l'avez avec tous les hommes ?

demanda-t-il avec froideur. Ou seulement avec les pauvres types comme Derek Holden ?

— Je ne le materne pas ! protesta-t-elle. Simplement, je me soucie de lui parce qu'il a toujours été pour moi un patron agréable, poli et respectueux. Ce qui n'est pas le cas de tous !

Cette critique à peine déguisée fit pâlir Conall. Quoi ? Elle trouvait qu'il ne la traitait pas convenablement ? Lui-même se considérait pourtant comme un patron équitable : ferme mais juste. Et puis, elle l'agaçait à porter ainsi aux nues son cher Derek !

— Vous voudriez qu'on prenne exemple sur un homme qui s'est laissé sombrer au point de devenir une épave ? Tout ça parce que sa femme l'a quitté ?

Le sang de Morgen ne fit qu'un tour. Certes, elle allait devoir apprendre à se contrôler devant les réflexions de Conall O'Brien, mais elle ne pouvait vraiment pas laisser passer celle-ci.

— Vous êtes bien sûr de vous ! explosa-t-elle. Le jour où vous vous ferez plaquer par la femme que vous aimez, vous comprendrez peut-être mieux !

— Cela ne risque pas de m'arriver, miss McKenzie. Je ne m'attacherai jamais à une femme au point qu'elle puisse me faire souffrir. Par contre, je peux m'y intéresser autrement…

Morgen se sentit infiniment troublée par cette allusion, mais elle n'abandonna pas pour autant la défense de Derek.

— En tout cas, si vous ne faites rien pour lui, il va finir par se détruire complètement ! Il pense qu'il n'a plus rien à perdre depuis que Nicky l'a quitté. Ne le sentez-vous pas ?

Elle faillit ajouter : « Si vous avez un cœur. »

— Cessez de vous tourmenter pour lui, Morgen ! La société va lui payer une cure de désintoxication dans une des meilleures cliniques du pays. Et j'ai demandé un rapport hebdomadaire sur son état de santé. Vous voilà rassurée ?

Morgen laissa échapper un soupir de soulagement.

— Oh oui ! Je m'inquiétais tellement pour lui que cela me réveillait la nuit.

Et dire qu'il la laissait s'emporter contre lui comme s'il était incapable d'humanité, alors qu'il avait déjà tout prévu ! pensa-t-elle avec amertume.

Considérant que le sujet était clos, Conall se dirigea vers son bureau. Quand il fut à la porte, il se retourna néanmoins.

— Nous avons un conseiller en ressources humaines. Vous auriez pu lui faire part de vos inquiétudes.

— C'est ça ! Pour étaler la vie privée de Derek au grand jour ! Je ne sais pas comment ça se passe à New York, mais ici, les commérages vont bon train et l'on a vite fait de condamner quelqu'un sans preuves. Les mauvaises langues auraient déjà mis en pièces ce pauvre Derek, sans chercher à savoir pourquoi il s'était mis à boire. A l'heure qu'il est, d'ailleurs, tout le monde doit penser que vous l'avez congédié.

Conall admit qu'elle avait raison. Lui-même n'avait-il pas accusé Morgen, sans rien savoir de sa vie, quand il l'avait trouvée endormie, la tête sur son bureau ?

— Je devrais peut-être annoncer officiellement que Derek Holden est en congé maladie pour quelques semaines. Cela mettrait fin aux bavardages.

— Si vous voulez, je peux organiser une petite réunion informelle avec vos associés à 16 heures cet après-midi ?

— Je m'en remets à votre efficacité. Au fait, pourriez-vous aussi me faire apporter un sandwich pour le déjeuner ? Au poulet. Merci.

Il eut un sourire inattendu.

Lorsqu'il souriait, il était presque charmant, pensa Morgen. Oui, mais justement, était-elle prête à se laisser charmer ?

Morgen se sentait fiévreuse. Elle claqua la portière en jurant. Pourquoi avait-il fallu qu'elle attrape le rhume de Neesha ? Juste le jour où Conall présidait une assemblée des actionnaires et comptait sur elle pour prendre des notes !

Elle venait de quitter le parking souterrain situé en face des bureaux de O'Brien & Stoughton et commençait à traverser la rue quand une voiture passa en trombe devant elle, manquant la renverser. En même temps, une poigne de fer la tira brutalement en arrière.

Sans comprendre ce qui lui arrivait, elle se retrouva sur le trottoir, face à un Conall furibond.

— Vous voulez vous suicider ou quoi ? Vous ne pouvez pas regarder avant de traverser ?

Le cœur de la jeune femme battait à tout rompre. Hébétée, les yeux emplis de larmes, elle regardait Conall sans pouvoir articuler un mot.

— Eh ! dit-il d'un ton radouci en lui caressant la joue. Je ne voulais pas vous faire peur !

Une larme roula sur la joue de Morgen. Elle suffoquait et tremblait de tout son corps, non pas de peur, mais d'émotion, à cause de cette caresse. Comment un simple geste de cet homme pouvait-il la désarçonner à ce point ?

— Je sais, murmura-t-elle enfin. C'est ma faute. J'ai effectivement traversé sans regarder. Merci de m'avoir sauvé la vie.

Sans lui, sa petite Neesha pourrait bien être orpheline à l'heure qu'il était. Cette pensée lui tira une autre larme, puis une autre encore. Elle avait beau se mordre la lèvre, elle ne parvenait plus à les retenir.

— Venez. Allons boire un café.

La prenant par le coude, Conall l'entraîna vers un petit café italien un peu plus bas. Elle se tamponnait les yeux désespérément, s'en voulant de se montrer aussi faible devant cet homme.

Dès qu'ils furent assis à une table, sans se soucier du flot d'employés qui entraient et sortaient, Conall concentra entièrement son attention sur Morgen. En la voyant porter la tasse de café à ses lèvres d'une main tremblante, il fronça les sourcils.

— Qu'est-ce qui ne va pas ? Est-ce que je peux vous aider ? Il souhaitait sincèrement pouvoir le faire, car il était convaincu que Morgen s'occupait davantage des autres que d'elle-même. La veille encore, il l'avait trouvée en train de consoler une jeune secrétaire qui avait un chagrin d'amour. Il se demandait si la « personne qu'elle aimait le plus au monde », se souciait suffisamment de son bien-être.

— Ça va, je vous assure. J'ai simplement pris froid et je dors mal la nuit, répondit-elle en essayant de se soustraire à son regard.

— Je pense qu'il y a une autre raison, dit-il après un court silence. Si elle est en rapport avec le travail, c'est à moi que vous devez en parler. C'est le personnel de cette société qui en fait sa valeur : le bien-être de chacun m'importe donc beaucoup.

Cette déclaration aurait dû être rassurante. Pourtant, Morgen ne se fiait pas à Conall. Elle savait bien qu'en tant que grand patron, il ne supportait pas la moindre faiblesse chez les autres.

— Je croyais que vous ne tolériez pas que les problèmes personnels empiètent sur la vie professionnelle, monsieur O'Brien ? demanda-t-elle.

— Conall, la reprit-il avec agacement.

Il ne pouvait s'en prendre qu'à lui-même puisque, depuis le début, il l'appelait avec insistance « miss McKenzie ». Etait-ce un effet de son subconscient ? Pour maintenir leurs relations sur un plan strictement professionnel et juguler la violente attirance qu'il éprouvait pour elle ?

— Vous ne croyez pas que je puisse me soucier des gens qui travaillent pour moi ?

— Je n'ai pas dit cela…

Sentant ses joues s'empourprer, Morgen plongea le nez dans sa tasse.

— Mais vous ne me trouvez pas particulièrement sympathique, c'est cela ? insista-t-il.

— Euh… votre réputation vous précède, monsieur O'B…

Conall la foudroya du regard.

— Si vous m'appelez encore ainsi, je vous licencie.

Le pouls de Morgen s'accéléra.

— Comme vous le savez, reprit-il, j'ai une société à diriger…

Conall se tut brusquement. Serait-il devenu trop dur, trop exigeant ? Et pourquoi jugeait-il bon de se justifier ? Pourquoi tenait-il tant à ce qu'elle ait une bonne opinion de lui ?

— Je sais. Cela ne doit pas être facile, dit Morgen en lui jetant un coup d'œil à la dérobée. Mais nous sommes tous humains et la vie n'est pas toujours facile. Comme je vous l'ai dit, Derek n'a pas choisi délibérément de mettre sa carrière en péril en s'adonnant à la boisson.

Conall se passa une main sur la nuque et soupira.

— Nous ne sommes pas en train de parler de Derek, mais de vous, Morgen. Je regrette vraiment que vous n'ayez pas assez confiance en moi pour me dire ce qui vous préoccupe.

Pas maintenant, ajouta-t-il en consultant sa montre, mais dès que nous trouverons un moment.

Morgen se voyait mal en train de se confier à Conall O'Brien. C'était déjà assez difficile comme ça de travailler avec lui.

— C'est inutile, je vous assure, assura-t-elle. C'est mon rhume qui me fatigue, voilà tout. Je n'ai pas de problème particulier… Et je me sens déjà mieux.

A part vous, s'empêcha-t-elle d'ajouter.

Avec un petit sourire d'excuse, elle but une gorgée du délicieux café. Elle se sentait plus calme, en effet, même si sa peau était encore brûlante.

— Vous devriez peut-être rentrer chez vous dès la fin de la réunion du conseil d'administration. Je vous ramènerai en voiture.

— Non !

C'était un tel cri du cœur que Conall fronça les sourcils avec suspicion. Qu'avait-elle donc à cacher ? Un petit copain au chômage ? Un bon à rien qui se laissait allégrement entretenir ? A cette pensée, son sang ne fit qu'un tour. Mais aussitôt, il se reprocha de s'autoriser ces suppositions gratuites. Morgen l'en avait déjà accusé à propos de Derek. Au fond, elle avait de bonnes raisons de ne pas avoir confiance en lui. Et ce constat le contrariait.

Morgen n'avait aucune envie que Conall voie où elle habitait. Non pas qu'elle eût honte de sa petite maison, dont elle avait fait un gentil nid douillet pour Neesha et elle. Cependant, son intérieur était sans doute loin des critères de luxe auxquels Conall devait être habitué. Et si elle voyait ne serait-ce qu'une ombre de condescendance dans ses yeux, elle lui donnerait sa démission en moins de temps qu'il ne fallait pour le dire.

— Je tiendrai bien jusqu'à ce soir et j'ai ma voiture. Merci quand même.

Sentant qu'il était inutile d'insister, Conall finit son café d'un trait et se leva.

— Il faut y aller. J'ai un emploi du temps très chargé aujourd'hui. Ça va un peu mieux ?

— Oui, oui, beaucoup mieux, déclara Morgen en se levant prestement pour le suivre malgré ses jambes flageolantes.

*
* *

La réunion n'en finissait plus. Conall avait l'impression que ses associés profitaient de sa venue en Grande-Bretagne pour ajouter moult questions à un ordre du jour pourtant déjà bien chargé.

De temps à autre, il jetait un coup d'œil discret en direction de Morgen, qui prenait des notes en sténo sans relâche. Ses grands yeux verts paraissaient fiévreux, mais il ne pouvait pas lui proposer de se faire remplacer en pleine réunion. D'autant plus que le sujet en cours de discussion était maintenant le lucratif projet d'aménagement des docks dont Derek était responsable et qu'à part lui, personne ne connaissait mieux que Morgen elle-même.

A l'heure de la pause-café, pendant que les autres passaient dans la pièce voisine prendre un rafraîchissement, la voyant occupée à relire ses notes, il s'approcha d'elle.

— Comment vous sentez-vous ?

Son parfum masculin emplit Morgen de confusion, bien plus que la fièvre. Elle préféra répondre en gardant le nez sur son bloc-notes.

— Ça va, merci.

— Vous avez les joues en feu.

— Il… fait chaud, non ?

Oubliant sa résolution, elle leva les yeux vers lui et se trouva prise au piège : elle ne pouvait plus détacher son regard du sien. Cet échange sembla durer d'interminables secondes.

Conall fut le premier à rompre le charme.

— Je vais ouvrir une fenêtre.

Il en ouvrit deux en prenant son temps, espérant que l'air frais l'aiderait à faire retomber sa violente bouffée de désir. Quand il plongeait son regard dans les grands yeux verts ensorceleurs de Morgen McKenzie, l'envie qu'il éprouvait était plus forte que ce qu'il avait jamais ressenti. S'il ne se contrôlait pas, cela allait bientôt tourner à l'obsession.

— Ça fait du bien, dit-elle. Merci.

Elle passa une main lasse sur sa nuque, à l'endroit où

quelques petites mèches soyeuses s'étaient échappées de sa queue-de-cheval.

— Voulez-vous que j'aille vous chercher un sandwich et un café ? lui proposa-t-elle.

— Non merci. Je n'ai pas faim.

Morgen se servit un verre d'eau. En remarquant sa main qui tremblait, Conall s'en voulut de lui imposer une réunion aussi longue.

— Nous devrions avoir bientôt fini. Il ne reste plus que cinq questions à débattre et je vais les expédier aussi vite que possible. Ensuite, je vous raccompagnerai chez vous.

Il vit ses ravissantes lèvres commencer à formuler le mot « non » mais, cette fois-ci, il comptait bien user de ses prérogatives de patron et lui imposer sa volonté. Pas seulement pour se faire plaisir à lui-même, mais parce qu'il était évident qu'elle avait une forte fièvre. Il ne voulait pas se sentir responsable s'il lui arrivait un accident en rentrant chez elle.

Morgen se tortilla sur sa chaise, mal à l'aise.

— Je vous remercie de vous soucier de moi, mais, vraiment, je n'ai pas besoin que vous me raccompagniez.

A 17 h 45 précises, Morgen se retrouva assise dans une luxueuse voiture au côté d'un Conall attentionné mais inflexible. Résignée, elle lui indiqua le chemin, et resta muette pendant tout le trajet.

Pourquoi insistait-il tant pour la raccompagner ? En tant que patron, ce n'était pas son rôle. Même Derek, aussi généreux fût-il, n'aurait pas songé à le faire. Il en aurait chargé quelqu'un d'autre.

Elle jeta un coup d'œil furtif au beau profil viril de Conall et sentit une bouffée d'angoisse l'envahir. Dès qu'ils arriveraient devant chez elle, elle sauterait de la voiture, sa clé à la main, et le remercierait sans lui laisser la possibilité de l'accompagner jusqu'à sa porte. Car si elle avait appris une chose sur cet homme, c'est que tout ce qu'il faisait, il le faisait à fond et ne supportait pas la demi-mesure.

Cependant, le temps qu'ils arrivent devant sa jolie porte

rouge — la plus gaie de toute la rue —, elle se sentait tellement mal en point qu'elle n'avait même plus la force de lutter. Tout ce qu'elle voulait, c'était son lit.

Heureusement que, ce soir, Neesha dormait chez sa grand-mère, parce que, dans son état, elle aurait été incapable de s'occuper d'elle.

— Merci. Je…

— Donnez-moi votre clé.

— Mais…

Le ton était autoritaire et le visage de marbre.

— Votre clé. Je veux m'assurer que vous prenez deux cachets d'aspirine et vous mettez tout de suite au lit. Il n'y a pas besoin d'être grand clerc pour deviner que vous êtes brûlante de fièvre. Je vais même appeler votre médecin pour qu'il vienne.

— Non, attendez…

Morgen se sentait à deux doigts de s'écrouler sur le trottoir. Elle lui tendit son trousseau de clés d'un air résigné.

— Voilà enfin une gentille fille.

Dans un dernier sursaut d'énergie, elle le tira par la manche de son costume et leva vers lui un regard furibond.

— Je ne suis pas une fille ! Je suis une femme.

Les yeux bleus de Conall s'assombrirent imperceptiblement.

— Ça, j'en ai été convaincu à la minute même où je vous ai vue.

5

Dès la petite entrée, Conall respira un délicieux parfum de rose et de vanille.

Le salon n'était pas grand, mais tellement accueillant et chaleureux qu'il devait faire bon y rentrer le soir. Lui-même n'avait encore jamais éprouvé le besoin de se créer des racines quelque part. De toute façon, avoir un intérieur à lui et une personne chère qui l'y attendrait le soir après le travail, ce n'était pas pour lui. Il ressemblait bien trop à son père.

— C'est charmant ! s'exclama-t-il.

Le jaune pâle des murs contrastait avec des notes de couleur chaudes çà et là, les canapés étaient recouverts de velours rouge et d'une multitude de coussins de toutes les teintes et de toutes les textures. Au-dessus de la cheminée victorienne parfaitement restaurée trônait un portrait de femme de l'époque préraphaélite, joliment encadré. Il l'examina brièvement avant de se retourner vers la jeune femme.

Malgré sa fièvre, Morgen sentit qu'il était sincère et cela lui fit chaud au cœur que ce grand architecte qui concevait les maisons les plus fastueuses, celles qui figuraient dans les magazines, puisse trouver charmant son modeste intérieur.

— Merci.

— Asseyez-vous, mettez-vous à l'aise et dites-moi où je peux vous trouver de l'aspirine. Vous semblez sur le point de vous effondrer.

N'ayant pas la force de résister, elle se laissa tomber sur le canapé, ôta ses mocassins en cuir et lâcha ses cheveux.

Conall contempla un instant la masse brillante et soyeuse qui s'était répandue sur ses épaules, avant de s'éloigner vivement tant était forte son envie d'y plonger les mains.

— La cuisine est au bout du couloir, et les médicaments sont rangés dans le placard au-dessus du frigo.

Dans la petite cuisine aux meubles en pin clair et aux carreaux de terre cuite, Conall trouva facilement l'aspirine. Il remplit un verre d'eau, puis s'immobilisa, fasciné, devant les dessins d'enfant fixés à la porte du réfrigérateur par des aimants colorés.

L'un d'eux surtout attira son attention, celui qui portait un gros titre au feutre rouge : « MA MAMAN ». Il représentait une jeune femme mince aux longs cheveux noirs, aux yeux verts et à la bouche rouge. Ce fut un choc pour lui. Morgen avait un enfant. Elle était mère. Et si elle était mère, l'enfant avait un père. Quoi qu'il en soit, quel droit avait-il d'en éprouver jalousie ou contrariété ?

Il déglutit péniblement puis retourna dans le salon. L'épaisse moquette vert émeraude étouffait le bruit de ses pas. En trouvant Morgen allongée sur le canapé, la tête relevée par des coussins, les yeux fermés, il sentit son cœur se serrer. Mais il lui fallait se faire à l'idée que toute relation avec cette femme, autre que professionnelle, était exclue. Malgré le violent désir qu'elle lui inspirait — à cette pensée, son pouls s'accéléra —, il ne tenterait pas de briser un couple alors qu'il y avait un enfant en jeu.

Comme si elle avait senti sa présence, Morgen rouvrit les yeux.

— Vous l'avez trouvée ? Merci.

Elle fit un effort pour se redresser et avaler les deux comprimés.

— Votre maison est tellement bien rangée qu'on trouve tout très facilement. Pourquoi ne m'avez-vous pas dit que vous aviez un enfant ?

Morgen avait du mal à réfléchir. Mais oui… il avait dû voir les dessins de Neesha sur le frigo. Elle choisit d'être franche. Et tant pis si cela ne lui plaisait pas.

— Vous ne m'avez pas posé la question.

Elle humecta ses lèvres. Ce simple geste innocent faillit rendre fou Conall. Il déboutonna sa veste et se laissa tomber sur l'autre canapé. Tout son corps était tendu de désir. Même fiévreuse, même avec un enfant, même avec un autre homme dans sa vie, il la voulait. C'était plus fort que lui.

— C'est une petite fille de six ans. Elle s'appelle Neesha. Je ne vous en ai pas parlé parce que je ne voulais pas que vous me croyiez moins disponible pour mon travail. Le premier jour, quand vous m'avez trouvée endormie à mon bureau, c'est parce que j'avais passé une nuit blanche au chevet de ma fille malade. Certains patrons n'apprécient pas que les employées aient des enfants. Vous m'aviez menacée de licenciement… En fait, je ne peux pas me permettre de perdre mon emploi. A présent, vous êtes au courant.

Le regard bleu de Conall se fit plus aigu.

— Neesha ? C'est donc elle la « personne que vous aimez le plus au monde » ? Celle dont vous parliez l'autre jour ?

Avec un soupir las, elle passa une main dans ses cheveux noirs. Conall comprit qu'elle lui en voulait de l'obliger à lui raconter sa vie privée.

— Bien sûr. Qui d'autre ?

— Et son père, où est-il ? Encore au travail ?

— Pas la moindre idée. Si nous avons la chance de le voir trois ou quatre fois par an, c'est bien le maximum.

Morgen eut un petit rire sans joie.

— Et quand je dis chance, je devrais plutôt dire malchance.

— Vous êtes séparés ?

— Divorcés depuis cinq ans. Je suis donc une mère célibataire. Voilà, vous savez tout de moi.

Ses yeux verts exprimèrent de nouveau son ressentiment, mais Conall, rassuré, lui sourit.

— Non, je ne sais pas tout. Pourquoi avez-vous rompu ?

Morgen fronça les sourcils d'exaspération. Si elle avait été debout, elle lui aurait sûrement montré la porte tant son insistance l'indisposait.

— Cela me regarde, répliqua-t-elle avec froideur.

Elle en avait assez qu'il reste là à lui poser des questions alors que tout ce qu'elle souhaitait, c'était se rouler en boule sur le canapé et dormir. Simon s'était comporté comme un lâche, mais elle n'avait pas envie d'en parler avec son patron.

D'autant moins que, les hommes ayant tendance à se tenir les coudes, il l'accuserait sans doute d'être responsable de la rupture.

— Avoir des enfants n'est pas un motif de licenciement en soi, Morgen, reprit-il. Du moment que mes employés sont sérieux au travail, je ne vois pas d'inconvénient à ce qu'ils s'absentent de temps en temps quand un enfant est malade ou pour assister à une pièce de théâtre à l'école. Je n'ignore pas qu'ils ont aussi une vie privée et une famille. Au fait, où est votre fille ?

— Chez ma mère. Elle y dort une nuit par semaine.

Bien qu'elle ne souhaitât pas se montrer vulnérable devant lui, Morgen se sentait tellement fatiguée qu'elle remonta ses jambes sous elle et laissa retomber sa tête sur les coussins. Tant pis, il trouverait la sortie tout seul. Dans un demi-sommeil, elle pensa que ce qu'il venait de dire le rendait soudain plus humain, plus proche.

Le temps que Conall se relève, desserre son nœud de cravate et se passe la main dans les cheveux, Morgen dormait déjà. Il prit un plaid sur un fauteuil et le posa délicatement sur elle. Elle s'était récriée quand il l'avait traitée de « gentille fille », mais endormie, là, avec son visage angélique et ses joues roses, elle avait tout d'une petite fille fragile.

Cette idée aurait dû le faire partir en courant, lui qui ne sortait qu'avec des femmes ambitieuses et carriéristes avant tout, dont le manque de chaleur humaine était compensé par leur belle énergie au lit.

Sa réputation de play-boy lui permettait de multiplier les aventures, mais cela ne le satisfaisait pas pleinement. Il se demandait parfois s'il ne préférerait pas, au lieu de fréquenter plusieurs femmes à la fois, approfondir sa relation avec une seule, qu'il apprécierait particulièrement. Du moment qu'elle ne s'accrochait pas trop et ne lui demandait pas de l'épouser, bien sûr.

« Tu changes de copine comme de chemise », lui avait un jour reproché sa sœur Teresa.

Pourquoi en aurait-il conçu le moindre remords ? Toutes ces femmes étaient des adultes consentantes à qui une liaison de courte durée convenait parfaitement. Une ou deux avaient bien essayé de le retenir, oui. Il en avait été désolé pour elles, bien sûr, mais il avait toujours été clair sur ses intentions, et ce dès le départ.

Morgen, elle, n'avait pas dû trouver le bonheur auquel elle aspirait, puisqu'elle avait divorcé. L'idée qu'un homme ait pu anéantir ses rêves de jeune fille le mettait mal à l'aise, comme si lui-même et toute la gent masculine en étaient responsables.

Mais à quoi rimaient ces pensées ? pensa-t-il soudain avec agacement.

Il regarda l'heure à l'horloge posée sur la cheminée. Il avait faim ; normal, il n'avait rien mangé depuis le matin. Oui mais il hésitait à partir, de peur que Morgen ait besoin de quelque chose. Il aurait mieux fait de lui demander le numéro de téléphone de sa mère pour la prévenir qu'elle était malade, au lieu de l'assommer avec toutes ses questions.

Il décida finalement d'aller se faire un sandwich dans la cuisine. Morgen ne lui en voudrait pas. En échange, il l'inviterait à dîner un soir.

Il alla se préparer deux tranches de pain avec du beurre et du cheddar grossièrement coupé. Un petit verre de rouge avec ça, et il serait au paradis…

Quand elle bougea dans son sommeil, Morgen sentit tous ses muscles protester. Un tissu laineux lui caressait la joue. Elle entrouvrit les yeux dans la pénombre, soudain paniquée à la pensée qu'elle s'était endormie avant même que Conall soit parti. Pourvu qu'elle n'ait rien dit qu'elle risquait de regretter par la suite !

Elle se redressa. Poussée par la soif, elle voulut se lever. Mais elle avait de la fièvre et des vertiges.

— Doucement. Je vais vous aider.

En reconnaissant la voix grave de Conall, elle faillit s'évanouir. Elle vit sa main se poser sur son épaule et la serrer dans un geste rassurant. Que faisait-il là ? Quelle heure était-il ? Il avait ôté sa veste et sa cravate et une mèche de cheveux avait glissé sur son front quand il s'était penché sur elle.

— Où voulez-vous aller ?

Morgen passa la langue sur ses lèvres sèches ; elle aurait bien voulu arrêter de trembler.

— A la salle de bains. Je peux… je peux me débrouiller seule.

— Vous êtes brûlante de fièvre, dit-il en posant une main sur son front. Je vous suggère d'aller ensuite vous coucher dans votre lit. Vous me direz où est votre chambre pour que je vous y conduise.

Quand Morgen se mit debout, elle se fit l'effet d'un jeune faon faisant ses premiers pas. Et quand elle vacilla, Conall la retint d'une main ferme. Elle en aurait pleuré de se sentir aussi faible et d'être obligée d'accepter son aide.

— Pourquoi êtes-vous resté ? demanda-t-elle d'une voix mal assurée en retenant ses larmes.

Conall plongea ses yeux dans les siens.

— Parce que vous aviez besoin de moi.

C'était aussi simple que cela. Simon ne s'était pas une seule fois occupé d'elle quand elle était malade, ni même soucié de savoir si elle avait besoin de lui. Et il était médecin…

Elle soupira et laissa Conall l'accompagner à la salle de bains.

Après avoir insisté pour qu'elle ne ferme pas la porte à clé, il s'adossa au mur du couloir. Il se reprochait de ne pas l'avoir obligée à quitter le bureau plus tôt. Le moins qu'il pût faire à présent était de l'aider à se mettre au lit après lui avoir donné deux cachets d'aspirine et un grand verre d'eau. Il passerait la nuit sur un des deux canapés et verrait comment elle se sentirait le lendemain matin.

Cela ne lui plairait pas, mais il ne lui demanderait pas son avis.

Morgen éprouva un léger mieux après avoir fait une rapide toilette. Cependant, elle vacillait encore en sortant de la salle de bains. Elle vit que Conall l'attendait devant la porte.

— Ça va aller, dit-elle avec un pâle sourire.

— Où est votre chambre ?

— Vous demandez ça à toutes les femmes ? plaisanta-t-elle d'une voix faible.

En le voyant froncer les sourcils, elle regretta aussitôt sa boutade.

— Seulement quand elles sont en possession de tous leurs moyens, répondit-il d'une voix rauque qui la fit frissonner.

Pourquoi cet homme lui faisait-il un tel effet ? Et pourquoi s'obstinait-elle à rêver de l'impossible ?

— Pardon, murmura-t-elle, ce n'était pas une façon de vous faire des avances.

La main de Conall lui enserra soudain le poignet, l'obligeant à se retourner vers lui. Les joues en feu et les jambes tremblantes, elle se retrouva face à lui, comme hypnotisée par le regard perçant de ses yeux bleus.

— Croyez-vous que je les aurais repoussées ? rétorqua-t-il. Même dans votre état actuel, je vous désire comme un fou. Alors changeons de sujet avant que je n'oublie mes manières de gentleman.

Pendant que la jeune femme s'efforçait d'enlever son gilet, assise au bord de son lit, Conall ferma les rideaux en voile jaune pâle. Mieux valait s'occuper plutôt que de l'imaginer en train de se déshabiller entièrement…

Par rapport aux intérieurs minimalistes de ses conquêtes habituelles, cette chambre très féminine le séduisait. Il y régnait un parfum de santal presque érotique et toute la décoration était un plaisir pour les yeux. La coiffeuse de style victorien, couverte de flacons de parfum, le tapis d'Orient posé sur la moquette jaune d'or pâle, le plafonnier en cuivre à pendeloques en cristal et, surtout, le lit, ce lit sur lequel il s'imaginait lui faisant l'amour, sa luxuriante chevelure brune étalée sur les draps de lin d'un blanc virginal.

— Puis-je me mettre au lit ?

Elle cherchait à se glisser sous les couvertures. Conall s'approcha d'un air détaché malgré le désir qui le consumait intérieurement.

— Vous êtes encore tout habillée. Où est votre chemise de nuit ?

Il s'attendait presque à la voir tirer de dessous son oreiller une longue chemise de nuit bordée de dentelle.

— Je n'ai pas le courage de me changer, protesta Morgen.

Ou, plus exactement, elle ne tenait pas à le faire sous l'œil de cet homme au charme ravageur.

— Vous le regretterez demain matin, dit-il.

Son esquisse de sourire bouleversa Morgen au point de la faire frissonner.

— Alors, laissez-moi seule.

Elle voulut se relever, mais Conall la repoussa doucement, l'obligeant à se rasseoir.

— Où est votre chemise de nuit ? Je vais vous l'apporter.

Ne cherchant même plus à lutter, elle lui indiqua du menton la grosse commode.

— Troisième tiroir. Ça vous sautera aux yeux.

En effet… Conall en sortit un pyjama de soie rouge d'une douceur incroyable. Il sentit instantanément le désir monter en lui et dut attendre un instant avant de se retourner.

Décidément, cette fille allait le rendre fou.

— Allez, enfilez ça, dit-il d'un ton brusque en le lui lançant sur le lit. Je sors.

6

— Comment vous sentez-vous, ce matin ?

Conall entrait dans sa chambre, un verre d'eau à la main. Il avait les cheveux mouillés comme s'il venait de prendre une douche. Avec sa barbe de deux jours et sa chemise largement ouverte sur son torse musclé, il était d'une incroyable beauté.

La température de Morgen, déjà élevée, monta en flèche. Alors, il avait bel et bien dormi là…

— Comme une convalescente.

— Tenez. Prenez ces deux cachets.

Quand elle les eut avalés avec un peu d'eau, il posa une main sur le front de la jeune femme, les sourcils froncés.

— Vous êtes encore brûlante. Pas question que vous veniez travailler aujourd'hui. Je devrais peut-être appeler un médecin.

Morgen n'était pas habituée à tant de sollicitude et elle avait peine à croire que son tout-puissant patron avait passé la nuit dans son humble maison simplement pour veiller sur elle.

Pendant son sommeil agité, elle avait tourné et retourné dans sa tête ses paroles : « Je vous désire comme un fou. » Même si c'était vrai, il n'était pas question pour elle d'avoir des relations intimes avec lui. Les hommes comme Simon ou Conall privilégiaient trop leur carrière pour accorder suffisamment d'attention à une femme, qui plus est une femme avec enfant. Or elle devait penser avant tout à Neesha. Et elle ne voulait pas non plus connaître une autre déception amoureuse.

Et puis, Conall se vantait de ne jamais s'impliquer dans une relation. Elle ne prendrait donc pas le risque de mettre son emploi en péril pour quelques étreintes torrides, même si la tentation était forte.

— Non, je ne veux pas que vous appeliez un médecin. A part du repos et de l'aspirine, que voulez-vous qu'il me prescrive ? Je verrai comment je me sens vers midi. Si ça va mieux, je sauterai dans ma voiture pour venir travailler.

— Sûrement pas ! Dieu merci, votre voiture est restée au bureau.

Les yeux de Conall étaient semblables à un rayon laser.

— De toute façon, je vous ligoterais sur votre lit plutôt que de vous laisser vous lever. Soyez raisonnable, Morgen. Reposez-vous toute la journée. J'ai malheureusement plusieurs rendez-vous cet après-midi que je dois préparer, sinon je serais resté auprès de vous. Avez-vous un téléphone à portée de main ?

Morgen lui montra le sans-fil blanc posé sur sa table de nuit de l'autre côté de son lit.

— Je vous appellerai pour prendre de vos nouvelles. Et aussi si je n'arrive pas à mettre la main sur un dossier. D'accord ?

— D'accord.

Un silence embarrassant s'ensuivit. Conall ne semblait pas se décider à partir. Morgen en éprouva un doux frisson. Ah, le pouvoir de l'imagination ! Lui qui pouvait sûrement avoir toutes les femmes qu'il voulait, pourquoi s'intéresserait-il à elle ? Surtout dans son état actuel, alors qu'elle n'était vraiment pas à son avantage. Mon Dieu, elle devait même être hideuse !

— Merci de m'avoir raccompagnée et d'être resté ici cette nuit. Vous n'avez pas trop mal dormi sur le canapé ?

— Non, non. Je me suis même permis d'utiliser votre douche ce matin, j'espère que vous ne m'en voudrez pas ? Je vous ai préparé une Thermos de soupe pour le cas où vous auriez faim dans la journée. N'hésitez pas à m'appeler si vous avez besoin de quoi que ce soit. C'est compris ?

Morgen se faisait l'effet d'être une petite fille. Protégée et même choyée. Un sentiment bien agréable pour elle qui avait toujours été en manque d'affection. Elle s'efforça de sourire même si sa tête la faisait douloureusement souffrir.

— Etes-vous toujours aussi attentionné pour vos employés ?

Conall ignora sa question et se dirigea vers la porte.

— Appelez votre mère pour lui dire que vous n'êtes pas bien. A plus tard.

Dès qu'il fut sorti, Morgen se laissa aller contre les oreillers et ferma les yeux.

L'assistante prêtée par son associé était sympathique et cherchait à bien faire, mais ce n'était pas Morgen. Et son café était imbuvable. Quand elle quitta son bureau, Conall se passa une main dans les cheveux. Il n'avait même pas eu le temps d'aller chez le coiffeur. Il se retint de décrocher le téléphone.

Il avait déjà appelé Morgen trois fois. La dernière fois, à en juger par sa voix, il l'avait même réveillée et s'en était voulu, ce qui n'était pas dans ses habitudes. Mais elle lui manquait. C'était fou, il la connaissait depuis si peu de temps !

Dès qu'il fermait les yeux une seconde, il l'imaginait dans son pyjama de soie rouge sexy. Quand, à 1 heure du matin, il l'avait découverte endormie, le drap rabattu et la veste de son pyjama relevée, la vue de son ventre velouté lui avait coupé le souffle.

Son ami new-yorkais Mike lui aurait sûrement conseillé de la mettre dans son lit au plus vite avant de risquer de confondre attirance sexuelle et sentiments. Il savait que Morgen ne l'aimait pas beaucoup, mais il sentait aussi qu'il ne lui était pas indifférent.

« Allons, Conall ! Qu'est-ce qui te prend ? », se dit-il en s'obligeant à se concentrer sur les plans étalés devant lui.

Soudain, on tapa à la porte et la tête blonde de Julie apparut.

— Vous voulez quelque chose, monsieur O'Brien ? J'ai cru entendre votre voix.

— Non merci, répondit-il avec un sourire qui fit littéralement fondre la jeune femme. Je pensais tout haut.

— Je n'ai pas vu ta voiture dehors, remarqua Lorna McKenzie en tapotant le dessus-de-lit de sa fille.

Morgen saisit aussitôt l'allusion.

— Je me suis fait ramener par un ami du bureau.

— Tu aurais dû m'appeler ! Je serais venue te chercher. Et… cet ami, a-t-il pensé à faire venir le médecin ?

Sa mère considérait toujours les autres comme des incapables ! Morgen s'obligea à garder son calme.

— A quoi bon ? C'est sans doute viral. On verra comment je me sens dans un jour ou deux.

— Tu comptes sans doute te traiter avec tes remèdes de bonne femme, comme d'habitude ? soupira Lorna. Tu es tellement têtue ! As-tu au moins mangé quelque chose ?

— Mon ami m'a préparé de la soupe. J'en ai bu un peu.

Morgen se demandait ce que dirait sa mère si elle savait que « l'ami » dont elle parlait était son patron. Elle-même était étonnée qu'il soit sincèrement soucieux de son bien-être. Il l'avait déjà appelée trois fois. Et, pour tout dire, elle attendait ses appels. Le simple son de sa voix lui redonnait plus d'énergie que n'importe quel médicament. Cela devenait dangereux…

— Je vais te préparer un bon ragoût. Neesha a goûté, mais elle aura sûrement faim ce soir.

— Où est-elle ?

— Elle regarde une cassette vidéo. Elle a fini ses devoirs et son cartable est prêt pour demain. Je te l'enverrai dans un moment, mais, en attendant, essaie de dormir un peu.

Morgen grimaça tant elle avait la tête lourde.

— Je n'ai plus sommeil. Je vais la rejoindre dans le salon.

— Ne t'étonne pas si ta fièvre remonte. Mais tu n'en fais jamais qu'à ta tête, bien sûr !

— Enfin, maman ! J'ai vingt-neuf ans ! Si tu arrêtais de me traiter comme une enfant, la vie serait tellement plus facile.

Morgen se leva et enfila son déshabillé de soie sous le regard consterné de sa mère, celui qu'elle prenait chaque fois que sa fille refusait de suivre ses conseils.

— Si tu prenais les bonnes décisions de temps en temps…

Morgen savait qu'il aurait mieux valu ignorer ce commentaire, mais la colère lui fit faire volte-face.

— Qu'est-ce que ça veut dire ? Serais-tu encore en train de parler de Simon, par hasard ? Je te rappelle que c'est lui qui m'a quittée. Crois-tu que ce soit drôle d'être une mère célibataire ? Neesha et moi avons assez souffert de la situation. Alors, arrête de présenter ce salaud de Simon comme la victime.

— Tu aurais pu le retenir.

— Le retenir ?

La colère de Morgen se transforma en incrédulité.

— Tu es une jolie femme, tu le sais, continua sa mère. Mais depuis que tu travailles, tu ne songes qu'à ta réussite professionnelle et tu te crois obligée de te comporter comme un homme. Simon était fou de toi. Si tu avais su user de tes charmes, il serait encore là.

Se sentant vaciller, Morgen dut se retenir au chambranle de la porte. Sous l'effet de la colère, sa tête lui faisait encore plus mal. Elle se sentait trahie, incomprise par sa propre mère, qui refusait d'admettre la vérité : les parents de Simon l'avaient toujours trouvée indigne de leur fils chéri et c'était eux qui l'avaient poussé au divorce, alors même qu'elle était déjà enceinte.

— Nous n'étions pas assez bien pour les Vaughan-Smith, tu le sais très bien, maman ! Qu'aurais-je dû faire ? Me montrer folle de reconnaissance parce que Simon, un médecin, avait daigné jeter un œil sur moi, une simple petite secrétaire ? Et oublier mon amour-propre ?

— Tu es aussi bien que lui et tu le sais parfaitement.

Lorna McKenzie sortit un mouchoir de sa poche.

— J'aimerais seulement que Neesha et toi ayez la vie plus facile, poursuivit-elle. Qu'y a-t-il de mal, de la part d'une mère, à souhaiter voir un homme valable prendre soin de sa fille ?

Les yeux de Morgen s'embuèrent de larmes à la vue du chagrin de sa mère.

— Simon n'était pas un type bien, maman, dit-elle d'une voix radoucie. C'était un faible. Neesha et moi sommes plus heureuses sans lui. Nous avons une jolie maison, je gagne ma vie correctement ; j'arrive même à mettre un peu d'argent de côté. Ce n'est déjà pas si mal.

— C'est vrai, reconnut Lorna en se tamponnant les yeux. Mais tu travailles trop et tu n'as pas assez de temps pour profiter de ta fille. Qui est allée assister aux trois dernières pièces de théâtre de sa classe ? Moi. Tu ne crois pas que Neesha aurait préféré que ce soit toi ?

Morgen poussa un long soupir.

— Les choses vont peut-être s'arranger sur ce point, dit-elle.

Après tout, Conall O'Brien avait bien dit qu'il trouvait normal d'accorder un congé exceptionnel à un employé pour les fêtes de l'école de ses enfants.

Malgré ses manières brusques, le charismatique patron de O'Brien & Stoughton était un homme bon, Morgen en avait l'intuition. Sans compter qu'après toutes les heures supplémentaires qu'elle avait effectuées pour compenser les absences de Derek, la société pourrait bien lui accorder quelques heures de congé de temps en temps, quand Neesha aurait besoin d'elle.

Dès qu'elle se sentirait mieux, elle en parlerait à Conall directement, sans même passer par le service des ressources humaines.

— Je vais voir si je peux demander un emploi du temps un peu plus flexible. Je te le promets.

— Ce n'est pas que je ne veuille pas m'occuper de Neesha, tu le sais. J'adore ma petite-fille. Mais je pense que vous devriez passer plus de temps ensemble, toi et elle. Elle grandit vite, Morgen. Je ne voudrais pas que tu regrettes un jour ces moments à jamais perdus. Tout ce que je souhaite, c'est ton bonheur.

Les larmes aux yeux, Morgen entoura les frêles épaules de sa mère et la serra contre elle.

— Je le sais, maman. Je le sais.

Conall, en grande conversation avec un de ses associés, s'interrompit brusquement en voyant Morgen passer devant la porte ouverte du bureau.

— Excuse-moi, Richard. Je reviens dans un instant.

Il quitta son bureau et trouva Morgen debout dans le sien, en train de trier le courrier. Elle portait une veste rouge cintrée sur un haut de soie blanche et une jupe droite noire toute simple ; ses longs cheveux bruns étaient attachés en queue-de-cheval par un petit ruban rouge.

— Que faites-vous ici ? lui demanda-t-il en essayant de contenir la joie qu'il éprouvait à la revoir. N'étions-nous pas convenus que vous ne reviendriez que lundi ?

— Je me sentais mieux ce matin. Alors, autant venir travailler. Voulez-vous du café ?

— Non, laissez tomber le café, répondit-il à contrecœur, sachant que Richard Akers l'attendait et qu'il n'était pas du genre patient. Mais regardez-moi.

Morgen obtempéra. Elle remarqua qu'il était allé chez le coiffeur. Il n'en était que plus élégant avec son superbe costume et ses mocassins italiens de luxe. L'impression de pouvoir qui se dégageait de lui, ainsi que son ton autoritaire, la firent frémir.

— Quelque chose vous choque ? s'enquit-elle d'une petite voix.

Sa lèvre inférieure tremblait légèrement, ce qui éveilla aussitôt le désir de Conall. Pourquoi le travail était-il la dernière chose à laquelle il pouvait penser quand il la regardait ?

— Non, non, dit-il. Je voulais simplement m'assurer que vous étiez bien en état de reprendre vos fonctions. Qu'a dit le médecin ?

— Je ne suis pas allée le voir. Je sais mieux que quiconque comment je me sens.

— Je vous trouve quand même les traits tirés.

— Ça ira mieux dès que je me serai remise au travail.

A vrai dire, Morgen se sentait encore un peu faible. Normal après trois jours de lit avec de la fièvre et seulement deux de convalescence. Mais elle tournait littéralement en rond chez elle. Le bureau ne lui avait jamais autant manqué. Pas à cause de Conall O'Brien, bien sûr…

— C'est à voir. Nous en reparlerons une fois mon entretien avec Richard Akers terminé.

Après un dernier regard, Conall reprit la direction du bureau de Derek Holden.

— En attendant, n'en faites pas trop. Et, tout compte fait, je veux bien de votre délicieux café.

— Je m'en occupe tout de suite.

Se laissant tomber sur sa chaise avant que ses jambes ne la trahissent, Morgen porta les mains à ses joues en feu en soupirant. Comment un simple sourire de cet homme pouvait-il la mettre dans un tel état ? Même Simon, qui était pourtant un très bel homme, ne l'avait jamais troublée à ce point.

Se réjouir de reprendre son travail parce qu'elle s'ennuyait chez elle était une chose, s'en réjouir à cause d'un homme grand, à la large carrure et aux yeux bleus magnifiques, qui se trouvait être son patron, en était une autre. Il fallait absolument qu'elle remette une certaine distance entre eux.

Elle allait devoir oublier que Conall l'avait appelée tous les jours depuis qu'elle était malade, et pas seulement pour parler travail. Car elle se refusait à laisser leurs relations prendre un tour plus personnel. Conall et elle étaient à des années-lumière l'un de l'autre sur le plan professionnel et social, comme cela avait été le cas avec Simon. Or, elle ne voulait plus jamais avoir le sentiment de n'être pas à la hauteur. Si un jour elle envisageait de nouveau une relation avec un homme, il faudrait qu'elle soit son égale sur tous les plans.

Elle décacheta au coupe-papier la lettre posée sur le dessus du courrier et fit un effort pour se concentrer sur son contenu.

7

A cause de ses nombreux rendez-vous, Conall n'avait pas trouvé un seul instant dans la journée pour bavarder avec Morgen. Pourtant, il en brûlait d'envie.

Il était 17 h 45 quand il revint du chantier des docks. Elle s'apprêtait à partir. En le voyant entrer, elle sursauta et ses joues s'empourprèrent. Conall lui adressa un grand sourire et jeta son attaché-case sur une chaise.

— Vous êtes encore là, miss McKenzie ? Méfiez-vous, je pourrais en déduire que vous cherchez à impressionner votre patron, la taquina-t-il.

— Etant donné que je reste souvent jusqu'à 18 h 30, cette supposition serait fausse, monsieur O'Brien.

Morgen enfila prestement son imperméable bleu marine et se dirigea vers la porte.

— Je vous ai laissé la cafetière allumée. N'oubliez pas de l'éteindre en partant. Eh bien… bon week-end. A lundi.

— Eh ! Pas si vite !

Conall l'attrapa par le poignet pour la retenir, referma la porte et l'obligea à lui faire face.

Prise de panique, Morgen crut que son cœur allait exploser. Il était beaucoup trop près… Elle essayait de ne pas voir ses pommettes saillantes, sa mâchoire carrée, sa bouche, avec ses lèvres fermes qui trahissaient une sensualité débordante. Comment résister ?

— Que… qu'y a-t-il ?

— J'aimerais vous inviter à dîner ce soir.

— Je ne peux pas.

C'était beaucoup trop dangereux… Elle devait lutter de

toutes ses forces contre le désir qui la poussait vers cet homme et qui ne pouvait que la conduire à sa perte.

— Pourquoi ? demanda-t-il en fronçant les sourcils.

Conall s'était encore rapproché. Elle déglutit avec difficulté.

— Parce que… parce que je passe toujours ma soirée du vendredi avec ma fille. Je commande une pizza et nous regardons *Top of the Pops*.

— Demain soir, alors ?

— Dès le premier jour, je vous ai dit que je refusais toute relation extra-professionnelle avec les gens du bureau. C'est une règle à laquelle je me tiens.

Elle redressa le menton. Il ne pourrait qu'approuver sa sagesse. Peut-être même l'en remercierait-il un jour ?

— Vous n'avez jamais été tentée ? lui demanda-t-il d'une voix grave et sensuelle. Pas une seule fois ?

Conall fit courir son doigt le long du nez fin de Morgen, puis passa doucement son pouce sur sa lèvre inférieure, comme s'il découvrait un trésor.

Une délicieuse chaleur envahit Morgen. Elle étouffa un petit cri. « Ecarte-toi », lui soufflait la voix de la sagesse. Essayant de se ressaisir, elle prit le poignet de Conall pour repousser sa main.

Première erreur ! Au contact de sa peau, elle s'immobilisa. Elle leva vers lui un regard désespéré.

— Je… je ne veux pas me laisser tenter. Faire quelque chose que je regretterai un jour. Je ne veux pas perdre mon emploi parce que les choses deviendraient très vite compliquées, c'est inévitable. J'ai besoin de gagner ma vie, j'ai une petite fille à nourrir.

— Etes-vous toujours aussi raisonnable ?

Conall fronçait les sourcils comme si cette idée le contrariait.

— Cela ne laisse pas beaucoup de place à la spontanéité. Baissez un peu la garde, Morgen. Cela restera entre nous, c'est promis.

Avant qu'elle ait eu le temps de réfléchir, il écrasa sa bouche contre la sienne. Une onde de désir parcourut aussitôt le corps tout entier de Morgen. Brusquement, plus rien n'existait que ces lèvres chaudes et sensuelles qui cherchaient à provoquer une réaction de sa part. Les siennes s'entrouvrirent malgré elle, s'offrant à son baiser profond et follement troublant.

Sa langue rejoignit celle de Conall, toute de velours et de feu, dans un délicieux ballet érotique. Les battements de son cœur lui emplissaient les oreilles.

Alors, elle se laissa aller contre le corps dur et viril de Conall.

Après quelques instants de ce baiser passionné, Conall fit glisser ses lèvres dans son cou, libéra d'une main la somptueuse chevelure brune de Morgen et, avec un gémissement de plaisir, y plongea les doigts avec volupté. Il lui tenait l'arrière de la tête dans un geste possessif.

— Mon désir pour vous est devenu une obsession, avoua-t-il d'une voix rauque.

Cette révélation paniqua Morgen. Simon lui avait souvent reproché d'être trop timorée au lit, en plus de lui être inférieure sur le plan professionnel : une raison de plus pour lui de la quitter. Au souvenir de ce reproche si souvent entendu, elle se raidit.

D'ailleurs, elle n'avait pas le droit de s'accorder ce plaisir entre les bras de Conall. Elle et lui étaient déjà allés trop loin, elle devait absolument faire machine arrière.

— Je suis désolée, Conall.

Le souffle court, elle le repoussa doucement.

— Vous êtes extrêmement séduisant, mais je ne veux pas d'une aventure avec vous. J'ai besoin de travailler pour élever ma petite fille. Je ne peux pas me permettre de perdre mon emploi pour un plaisir fugitif.

— Qu'est-ce qui vous fait croire que votre emploi serait menacé ?

— Il le serait inévitablement. Parce que cela compliquerait nos relations professionnelles. Moi, en tout cas, j'aurais beaucoup de mal à me concentrer sur mon travail en vous côtoyant tous les jours. Je ne suis pas le genre de femme qui prend le sexe à la légère, Conall. Si vous l'avez cru, là encore, vous vous êtes trompé sur mon compte.

— Et qu'est-ce qui vous fait dire que ce ne serait qu'une aventure ?

Conall, frustré, recula à contrecœur en tirant brutalement sur son nœud de cravate.

Elle s'adossa à la porte et le fixa avec étonnement.

— Parce que vous envisageriez une relation durable ?

Il était incapable de répondre à sa question. Tout ce qu'il savait, c'était qu'il avait une telle envie d'elle que ce fantasme le réveillait la nuit. Fidèle à sa réputation de séducteur, il n'avait jamais cherché à avoir une relation durable avec une femme. Serait-il prêt, pour celle-ci, à enfreindre la règle qu'il s'était fixée ? S'il voulait Morgen, il devait tenir compte de sa petite fille.

— Non, bien sûr, répondit-elle pour lui.

Tout en souriant tristement, elle se pencha et ramassa le ruban rouge tombé à ses pieds. Quand elle se redressa, elle avait les yeux brillants.

— De toute façon, je ne l'envisagerais pas, moi non plus. J'ai déjà connu un cuisant échec et je ne tiens pas à recommencer. Bonne nuit, Conall. Et bon week-end.

Il la laissa quitter la pièce tout en se maudissant de n'avoir pas su répondre à sa question pourtant raisonnable. Il aurait pu se douter qu'elle n'était pas le genre de fille à accepter de simples relations sexuelles. C'était une jeune femme sérieuse, consciencieuse dans son travail et qui faisait passer son enfant avant tout. Le genre de femme que sa mère aurait étiquetée comme « bonne à marier ».

Cette pensée lui tira un grognement de dépit. Il n'avait aucune intention de se marier. Pour lui, une relation durable, c'était un peu plus que quatre ou cinq rendez-vous, certainement pas un engagement pour la vie.

Il s'empara du téléphone et composa un numéro.

Comme il feuilletait distraitement le bloc-notes posé sur le bureau bien rangé de Morgen, il lut :

« Samedi, aller acheter des chaussures neuves à Neesha, puis l'emmener au Tumble Drum de 2 à 4 ».

Qu'était donc le Tumble Drum ?

— Allô ?

— Maman ? C'est Conall. Seras-tu chez toi ce soir ?

— Conall ! Enfin ! Mais oui, j'y serai. Ma soirée bridge, c'était hier. Pourquoi ne viens-tu pas dîner ?

Conscient d'avoir déjà trop repoussé cette soirée promise à sa mère et assez content, en fait, à la perspective de se retrouver avec quelqu'un qui connaissait tous ses petits travers et avec qui il pourrait se laisser aller, il accepta.

— Entendu. Je serai là dans une heure. J'apporterai du vin.

— Conall ?

— Oui, maman.

— Ça va ? Tu me parais tendu.

Il soupira.

— Oui, oui. J'ai eu une journée fatigante, c'est tout.

— Alors ? Content d'être de retour ?

Les yeux bleu clair de Victoria Kendall, si semblables à ceux de son fils installé dans un fauteuil en face d'elle, le fixaient avec attention.

La petite note d'espoir dans sa voix fit grimacer Conall, mais il ne voulait pas faire de peine à sa mère. Elle lui avait cuisiné un délicieux repas, il avait bu deux verres de chablis, et se sentait d'humeur généreuse.

— Oui, bien sûr. Certaines choses me manquent, là-bas.

— Pourquoi ne songes-tu pas à t'acheter un appartement à Londres ? Je sais que Teresa te prête volontiers le sien, mais ce n'est pas l'idéal si tu dois rester ici un certain temps.

— Cette pensée m'a traversé l'esprit, en effet.

C'était vrai. Mais Morgen était aussi très présente dans sa tête… Et, bizarrement, il semblait y avoir un lien entre ces deux pensées. Voilà qui était inquiétant !

— Tu es sérieux ? Tu envisagerais de t'installer à Londres de manière permanente ?

— Je n'ai pas dit cela. Ce n'est pas une décision qui se prend à la légère. Je dois d'abord en discuter avec mes associés de New York.

Il se demandait comment Morgen réagirait s'il décidait de rester. Au retour de Derek, elle ne serait plus directement sous ses ordres, mais rien ne l'empêcherait de lui offrir une promotion et d'en faire son assistante personnelle. Cette idée lui plaisait assez. Après le baiser troublant qu'ils avaient échangé, il n'avait aucune envie de mettre un océan entre eux. Même si elle l'accusait de ne chercher qu'une simple relation sexuelle.

— A quoi penses-tu, mon fils ?

Victoria vint se placer derrière son fauteuil. Son parfum classique aux notes subtiles rappelait à Conall son enfance.

— Mon intuition de mère me dit que quelque chose te tracasse, poursuivit-elle.

— Mais non. En tout cas, rien qui ne résiste à une bonne nuit de sommeil.

— Il s'agit d'une femme, n'est-ce pas ? reprit Victoria en lui caressant le bras.

— Tu ne lâches pas facilement prise, toi !

Malgré son ton bourru, il souriait. Il savait que sa mère était ravie à l'idée qu'il avait peut-être enfin trouvé la femme de sa vie.

— Qui est-ce ? Où vit-elle ? Sûrement ici, si tu envisages de revenir t'installer à Londres.

— Eh là ! Pas si vite ! Tu sais bien que je ne suis pas le genre à me ranger.

— Tel père, tel fils ! soupira-t-elle.

Desmond O'Brien avait toujours été un coureur de jupons. Lassée de ses incartades, elle avait fini par demander le divorce. Pourtant, elle l'aimait encore, même à présent qu'il vivait très loin, sur une île tropicale, avec une femme de trente-cinq ans sa cadette.

— Nous n'allons pas encore nous disputer à ce sujet ? dit Conall avec agacement.

Il se leva et se mit à arpenter la pièce.

— Je sais que tu n'aimes pas que je te compare à ton père, mais regarde comment tu te comportes avec les femmes. Je lui aurais tout donné, Conall, tout. Je l'ai fait pendant des années, mais il n'a jamais accepté de renoncer à ses petites aventures. N'as-tu pas envie d'être *tout* pour une femme ? Combien de temps encore vas-tu papillonner ? Tu as trente-six ans. Il serait temps que tu songes à te marier et à fonder une famille. Je vais avoir soixante ans et j'aimerais tant avoir des petits-enfants.

Que dirait sa mère si elle savait que la femme qui le rendait fou de désir avait déjà une fillette de six ans ?

Mais à quoi rimait donc cette pensée ? A aucun moment il n'avait envisagé une relation de longue durée avec Morgen. Tout ce qu'il voulait, c'était la mettre dans son lit, même si elle était différente des autres femmes qu'il avait fréquentées jusque-là. Et puis, il était bien trop égoïste pour accepter de la partager avec sa fille.

— Changeons de sujet, veux-tu ? dit-il en se rasseyant dans le fauteuil. Parle-moi plutôt de ta vie amoureuse à toi, maman. Mon petit doigt me dit qu'un bel homme veuf, membre de ton club de bridge, s'intéresse particulièrement à toi depuis quelque temps.

Victoria Kendall rougit comme une gamine.

— Ta sœur va se faire taper sur les doigts la prochaine fois que je la verrai, dit-elle en riant.

Neesha sautait de joie auprès de sa mère, à l'entrée du Tumble Drum. Après avoir payé, Morgen l'entraîna au milieu des tables et des chaises en plastique coloré jusqu'au premier rang, tout près de l'aire de jeux. Elle s'assit et aida la fillette à enlever ses chaussures.

Deux petites filles en jean et T-shirt qui se donnaient la main passèrent en courant devant elles. Aussitôt, le visage de Neesha s'illumina.

— C'est Chloé et Lily. Elles sont dans ma classe. Je peux y aller, maman ?

Elle poussait déjà le tourniquet d'entrée. Morgen n'eut même pas le temps de l'embrasser et de lui faire ses dernières recommandations.

Neesha rejoignit ses amies dans le décor de jungle et commença aussitôt à grimper à une échelle de corde. Laissant ses affaires sur la table, Morgen partit chercher à la cafétéria la tasse de thé dont elle rêvait.

Si ses amis et associés le voyaient, ils penseraient qu'il avait complètement perdu la tête. Et ils auraient sans doute raison, pensa Conall en réprimant un soupir. Jamais il ne se serait imaginé poursuivant une femme jusque dans une salle de jeux pour enfants simplement parce qu'il brûlait de désir pour elle. Mais Morgen McKenzie n'était pas une femme comme les autres.

— Eh là ! Du calme ! cria-t-il à un garçon qui venait de se jeter dans ses jambes, manquant le déséquilibrer.

— Pardon, s'excusa le gamin en continuant sa course-poursuite.

« On ne m'avait pas dit que je risquais ma vie en venant ici », se dit Conall en regardant autour de lui les multiples cordes lisses, échelles, balançoires et toboggans dispersés dans l'immense arène.

Quand il s'était rendu chez Morgen, il avait été déçu de ne pas l'y trouver, mais il avait eu la chance de tomber sur sa mère. En apprenant qui il était, Lorna McKenzie s'était empressée de lui expliquer comment se rendre au Tumble Drum et de lui préciser que Morgen y serait au moins jusqu'à 16 heures.

Après avoir repéré des tables vides, il s'approcha du premier rang en se demandant comment les parents pouvaient supporter un tel vacarme. En même temps, les mines réjouies des enfants faisaient plaisir à voir.

Alors qu'il s'apprêtait à s'asseoir, il sursauta. Il venait d'apercevoir Morgen en train de sauter allégrement sur un château gonflable en compagnie d'un groupe d'enfants. Elle portait un jean bleu délavé et un T-shirt rose très court qui laissait voir une bande de peau nue. Elle sautait comme une gamine, les joues en feu, ses longs cheveux noirs flottant au vent. Fasciné par le mouvement de ses seins superbes, Conall sentit le sang affluer dans ses veines et les battements de son cœur s'accélérer. Y avait-il au monde une femme plus belle et plus attirante qu'elle ?

Encore essoufflée en descendant du château, Morgen s'immobilisa en apercevant l'homme viril et séduisant qui l'observait, parfaitement à l'aise, assis non loin du portillon. Avec son jean bien coupé, sa chemise en chambray bleu, ses bottes et son blouson en daim fauve, on le remarquait tout de suite au milieu de la marée de parents et d'enfants.

Que faisait-il là ?

Elle se dirigea vers Conall en prenant son temps, les lèvres pincées de désapprobation.

— Je ne savais pas que vous aviez des enfants ! lui lança-t-elle d'un ton ironique.

— Et moi, je ne vous savais pas aussi… sportive, répondit-il en la détaillant délibérément de haut en bas avant de planter son regard provocant dans le sien.

Une onde de chaleur parcourut Morgen, qui devint encore plus rouge.

— Que faites-vous ici ? demanda-t-elle. Et qui vous a dit que vous pourriez m'y trouver ?

Elle s'assit en face de lui, l'air mécontent. Conall avait du mal à détacher les yeux de ses seins joliment moulés par son T-shirt.

— J'avais envie de vous voir. Je suis allé chez vous et c'est votre mère qui m'a renseigné. Il faut que nous parlions, Morgen. De ce qui s'est passé hier.

— Pour commencer, cela n'aurait jamais dû arriver.

Le menton en avant, elle semblait le défier de soutenir le contraire.

Mais pourquoi ne voyait-il pas que toute relation entre eux était vouée à l'échec ? songea Morgen avec amertume. Il était son patron, il évoluait dans un monde bien différent du sien… Il avait vu où elle vivait.

A quoi jouait-il ? Pourquoi la poursuivait-il de ses assiduités ?

— Je ne suis pas de cet avis, rétorqua-t-il, les sourcils froncés.

Morgen soupira. Pourquoi avait-il des yeux aussi bleus ? Un regard aussi troublant ? Et comment résister à son charme ?

— J'aimerais vraiment que nous puissions nous voir régulièrement en dehors du bureau, déclara-t-il.

— Vraiment ? Hier encore, vous n'étiez pas très sûr de ce que vous vouliez.

— Vous savez très bien que vous me plaisez. Et si le court baiser que nous avons échangé hier peut être un indice, je suis prêt à parier que c'est réciproque. Alors, inutile de nous mentir,

Morgen. J'ai envie de vous. Je veux passer un peu de temps avec vous, et pas seulement au lit. J'aimerais apprendre à mieux vous connaître. Vous, et votre petite fille, aussi. Voulez-vous me donner une chance ?

— Je ne veux prendre aucun risque quand le bonheur de Neesha est en jeu. Je ne peux pas me permettre d'avoir une liaison avec vous, Conall. Je suis mère avant tout. Et il n'est rien sorti de bon de ma précédente relation avec un homme. Si ce n'est sa naissance, bien sûr.

Morgen s'adossa à sa chaise, saisie d'un frisson glacé. Elle avait du mal à se montrer convaincante sous le regard troublant de Conall. Il éveillait en elle des sentiments qu'elle n'était pas sûre de vouloir éprouver…

— Que me dites-vous là ? Vous n'aurez plus jamais de relation avec un homme ?

Malgré sa frustration, Conall ne pouvait s'empêcher de sourire.

— Ce serait comme de montrer la plus grosse boîte de chocolats de la vitrine à un enfant et de lui dire qu'il n'y a pas droit, ajouta-t-il d'un air malicieux.

— Pour moi, Neesha est plus importante que tout, répliqua-t-elle en secouant la tête. Les enfants ont besoin de stabilité. Notre petite vie tranquille n'est peut-être pas idéale, mais elle nous convient.

— Que s'est-il passé entre vous et son père ? Je suppose que c'est à cause de lui que vous rejetez les hommes ?

Agacée, Morgen fronça les sourcils.

— Je n'ai rien contre les hommes, protesta-t-elle. Simplement, je ne veux pas en avoir un dans ma vie pour le moment. J'ai besoin de toute mon énergie pour faire ce que j'ai à faire. Et je préfère ne pas parler de Simon.

A vrai dire, Conall n'y tenait pas non plus. L'ancien mari de Morgen avait, de son point de vue, commis une grave erreur en la quittant. Lui-même n'était pas du genre à se marier, mais s'il l'avait épousée, il aurait tout fait pour honorer son engagement. Contrairement à ce que pouvait penser sa mère, qui le croyait aussi volage que son père.

Tous ses sens étaient en éveil dès qu'il s'approchait d'elle et il ne pensait plus qu'à une seule chose : la faire sienne. Depuis une semaine, sa première pensée du matin était pour elle, la nuit il rêvait d'elle… S'il continuait ainsi, il allait devenir fou.

— Laissez-moi au moins vous offrir un café.

Il s'apprêtait à se lever. Elle posa une main sur la sienne pour l'en empêcher et se maudit aussitôt de ce geste, tant ce contact fut électrisant.

Les battements de son cœur s'accélérèrent.

Leurs regards se croisèrent et s'accrochèrent l'un à l'autre. Leurs doigts s'entrelacèrent. C'était si fort qu'elle en tremblait.

— Maman, j'ai soif !

Morgen retira vivement sa main. Neesha accourait, hors d'haleine, des boucles brunes collées à son front : elle semblait tout excitée. Morgen ressentit un élan d'amour en même temps qu'une grande fierté en la voyant.

— Voici donc l'adorable Neesha, commenta Conall avec un grand sourire.

La petite fille, ravissante, ressemblait à sa maman. Elle baissa timidement les yeux et se rapprocha de Morgen.

— Ma chérie, voici M. O'Brien, pour qui je travaille en ce moment. Il avait quelque chose d'urgent à me dire, c'est pour cela qu'il est venu.

— Tu peux m'appeler Conall, lui dit-il en souriant. Cet endroit est fantastique. Il n'y avait rien de semblable quand j'avais ton âge.

— C'est vrai ?

La curiosité naturelle de Neesha l'emportait sur sa timidité.

— Il y avait des jardins publics et des musées, bien sûr, continua-t-il. Mais ça, c'est bien mieux, surtout quand il pleut dehors.

— Je peux monter tout en haut de cette plate-forme et redescendre avec la corde.

Conall suivit la direction qu'elle montrait du doigt, ouvrant de grands yeux pour simuler l'étonnement.

— Ouah ! C'est drôlement bien pour une petite fille de ton âge. Les garçons n'ont qu'à bien se tenir dans les cours de récréation. La concurrence devient rude.

— N'est-ce pas ? souligna Morgen avec un sourire amusé qui le fit fondre.

Pris d'un violent désir, Conall dut faire un effort pour se contrôler. Autrement, il l'aurait prise dans ses bras et embrassée avec passion.

Mais Neesha ne le quittait pas des yeux, comme si elle cherchait à lire dans ses pensées.

— Qu'est-ce que tu voudrais boire ? lui demanda-t-il en se levant.

— Ce n'est pas à vous de lui offrir une boisson, protesta Morgen.

— Cela me fait plaisir. Vous permettez ?

Elle finit par hocher la tête en signe d'assentiment.

— Alors, pour elle ce sera un jus de myrtilles. Et moi, j'aimerais bien avoir un Coca. Cela m'a donné soif de sauter comme une gamine.

— Si vous me promettez de retourner sauter sur ce château gonflable juste pour moi, je suis prêt à vous en payer dix.

Conall éclata de rire devant l'air vexé de la jeune femme.

Tout en s'éloignant vers la cafétéria, il se fit la réflexion qu'un après-midi au Tumble Drum en compagnie de Morgen et de sa petite fille valait largement les activités de loisirs qu'il partageait habituellement avec ses amis. Il y avait même longtemps qu'il ne s'était pas senti aussi bien.

8

— Je peux vous aider ?

Morgen faillit lâcher l'assiette qu'elle était en train de rincer. Qu'est-ce qui lui avait pris d'inviter son patron à dîner ? Sans doute était-elle convaincue qu'il refuserait. Il avait sûrement mieux à faire un samedi soir que partager un plat de pâtes avec sa fille et elle, en regardant une cassette vidéo louée pour Neesha. Mais il avait accepté.

Elle se retourna. Sa haute silhouette se dressait dans l'encadrement de la porte. Il lui souriait, l'air parfaitement détendu.

— Je mettais juste ces assiettes au lave-vaisselle pendant que le café se fait, répondit-elle en rougissant.

— Merci pour cet excellent repas.

Son sourire était redoutable… Pour lui, elle se sentait capable de faire une grosse bêtise. Bien d'autres femmes avaient dû y succomber avant elle. Cette Victoria Kendall, par exemple. Comme elle avait dû être vexée le jour où il lui avait fait envoyer des roses pour s'excuser de ne pas dîner avec elle !

— Vous n'êtes pas difficile, répliqua-t-elle. Ce n'étaient que des spaghettis à la bolognaise. Le plat préféré de Neesha.

— Elle a très bon goût. Et j'ai bien aimé le film, aussi. Il y a longtemps que je n'avais pas passé une soirée aussi agréable.

— Vraiment ?

Incrédule, Morgen s'adossa à l'évier pour le dévisager. Seigneur, la seule vue de cet homme suffisait à mettre tous ses sens en émoi…

— Ce sont pourtant des plaisirs bien simples. Un homme comme vous doit…

— Mais quel homme croyez-vous donc que je sois, Morgen ? s'écria-t-il.

Conall traversa la cuisine, s'approchant dangereusement d'elle. Quand il planta son regard dans le sien, Morgen eut l'impression qu'elle allait défaillir.

— Je ne sais pas… En tout cas, pas le genre à manger un plat de pâtes devant la télé avec une simple secrétaire et sa petite fille de six ans. Vous êtes sûrement plus habitué aux hôtels cinq étoiles et aux grands restaurants. Vous évoluez dans un autre monde, habituellement.

Morgen baissa les yeux, les joues en feu.

— Et cela vous pose un problème ?

— Au début, on pense que ces différences de milieu n'ont pas d'importance…

La gorge de Morgen se serra. L'humiliation que lui avait infligée Simon était encore présente à son esprit. Pourtant, elle savait que c'était du passé, qu'elle n'aurait pas dû laisser l'amertume gâcher le reste de sa vie.

— Mais elles en ont, poursuivit-elle vaillamment.

— Pas pour moi.

Le corps musclé de Conall se plaqua contre le sien, ses yeux bleus emplis de désir plongèrent dans les siens. Elle retint son souffle.

— Vous êtes jolie et intelligente. D'où qu'il vienne, un homme ne peut qu'être fier de vous connaître.

Morgen mordit sa lèvre inférieure pour l'empêcher de trembler.

Conall lui releva le menton et déposa sur sa bouche un baiser d'une telle sensualité qu'elle ferma machinalement les yeux pour mieux s'en imprégner. Tout son corps réagissait sous l'effet d'un violent désir. Elle en tremblait de la tête aux pieds. Quand elle rouvrit les yeux, Conall la regardait comme s'il la voyait pour la première fois.

— Morgen McKenzie, vous avez de quoi faire se damner un saint.

Elle mit une main sur son torse pour le repousser. La chaleur de sa peau était perceptible à travers sa chemise.

— Vous dites cela à toutes vos petites amies ?

— Je ne l'ai encore jamais dit à une femme. Et je n'ai pas de petite amie en ce moment, si vous voulez tout savoir.

— Et Victoria Kendall ? Celle à qui vous avez fait envoyer des fleurs l'autre jour ?

Le sourire de Conall s'élargit. Ses yeux pétillaient d'amusement.

— Victoria Kendall est ma mère.

— Oh…, balbutia Morgen, interloquée.

— Kendall est son nom de jeune fille. Elle l'a repris après avoir divorcé de mon père.

Morgen éprouva soudain un immense soulagement. Malgré son désir pour Conall, elle n'aurait jamais succombé à son charme en le sachant avec une autre femme. Cela faisait partie des principes qu'elle n'était pas prête à transgresser.

— Vous voilà rassurée ? demanda-t-il.

— Oui. Mais le bonheur est quelque chose de fugitif. Cela ne dure pas.

— Alors, raison de plus pour profiter de l'instant présent.

Conall lui enlaça la taille. Il aurait voulu chasser toute trace de tristesse de ses magnifiques yeux verts. Il ne se souvenait pas avoir jamais éprouvé un tel sentiment pour une femme.

— Alors, miss McKenzie… que faisons-nous ?

Morgen était incapable de répondre. Elle leva vers lui un regard angoissé.

— Que… qu'en pensez-vous ?

Il lui adressa un sourire enjôleur en resserrant son étreinte.

— Dois-je être franc ?

Morgen fit oui d'un signe de tête.

— Et si vous m'invitiez dans votre lit ?

Elle baissa les yeux. Son cœur battait à tout rompre. Elle savait qu'il serait plus raisonnable de refuser, mais après six ans de célibat, elle mourait d'envie d'être l'objet des attentions d'un homme. Mais pas n'importe lequel… Cet homme-là. Et tant pis si elle devait le regretter un jour.

— D'accord, chuchota-t-elle.

*
* *

Dès qu'elle eut enlevé son T-shirt, Conall le lui prit des mains pour le lancer impatiemment sur le lit. La vue de ses seins ronds offerts dans leur soutien-gorge en dentelle blanche l'excita instantanément.

Il la serra contre lui.

Ses résolutions de ne pas la brusquer cédaient devant la violence de son désir. Il empoigna sa longue chevelure tout en embrassant passionnément sa bouche. Son autre main tâtait ses courbes divines, se refermait sur un sein, puis l'autre. La pensée de posséder ce corps magnifique le rendait fou. Il voulait lui donner un plaisir intense, inoubliable. Ne la désirait-il pas depuis le premier jour ? Elle correspondait en tout point à la femme idéale de ses fantasmes.

Il réussit à dégrafer son soutien-gorge d'une seule main et l'envoya rejoindre le T-shirt sur le lit. Ses seins étaient aussi beaux qu'il les avait imaginés. Fermes et pleins, avec des mamelons sombres et durs qui n'attendaient que sa bouche. Avec un petit gémissement, Morgen plaqua son buste contre lui.

— Laisse-moi te déshabiller entièrement, murmura-t-il d'une voix rauque.

Morgen le laissa faire, le corps tremblant, la peau frémissante.

Quand elle fut entièrement nue, il la coucha sur le dos et entreprit de se déshabiller à son tour.

Il avait un corps magnifique. Des épaules larges, un torse en V couvert d'une légère toison, un estomac plat et dur, des hanches minces, des jambes longues et musclées.

Morgen retint son souffle quand il s'allongea sur elle et de ses jambes immobilisa les siennes. Sa bouche dévorait ses lèvres, ses mains viriles la caressaient habilement pendant que les siennes exploraient avec volupté son corps parfait, son torse, son ventre, ses hanches…

Conall semblait savoir exactement où et comment la toucher pour lui procurer le maximum de plaisir. Quelle caresse approfondir pour lui arracher un gémissement de volupté…

S'arquant de désir, elle l'appelait de tout son corps. S'il ne la possédait pas au plus vite, elle allait devenir folle.

Il s'interrompit soudain et plongea son regard dans le sien :

— Je déteste devoir être la voix de la raison, mais il faut que je te protège.

— Je n'ai... Tu as... ?

Morgen se sentit brusquement très embarrassée. Comment n'y avait-elle pas pensé elle-même ?

Conall fouillait déjà la poche de son jean. Il en sortit un préservatif, qu'il mit prestement. Elle lui était reconnaissante d'avoir réagi à temps, avant qu'il ne soit trop tard.

Son corps musclé revint couvrir le sien, elle passa les bras autour de son cou et, avec un soupir de volupté, lui offrit sa bouche. Conall la mordillait, ses lèvres effleuraient les siennes, sa langue habile les goûtait, les entrouvrait... Leur baiser se fit de plus en plus passionné. D'une main, il lui écarta les jambes. Morgen était prête depuis l'instant où elle avait décidé de l'emmener dans sa chambre. Sans plus attendre, il entra en elle. Elle en éprouva une telle sensation de plénitude qu'elle s'en évanouit presque.

— Serre-moi entre tes jambes.

Elle s'exécuta aussitôt.

Il s'enfonça profondément en elle. Ses hanches se soulevaient et s'abaissaient puissamment, sa bouche vorace happait, aspirait, suçait ses mamelons l'un après l'autre. Morgen sentit un éclair fulgurant de plaisir s'emparer d'elle. Elle planta ses ongles dans le dos de Conall, qui l'emmena vers une jouissance d'une intensité telle qu'elle n'en avait jamais connu. Avec un gémissement, il la rejoignit bientôt dans l'extase.

— Vous êtes ce que j'ai connu de plus délicieux depuis des années, miss McKenzie, murmura-t-il quand il eut repris son souffle.

— Vous n'êtes pas mal non plus, monsieur O'Brien.

— Juste une question...

— Oui ?

— Comment se fait-il que personne ne m'ait informé que j'avais la femme de mes rêves sous mon nez ?

— Pas vraiment sous ton nez lorsque tu es à New York, remarqua-t-elle avec un sourire en coin.

— Mais quelle erreur ! Quelle grave erreur j'ai commise là ! dit-il d'une voix rauque avant de l'embrasser avec fougue.

Quand il releva la tête, il avait une expression plus sérieuse.

— Dès que j'aurai tout réglé avec mes associés de New York, j'ai l'intention de revenir m'installer à Londres de façon permanente. Je ne te l'avais pas dit ?

Morgen le dévisagea avec stupéfaction.

— Non. Tu peux réellement le faire ?

— Je peux faire tout ce que je veux. C'est moi le patron.

Morgen, qui se réjouissait déjà, s'obligea à réfléchir plus calmement. Certes, ils venaient de faire l'amour merveilleusement, et elle n'avait jamais connu pareille fusion avec un homme. Mais elle ne devait pas se faire d'illusions, leur relation ne serait jamais qu'une liaison de courte durée.

Les hommes comme Conall O'Brien ne se contentaient pas de femmes comme elle. Elle en avait fait la triste expérience avec Simon. En outre, Conall avait la réputation d'être un coureur de jupons, ce qu'elle ne devait pas oublier. Or, c'était sa vie et celle de Neesha qu'elle mettait en danger. Elle ne pouvait pas se permettre de perdre son emploi le jour où il serait lassé d'elle. Et elle ne supporterait pas, alors, de continuer à le voir tous les jours au bureau.

— Pourquoi as-tu choisi de devenir architecte ? lui demanda-t-elle.

— Mon père était architecte, répondit-il.

Il lui embrassa les doigts les uns après les autres avant de poursuivre :

— Enfant, déjà, je trouvais son travail fascinant. Et quand il m'emmenait voir ses réalisations et m'expliquait comment les idées lui étaient venues, je rêvais d'en faire autant un jour. Quand, un an après son associé James Stoughton, il a lui-même pris sa retraite, je travaillais déjà avec lui depuis dix ans. J'ai donc accepté tout naturellement de prendre la direction de la société.

— Cela ne te faisait pas peur ?

— Non, répondit Conall, amusé par sa question. Je m'en sentais tout à fait capable.

— Tu n'as donc jamais douté de toi-même ? Comment t'est venue une telle assurance ?

Elle détaillait avec bonheur son beau visage et n'y voyait

pas le moindre défaut. Même les petites rides au coin de ses yeux et de sa bouche ajoutaient à son charme.

— Je l'ignore. Mais pourquoi toutes ces questions ?

Les sourcils froncés, il prit son visage entre ses mains et plongea son regard dans le sien comme pour lire en elle. Morgen essayait d'ignorer les pulsions de désir qui agitaient de nouveau son corps.

— Nous venons de faire l'amour et je ne sais presque rien de toi.

— Ne sommes-nous pas bien ainsi ? Quand je t'aurai refait l'amour, tu pourras me poser toutes les questions que tu voudras. D'accord ?

Les lèvres de Conall étaient si proches des siennes et sa proposition si tentante qu'elle en oublia ses craintes.

— D'accord, murmura-t-elle avant de s'abandonner à son étreinte.

9

En arrivant au bureau le lundi matin, Morgen fut soulagée de voir que Conall n'était pas encore là.

Elle avait fait l'amour avec lui, cela resterait dans sa vie un moment inoubliable, mais aujourd'hui elle devait se comporter comme s'il ne s'était rien passé entre eux.

Le dimanche matin, à son réveil, la place à côté d'elle était vide. Il était parti sans lui dire au revoir, sans lui laisser un mot, rien. Il avait eu ce qu'il voulait et voilà, c'était fini.

Par amour-propre, elle était bien décidée à ne pas lui montrer la peine qu'elle en éprouvait. Elle aurait pourtant dû s'y attendre. A vingt-neuf ans, elle savait très bien qu'une relation suivie entre deux personnes travaillant ensemble était impossible ; elle avait toutes les chances de poser des problèmes un jour ou l'autre et d'obliger l'un des deux à s'en aller pour éviter l'enfer.

Comme elle ne tenait pas à perdre son emploi, elle assurerait à Conall qu'elle ne lui demanderait jamais rien et ne le mettrait jamais dans l'embarras.

Après son départ au petit matin, qui lui prouvait que coucher avec elle avait été pour lui un acte sans conséquence, il ne méritait pas de s'en tirer à si bon compte, se disait-elle. Et cependant, à quoi servirait de lui en vouloir ? Ou de s'en rendre malade ? Elle était adulte, elle devait se comporter comme telle.

La tête entre les mains, elle soupira.

Dire qu'elle l'avait cru quand il avait parlé de son retour définitif à Londres, en lui disant qu'il n'avait rien connu d'aussi doux depuis longtemps, qu'il voulait la revoir…

Un bruit de voix dans le couloir la fit se redresser sur sa chaise et attraper en hâte un des dossiers posés sur son bureau.

Quand la porte s'ouvrit, elle leva aussitôt les yeux. C'était Conall, suivi de près par Richard Akers.

— Bonjour, miss McKenzie.

Son ton formel ne la surprit pas, mais il la blessa.

Alors qu'elle essayait de se convaincre que Conall avait raison d'agir ainsi, elle fut soudain complètement déstabilisée en le voyant lui faire un clin d'œil complice et lui adresser un petit sourire en coin.

La réunion avec Richard Akers avait duré plus de deux heures. Cet homme au caractère impossible faisait une montagne du moindre détail, avait rapidement compris Conall.

Pas étonnant que Derek Holden ait fini par s'adonner à la boisson en étant obligé de le côtoyer tous les jours ! se dit Conall après l'avoir raccompagné jusqu'au bout du couloir.

Son enthousiasme du début de journée était retombé et il avait maintenant le plus grand besoin d'une tasse de l'excellent café de Morgen. Et, plus encore, il avait besoin de Morgen elle-même. Si elle lui adressait encore la parole !

Il s'en voulait terriblement d'être parti au petit matin sans lui dire au revoir. S'il avait souhaité lui donner l'image d'un vil séducteur indifférent à ses sentiments, c'était réussi ! Mais il avait agi machinalement, paniqué à l'idée que sa vie était en train de prendre un tour nouveau, pour lequel il ne se sentait pas prêt.

Il avait besoin de marcher, marcher des kilomètres pour mettre de l'ordre dans ses pensées. L'exercice physique l'aidait toujours à voir plus clair en lui.

Il avait passé la journée entière du dimanche à réfléchir. Et, le soir venu, il en était arrivé à la conclusion qu'il voulait tenter d'avoir une relation suivie avec Morgen. Il avait aussitôt cherché à l'appeler pour lui dire combien faire l'amour avec elle avait été merveilleux. Mais il n'avait pas réussi à la joindre de toute la soirée, et elle n'avait même pas de répondeur.

Où était-elle ? Et avec qui ? Il était en train de tomber amoureux, il en était conscient. Mais pour la première fois de sa vie, il était prêt à laisser faire les événements sans penser déjà à la rupture.

En revenant dans son bureau, il aperçut, moulé dans une jupe droite, Morgen qui se baissait pour ramasser quelque chose. Cette vision éveilla instantanément en lui un désir presque douloureux.

— Je peux t'aider ?

En entendant cette voix chaude, Morgen se redressa vivement et se cogna la tête sous le plateau de son bureau. Quelle honte de s'être fait surprendre dans cette position ! Elle en avait les joues en feu.

— Je cherchais mon stylo, répondit-elle en brandissant l'objet. J'y tiens beaucoup, c'est Neesha qui me l'a offert.

— Je comprends.

Conall tendit une main pour lui caresser les cheveux.

Surprise de ce geste, elle recula, rajustant son chemisier bleu dans sa jupe pour se donner une contenance.

— Je voulais vous faire du café, mais je n'osais pas vous déranger.

— Dieu merci, il est enfin parti ! dit Conall avec un petit clin d'œil. Il est vraiment ennuyeux comme la pluie.

Morgen n'arrivait pas à sourire. Un seul regard de lui suffisait à lui faire perdre ses esprits… Mais il fallait qu'elle se ressaisisse. Elle n'avait été pour lui qu'une distraction, rien de plus. Toutes ces années sans homme l'avaient rendue vulnérable, elle devait à présent payer le prix de sa faiblesse. Si au moins il arrêtait de la dévisager ainsi avec ce sourire ravageur !

— Je n'ai même pas droit à un petit baiser ?

Il s'était rapproché et la tenait maintenant par les bras. Elle jeta un coup d'œil inquiet vers la porte.

— Non. Toi et moi, ce n'était que l'aventure d'une nuit, je l'ai bien compris en me réveillant seule hier matin. Mais ne t'inquiète pas, je ne te créerai aucun problème. Certains d'entre nous savent se conduire dignement.

— J'imagine ce que tu as pu penser. Mais il fallait que je réfléchisse à ce qui était arrivé.

— Et quelle a été votre brillante conclusion, monsieur O'Brien ?

Le ton de Morgen était cinglant.

— J'ai décidé que je voulais avoir une relation durable avec toi. Et de mieux faire connaissance avec Neesha. J'ai essayé de t'appeler hier soir, mais tu étais sortie.

— J'avais mal à la tête, j'avais débranché le téléphone.

Le regard de Conall n'avait pas vacillé.

— Alors ? Que penses-tu de ce que je viens de te dire ?

Morgen s'écarta de lui et croisa les bras sur sa poitrine.

— Je pense que tu me racontes des histoires, Conall. Sais-tu à quel point c'est cruel ? Tu peux te moquer des gens comme Derek, qui sont trop sensibles selon toi, mais lui au moins n'abuserait jamais des sentiments de quelqu'un.

— Mais je n'ai pas abusé de toi, Morgen !

— Ah non ? Et faire l'amour avec une femme et la quitter au petit matin sans même lui dire au revoir, ça s'appelle comment ?

Conall se passa une main dans les cheveux. Les choses ne se passaient pas du tout comme il l'avait espéré.

— De ma vie, je n'ai jamais eu à pourchasser une femme, dit-il d'une voix rauque. Le fait que je sois venu te rejoindre au parc de jeux pour te parler n'est-il pas la preuve que j'ai des sentiments pour toi ? Pourquoi ne me crois-tu pas, Morgen ?

— Parce que je n'ai pas confiance en toi.

Voilà, elle l'avait dit. Mais elle ne s'en sentait pas mieux pour autant, constata-t-elle.

Conall paraissait réellement accablé. Mais ne jouait-il pas la comédie ? Il était sûrement passé maître dans l'art de manipuler les femmes.

Il n'y aurait plus jamais rien entre eux, elle le savait. Elle ne s'en remettrait pas facilement, elle le savait aussi, mais elle avait hâte de couper court à cette discussion.

— Bon, j'ai du travail, lança-t-elle d'une voix glaciale.

— Tu ne veux pas me donner une chance de te prouver mes intentions ?

— C'est inutile. Nous sommes des adultes. Je savais ce que je faisais. Oublie cet épisode. Moi, je vais l'oublier.

— Menteuse !

Soudain, elle se retrouva soulevée du sol et plaquée contre lui. Ses mamelons se durcirent, comme s'ils se souvenaient des mains de Conall, de sa bouche… Le corps tout entier de Morgen s'embrasa, en proie à un violent désir.

— Tu crois vraiment que tu peux m'oublier si facilement ?

Conall l'embrassa dans le cou avec une telle sensualité qu'elle sentit une onde de plaisir se propager jusqu'au bout de ses orteils. Elle dut se mordre la lèvre pour retenir un gémissement.

— Tu es un homme sans pitié, Conall.

Les joues en feu, elle s'arracha à ses bras, et prit sur son bureau un document au hasard avant de faire mine de s'y intéresser.

— Parce que je m'obstine quand je veux quelque chose ? répliqua Conall.

— Non, parce que tu te moques du mal que tu peux faire pour l'obtenir.

C'est faux, pensa-t-il avec amertume. Il savait bien qu'il l'avait blessée par son attitude apparemment désinvolte de dimanche matin, et il était prêt à tout pour se faire pardonner. S'il avait pu revenir en arrière, il l'aurait fait. Il ne voulait pas la perdre…

— Je regrette de t'avoir peinée, Morgen. Si j'ai agi comme un imbécile hier, c'est parce que, jusqu'ici, l'idée de m'engager envers une femme m'a toujours fait peur. Mais avec toi, je veux tenter l'expérience. Essayons, tu veux bien ?

A son expression, il vit qu'elle hésitait. Il attendit sa réponse avec anxiété.

— Je n'étais pas juste la distraction d'un soir ?

— Je te jure que non.

— Je connais ta réputation, tu sais.

Il fronça les sourcils.

— Ah bon ? Quelle réputation ?

Morgen jeta un coup d'œil inquiet vers la porte. Elle n'aimait pas le tour que prenait la discussion.

— Ecoute, Conall, je sais que tu n'aimes pas les histoires qui durent et je ne te le reproche pas… Je n'ai jamais espéré que… Enfin, ce qui est fait est fait. Oublions ce qui s'est passé et comportons-nous comme des adultes.

Les yeux bleus de Conall prirent une expression glaciale.

— Je croyais que tu ne t'intéressais pas aux commérages ? C'est à cause de ce que tu as pu entendre sur moi que tu refuses de croire en ma sincérité ?

— A vrai dire, je ne sais pas quoi penser.

Conall se maudissait intérieurement. Comment allait-il réussir à la convaincre qu'il n'était pas le sale type qu'elle croyait ?

— Il faut que nous en parlions calmement. Ta mère pourrait-elle garder Neesha ce soir ?

Morgen hésita un instant.

— Oui… oui, je pense. Pourquoi ?

— J'aimerais t'emmener au restaurant, pour que nous puissions discuter comme deux adultes civilisés, loin du bureau et des commérages. Je passe te prendre à 19 h 30. Ça te va ?

Morgen avait la tête tourbillonnante.

— D'accord, dit-elle enfin, après quelques secondes d'hésitation.

— Parfait. Entre-temps, je veux bien une tasse de café. J'aimerais aussi la transcription du procès-verbal de l'assemblée des actionnaires de la semaine dernière.

Il était déjà reparti dans son bureau, laissant Morgen désemparée.

Ce soir-là, à 19 h 45, vêtue d'une petite robe noire, soigneusement maquillée, Morgen tentait de se réconforter en buvant un verre de vin blanc. Oui, il était en retard… mais cela ne voulait pas dire qu'il ne viendrait pas.

Il avait réservé une table dans un restaurant à la mode de Chelsea pour 20 heures. Après le bureau, il devait seulement passer au chantier des docks. Que faisait-il ?

A 21 heures, Morgen alla vider le reste de son verre dans l'évier, le cœur serré, l'esprit en ébullition. Pourquoi lui avait-il fait faux bond ? S'était-il ravisé après leur discussion de ce matin ?

La douleur que lui causait ce rejet était comme un coup de poing à l'estomac, mais elle se jura de rester forte. Dieu merci, Neesha au moins était épargnée : elle n'avait pas eu le temps de s'attacher à Conall.

Finalement, obligée de se rendre à l'évidence, elle essuya ses larmes d'un revers de main, prit sa veste et ses clés de voiture et partit rechercher Neesha chez sa mère.

Le lendemain, elle fut soulagée de ne pas trouver Conall au bureau. Pour s'empêcher de penser, elle se mit aussitôt à taper le procès-verbal qu'elle avait seulement eu le temps de mettre en forme la veille.

Pourquoi Conall lui avait-il fait faux bond ? Il n'avait même pas eu la correction de l'appeler pour annuler la soirée. C'était la deuxième fois qu'il agissait avec cette désinvolture. Mais elle était bien décidée à ne pas lui donner de troisième chance.

Elle relisait pour la énième fois la même phrase à l'écran, sans en comprendre le sens. Etait-ce un avant-goût de l'état dans lequel elle serait désormais, si elle continuait de travailler auprès de Conall ?

— Bonjour, Morgen.

Elle leva les yeux, surprise du ton plein d'excitation de Julie, une autre secrétaire de l'entreprise.

— Bonjour. Que se passe-t-il ? demanda-t-elle.

— Tu n'es pas au courant ?

— De quoi ?

— De l'accident de Conall O'Brien ?

Son estomac se noua instantanément.

— Non… Que lui est-il arrivé ?

— Il est tombé d'un échafaudage hier soir sur le chantier des docks. Il a passé la nuit à l'hôpital. Il a une côte cassée et une vilaine blessure à l'épaule qui a nécessité vingt points de suture.

— Où est-il à présent ? réussit-elle à articuler en se levant d'un bond.

Et elle qui avait passé la nuit à le maudire, alors qu'il souffrait dans une chambre d'hôpital ! Elle en était malade. Pourquoi personne ne l'avait-il prévenue ? Il est vrai que, pour les gens du bureau, elle n'était que la secrétaire provisoire de Conall O'Brien.

Julie parut surprise de sa réaction, mais elle se contenta de détacher une page de son bloc-notes et de la lui tendre.

— Il est rentré chez lui, enfin, chez sa sœur. Il m'a appelée sur mon portable ce matin. Il voudrait que tu y ailles. Tiens, voici l'adresse.

— Merci, Julie, dit Morgen en lui arrachant presque le papier des mains. Tu veux bien prendre mes messages en mon absence ? Je t'appellerai en revenant.

Elle avait déjà décroché son manteau et se dirigeait vers la porte.

— D'accord. Dis-lui que toutes les filles du bureau lui souhaitent un prompt rétablissement.

— O.K., répondit Morgen.

Conall ouvrit la porte, vêtu d'un jean et d'une chemise bleu clair à moitié ouverte sur un large bandage. Il avait des cernes sous les yeux et les cheveux en bataille, mais pour Morgen, il demeurait l'homme de ses rêves.

Elle fit un effort pour sourire.

— Alors, voilà les bêtises que tu fais dès que je te laisse seul, dit-elle. Le métier d'architecte est vraiment plus dangereux que je ne le croyais ! Je parie que tu as glissé parce que tu étais en chaussures de ville. La dernière fois que je suis allée sur le chantier, c'était un vrai bourbier.

Elle ne pouvait arrêter de parler. C'était sans doute à cause de son soulagement de le voir vivant. Dire qu'il aurait pu se tuer !

— Je suis désolé pour notre rendez-vous, lui dit Conall d'une voix faible. Je n'avais pas ton numéro sur moi, sinon je t'aurais fait prévenir par l'hôpital.

— Ce n'est pas grave. Comment te sens-tu ? Est-ce que tu as mal ? T'a-t-on prescrit des calmants ?

Elle enleva son manteau et le posa sur un fauteuil du salon. Quand elle s'approcha pour examiner Conall de plus près, son cœur bondit dans sa poitrine en voyant qu'il lui adressait un sourire heureux.

De la voir là, tout près de lui, Conall en oubliait comme par miracle la douleur lancinante qui l'avait tenu éveillé toute la nuit. Avec ses grands yeux verts au regard inquiet et ses longs cheveux noirs sur les épaules, c'était vraiment la plus belle femme qu'il ait jamais vue. Au diable l'hôpital et les analgésiques, c'était elle dont il avait besoin ! Sa présence lui suffisait pour se sentir mieux.

Brusquement, la vérité se fit jour en lui. En quelques jours, elle était devenue tout pour lui. Cette pensée le rendait fou de joie et de terreur à la fois.

— Ça va aller, dit-il pour masquer son trouble. Peux-tu simplement me servir un café ?

— Tu as mangé ? Je peux aussi te préparer un petit déjeuner. Retourne t'allonger sur le canapé.

— Non. Je veux te parler.

Quand ils furent dans la cuisine, où il l'avait suivie, Morgen l'obligea à s'asseoir. Tout en s'activant, elle lui jetait des coups d'œil furtifs et inquiets.

— Comment est-ce arrivé ? demanda-t-elle enfin.

— Exactement comme tu l'as dit.

Conall haussa ses larges épaules, l'air penaud comme un gamin pris en faute.

— Pas les bonnes chaussures, échafaudage boueux, j'ai glissé et je suis tombé deux mètres plus bas. J'ai eu de la chance. Si j'étais tombé de plus haut, je tirais ma révérence.

— Ce n'est pas drôle !

— Non.

Il grimaça. Il avait l'impression qu'on lui avait cassé les côtes en deux avant de les rattacher avec de la ficelle.

— Aussi, quelle inconscience de ta part ! A quoi pensais-tu donc ?

Elle le grondait comme un enfant, parce qu'elle lui en voulait de sa négligence. Comme elle se tournait vers le grille-pain, elle entendit Conall lui dire calmement :

— Je pensais à toi, Morgen. Je commence à croire que tu m'as ensorcelé.

— Allons, allons, ne sois pas stupide ! répliqua-t-elle d'un ton qui se voulait léger malgré son émotion.

— Mais je suis sérieux !

Comme elle faisait volte-face, elle vit un éclair de douleur passer dans les yeux de Conall et fut aussitôt prise de remords.

— Ne t'énerve pas. Tu vas te faire mal.

Conall jura entre ses dents.

— Ce qui me fait le plus mal, c'est que tu ne me croies pas. Ce n'est pas parce que ton mari a abusé de tes sentiments que je vais en faire autant. Je suis sincère, Morgen : je voudrais que nous ayons une *vraie* relation.

Il tremblait à l'idée qu'elle puisse refuser de le croire. Il ne voulait pas risquer de la perdre une seconde fois.

— Ça ne marcherait pas, Conall. Tu es qui tu es, et moi je suis…

— Tu es quoi ?

Il la brusquait, mais tant pis, c'était un risque à courir s'il voulait la faire changer d'avis.

— Je ne suis qu'une petite secrétaire qui travaille pour toi. Je suis une mère célibataire avec tout ce que cela implique de responsabilités. Je ne peux pas avoir une relation suivie avec toi. Ce ne serait pas une bonne chose pour Neesha.

— Et tes besoins à toi, qu'en fais-tu ? Veux-tu dire que tu vas rester célibataire encore quinze ans jusqu'à ce que Neesha te quitte pour mener sa propre vie ?

— C'est moins déstabilisant pour elle que de voir défiler des tas d'hommes dans mon lit.

— Des tas d'hommes ?

Les dents serrées, Conall se leva lentement.

— Tu ne m'as pas écouté ? Tu sembles penser que tout ce qui m'intéresse, c'est coucher avec toi. Je sais bien que jusqu'à présent, je n'ai pas eu une vie sentimentale très rangée, mais je ne t'avais pas encore rencontrée. Si je ne me suis jamais engagé, c'est parce que je ne croyais pas qu'une relation puisse durer. Tu comprends, j'ai vu le couple formé par mes parents se désintégrer sous mes yeux et je leur en ai voulu de ne pas essayer de le sauver. Même si la cause en était les infidélités répétées de mon père… Je pensais qu'il valait mieux vagabonder que m'engager, pour ne pas avoir à souffrir un jour comme j'ai vu souffrir ma mère. Elle croit malheureusement que mon inconstance est un trait de caractère hérité de mon père. Je me rends compte aujourd'hui que j'ai dû moi-même faire du mal à certaines femmes qui ne le méritaient pas.

Il se dirigea vers la porte de la cuisine.

— Prends le temps de réfléchir, Morgen. La semaine prochaine, je dois retourner pour quelques jours à New York. A mon retour, tu me diras si tu veux bien de moi dans ta vie.

Morgen était si surprise qu'elle vacilla.

— Tu voudrais… que nous vivions ensemble ?

— Oui. Même si ce n'est pas tout de suite. Je sais que tu te soucies beaucoup de Neesha. Alors, je te promets de ne pas brusquer les choses. Nous pourrions d'abord apprendre à mieux nous connaître, tous les trois. Puis, dans quelque temps, j'achèterais une maison à Londres et nous nous y installerions.

L'odeur de brûlé obligea Morgen à se retourner vers le grille-pain. Les mains tremblantes, elle en retira les tartines carbonisées et les jeta à la poubelle, puis elle reporta de nouveau son attention sur Conall.

Il était appuyé contre le chambranle et lui parut extrêmement pâle. Aussitôt, elle s'inquiéta de son état.

— Je vais refaire des toasts, dit-elle. Va t'allonger sur le canapé, Conall, je t'en prie. Tu ne devrais même pas être debout.

— Tu as entendu ce que je viens de te dire ? insista-t-il.

Malgré ses sentiments pour lui, elle hésitait à s'engager. Son passé d'homme volage lui faisait peur. Pourquoi changerait-il pour elle ?

— J'ai parfaitement entendu. Et je vais y réfléchir, c'est promis. Mais, pour l'instant, ce qui m'importe le plus, c'est ta santé.

— Dommage qu'à l'hôpital, je n'aie pas volé un uniforme d'infirmière ! Te voir dedans avec des bas noirs et un porte-jarretelles, cela me remettrait vite d'aplomb !

Amusé de voir les yeux de Morgen s'agrandir de stupeur, Conall repartit sagement s'allonger dans le salon.

10

Le temps que Morgen l'y rejoigne avec le café et les tartines, il dormait déjà. Ses grandes jambes dépassaient du canapé, quelques mèches de cheveux lui tombaient sur le front et son expression était enfin détendue.

Il paraissait si vulnérable dans son sommeil que Morgen en fut tout attendrie. Elle posa son plateau et se laissa tomber dans un fauteuil. Elle allait enfin pouvoir réfléchir.

La vérité était aveuglante : elle était amoureuse de lui, follement amoureuse.

Elle en avait pris conscience quand Julie l'avait informée de son accident. Si elle l'avait perdu, sa vie n'aurait plus jamais été la même. Pourtant, bien qu'il parût prêt à s'engager dans une relation durable, elle ne savait pas encore si elle-même l'était. Il y avait trop d'obstacles entre eux.

La vie trépidante qu'il avait toujours menée à New York, le milieu dans lequel il évoluait, son inconstance avec les femmes… Et si sa mère avait raison ? Si, comme son père, il était incapable de changer ? S'il lui était infidèle, elle ne le supporterait pas.

Comment pourrait-elle confier son bonheur et celui de sa fille à un homme qui ne savait rien de la vie de famille ? Et si, après quelques mois ou même quelques semaines, il se lassait, se sentait pris au piège ? Il n'éprouverait plus envers elle que du ressentiment.

Et pourtant, elle avait tant envie d'être avec lui ! Son existence même illuminait sa vie, quand il était près d'elle, elle en éprouvait une excitation incroyable et tous ses sens étaient en éveil. Il y avait une telle fusion entre eux ! Ils avaient fait l'amour avec une passion capable d'embraser la ville de Londres tout entière. Dans ses bras elle se sentait belle et désirable…

Mais que penseraient d'elle les amis de Conall ? Penseraient-ils qu'elle l'avait pris au piège ? Et sa famille ? Ne serait-elle pas déçue qu'il s'amourache de sa secrétaire ? Elle frissonnait en repensant au mépris que lui avaient marqué les parents de Simon. Non, plus jamais elle ne se laisserait traiter ainsi.

Conall bougea dans son sommeil et son murmure inintelligible la tira de ses tumultueuses pensées.

Elle se leva pour rapporter le plateau dans la cuisine.

Elle allait appeler le bureau pour savoir si elle avait des messages. Dès que Conall serait réveillé, elle verrait ce dont il avait besoin, puis retournerait travailler. A défaut d'autre chose, cela l'aiderait peut-être à y voir plus clair.

A 16 h 30, il l'appela au bureau pour la troisième fois.

— Morgen ?

— Oui, Conall, répondit-elle, le cœur battant.

— Il faut que tu viennes.

— Pour quelle raison ?

— Je veux te voir avant que tu ne rentres chez toi.

— Pourquoi donc ?

En l'entendant jurer, elle se mordit la lèvre pour s'empêcher de sourire.

— Tu poses trop de questions, dit-il.

— Cela fait partie de mes fonctions. Je dois m'enquérir des besoins de mon patron et les satisfaire.

— Voilà qui est parlé !

Le petit rire suggestif de Conall la fit frissonner de désir.

— Je ne parlais pas de ces besoins-là ! D'ailleurs, tu es blessé. Il ne faudrait pas que tu te fasses encore plus mal.

— Ce qui me fait le plus mal, c'est que tu sois loin de moi.

Morgen sentit une onde de chaleur la parcourir.

— Si tu as vraiment besoin de moi, je partirai une demi-heure plus tôt pour passer te voir. Je ne peux pas rentrer trop tard, je dois emmener Neesha à la piscine.

— Je te promets que je ne te garderai pas longtemps. Même si je ne te vois que cinq minutes, ça me fera du bien… Morgen ?

— Oui ?

— Viens vite.

Elle était folle de joie.

Une bonne odeur de café flottait dans l'appartement. Conall la fit asseoir tout près de lui. Il s'était rasé et sentait bon.

— Tout va bien au bureau ? demanda-t-il tout d'abord.

— Oui, oui… Rien de spécial.

Le contact de sa cuisse musclée contre la sienne l'empêchait de réfléchir.

— Tu as toujours aussi mal ?

Morgen vit son regard se troubler et comprit comment il interprétait sa question.

— Tu veux vraiment le savoir ?

Conall glissa adroitement deux doigts dans l'échancrure de son chemisier, juste au-dessus de ses seins. Elle se leva d'un bond sans attendre sa réponse.

— Que dirais-tu d'une tasse de café ? s'empressa-t-elle de proposer en se dirigeant vers la cuisine.

Il la suivit.

— Tu ne veux pas que je te touche ? demanda-t-il avec froideur.

Sa frustration se lisait dans ses yeux. Morgen regarda les bandages qui enserraient son torse musclé et son cœur se serra.

— Allons, Conall, sois raisonnable ! Tu devrais te soucier davantage de tes côtes cassées plutôt que de savoir si j'ai envie que… que tu me touches.

Elle rougit furieusement et se retourna pour prendre deux tasses. Conall était déjà derrière elle. En sentant son souffle chaud sur sa nuque, elle s'immobilisa. Il plaça ses mains sur le comptoir de façon à l'emprisonner et posa ses lèvres dans le creux de son cou. Les jambes tremblantes, prête à fondre de plaisir, elle renversa la tête en arrière contre lui avec un soupir d'aise.

— Aïe !

Morgen fit volte-face. Il se tenait la poitrine.

— Oh ! Je t'ai fait mal ! Je suis désolée, Conall.

— Tais-toi et embrasse-moi.

— Quoi ?

— Tu as très bien entendu.

Conall prit son visage entre ses mains et se pencha pour trouver ses lèvres. Toute la journée il avait rêvé de sa bouche, de son corps. Il avait même été obligé de se lever et d'arpenter la pièce de long en large pour se calmer.

La sensualité avec laquelle elle réagit dépassait tous ses fantasmes. Il approfondit son baiser, le mouvement de sa langue s'accéléra, il se mit à mordiller ses lèvres humides et pulpeuses, les lécher avec volupté. Il était tellement excité qu'il finit par s'écarter d'elle avant d'obéir à ses pulsions.

— On devrait te mettre sur la liste des remontants à prescrire en cas d'anémie. Je me sens tout ragaillardi.

— Alors pourquoi t'es-tu arrêté ?

La frustration de Morgen était visible dans son regard, ce qui le rendit fou de joie.

— Pourquoi ? Mais parce que j'ai tellement envie de toi que je serais capable de te prendre là, sur la table de la cuisine.

Il lui sourit.

— Et puis, il ne faut pas que tu sois en retard pour Neesha. Par contre, si ta mère pouvait la garder un soir, tu viendrais dormir avec moi, non ? Côtes cassées ou pas, je te ferai l'amour toute la nuit.

— Tu es sûr de pouvoir ?

— Je trouverai bien un moyen. J'ai tout le temps d'y réfléchir pendant ces longues heures sans toi.

— D'accord.

Morgen était aux anges. Le fait qu'en plein milieu d'une étreinte passionnée il ait pensé à Neesha le fit monter de dix crans dans son estime. Peut-être qu'une relation sérieuse entre eux était envisageable, après tout ?

— Je vais nous servir une tasse de café, dit-elle. Je n'ai pas le temps de te préparer à dîner pour ce soir, mais je peux te faire livrer une pizza, si tu veux.

— Inutile. Ma mère va venir me mitonner un bon petit plat. Elle adore faire la cuisine.

Pour une fois, cette pensée n'irrita pas Conall.

— Ce doit être une femme charmante.

— Elle l'est. Tu auras bientôt le plaisir de la rencontrer.

Tout en le regardant partir vers le salon, Morgen essayait de se convaincre que la mère de Conall ne la traiterait pas comme l'avaient fait les parents de Simon.

— Il a l'air tout à fait charmant, cet homme. Je serai donc ravie de prendre Neesha chez moi samedi soir, pour que tu puisses passer la soirée avec lui. Cela te fera du bien.

— Mamie dit que nous pourrons faire un gâteau au chocolat. Tu voudras que je t'en garde une part ?

La fourchette en l'air, Neesha attendait la réponse de sa mère.

— Tu as intérêt, sinon ça ira mal ! Tu sais bien que c'est mon préféré.

— C'est avec Conall que tu dois sortir, maman ? demanda la petite fille, pleine de curiosité.

Le regard de Morgen alla de Neesha à sa mère. Toutes deux la dévisageaient avec le plus grand intérêt.

— Oui, c'est avec Conall.

— Très bien. Alors, je lui garderai une part de gâteau à lui aussi.

Morgen était soulagée. Sa fille ne s'opposait pas à ce qu'elle sorte avec un homme. Elle semblait même apprécier Conall.

« Doucement, doucement ! Ne t'emballe pas », lui dit une petite voix.

En effet, ce n'était pas parce que Conall désirait qu'ils se fréquentent que leur histoire se terminerait comme un conte de fées. Il devait bientôt retourner à New York mettre de l'ordre dans ses affaires. Là, il se retrouverait dans son environnement habituel, face aux tentations qu'il y avait toujours connues.

Que se passerait-il alors ?

— Mange, Morgen, lui dit sa mère en voyant son expression pensive. Ça va refroidir.

*
* *

Après avoir longuement étudié les plans, Conall y apporta une petite modification. Comme il reculait pour mieux apprécier le résultat, une douleur dans l'épaule droite le fit grimacer.

Ses côtes lui faisaient un peu moins mal, mais sa blessure à l'épaule le gênait encore beaucoup. Chaque fois qu'elle se rappelait à lui, il regrettait son inconscience : comment avait-il pu monter sur un échafaudage mouillé en chaussures de ville ? Il est vrai que ce jour-là, il avait la tête ailleurs : Morgen occupait toutes ses pensées.

Il n'avait aucune envie de retourner à New York. Mais lui seul pouvait boucler ses dossiers en cours. Il ne pouvait pas non plus partir définitivement sans dire au revoir à ses amis ; et il fallait qu'il rende les clés de son appartement.

Dès son retour à Londres, il achèterait une maison confortable en espérant que Morgen et sa fille viendraient y vivre avec lui. Mais, d'abord, il fallait qu'il arrive à la convaincre du sérieux de ses intentions.

— Conall ?

Elle était là. Comme par miracle, il en oublia son épaule.

— Entre et ferme la porte.

— Je venais simplement te faire signer quelques lettres.

Morgen hésitait sur le seuil du bureau. Brusquement, elle se sentait intimidée devant lui.

— Eh bien, entre ! Il faut que je te parle.

Quand elle fut installée dans le confortable fauteuil face à son bureau, il se lança en commençant par le plus facile.

— J'ai appelé Derek à la clinique. Les premiers jours de sevrage ont été difficiles, mais à présent, il est bien décidé à s'en sortir et reprendre sa vie en main.

— Quelle bonne nouvelle ! s'exclama Morgen. Je savais qu'il en était capable !

— Il est encore trop tôt pour se réjouir. On verra ça dans quatre semaines, à sa sortie de la clinique. D'accord ?

— Je sais qu'il y arrivera, reprit Morgen en s'obligeant à modérer son enthousiasme. Tu l'as vu quand il était au plus mal, mais ce n'est pas un cas désespéré.

— Je ne l'ai jamais considéré comme tel. Mais l'alcoolisme est une maladie, certains s'en sortent, d'autres pas.

— Croisons les doigts. En tout cas, merci pour cette bonne nouvelle.

Prenant un stylo sur son sous-main, Conall le fit tourner un instant entre ses doigts.

— Que dirais-tu si je t'annonçais qu'il ne reviendra sans doute pas travailler ici ?

— Pour quelle raison ?

— Parce que je songe à l'envoyer dans nos bureaux de New York. Un changement d'environnement lui fera le plus grand bien. Il rencontrera de nouvelles têtes, cela devrait le stimuler et il pourra démarrer là-bas une nouvelle vie.

— Tu as peut-être raison, admit Morgen. Mais il va me manquer.

— Désormais, tu seras donc mon assistante personnelle.

En voyant son expression hésitante, Conall sentit son estomac se nouer. Cette perspective lui faisait-elle peur ?

— Puisque je suis le patron, ce sera une promotion pour toi, bien sûr. Davantage de responsabilités et un meilleur salaire, ça te dit ?

En toute autre circonstance, Morgen se serait réjouie de cette proposition. Mais pas aujourd'hui, alors qu'elle comptait justement demander un horaire réduit pour pouvoir passer plus de temps avec Neesha. Elle craignait aussi que leur relation personnelle, à Conall et elle, ne nuise à leurs rapports dans le travail.

De même, il ne faudrait pas longtemps à tout le bureau pour découvrir que la secrétaire de Derek Holden avait une liaison avec le grand patron. Par jalousie, certaines des filles risquaient de lui rendre la vie difficile.

— J'allais t'en parler, justement, répondit-elle, embarrassée, en tortillant une de ses mèches de cheveux.

— De quoi ?

— De mon travail. Je ne crois pas que je puisse devenir ta secrétaire attitrée. Par ailleurs, je voulais justement te demander une réduction d'horaire de manière à pouvoir passer plus de temps avec Neesha. Je travaille huit heures par jour depuis qu'elle est toute petite. Elle grandit vite et je ne pourrai jamais rattraper le temps perdu. J'ai déjà manqué des événements importants pour elle. Alors, merci d'avoir pensé à moi, mais je crois sincèrement qu'il vaudrait mieux que tu proposes le poste à quelqu'un d'autre.

Conall se leva. Il avait le regard sombre.

— Il n'y en a pas une qui soit aussi efficace que toi ! Cette petite tête de linotte de Julie m'a servi de secrétaire pendant que tu étais malade. Elle ne se débrouille pas trop mal, mais dès qu'il s'agit de prendre des initiatives, il n'y a plus personne. Dans ces moments-là, mes origines d'homme des cavernes remontent à la surface, j'ai envie de hurler.

Morgen rit malgré elle.

— Et quand tu es avec moi, jamais ?

Sous son regard appuyé, Conall fronça les sourcils et se rassit.

— Tu veux dire que je suis un patron difficile ?

— Mais non, pas du tout, répondit-elle en reprenant son sérieux. Je dis simplement que si tu envisages une relation durable entre nous, je ne *peux* pas être ton assistante. Tu sais bien que j'ai raison.

— Sans doute, admit-il à contrecœur. Et ces scrupules sont tout à ton honneur. C'est bien ma chance d'être tombé sur une femme dont j'admire les principes !

Son sourire éblouissant fut pour Morgen comme le retour du soleil après l'orage.

— Tu chercheras donc quelqu'un d'autre pour le poste ?

— Pas avant quelques semaines. Je veux d'abord voir où en est Derek. En attendant, nous allons trouver un moyen de réduire tes heures de travail. Je comprends parfaitement que tu veuilles passer plus de temps avec Neesha.

— Merci.

Morgen poussa un soupir de soulagement et se leva.

— Où vas-tu ?

Conall fit prestement le tour de son bureau. Il avait dans les yeux une lueur qu'elle commençait à connaître.

— Je retourne travailler.

— Pas avant de m'avoir embrassé.

— Conall, voyons ! Quelqu'un pourrait entrer.

Il alla fermer la porte à clé et revint vers elle.

— Plus maintenant.

11

Le samedi soir, quand ils sortirent du restaurant, il tombait une pluie fine, accompagnée d'un vent glacial. Prenant Morgen par le coude, Conall l'entraîna vivement vers sa voiture et lui tint la portière le temps qu'elle s'installe.

Toute la soirée, il l'avait dévorée des yeux. Il ne se lassait pas de la regarder.

Ils avaient bavardé de choses et d'autres, évitant les sujets trop personnels, mais la même pensée occupait leur esprit et faisait vibrer leurs corps.

Dès qu'ils arrivèrent à l'appartement, Conall créa un éclairage tamisé et intime. Morgen était presque effrayée par la force de son désir pour lui. Même Simon n'avait jamais éveillé en elle de telles pulsions. En fait, il y avait vraiment entre Conall et elle une alchimie extraordinaire.

Elle avait à peine fait honneur au délicieux repas tant son estomac se contractait de bonheur chaque fois que leurs regards se croisaient. Aussi les deux verres de vin qu'elle avait bus lui étaient-ils très vite montés à la tête.

— Installe-toi confortablement, lui proposa Conall, après l'avoir débarrassée de son manteau. Je vais nous chercher à boire.

— Pas d'alcool pour moi, merci, dit-elle avec un petit sourire d'excuse. Un verre de plus et je m'endors.

— Tu fais bien de me prévenir !

Son sourire coquin et le timbre chaud de sa voix lui coupèrent le souffle.

— Dans ce cas, veux-tu un café ?

— Volontiers.

Après s'être assise sur le canapé, elle enleva ses chaussures et enfonça ses orteils dans l'épaisse moquette. Elle regardait autour d'elle les jolis meubles, les lithographies sur les murs, les photos de famille encadrées sur la cheminée et les nombreux objets d'art posés çà et là. Tout était de très bon goût. Mais c'était le salon de la sœur de Conall, pas le sien.

Incapable de rester assise, elle le rejoignit dans la cuisine. Il y semblait tout à fait à son aise.

— Pourquoi n'as-tu pas un appartement à toi ?

Elle admirait son dos puissant dont les muscles saillaient sous sa chemise à chacun de ses gestes.

— Je n'en ai jamais éprouvé le besoin. Avant de partir pour New York, j'en louais un à Chelsea. Depuis, j'ai beaucoup voyagé entre les Etats-Unis, le Canada et l'Australie. A quoi m'aurait servi de posséder mon pied-à-terre ?

— Et maintenant que tu as décidé de rester en Grande-Bretagne un certain temps ?

Conall se retourna.

— Je songe à acheter une maison.

— Pas à en faire construire une ?

Si elle avait eu ses talents d'architecte, Morgen aurait adoré concevoir elle-même la maison de ses rêves.

— J'y ai pensé.

Il vint se planter devant elle et lui caressa les bras avec une sensualité qui la bouleversa.

— Tout dépend si j'ai quelqu'un pour y vivre avec moi.

— Tu trouveras, lui dit-elle en s'arrachant à son regard troublant et en baissant la tête pour cacher son émotion.

— Je croyais l'avoir trouvé.

— En es-tu vraiment sûr ?

Morgen releva lentement la tête vers le beau visage viril. Son cœur battait à tout rompre.

— J'ai une petite fille, ne l'oublie pas. Il ne s'agit pas seulement de nous deux. Sais-tu ce que c'est qu'avoir la responsabilité d'un enfant ? Tu as l'habitude d'être libre comme l'air et de ne faire que ce qui te plaît. C'est impossible quand on a des enfants, on se soucie d'eux avant tout. Voilà à quoi tu t'engagerais, Conall…

Morgen s'écarta de lui et recula avant de poursuivre.

— Et je ne crois pas que tu sois prêt pour ça.

Conall se sentait déstabilisé. Il ne s'était pas souvent posé cette question. L'éventualité d'être père lui avait toujours paru tellement lointaine… Il savait seulement que, le jour où cela lui arriverait, il prendrait son rôle au sérieux… pas comme son propre père.

Avoir Morgen et Neesha dans sa vie allait complètement bouleverser ses habitudes de célibataire. Il n'avait jamais vécu avec personne. Pourtant, cela ne lui faisait pas peur, ce serait peut-être même très agréable. Il rêvait de se réveiller tous les matins auprès de la femme de ses rêves. Et elle se trompait : il avait une plus grande faculté d'adaptation qu'elle ne le pensait. Sinon, il n'aurait pas décidé aussi vite de revenir vivre en Grande-Bretagne, tout ça parce qu'il était amoureux.

« Amoureux. » Il retourna ce mot dans sa tête avec bonheur. Le cœur battant, il sourit à Morgen.

— Détrompe-toi, répliqua-t-il enfin. Je vous veux dans ma vie, toi et Neesha. Je veux prendre soin de vous, vous protéger. Je n'ai pas beaucoup l'habitude des enfants, mais j'apprends vite et tu m'aideras. Et si tu penses que ce n'est qu'une lubie passagère de ma part, c'est que tu me connais mal. Je n'ai jamais été aussi amoureux d'une femme.

Il l'attira tout près de lui et prit son visage entre ses mains.

— Et pourquoi ne pas nous marier ?

Si une bombe était tombée dans la pièce, Morgen n'aurait pas été dans un plus grand état de choc. Tout étourdie, incapable de parler, elle leva les yeux vers lui. Le mariage ! Elle n'avait même pas imaginé qu'il puisse le lui proposer !

Elle lui prit les mains pour les écarter de son visage.

— Nous nous connaissons à peine, rétorqua-t-elle. Ne précipitons pas les choses, nous risquerions de le regretter. Je sais que tu me proposes de m'épouser pour me faire plaisir, mais nous pouvons très bien vivre ensemble sans être mariés. Moi-même, j'ai besoin d'un peu de temps pour réfléchir.

Ce n'était pas la réponse que Conall espérait. Il s'était surpris lui-même à parler de mariage, mais en formulant la phrase, il s'était rendu compte que c'était ce qu'il souhaitait par-dessus tout. Il avait trouvé la femme avec qui il voulait partager le reste de sa vie, et il n'allait pas la laisser partir.

— Si je te propose de m'épouser, c'est parce que je suis amoureux de toi, Morgen.

Elle se mordit la lèvre.

— Simon disait m'aimer, lui aussi. Ces mots viennent facilement à la bouche au début d'une relation, et tu reconnais toi-même que tu n'es jamais resté très longtemps avec une femme.

Conall recula vivement en jurant tout bas.

— Et alors ? Je n'ai pas le droit de changer ? Tu aurais préféré que je te cache mon passé ? Je ne supporte pas que tu me compares à ton ex-mari. Ne vois-tu pas que nous deux, c'est différent ?

Morgen ne demandait qu'à le croire, mais Simon l'avait rendue méfiante envers les hommes. Comment expliquer à Conall qu'elle avait eu très peur en se rendant compte qu'elle était en train de tomber amoureuse de lui ? Quand Simon l'avait quittée, elle avait cru ne jamais pouvoir s'en remettre… Le mépris dans lequel lui et sa famille l'avaient tenue lui avait aussi enlevé toute confiance en elle. Et si la famille de Conall la traitait de la même façon ?

— Tu as bien vu où je vivais, Conall, dit-elle. Tu sais bien que je ne fréquente pas le même monde que toi. Que penseront tes amis quand ils apprendront que tu t'es amouraché d'une vulgaire petite secrétaire ? Et mère célibataire, en plus ?

— Ça alors ! Je n'aurais jamais cru que cela puisse t'inquiéter. Oui, j'ai vu où tu vivais. Et justement, j'ai vu un intérieur chaleureux, pas une coquille vide remplie de meubles design. J'y ai senti un vrai foyer, comme je n'en ai plus eu depuis mon enfance. C'est vrai que certains de mes amis sont des gens haut placés et que, dans le passé, j'ai souvent profité de ma fortune et de mes relations, mais cela ne m'intéresse plus ! Aujourd'hui, je prends les gens comme ils sont, d'où qu'ils viennent, quoi qu'ils fassent.

Conall traversa la cuisine pour aller se servir un verre d'eau, qu'il but à petites gorgées. Puis, l'air boudeur, il se retourna vers Morgen, restée à l'entrée de la pièce.

— Et, de toute façon, je me moque de ce que les gens peuvent penser. C'est de nous deux qu'il s'agit. Veux-tu continuer avec moi ou pas ? C'est la seule chose qui m'importe.

Morgen prit une profonde inspiration.

— Oui, je le veux, admit-elle. Pour ce qui est d'emménager ensemble, j'y réfléchirai. Mais je ne veux pas me marier.

Surpris de la volonté de fer qu'il lisait au fond de ses yeux verts, Conall sentit sa poitrine se serrer. Il était déçu et peiné. La première femme à qui il demandait de l'épouser refusait. Son amour-propre et sa virilité en prenaient un coup…

Il croisa les bras sur sa poitrine.

— Si tu ne veux pas m'épouser, je ne te proposerai pas de venir vivre avec moi.

Un éclair d'incrédulité passa dans les yeux de Morgen.

— Comme tu voudras.

Elle se détourna et repartit dans le salon.

— Il faudrait appeler ce numéro et me réserver un billet d'avion pour demain matin.

Morgen déglutit péniblement et baissa les yeux sur le papier que Conall avait posé brutalement sur son bureau. La soirée de samedi ne s'était pas du tout terminée comme ils l'avaient espéré tous deux. L'ambiance s'était dégradée à partir du moment où elle lui avait dit qu'elle ne l'épouserait pas.

Elle lui avait demandé de lui appeler un taxi, mais il avait insisté pour la raccompagner. Pourtant, arrivé devant sa porte d'entrée, il n'avait pas eu une seconde d'hésitation : il était reparti aussitôt. Et Morgen s'était retrouvée seule chez elle, l'esprit engourdi et le cœur brisé, sans même la compagnie de sa petite fille pour la consoler.

— Je m'en occupe tout de suite, répondit-elle.

— Je prévois de rester à New York une semaine. En cas de besoin, voici ma ligne directe. J'ai aussi marqué mon numéro personnel.

— Très bien.

Quand elle leva les yeux vers lui, elle vit dans son regard une telle fureur rentrée qu'elle en retint son souffle. Comment pouvait-elle rattraper les choses ? Le mariage la terrorisait, c'était un fait. Son divorce avec Simon s'était si mal passé qu'elle ne voulait pas avoir à revivre un jour le même cauchemar.

— Richard Akers vient à 13 heures. Il faudrait prévoir des rafraîchissements.

Elle détestait le ton sec et formel qu'il prenait. Allait-il lui parler ainsi jusqu'à ce qu'elle se décide à donner sa démission ?

— Je préparerai un plateau, dit-elle.

— Très bien. Comme assistante, tu es parfaite.

La porte s'était déjà refermée. Le regard vide, Morgen se demanda ce qu'il avait voulu dire exactement.

Incapable de se concentrer, Conall retourna se poster près de la fenêtre de son bureau. Pourquoi ne voulait-elle pas l'épouser ? Manifestement, elle ne croyait pas à la sincérité de sa proposition. Que lui avait donc fait son ex-mari pour la rendre aussi méfiante ? L'idée qu'il ait pu la faire souffrir lui serrait le cœur. Et puis, en quoi le milieu dans lequel ils vivaient était-il un obstacle à leur histoire ?

Il avait passé le reste de la soirée du samedi et presque tout son dimanche à essayer de comprendre. Il aurait dû poursuivre la discussion calmement. Au lieu de cela, il avait réagi comme un enfant boudeur quand on le contrarie. Pas étonnant qu'elle ait préféré rentrer chez elle !

La pensée qu'ils auraient pu terminer la nuit ensemble le taraudait et sa frustration était telle qu'il en avait mal physiquement. Face à ces grands yeux verts pleins de méfiance, il se sentait mal. Comment pourrait-il regagner la confiance de Morgen avant de s'envoler pour New York ? S'il ne tentait rien, il serait incapable de travailler cette semaine. Il y avait peu de chances que ses confrères new-yorkais apprécient cette inefficacité…

Quand l'Interphone sonna, il répondit avec agacement.

— Oui !

— Victoria Kendall est à la réception. Elle demande à vous voir. Dois-je la faire entrer ?

Conall se sentit furieux que sa mère vienne le déranger à son bureau.

— Oui, allez la chercher, dit-il d'un ton sec.

Morgen ajusta sa veste de tailleur d'un geste nerveux et, après un rapide coup d'œil au miroir pour se donner de l'assurance, partit chercher la visiteuse dans l'espace luxueux de la réception.

— Madame Kendall ? Je suis Morgen McKenzie… l'assistante de M. O'Brien. Si vous voulez bien me suivre…

Victoria Kendall lui serra la main en souriant avant de lui emboîter le pas. Elle était très élégante et avait les mêmes yeux bleus que son fils.

— Je suppose qu'il n'est pas ravi de ma visite, confia-t-elle à Morgen. Il doit s'attendre à un petit sermon de ma part, alors que je viens seulement pour l'inviter à déjeuner. Je sais que j'aurais dû l'appeler, mais j'étais en ville et l'envie m'a prise…

Morgen éprouva aussitôt de la sympathie pour cette femme étonnamment maternelle, malgré son allure intimidante. Quelle différence avec la mère de Simon, qui, elle, était froide comme un glaçon !

— Il a un rendez-vous à 13 heures, mais peut-être pourra-t-il le décaler ? dit-elle en souriant.

De quel droit se permettait-elle de dire cela ? songea-t-elle aussitôt.

Elle toqua à la porte et ouvrit. Conall marchait de long en large, visiblement irrité.

— Qu'y a-t-il, maman ? Tu sais bien que je suis très occupé.

— Quel accueil ! Puisque c'est ainsi, je repars.

L'air peiné, Victoria Kendall fit demi-tour.

Horrifiée de la grossièreté de Conall, Morgen ne put se retenir et déclara :

— Votre mère est venue pour vous inviter à déjeuner, Conall. Vous pourriez remettre votre rendez-vous avec Richard Akers à cet après-midi. Je me charge de l'en informer, si vous voulez.

— Mais qui vous a demandé votre avis ? rétorqua-t-il. Vous savez très bien que je repars pour New York demain et que j'ai du travail par-dessus la tête !

Victoria Kendall se raidit et revint vers eux.

— Conall O'Brien ! Oubliez-vous les bonnes manières que je vous ai enseignées ?

Guère impressionnée par la stature de son fils et sa large carrure, elle se planta devant lui.

— Tu vas tout de suite présenter tes excuses à ta secrétaire ! C'est exact, je suis venue pour t'inviter à déjeuner. Elle ne faisait que parler en mon nom.

— Désolé, mais j'ai vraiment trop de travail, maman. Reste un moment si tu veux, Morgen va te faire une tasse de thé.

— C'est cela que tu appelles des excuses ?

Les sourcils froncés, Victoria dévisagea son fils, avant de se tourner vers Morgen et de lui adresser un sourire éblouissant. Puis elle reprit d'un ton de reproche à l'adresse de Conall :

— Même si tu es débordé de travail, cela n'excuse pas la grossièreté. Et si tu n'as vraiment pas le temps d'aller déjeuner, peut-être que Morgen acceptera de venir boire un thé avec moi ? Tu peux te passer d'elle un moment ?

Conall fronça les sourcils d'un air soupçonneux.

— Pourquoi diable voudrais-tu bavarder avec ma secrétaire ?

C'en était trop ! Jetant sur son bureau les papiers qu'elle avait dans la main, Morgen se tourna vers lui, folle de rage.

— Cela vous amuse de rabaisser les gens ? J'en ai assez de vos manières, monsieur O'Brien ! J'ai supporté votre mauvaise humeur toute la matinée et je ne resterai pas un instant de plus. Débrouillez-vous sans moi cet après-midi !

— Non, attends, je…

Malgré la fureur manifeste de Conall, elle prit son sac et s'en fut aussi vite que ses jambes tremblantes le lui permettaient.

Comme il la poursuivait, elle s'engouffra précipitamment dans la réserve à fournitures toute proche et referma la porte à clé derrière elle.

— Morgen !

Il secoua la poignée rageusement.

— A quoi joues-tu ?

— Arrête de me persécuter. Tu trouveras ma démission sur ton bureau demain matin en arrivant.

Dans le silence qui suivit, elle n'entendait plus que les

battements tumultueux de son cœur. Rageusement, elle essuya une larme sur sa joue. Elle ne le laisserait pas la traiter comme une moins-que-rien ! Elle avait déjà bien assez souffert avec Simon. C'était fini !

— Tu oublies que demain je prends l'avion pour New York !

— Je sais. Eh bien, surtout, restes-y et ne reviens jamais !

— Laisse-moi entrer. Je veux te parler.

— Nous n'avons plus rien à nous dire.

— Ouvre-moi, Morgen ! S'il te plaît !

Elle rajusta la bandoulière de son sac sur son épaule et tourna la clé.

— J'ouvre, mais je n'ai aucune intention de discuter. Je rentre chez moi.

L'impressionnante carrure de Conall lui barrait la route. Elle se retrouva acculée dans la petite pièce. Il referma la porte derrière lui avec son pied, tout en la considérant d'un œil sombre.

Le souffle court, elle recula et son dos heurta des étagères.

— Qu'est-ce qui te prend ! lui lança-t-elle en essayant de contrôler le trouble que lui causait sa présence.

— Je ne sors pas d'ici tant que je n'aurai pas pu te parler !

— Retourne auprès de ta mère. Elle t'attend. Je vais aller marcher un peu et je reviendrai dans une heure. Et tout compte fait, je ne te donnerai pas ma démission. J'ai trop besoin de travailler…

— Mais de quoi as-tu si peur, Morgen ?

Son ton s'était tant radouci qu'elle dut se mordre la lèvre pour ne pas pleurer d'émotion.

Elle exhala un long soupir.

— Je n'ai pas… oh ! et puis non, je n'ai pas envie d'en parler. Je n'ai pas aimé la façon dont tu viens de me traiter. Pousse-toi, je voudrais sortir.

Conall grimaça.

— Je suis désolé si je t'ai blessée. C'est la frustration qui m'a fait réagir ainsi, mais je n'avais pas l'intention de t'humilier. A présent, réponds-moi, s'il te plaît : de quoi as-tu peur ? Je ne bougerai pas tant que tu ne m'auras pas répondu.

Morgen lut sa détermination dans son regard.

— J'ai peur de mes sentiments pour toi, si tu veux tout

savoir ! s'écria-t-elle. Tu as l'habitude de commander, tu as de l'argent, tu es au sommet de ta carrière… J'ai été mariée à un homme qui avait réussi, comme toi, mais qui, sous prétexte qu'il était médecin, se croyait supérieur à moi. Il me rabaissait sans cesse à cause de mes origines modestes. Son mépris a même rejailli sur notre enfant. Ses parents ne se sont jamais intéressés à Neesha. Leur propre petite-fille ! Quand nous avons finalement divorcé, j'avais perdu toute estime de moi. Je ne veux plus jamais éprouver ce sentiment humiliant, tu comprends ?

Conall comprenait enfin. En voyant des larmes dans ses beaux yeux verts, il sentit son cœur se serrer. Il essuya tout doucement sa joue humide et posa un petit baiser léger sur ses lèvres.

— Si je t'ai blessée sans le vouloir, pardonne-moi. Je t'ai toujours considérée comme mon égale. Et à mes yeux tu éclipses toutes les autres femmes. Ta beauté, ton esprit, ton intelligence, la façon dont tu t'occupes de ta fille, tout cela fait de toi quelqu'un d'extraordinaire, Morgen. C'est pour cela que je veux t'épouser.

12

Quand on frappa à la porte, ils sursautèrent tous les deux.

— Réfléchis à ma proposition, Morgen, dit Conall dans un souffle, agacé par cette interruption.

— Conall ! Je sais que tu es là-dedans avec Morgen. Allons, revenez dans le bureau. Je vais vous préparer un café.

— C'est ma mère, soupira-t-il en lui prenant la main. Elle ne s'en ira pas tant qu'elle n'aura pas élucidé le mystère… Nous ferions mieux d'y aller. Excuse-moi de m'être comporté comme un ours mal léché. Je n'avais pas le droit de réagir de cette façon.

Incapable de parler, Morgen se contenta d'un pâle sourire.

Un moment plus tard, Victoria Kendall et elle buvaient une tasse de café dans son bureau et elle lui parlait de Neesha.

— Auriez-vous une photo d'elle à me montrer ?

Morgen extirpa avec fierté les clichés qui ne quittaient jamais son sac. L'intérêt de la mère de Conall pour sa petite fille la lui rendait encore plus sympathique.

— Oh ! qu'elle est jolie !

Conall, qui revenait à cet instant précis dans la pièce, vint admirer les photos par-dessus son épaule.

— Comme sa mère.

Ce commentaire réchauffa le cœur de Morgen, qui leva vers lui un regard éperdu.

Victoria Kendall rendit les photos à la jeune femme et prit son fils par la main.

— Il n'est pas trop tard pour emmener Morgen au restaurant, mon chéri.

Conall poussa un soupir de regret.

— Ce serait avec plaisir, mais je n'en ai vraiment pas le temps. Ce sera une des premières choses que je ferai en rentrant de New York : inviter Morgen à déjeuner. Te voilà rassurée, ma chère maman ?

— Oui, parfaitement, répondit Victoria avec un grand sourire.

Morgen travailla d'arrache-pied jusqu'à 18 h 30 pour que Conall puisse partir l'esprit tranquille.

Lorsqu'elle eut arrêté son ordinateur et remis sa veste de tailleur, elle étouffa un bâillement et regarda avec appréhension le rai de lumière qui filtrait sous la porte du bureau de Conall.

Elle redoutait ces adieux. La perspective de ne pas le voir pendant une semaine — et peut-être même plus — l'attristait profondément. Pourquoi n'avait-elle pas accepté tout de suite quand il lui avait proposé de devenir sa femme ? Il lui avait demandé de réfléchir, mais ne risquait-il pas, si elle ne lui en reparlait pas d'elle-même, de conclure que sa réponse était négative ?

De son côté, il lui avait donné l'assurance dont elle avait besoin. Il se moquait bien de ses origines modestes et de l'endroit où elle vivait. Il la considérait comme son égale. *Mon Dieu, je vous en prie, faites qu'il ne change pas d'avis !*

Conall se frottait les yeux de fatigue quand elle frappa à sa porte.

Quand il la vit sur le seuil, un frisson de désir le parcourut. Il se leva aussitôt, dénoua sa cravate et la jeta négligemment sur le bureau.

— Je viens simplement te dire que je m'en vais, lui dit-elle avec un petit sourire hésitant.

Le regard de Conall s'attarda sur l'échancrure de son chemisier et sur ses courbes parfaites. Il ne sentait plus du tout sa fatigue tant il avait envie d'elle.

— Entre et ferme la porte, lui dit-il.

Contrairement à ce qu'il aurait cru, elle s'exécuta sans protester. Elle s'avança en remettant soigneusement une mèche de cheveux derrière son oreille, puis regarda avec intérêt les plans étalés sur le bureau. La cravate faisait une tache de couleur sur le papier blanc.

— Tu n'as pas encore fini ?

— Je ne ferai rien de plus ce soir, dit Conall en reprenant sa cravate et en la mettant dans sa poche.

Puis, il roula prestement les plans et les posa contre le meuble derrière lui. Une fois le plateau de son bureau dégagé, il adressa à Morgen un sourire qui la fit chanceler.

— Eh bien, je te souhaite un bon voyage, dit-elle d'une petite voix. Tout est en ordre. Je t'appellerai s'il y a un problème.

— Toujours aussi efficace !

— Je fais de mon mieux.

— J'aurais préféré que ton but soit avant tout de me faire plaisir.

— C'est le cas.

Ne sachant trop où il voulait en venir, elle serra pudiquement sa veste sur sa poitrine.

— Alors, ne fais pas ça, dit-il.

— Quoi donc ?

Les yeux de Conall s'étaient assombris. Il la fixa avec une expression si sensuelle qu'elle sentit sa volonté faiblir.

— Ce geste pour me cacher ton corps.

— Je... je...

Morgen lâcha les pans de sa veste. Elle s'efforçait de détacher son regard de celui de Conall, car elle sentait son corps s'embraser. Ses jambes ne la portaient plus... C'était comme dans ces rêves où l'on veut partir en courant, mais où l'on est cloué au sol. A vrai dire, elle ne cherchait pas du tout à s'enfuir. Elle s'obligea à relever les yeux et, la gorge sèche, passa la langue sur ses lèvres sans réfléchir.

Ce petit geste érotique accrut encore le désir de Conall, qui dut faire un effort pour garder le contrôle de lui-même.

— J'ai encore besoin de vous, miss McKenzie, dit-il d'une voix rauque qui la fit chanceler.

— Je croyais que vous en aviez assez pour aujourd'hui…, monsieur O'Brien ?

— C'est juste une chose que j'ai eu envie de faire toute la journée. Vous voulez bien rester ?

Elle crut qu'elle allait s'arrêter de respirer quand il la souleva doucement pour l'asseoir sur le bureau et qu'il lui ôta ses escarpins. Ses mains étaient chaudes. Elle avait l'impression d'être un chat offert à la caresse du soleil.

Elle aussi avait rêvé toute la journée de ce moment d'intimité. Le voir aller et venir sans pouvoir le toucher l'avait mise à la torture. Son comportement très professionnel, sa façon de parler très posée, ses airs de patron, tout cela n'avait fait qu'accroître son désir pour lui. Sa tension nerveuse était telle qu'elle en aurait hurlé. Elle ne cherchait même plus à se cacher la vérité : il lui avait inoculé un délicieux poison à l'instant même où il était entré dans sa vie…

Elle s'apprêtait à nouer les bras autour de sa taille, mais il lui fit signe de ne pas bouger. Avec un sourire sensuel, il lui enleva délicatement ses collants et sa culotte. Ses gestes pleins d'érotisme lui firent tourner la tête. L'élan d'amour qui la submergeait l'emportait dans un tourbillon merveilleux.

— Tu as trop de vêtements, murmura-t-il.

Elle voulut déboutonner son chemisier, mais il lui saisit la main pour l'arrêter.

— Laisse-moi faire.

Une fois le tissu écarté, il happa un sein à travers la dentelle noire de son soutien-gorge. Sous la chaleur de sa bouche, son mamelon se durcit aussitôt. Morgen sentit un éclair de plaisir se propager en elle.

Le corps brûlant de désir, elle poussa un petit cri quand la main de Conall remonta sur l'intérieur de sa cuisse en pétrissant doucement sa peau satinée.

Enfonçant ses doigts dans ses cheveux drus, elle attira son visage viril vers le sien, cherchant sa bouche. Quand leurs lèvres brûlantes se touchèrent, ce fut comme une explosion. La passion les emporta, ils en tremblaient d'excitation partagée.

— Conall, je t'en prie…

— Quoi donc, miss McKenzie ? dit-il d'une voix rauque.

Il la taquinait. Il faisait durer son attente.

— Tu le sais bien.

D'un mouvement de tête, elle réclama de nouveau sa bouche. Sa langue allait et venait, savourant celle de Conall, sa chaude moiteur. Ignorant la barbe virile qui lui irritait le menton et les joues, elle s'imprégnait de son odeur, s'arc-boutait pour ne faire plus qu'un avec lui.

— Dis-moi ce que tu veux, chuchota-t-il à son oreille.

— Fais-moi l'amour… Là, maintenant.

En regardant ses grands yeux verts bordés de cils noirs, sa bouche humide gonflée par leurs torrides baisers, Conall en oublia toutes les femmes qu'il avait pu désirer un jour. Elles n'existaient plus depuis que Morgen était entrée dans sa vie. Il la pénétra. Avec délice, il sentit ses muscles se contracter autour de lui, et il s'enfonça profondément en elle pour mieux la posséder.

Le visage enfoui contre son torse puissant, Morgen soulevait et abaissait ses hanches au rythme de son va-et-vient énergique. Elle haletait, son cœur battait à tout rompre, sa jouissance était si forte qu'il fallait que cela cesse. Enfin, l'instant du paroxysme arriva. Elle poussa un cri et enfonça ses ongles dans le dos de Conall à travers sa chemise au moment où, lui aussi, dans un dernier mouvement puissant, atteignait le paroxysme de la jouissance et se répandait en elle.

Encore étourdie de plaisir, Morgen leva la tête pour le regarder dans les yeux. Et l'amour qu'elle y lut la bouleversa au plus profond d'elle-même. Elle posa un tendre baiser au coin de sa bouche, puis un autre et encore un autre. Ils étaient toujours enlacés. La jupe remontée jusqu'à la taille, les jambes encore nouées autour de lui, elle sourit : ils venaient de faire l'amour sur le bureau de Derek. Désormais, elle ne pourrait plus jamais s'en approcher sans y penser.

— Vous avez un corps somptueux, miss McKenzie. Vous l'ai-je déjà dit ?

Glissant une main entre eux, il emprisonna un de ses seins et en pinça doucement le mamelon à travers son soutien-gorge.

Morgen sentit son corps réagir de nouveau.

— Je ne crois pas, murmura-t-elle, le souffle court.

— Eh bien, sachez que je vous trouve incroyablement belle. Je suis fou de vous. Et je veux vous épouser.

Avant même qu'elle ait compris ce qui lui arrivait, il lui avait arraché son chemisier et dégrafé son soutien-gorge, libérant ainsi ses seins blancs, qu'il prit tour à tour dans sa main avant de les embrasser avec une ardeur vorace.

— Et si nous… nous contentions… de vivre… l'instant prés…

Elle ne put terminer. Conall la pénétrait de nouveau avec vigueur et son va-et-vient puissant l'emportait dans un tourbillon de plaisir.

Elle renversa la tête en arrière, bien décidée à faire l'amour avec lui comme aucune femme ne l'avait jamais fait. Ainsi, il ne se passerait pas une minute pendant son séjour à New York sans qu'il pense à elle et rêve d'être de retour dans ses bras.

— C'est quoi, ça ? Tu travailles en indépendant, maintenant ?

Mike Brabourn, un des architectes new-yorkais, jeta un œil d'expert sur les plans étalés devant Conall.

— Si l'on veut.

Agacé par la curiosité de son ami, Conall roula les plans et les replaça dans leur tube en carton. Puis il se mit à tapoter avec un stylo sur son sous-main.

Mike fronça les sourcils.

— Alors ? Tu ne m'as toujours pas dit la raison de ton retour en Angleterre. La *vraie* raison. Depuis le temps que je te connais, je sais très bien quand tu me racontes des histoires.

Conall n'avait dit à personne qu'il était tombé amoureux. Seulement à sa mère. Et encore, elle ne savait pas qu'il envisageait de se marier. Il ne voulait pas lui en parler tant qu'il n'aurait pas la réponse de Morgen. Avant son départ, ils avaient fait l'amour d'une façon inoubliable, mais elle n'avait pas encore dit oui. Elle lui avait seulement promis de lui donner sa réponse à son retour des Etats-Unis.

Et cela faisait trois nuits qu'il ne dormait pas, craignant que, finalement, elle ne refuse de l'épouser. L'intense circulation nocturne de New York ne l'aidait pas non plus à trouver le sommeil dans son luxueux appartement en location, situé en haut d'une tour. Les yeux grands ouverts, il rêvait d'une maison au calme, dans la campagne londonienne, où ils vivraient ensemble, Morgen, Neesha et lui. Avec un petit chien, peut-être, pour distraire la petite fille. Cette idée l'excitait tellement que, la veille, il s'était relevé en pleine nuit pour dessiner les plans de la maison de ses rêves.

— Conall ?

Mike lui passa une main devant les yeux.

— Ça y est, j'ai compris ! C'est une femme, n'est-ce pas ? Tu es tombé amoureux ?

Conall se leva avec un grand sourire.

— Ça se voit tant que ça ?

— Qu'est-ce qui pourrait bien te donner cet air absent ? Allez, raconte ! Qui est-ce ? Comment s'appelle-t-elle ? Ou, plutôt, comment est-elle ?

Conall enfonça les mains dans ses poches et s'approcha de la large baie vitrée qui dominait la ville, puis il prit une profonde inspiration.

— C'est quelqu'un qui travaille dans nos bureaux de Londres. Elle s'appelle Morgen. C'est un ange… Et elle est absolument ravissante. Ça te va ?

— Ce qui m'irait bien, c'est de rencontrer la même !

Mike passa une main dans ses cheveux bruns qui commençaient à se raréfier.

— Les New-Yorkaises vont prendre le deuil en apprenant la nouvelle.

— On ne peut pas batifoler éternellement.

— Non, mais pour choisir l'heureuse élue, il faut bien en essayer plusieurs ! Tu es sûr d'avoir déniché la perle rare ?

Conall n'eut pas un instant d'hésitation.

— Oh oui ! Désormais, je suis l'homme d'une seule femme.

Son vol était retardé !

Morgen ressentit une profonde déception en scrutant le panneau des arrivées.

Depuis six jours que Conall était parti, elle n'avait pas eu une seule vraie nuit de sommeil. Elle se retrouvait à 3 heures du matin dans sa cuisine à se faire une tasse de thé, écouter la radio, se mettre du vernis à ongles : tout pour arrêter de penser à Conall. Elle avait compris à quel point elle était amoureuse quand elle avait rangé le pot de confiture dans le four et jeté le journal du matin avant de l'avoir lu. Devant son air hagard, sa mère lui avait même conseillé d'aller voir un médecin.

Morgen poussa un profond soupir et alla s'asseoir. En voyant sa voisine de droite, une dame d'une cinquantaine d'années, sortir un miroir de sac pour se remaquiller, elle regretta de n'avoir pas eu le temps de se faire belle pour l'arrivée de Conall. Après son travail, elle avait dû se dépêcher de rentrer faire à manger à Neesha avant de la conduire chez sa mère et repasser en vitesse chez elle enfiler un jean et un chemisier.

— Vous venez chercher quelqu'un ? lui demanda gentiment la femme.

— Oui.

Sa réponse avait fusé. En fait, elle devait faire un effort pour contenir son excitation grandissante à l'idée de revoir Conall.

— Un être cher ?

« L'amour de ma vie ! », aurait-elle bien crié. Au lieu de cela, elle répondit posément :

— Oui, c'est un homme qui m'est cher.

— Je l'aurais parié, remarqua sa voisine en souriant. Je vous regarde aller et venir depuis un moment. Cela se voit à votre expression chaque fois que vous consultez le panneau des arrivées.

— Ah bon ? J'ai une expression particulière ?

— Oui, celle d'une femme amoureuse qui attend avec impatience l'homme qu'elle aime.

— C'est si flagrant ? demanda Morgen, un peu gênée.

— Seulement pour une personne dans la même situation. Mon mari et moi venons de célébrer notre vingtième anniversaire de mariage et je suis encore amoureuse de lui comme au premier jour.

Devant l'air intéressé de Morgen, la femme lui confia que Graham était, en fait, son second mari. Elle avait divorcé du premier parce que c'était un coureur de jupons et un menteur.

Après lui, elle avait longtemps douté de pouvoir connaître un jour le bonheur avec un homme. Ce qui prouvait bien qu'il ne fallait jamais cesser de croire en l'amour.

A son tour, Morgen raconta à Faye Mortimer le fiasco qu'avait été son premier mariage. Et lui avoua être devenue amère après avoir été abandonnée par son époux alors qu'elle était enceinte. Oui, elle avait bien failli ne plus croire en l'amour : jusqu'au moment où elle avait rencontré Conall O'Brien.

A quel moment cela s'était-il produit exactement ? Peut-être le jour où il les avait rejointes, Neesha et elle, au parc d'attractions, et qu'il avait passé l'après-midi à ses côtés, comme s'il n'y avait pas d'autre endroit au monde où il eût préféré se trouver.

Baissant brusquement les yeux sur sa montre, Morgen s'excusa :

— Il faut que j'aille voir si son vol n'est pas annoncé. J'ai passé un moment agréable grâce à vous, Faye. J'aimerais tant pouvoir m'imaginer dans vingt ans fêtant avec l'homme que j'aime notre vingtième anniversaire de mariage. Comme vous.

Faye Mortimer sourit.

— Si ce Conall est tel que vous me l'avez décrit, je suis bien persuadée que vous déboucherez le champagne ensemble dans vingt ans. Et vingt ans après aussi, entourés, cette fois, de vos petits-enfants. Prenez bien soin de vous, Morgen. J'ai été ravie de faire votre connaissance, moi aussi.

Vingt minutes plus tard, debout au milieu de la foule massée devant la porte des arrivées, Morgen tentait d'apercevoir la haute silhouette de l'homme qu'elle aimait.

Dès qu'elle l'eut repéré, elle eut la gorge sèche et son cœur s'emballa. Il dépassait bien d'une tête les autres voyageurs et c'était de loin le plus bel homme de tous. Elle ne put retenir un frisson de délice à la pensée qu'elle serait bientôt seule avec lui.

Oubliant ses principes — on ne doit pas montrer ses sentiments en public — et sa retenue habituelle, elle fendit la foule et courut vers lui en criant son nom.

En la voyant, Conall resta cloué sur place et lâcha sa mallette.

Dans son jean bleu délavé, son chemisier blanc et sa veste en daim noir, ses longs cheveux flottant derrière elle, elle était d'une beauté à couper le souffle et représentait pour lui l'idéal féminin. Comme elle lui avait manqué ! Il avait souvent pris l'avion entre New York et Londres, mais jamais le vol ne lui avait paru aussi long. Il était de retour, cette fois définitivement, et Morgen était là pour l'accueillir comme il l'avait espéré.

Elle se jeta contre lui avec un tel élan qu'il faillit en perdre l'équilibre. Le souffle court, il referma ses bras autour d'elle et la serra très fort. Il commença par lui embrasser les cheveux comme un fou, puis, très vite, il pencha la tête pour chercher sa bouche. Le baiser passionné qu'ils échangèrent enflamma aussitôt son corps, déjà en manque d'elle. Il rêvait de l'instant où ils se retrouveraient enfin seuls. Elle était la tentation personnifiée et il ne pouvait que succomber à son charme envoûtant.

— Je t'aime.

— Pardon ? demanda-t-il, stupéfait.

Il plongea son regard dans ses beaux yeux verts et s'y perdit un instant avant de la gratifier d'un sourire rayonnant.

— J'ai dit « je t'aime », répéta-t-elle. Et je veux qu'on se marie !

Morgen glissa une main sous sa chemise tout en se cramponnant à lui de l'autre, sans même se soucier des regards curieux des gens autour d'eux.

— J'avais tellement hâte de te le dire ! avoua-t-elle.

— Je vois ça.

— Je suis désolée de t'avoir fait attendre. Ce n'était pas dans le but de te faire languir, je t'assure.

Elle planta un petit baiser sur sa joue, puis un autre encore au coin de sa bouche avant de poursuivre.

— Je voulais seulement avoir le temps d'en parler à Neesha… de lui demander ce qu'elle penserait de notre mariage. Tu ne m'en veux pas ?

Au contraire, l'opinion de la petite fille importait beaucoup à Conall. Il ne voulait pas qu'elle le considère comme un intrus qui allait lui enlever l'amour de sa maman. Il ferait en sorte de la rassurer : non seulement il avait de l'affection pour elle, mais il veillerait toujours à ce qu'elle se sente heureuse et aimée.

Il passa un bras autour des épaules de Morgen.

— Pas du tout. Bien au contraire, je suis content que tu lui aies demandé son avis. Et… elle est d'accord ?

Le sourire radieux de Morgen fut pour lui la plus belle des réponses.

— Oui. Elle a même aidé ma mère à te confectionner un gâteau pour le thé. Il nous attend à la maison.

— La maison… ?

— Oui, chez moi. Je te propose de venir vivre avec nous jusqu'à ce que nous trouvions un endroit où emménager ensemble. Je sais que ce n'est pas très grand, mais on s'y sent bien… A moins que tu ne préfères retourner dans l'appartement de ta sœur…

La lueur d'inquiétude qui traversa le regard de Morgen n'échappa pas à Conall.

— Nous serons très bien chez toi, mon ange. Du moment que nous y sommes ensemble.

C'était la réponse que Morgen rêvait d'entendre.

— Et dès que nous aurons cinq minutes, j'aimerais te montrer les plans sur lesquels j'ai travaillé à New York, ajouta-t-il.

— Quels plans ?

— Ceux de la maison que je veux faire construire pour nous. Toi, Neesha et moi.

— Oh, Conall !

Morgen se jeta à son cou avec une telle fougue que, cette fois encore, il en eut le souffle littéralement coupé. Tandis que les derniers voyageurs s'éloignaient, il ne résista pas à l'envie d'embrasser sa future épouse à pleine bouche.

Leur baiser passionné se prolongea bien après que le hall des arrivées se fut vidé sans même qu'ils s'en aperçoivent, tant ils étaient absorbés l'un par l'autre.

Composé et édité par HarperCollins France.

Achevé d'imprimer en avril 2017.

CPI
BLACK PRINT

Barcelone

Dépôt légal : mai 2017.

Imprimé en Espagne.